Fascínio
da NOBREZA

CB027618

Lorraine Heath

Fascínio da NOBREZA

TRADUÇÃO DE

DANIELA RIGON

HARLEQUIN®

Rio de Janeiro, 2021

Título original: THE EARL TAKES A FANCY

Todos os personagens neste livro são fictícios. Qualquer semelhança com pessoas vivas ou mortas é mera coincidência.

A Harlequin é um selo da HarperCollins Brasil.

Contatos: Rua da Quitanda, 86, sala 218 — Centro — 20091-005
Rio de Janeiro — RJ
Tel.: (21) 3175-1030

Diretora editorial: *Raquel Cozer*

Editor: *Julia Barreto*

Copidesque: *Antonio Castro*

Revisão: *Thaís Lima*

Capa: *Renata Vidal*

Imagem de capa: © *Lee Avison / Trevillion Images*

Diagramação: *Abreu's System*

CIP-Brasil. Catalogação na Publicação
Sindicato Nacional dos Editores de Livros, RJ

H348f

Heath, Lorraine, 1954-
Fascínio da nobreza / Lorraine Heath ; tradução Daniela Rigon. – 1. ed. – Rio de Janeiro : Harlequin, 2021.
320 p. (Irmãos Trewlove ; 5)

Tradução de: The earl takes a fancy
ISBN 978-65-87721-84-2

1. Romance inglês. I. Rigon, Daniela. II. Título. III. Série.

21-69390 CDD: 823
CDU: 82-31(410.1)

Camila Donis Hartmann – Bibliotecária – CRB-7/6472

À Katie Patterson, diretora executiva do Richardson Adult Literacy Center, e a todos os funcionários e voluntários que trabalham para ajudar adultos que se esforçam para aprender o inglês como segundo idioma.

À Donna Finlay, Karen Gibbs, Alexandra Haughton, Wanda Lankford, Chris Simmie e Kandy Tobin, que são os incríveis membros do comitê do Buns & Roses Romance Tea for Literacy, que beneficia a RALC, e àqueles que serviram no comitê no passado.

Aos muitos autores que generosamente organizaram uma mesa no chá anual.

E aos leitores maravilhosos que comparecem e compartilham sua alegria de ler enquanto fazem a diferença na vida de tantos.

Todos os anos, quando participo do evento, sinto como se tivesse voltado para casa.

Prólogo

Londres
1854

A DOR VEIO RÁPIDA E FORTE.

Ettie Trewlove ofegou, apertou a mão na barriga inchada e deixou cair a concha cheia de sopa. O talher bateu na mesa de carvalho velha, respingando sopa em seu filho mais velho enquanto ele segurava uma tigela em sua frente. Não era a primeira contração a atingi-la. Elas estavam acontecendo o dia inteiro, mas aquela era definitivamente a mais dolorida, e ela sentiu um líquido escorrer pelas pernas.

— Mick, vá buscar a sra. Winters. Rápido.

O rapaz que lhe fora entregue na calada da noite catorze anos antes não hesitou em sair correndo pela porta em busca da parteira. Seus outros tesouros — três meninos e uma menina — a encaravam com olhos grandes e redondos como pires. Ela deu um sorriso tranquilizador.

— Vocês terão que se servir sozinhos. Jantem no jardim. Não saiam de lá até que eu vá buscar vocês.

Lentamente, ela foi até o pequeno quarto de dormir. Enquanto desabotoava o corpete, percebeu que alguém se aproximava com passos silenciosos. Olhando por cima do ombro, deu um sorriso encorajador para a filha.

— Você também, Gillie. Faça o que pedi.

— Eu vou ficar.

A menina apertou os lábios, teimosa, e marchou até o guarda-roupa. Fazia quase treze anos que, embrulhada apenas em um cobertor, ela havia sido deixada em uma cesta de vime na varanda de Ettie. Todos os seus filhos haviam sido trazidos à sua porta, de um jeito ou de outro. Gillie pegou uma camisola e a segurou em sua direção.

Ettie suspirou, resignada. A filha era a mais teimosa do grupo.

— Só até a sra. Winters chegar.

Quando Mick voltou, sem fôlego e corado, ela estava de camisola, deitada na cama. Tinha acabado de aguentar uma contração sem gritar, mas estava ficando cada vez mais difícil manter a boca fechada.

— Ela está em outro parto — anunciou Mick com tanto pesar que parecia estar declarando a morte da parteira.

— Bem, então... — Ettie jogou as cobertas para o lado. — É melhor eu ferver um pouco de água.

— Nós podemos fazer isso. — disse Gillie. Sua boca firme não escondia o medo em seus olhos.

— Eu posso lidar com isso, amor.

— Só nos diga o que fazer, mamãe.

E assim ela fez. E, quatro horas depois, embalava em seus braços o bebê mais bonito em que pusera os olhos em toda a sua vida. Passando os dedos de leve pelos cabelinhos escuros, ela relembrou brevemente, com tristeza, os dois bebês que havia dado ao marido e a doce alegria que eles trouxeram com sua chegada. Mas Michael tinha morrido, e logo depois, seus filhos também. Foi quando começou a receber bastardos como forma de ganhar algumas moedas. E agora ela tinha uma.

— Você vai dar um nome para ela? — perguntou Gillie.

— *Fancy*. Um dia ela não viverá na miséria que sua mãe viveu. Vai se casar com um homem fino, morar em uma casa fina e desfrutar de uma vida fina também. — Ela sorriu calorosamente para as cinco crianças que a cercavam. — Vocês todos terão vidas boas.

Capítulo 1

Londres
1873

A VIDA DE UM HOMEM é marcada por dois eventos: o dia de seu nascimento e o dia em que bate as botas. Entre esses dois eventos há vários momentos marcantes, mas, para o conde de Rosemont, apenas três tiveram real importância: o dia de seu casamento, a noite em que sua esposa faleceu e a manhã em que ela se levantou do túmulo para estragar sua vida.

Sentado à mesa de sua biblioteca, abrindo o jornal que seu mordomo passara com cuidado, ele leu mais uma vez a carta que arruinara seu apetite no café da manhã três dias antes.

Para as nobres damas de Londres:

É com uma tristeza sem precedentes e tomada por muita esperança que escrevo esta carta. O simples fato de vocês, minhas damas, estarem lendo isto hoje indica que faz exatamente um ano desde a minha morte. Todos sabemos que cavalheiros raramente cumprem o período de luto completo de dois anos, enquanto as mulheres possuem um coração mais dedicado e aderem com mais fervor às restrições da sociedade.

Mas fico feliz por permitirmos tanta indulgência em relação aos homens, pois desejo que meu querido Rosemont fique triste e sem o conforto de uma mulher pelo menor tempo possível. Para este fim, queridas damas, vos peço que apressem o fim de seu período de tristeza e o façam sorrir.

Pois, vejam, foi o sorriso dele que primeiro me chamou a atenção.

Foi um sorriso demorado em formação, mas que, quando completo, quase me deixou sem fôlego e suavizou o semblante de um homem às vezes dominado pelo orgulho. Ele não é um homem fácil de amar e, no entanto, eu o amei, pois vi um lado dele que poucos testemunharam.

Ele escovou meu cabelo, massageou meus pés, e não apenas me leu poesia com paixão exaltada, como também as escreveu. Ah, queridas damas, a voz dele é um barítono calmante, seus traços são os mais graciosos, e seu ombro foi incrivelmente reconfortante quando eu precisei de um refúgio para jorrar minhas lágrimas. Ele nunca tirou os olhos de mim... bem, exceto para olhar lojas de doces. Ele adora balas de limão.

Apesar de minhas falhas, ele permaneceu o mais fiel e firme dos maridos. Conquiste o coração dele e você terá uma vida de felicidade.

Com as minhas mais sinceras saudações,
A Falecida Condessa de Rosemont

Cada vez que lia a carta, a mentira cruel que ela meticulosamente escrevera zombava dele. Ela não o amara. Nem um pouco. Nem com um pingo de seu ser.

Filha de um industrial condecorado pela Rainha, Elise precisava de um marido titulado e, com apenas 19 anos, soubera muito bem como conquistá-lo. Ele não duvidava de que seu sorriso a tivesse atraído — aquilo era verdade —, mas ela também fora atraída pelo título que ele havia herdado apenas um ano antes. Ele tinha 23 anos e se apaixonara pela beleza e pelos olhos provocantes que prometiam aventuras perversas e uma fuga tentadora de todas as responsabilidades. Quando ela sugeriu um encontro escondido entre as plantas no jardim de inverno, durante um baile realizado na propriedade rural de sua irmã casada, ele não hesitou em aceitar. Ser pego pelo pai de Elise com as saias dela levantadas em suas mãos e a própria calça abaixada resultara em uma viagem apressada ao altar. Mas o triunfo refletido nos olhos dela quando foram interrompidos o alertou de que fora um tolo ingênuo.

Tinha aprendido uma lição difícil, pagado um alto preço e fizera um voto solene de nunca mais ser enganado por nenhum tipo de persuasão feminina.

Um casamento pautado pela desconfiança não era um casamento. Durante os primeiros dois anos, eles pouco conversaram, tendo preferido passar o tempo separados — ele no campo, ela na cidade. Ele não tinha pressa de ter um herdeiro. A alegria de tê-la morrera no jardim de inverno, e ele tivera muita dificuldade em conceber qualquer tipo de entusiasmo quando se tratava de deitar-se com ela. No terceiro e último ano, mal deixara o lado dela, pois o câncer a deixara de cama. Elise fez questão de listar todas as coisas que ela nunca faria. Não aceitaria a morte de bom grado, nem deveria. Ela tinha 22 anos, cabelos que nunca ficariam brancos e uma pele que nunca enrugaria com a idade.

Ainda assim, a carta dela o deixara confuso. Por que havia se dado ao trabalho de escrevê-la e mandá-la ser publicada? Para aliviar sua culpa por tê-lo enganado? Conhecendo o jeito ardiloso da mulher, ele não podia considerar a carta como algo bom, então qual era seu objetivo? Com base no que havia acontecido desde a publicação da mensagem, talvez Elise apenas quisesse tornar a vida dele a mais desagradável possível. Como se a frieza do casamento não tivesse sido punição suficiente por ter caído em sua armadilha.

Ao ouvir passos silenciosos se aproximarem, ele levantou os olhos e viu o mordomo entrar carregando uma bandeja de prata. O homem esbelto e de cabelo acinzentado parou e curvou-se levemente.

— Milorde, lady Fontaine e a filha vieram para uma visita.

Frustrado com a situação nada invejável que a falecida esposa o colocara, ele fechou os olhos com força. A primeira visita do dia. Ele deveria receber pelo menos mais uma dúzia até que o sol finalmente se despedisse. Se não as recebesse naquele momento, elas voltariam depois. Depois de dobrar com cuidado o jornal, empurrou a cadeira para trás e se levantou.

— Leve o chá para a sala de estar.

E assim era sua vida. Dia após dia após dia.

Um desfile de jovens em busca de casamento passava pela porta. Elas falavam, falavam e falavam. Recitavam poesia. Por vezes cantavam. Tocavam piano com gosto. Convidavam Matthew para passear no parque como se ele fosse um cão de caça que precisava esticar as pernas. Enviavam convites para jantares, recitais, peças de teatro e reuniões em seus jardins. Buscavam promessas de uma valsa nos próximos bailes, quando a temporada estivesse a pleno vapor. Ora lamentavam por sua triste perda, ora asseguravam-lhe de que a felicidade o aguardava na esquina se ele marchasse velozmente em sua direção — e estavam mais que dispostas a se tornar sua condessa e acompanhá-lo na jornada para descobrir quais glórias a vida ainda reservava, apesar da injustiça que o destino já havia lhe causado.

Mas a última gota foram as balas de limão. Duas semanas após a publicação da carta, ele havia recebido tantas daquelas balas malditas que poderia ter aberto sua própria loja de doces. Se sentisse o cheiro de limão e açúcar de novo, iria enlouquecer.

Por isso, depois de empacotar seus pertences e fechar sua residência em Londres, ele foi em busca de paz.

Capítulo 2

De pé atrás do balcão de carvalho polido em sua livraria, Fancy Trewlove leu mais uma vez a carta que recortara do *Times* um mês antes. As palavras da condessa de Rosemont sobre seu amor pelo marido haviam tocado profundamente o coração romântico de Fancy — e, prestes a ser apresentada à sociedade em um baile na semana seguinte, ela temia que esse mesmo coração a faria tola o suficiente para se apaixonar por um lorde que a veria apenas como alguém para usar, mas não se casar.

Aos 19 anos, ela estava mais que consciente das realidades do mundo e compreendia plenamente que as circunstâncias de seu nascimento não a ajudariam quando se tratava de garantir seu lugar entre a aristocracia. Ainda assim, sua família estava determinada a vê-la casada com um nobre. O homem precisava ter um título. Não deveria ser o segundo ou terceiro filho, e sim o primeiro. Um duque era preferível, um marquês era adequado, um conde era aceitável, e um visconde... um resultado a ser evitado, se possível.

No momento em que ela viera ao mundo, sua família havia decidido seu destino e a levara incansavelmente em direção a ele, mas a vida que lhe fora traçada parecia carecer de um elemento crucial: o amor.

Ela ansiava por amor mais do que ar. Ah, sua família a amava, ela não tinha dúvidas, mas Fancy ansiava pelo tipo de devoção escrita em sonetos e declarada em poemas, um grande amor como o que sua mãe conhecera. Quando Fancy era pequena, mas já grande o suficiente para ter curiosidade sobre a ausência de um homem, teve coragem de perguntar sobre o pai. Com lágrimas nos olhos, sua mãe havia explicado como se apaixonara por um belo oficial do regimento. Eles não estavam casados quando enfim cederam à paixão, na véspera da partida dele para uma terra estrangeira, mas ele prometera se casar com ela ao voltar. No entanto, o destino interveio e ele morreu heroica, mas tragicamente, em um campo de batalha ensanguentado na Península da Crimeia.

— Mas, ainda assim, ele me deu o presente mais maravilhoso de todos. Você.

Mesmo depois de tanto tempo, a lembrança das palavras da mãe fazia os seus olhos lacrimejarem. A partir daquele momento, Fancy entendera que ela era especial. Ao contrário dos irmãos que haviam sido deixados na porta da mãe, ela fora *desejada*.

Fancy criara um carinho especial para com histórias repletas de romance. Como a carta de lady Rosemont certamente caía nesta categoria, ela lhe servia como um talismã, oferecendo a Fancy esperança de que ela também poderia descobrir uma paixão que não seria negada.

Naquele exato momento, com dedos longos e esbeltos, seu futuro marido poderia estar abrindo o convite dourado que o colocaria no caminho de encontrá-la. Ao contrário das de seus irmãos, as mãos dele seriam suaves, sem calos ou cicatrizes, e seus movimentos refletiriam elegância. Ele valsaria com perfeição e, quando a pegasse entre seus braços para rodopiá-la pelo piso de madeira — embora a mantivesse a uma distância adequada e com decoro —, seu olhar a capturaria e comunicaria sua intensa consideração por ela, revelaria quanto ela já o conquistara. Seus olhos emanariam calor e desejo…

Blim. Blim.

Fancy deu um sobressalto culpado quando o sininho acima da porta da loja anunciou a chegada de um cliente. Com base no calor escaldante em suas bochechas, ela estava muito corada por ser pega sonhando com os olhos abertos. Não ajudou em nada que o homem que atravessava a soleira tivesse retirado suavemente o chapéu preto para revelar um semblante bonito, um rosto que sem dúvida deixava muitas mulheres sem fôlego. Rapidamente, ela dobrou a carta e a enfiou no bolso da saia, facilmente acessível quando precisasse de um lembrete de que poderia encontrar amor na aristocracia e que o caminho que sua família havia traçado era um que valia a pena ser percorrido.

O cavalheiro examinou as várias áreas da loja — as prateleiras que revestiam a parede dos fundos, as estantes paralelas com elaborados arabescos, as pequenas mesas com pilhas e mais pilhas de romances, os livros aglomerados nos cantos. Livros, livros, livros, em todos os lugares visíveis. Ela nunca poderia ter o suficiente deles, o que era óbvio para quem entrava em sua loja, fosse pela primeira ou centésima vez.

Na juventude, um rapaz havia lhe dito que ela tinha um fetiche por livros. Por ser uma leitora ávida, Fancy sabia o significado da palavra e sabia que ele não estava a elogiando, então o acertara no nariz. O que ela tinha pelos livros era uma apreciação saudável por tudo o que ofereciam, uma admiração por quem os escrevera e uma gratidão por quem os publicara. Não tinha vergonha de seu sentimento; pelo contrário, deleitava-se com ele.

Ela não conseguia decidir se seu cliente, que parecia absorvido por tudo ao seu redor, estava encantado com sua coleção ou horrorizado com o fato de tanto espaço estar sendo ocupado com obras literárias. Sabendo que nunca o vira antes na loja — sua aparência o fazia inesquecível —, ela endireitou os ombros estreitos para dar as boas-vindas ao lindo estranho.

— Posso ajudar, senhor?

Ele virou a cabeça em sua direção, e ela ficou presa nos olhos verdes mais impressionantes que já tinha visto. Seu cabelo preto arrumado, um pouco mais longo do que estava na moda, destacava ainda mais a cor dos olhos. Seu juízo parecia tê-la abandonado, e Fancy sentiu que olhar para aquelas esmeraldas profundas pelo resto de sua vida não seria o suficiente para apreciar plenamente as várias facetas que elas continham. Ele parecia ao mesmo tempo imponente e acessível, e ela queria muito chegar mais perto, mas permaneceu onde estava, por não estar disposta a arriscar qualquer ação que pudesse lhe custar uma venda ou, pelo menos, a possibilidade de dar um livro a alguém.

— A placa na sua porta diz que a loja está fechada.

A pronúncia dele, mais elegante que a da maioria das pessoas que moravam na periferia, sugeria que ele fora educado — muito bem educado — e que provavelmente tinha uma família rica.

Interessante que, apesar da placa, ele havia entrado. Um homem que obviamente não confiava no que estava diante dele — ou talvez alguém que apenas precisava de provas de que aquilo que lhe diziam era verdade.

Olhando para o alto relógio encostado na parede à sua esquerda, perto de seu escritório, ela viu que, de fato, havia se passado dez minutos das seis da tarde, quando normalmente fechava a loja. Estivera tão absorta na carta que nem notara os sinos que sinalizavam a hora.

— O horário da placa é mais uma sugestão que uma regra. Não sou alguém que rejeita uma pessoa que precisa de um livro. Se quiser olhar a loja... Também ficarei feliz em ajudá-lo a encontrar algo ao seu gosto.

Ele deu alguns passos para dentro da loja, mas logo parou.

— Não gostaria de impor minha presença se você está prestes a ir embora.

— Não é o caso, garanto. Unir pessoas e livros é uma das minhas maiores alegrias. Posso até recomendar alguns dos meus favoritos, se quiser.

— Já que está tão graciosamente disposta a me ajudar, estou buscando uma leitura nefasta. Você teria contos de terror?

— Ah, sim, por aqui. — Ela contornou a borda do balcão e se aproximou de uma bancada estreita de prateleiras inclinadas, onde exibia as publicações semanais. — Eu tenho os folhetins individuais disponíveis aqui e, nesta estante... — ela andou uma curta distância — reuni edições contendo todos os capítulos de uma determinada história.

— Muito bom.

Tendo se aproximado, ele se inclinou para estudar as capas que revelavam o título da série apresentada. O homem exalava o aroma de colônia de cravo. Se ele não tivesse se abaixado, ela não teria notado que os fios enrolados de seu cabelo pareciam úmidos nas pontas, dando a crer que ele havia se banhado pouco antes de sair de casa. Mas pelo visto não se incomodara em fazer a barba, pois cerdas escuras sombreavam seu queixo. Era um queixo magnífico, forte e bem traçado. Fancy pensou que era uma pena escondê-lo sob uma leve camada de pelos, mas não podia negar a virilidade da visão. Os ombros largos também lhe chamaram a atenção, e ela se perguntou se eram naturais ou se teriam sido obtidos por seu trabalho, qualquer que fosse. Aqueles propensos ao lazer não residiam na área e raramente faziam compras ali, então o homem, sem dúvida, tinha alguma ocupação. Ele possuía uma mistura estranha de aspereza e suavidade, como o conhaque que ela gostava de beber de vez em quando.

— Ah, Dick Turpin. — Um carinho caloroso marcou o tom de voz dele. — Passei muitas tardes lendo sobre as façanhas desse bandido quando eu era garoto. — Ele puxou o folhetim da prateleira. — Vou levar este.

— São seis xelins. Se não puder pagar no momento, posso lhe dar crédito até o final do mês, caso você more ou trabalhe por aqui.

O que ele lhe deu não foi exatamente um sorriso, mas mais uma contração de lábios — e eram lábios bonitos, cheios e bem modelados com uma inclinação natural em cada canto, como se ele estivesse em um constante estado de diversão com o mundo.

— Eu vou acertar agora.

— Excelente.

Fancy voltou para o balcão. Ele tirou uma pequena bolsa de couro de dentro do paletó, retirou as moedas necessárias e as entregou. Ela notou suas grandes mãos enluvadas e a facilidade elegante com que colocaram o couro flexível de volta no lugar. De repente, respirar parecia um desafio, pois surgiram espontaneamente em sua cabeça imagens daquelas mãos arrumando outras coisas — uma mecha de cabelo atrás da orelha, um botão por entre o buraco correto, uma meia sobre o joelho. Ela não sabia o que a levara a ter pensamentos tão lascivos no que dizia respeito ao cavalheiro, embora nos últimos tempos tivesse começado a perceber os agradáveis atributos de um homem. Sua família sem dúvida ficaria horrorizada ao saber que ela recentemente começara a ler livros proibidos por leis de obscenidade — quando conseguia encontrar algum. Ela não queria ser completamente inocente quando fizesse sua estreia na sociedade.

Os olhos dele se estreitaram ao estudar a prateleira atrás dela, que abrigava seus achados raros — alguns restaurados por ela com perfeição. Aqueles livros traziam-na tanto prazer e alegria que Fancy precisou se conter para não iniciar uma explicação sobre os tomos extraordinários, permitindo que ele os pegasse com cuidado para ver como estavam bem preservados.

— Essa é uma das primeiras edições de *Orgulho e preconceito*?

— Uma primeira edição. — Ela não conseguiu impedir o sorriso brilhante de se formar. — Foi encontrada em uma lixeira, acredita?

Do lado de fora de uma casa em Mayfair. Com muito cuidado, ela havia removido a capa de couro manchada e descolorida e trabalhara nela até ficar mais flexível. Quando o livro foi remontado, dava a impressão de novo.

— Você vasculha lixeiras com frequência?

— Você ficaria surpreso com os tesouros que as pessoas jogam fora.

— Suponho que sim.

— No entanto, não vasculho o lixo, mas algumas crianças pobres ou órfãs o fazem, e elas me trazem suas descobertas, na esperança de ganhar algumas moedas.

Mesmo quando o livro não tinha mais chances de ser restaurado, ela pagava as crianças para garantir que tivessem um pouco de dinheiro para sobreviver até o dia seguinte.

— Você não acha que está incentivando essas crianças a roubar de outro lugar?

— Ora, quanto cinismo. Não estou. Estou incentivando-as a não aceitar a dura vida que lhes foi dada e a aprender que podem melhorar com esforço, trabalho duro, determinação e um pouco de criatividade.

— Desejo-lhe o melhor com isso, então.

Ele inclinou a cabeça levemente, mas ela não podia deixá-lo ir sem lhe contar mais.

— Uma vez, um menino me trouxe uma história escrita em pedaços de papel que ele colecionara aqui e ali. Ele costurou as páginas com agulha e fio. Comprei por algumas moedas. Minha esperança era encorajá-lo para que crescesse e se tornasse um contador de histórias. Você deve ter notado na vitrine.

Ela havia se esforçado muito para organizar pequenas prateleiras de bugigangas nas vitrines como um meio de atrair as pessoas para dentro. Livros, uma estatueta de uma mulher lendo e outra de um menino com um livro na mão, sentado com as costas encostadas a uma árvore. Uma das janelas exibia uma escrivaninha extremamente pequena com papel, caneta de pena e tinteiro — tudo para indicar um escritor em seu trabalho.

— Eu notei. Fiquei intrigado e me perguntei do que se tratava.

Ela ofereceu um sorriso caloroso.

— Agora você sabe.

— Realmente.

Ele a estava estudando com o mesmo escrutínio intenso que dera à loja quando entrou. Fancy não sabia por que tinha lhe contado tudo aquilo. Mas, para falar a verdade, sabia. Ela adorava falar de livros. Eles eram sua paixão desde que Gillie a sentara em seu colo e abrira uma capa para revelar a magia escondida. Ela estava bastante certa, com base no calor que se espalhava por suas bochechas, que estava corando sob o exame dele.

— Peço desculpas, senhor. Não pretendia falar tanto. Estou lhe prendendo.

— Fui eu quem a prendi aqui. Obrigado por tão graciosamente manter a loja aberta para mim.

— O prazer foi meu. — Como não poderia ser, quando ele proporcionava uma visão tão atraente? Ela só tinha visto pinturas de montanhas e, no entanto, não podia deixar de pensar que ele rivalizava sua magnificência. — Espero que você goste do livro tanto quanto quando era garoto.

— Não tenho dúvida de que irei.

Ela o seguiu até a porta, onde ele hesitou um pouco — como se quisesse dizer algo mais — antes de abrir e sair da loja. Fechando-a atrás dele, Fancy viu quando ele parou para estudar sua vitrine, aquela com a mesa em miniatura, antes de continuar. Uma melancolia, uma tristeza pairavam sobre ele. Ela se perguntou se não tinha família, se era sozinho no mundo.

Girando a fechadura, ela ficou grata pela venda. Teria sido seu primeiro dia sem lançar uma única moeda em seu caixa, mas ela se recusou a ficar desanimada com a escassez de clientes. Fancy sabia que nem todos cresciam em uma família que gostava de livros tanto quanto ela e que muitas pessoas não podiam pagar por eles. Felizmente, o mundo editorial trabalhava havia alguns anos para tornar a literatura mais acessível para as massas, razão pela qual ela conseguia vender a coleção de folhetins em um volume por tão pouco.

Sua livraria estava aberta havia pouco mais de um ano, e os negócios estavam aumentando lentamente, em grande parte graças à revitalização daquela área de Londres liderada por seu irmão Mick. Alguns anos antes, ele derrubara os imóveis em ruínas que comprara e os substituíra por prédios robustos de tijolos. Lojas alinhavam ambos os lados da rua. Na esquina em frente à livraria — e ocupando uma boa parte da área — estava a enorme conquista de Mick, seu grande hotel que levava o nome de Trewlove. Embora ele não gostasse de vê-la trabalhando, preferindo que ela passasse seu tempo se preparando para entrar na sociedade, Fancy conseguira sua permissão para usar um de seus prédios menores como uma livraria. Todos os seus irmãos haviam encontrado diferentes graus de sucesso, e ela queria fazer sua parte para promover a diferença — não apenas em sua vida e na de sua família, mas na vida de outras pessoas.

Caminhando de volta para o balcão, ela sorriu quando seu gato saltou sobre ele, esticou-se languidamente e a encarou com olhos verdes. Ela passou os dedos na pelagem grossa e branca como a neve. Quando ela o encontrara no estábulo, amarrado como uma salsicha, estava magricela e praticamente sem pelos — o pouco que lhe restava era um grande emaranhado. Se um dia Fancy descobrisse quem o abandonara ali daquele jeito, daria à pessoa um motivo para se arrepender. Levara um tempo para ganhar a confiança do bichano.

— Com ciúme, Dickens? Os olhos dele eram de um tom muito mais vibrante que os seus, mas você ainda é meu companheiro favorito.

Ele apenas ronronou em resposta e começou a lamber a pata.

Pegando o dinheiro do caixa, ela entrou em seu pequeno escritório, atravessou-o até a pintura de uma mulher que alcançava um livro e a moveu para revelar o cofre que estava escondido atrás dele. Puxando a corrente escondida embaixo do colarinho, ela pegou a chave pendurada e a inseriu na fechadura, sentindo a impressão costumeira de ser um pouco misteriosa por ter um lugar para esconder as coisas. Depois de abrir o cofre, colocou o dinheiro dentro e o trancou. Retornando a pintura à posição original, ela enfiou a chave embaixo do corpete.

Resolvida a tarefa, pegou seu pequeno chapéu adornado de flores, foi até o espelho oval pendurado na parede e pendeu um pouco a aba, dando-lhe um ar mais sofisticado. Aprendera com os irmãos que sua aparência deveria refletir tudo o que esperava alcançar. "Metade do truque é fazer as pessoas acreditarem que você teve sucesso", dissera-lhe Mick na inauguração da livraria.

Agarrando um pequeno livro e enfiando-o no bolso — a maioria de seus vestidos continha grandes bolsos nos quais ela podia facilmente carregar coisas —, Fancy caminhou pela amada loja até a porta e saiu para a calçada.

As pessoas estavam andando rápido, algumas voltando para a casa de seus empregos, outras de suas compras. A fragrância do pão fresco flutuava no ar, cortesia da padaria duas portas ao lado. Eles estavam, sem dúvida, finalizando o pedido que entregariam ao hotel para os convidados que jantariam lá naquela noite. A elegante sala de jantar estava ganhando reputação por servir refeições deliciosas — não que Mick se contentasse com algo menos que a perfeição. Depois de trancar a livraria, Fancy caminhou pela rua.

— Olá, srta. Trewlove — gritou uma jovem mulher com um menino e uma menina agarrados às saias.

— Boa noite, sra. Byng. Vejo vocês na hora da história amanhã?

Toda sexta-feira à tarde, Fancy reunia crianças em sua loja e lia para elas.

— Meus pequeninos não perderiam isso por nada.

Fancy suspeitava de que as crianças gostavam dos doces que ela fornecia tanto quanto das histórias. Embora o bairro não se parecesse nem um pouco com os cortiços, ela tinha ciência de que muitas daquelas pessoas ficavam sem dinheiro depois de pagar pelas necessidades da vida, e oferecer-lhes algo extra a fazia se sentir caridosa. Suas leituras à tarde serviam como um momento de descanso para muitas mães, especialmente àquelas com vários pequenos. Algumas até cochilavam enquanto Fancy trabalhava para manter as crianças entretidas. Sabendo que poucas famílias possuíam livros, ela gostava da ideia de não apenas apresentar as crianças ao poder da leitura, mas possivelmente incutir nelas o desejo de frequentar a escola. Embora a aprovação da recente Lei de Educação Forster garantisse financiamento público para crianças cujos pais não podiam pagar as taxas escolares, ela não tornara obrigatória a ida à escola, o que Fancy considerava inaceitável. Nem todos os pais se preocupavam em melhorar a vida dos filhos. Ela crescera em uma área em que alguns achavam mais importante que sua prole trabalhasse e conseguisse moedas para a família do que passasse algumas horas por dia na sala de aula.

Várias outras pessoas a cumprimentaram enquanto Fancy continuava seu caminho. Sentiria falta de morar ali quando se casasse, mas sabia que seu futuro marido, independentemente do título, teria uma residência refinada em uma área exclusiva de Londres e esperaria que ela morasse com ele. Para ser uma dama de verdade, ela teria que desistir da administração de sua loja. Embora Gillie ainda dirigisse sua taverna, sempre ficara entendido que Fancy estava destinada a se tornar parte integral da sociedade, e isso não aconteceria a menos que ela mergulhasse por completo naquele mundo, fazendo visitas matinais e organizando chás da tarde, jantares e bailes. E, claro, dando ao marido um herdeiro e alguns filhos e filhas extras.

Mas até sua apresentação oficial à sociedade, ela estava livre para fazer o que gostasse, e gostava de jantar no Roger Risonho, um pub que Gillie abrira na área seis meses antes. Como estava ocupada administrando sua taverna, A Sereia e o Unicórnio, supervisionando seus deveres de duquesa e criando a filha, a irmã entregara as rédeas de seu novo empreendimento a Roger, que a ajudara no Sereia. A cozinheira, que também era sua companheira, fora com ele. Hannah preparava pratos simples que eram uma delícia e muitas vezes lembravam Fancy da comida da mãe.

Fancy gostava de ter sua própria casa, mas sentia muita falta da mãe, da mesma forma que sentira durante seu período na escola cara de bons modos paga por Mick — o primeiro passo para realizar o sonho da mãe de ver a filha mais nova bem casada. Como resultado, suas maneiras eram elegantes, seu discurso era mais refinado e ela não parecia ter saído da sarjeta.

No entanto, a pronúncia de Fancy nunca havia passado a impressão de uma origem humilde. Gillie insistira desde nova para que todos os irmãos falassem bem, com uma pronúncia clara, porque acreditava que uma fala adequada era essencial para melhorar a vida de uma pessoa, e seu primeira empregadora a educara sobre a enunciação correta. Antes que Fancy tivesse frequentado uma sala de aula formal, Gillie a ensinara a falar como aqueles que moravam nas áreas mais ricas de Londres.

Apesar de Fancy ter aproveitado ao máximo o tempo na escola de bons modos e compreendido a necessidade de aprender a falar, andar e comer como os da classe alta, ela ressentia o tempo longe de sua família. Embora seus irmãos e Gillie fossem muito mais velhos que ela e tivessem se mudado para casas próprias antes que ela tivesse feito 12 anos, eles eram presenças constantes em sua vida, visitando-a com frequência, levando-a a passeios, trazendo doces, bonecas e outros presentes. Eles a mimaram muito — ainda o faziam —, e ela amava todos eles por isso. Não queria decepcioná-los ao não conquistar um lugar na sociedade que os deixaria orgulhosos. A magnitude do que precisava realizar era uma pressão constante. Mas ela teria sucesso e não daria à família nenhum motivo para se envergonhar.

Chega de pensar nisso. Estragaria o jantar se permitisse que todos aqueles pensamentos rondassem sua cabeça. Afinal, ia ao pub pela distração que o local lhe proporcionava. Abrindo a porta pesada, ela passou pelo batente e parou de supetão, quase esmagando o nariz contra a parede larga que apareceu diante dela. Não uma parede. Um peitoral. Um que estivera em sua loja apenas momentos antes. Com um sorriso, ela olhou para cima.

— Olá de novo.

— Olá.

Embora o homem fosse inegavelmente bonito, seria bastante devastador se exibisse um mero sorriso.

— Você comeu rápido.

— Eu estava esperando por uma mesa, mas parece que será difícil conseguir uma.

— Ah.

Ela chegara mais tarde que o habitual. Olhando ao redor, viu que ele estava certo, mas do outro lado da sala…

— Veja! Tem uma mesa prestes a ficar disponível nos fundos.

Dois senhores estavam se afastando de uma pequena mesa quadrada aninhada contra a parede.

— Vou garanti-la para você.

Antes que ela pudesse lhe dizer que a mesa era dele, por ter chegado antes, o cavalheiro se foi, as longas pernas e corpo esbelto percorrendo com facilidade o caminho entre as mesas cheias até chegar à vazia poucos segundos antes de um rapaz com um pequeno balde de cobre. Sem dizer nada, o jovem de provavelmente 15 ou 16 anos começou a recolher os pratos e copos antes de limpar o tampo da mesa e os assentos das cadeiras com um pano úmido.

O cliente que estivera na livraria mais cedo levantou o braço e a chamou. Ela ficou impressionada com a facilidade com a qual ele comunicara tanto com um movimento tão simples, como se estivesse acostumado a comandar e ser obedecido sem questionar. Sem escolha, ela percorreu as mesas, cadeiras, bancos e pessoas, cumprimentando aqueles que conhecia ao passar. Finalmente, ela o alcançou.

— Aprecio seu cavalheirismo, mas você estava aqui antes de mim. A mesa é sua.

— Você teria chegado na minha frente se eu não tivesse atrasado a senhorita em sua loja.

O jeito dele a lembrou de seus irmãos, e ela estava bem ciente do tempo que gastava para tentar vencer uma discussão com eles, então aceitou graciosamente a derrota, mas decidiu que uma última manifestação era necessária.

— Como temos duas cadeiras, não vejo por que não podemos compartilhar a mesa.

Ele estreitou os olhos levemente, no que parecia ser desaprovação, como se ela tivesse sugerido que tirassem a roupa e dançassem pelo estabelecimento.

— Você é uma mulher desacompanhada.

— Que é a razão pela qual a outra cadeira está disponível. — Fancy manteve seu tom cortês e agradável, em vez de apontar que sabia exatamente o que ela era. Durante um piscar de olhos, ela pensou que ele iria sorrir, mas o homem parecia estar lutando contra sua vontade de fazê-lo. — Por favor. Você pode ler seu livro e eu vou ler o meu. Nós não precisamos conversar. Seria como se estivéssemos jantando sozinhos.

— Você tem um livro?

— Um pequeno. No bolso da minha saia. Por favor, junte-se a mim. Caso contrário, serei atormentada pela culpa por ter atrasado o seu jantar e não vou aproveitar o meu.

Fancy não sabia por que estava insistindo quando ele parecia tão desinteressado em sua companhia, mas nunca gostara da ideia de estar incomodando outra pessoa.

Com um leve movimento de cabeça, ele puxou uma cadeira e indicou que era para ela. De forma graciosa, pois havia dominado as lições que lhe haviam ensinado sobre a maneira correta de uma dama se portar, ela se sentou no assento de madeira, agradecida por ele aceitar sua oferta e se sentar na cadeira à sua frente, mas surpresa por ele exibir quase tanta graça quanto ela. Fancy vira incontáveis homens se sentarem de qualquer jeito nas cadeiras dentre aquelas paredes. Poucos o faziam com tanto cuidado deliberado, como se todos os músculos, ossos e partes do tendão tivessem sido treinados para ter movimentos elegantes, como se o dono estivesse acostumado a ser observado e quisesse garantir que ninguém encontrasse falhas. Ele tirou as luvas e as colocou de lado, enquanto ela colocava as próprias no colo.

— Boa noite, srta. Trewlove.

Fancy olhou para a jovem de rosto corado pelo esforço do trabalho, os seios perigosamente próximos de se libertarem das restrições do corpete preto.

— Olá, Becky.

— O que vai querer esta noite?

— O que Hannah preparou?

— Uma adorável torta de carne e ensopado de carneiro.

— Vou querer a torta e uma caneca de cerveja leve.

— Sim, senhorita. E você, senhor?

— Eu vou comer a torta também, junto com uma caneca de Guinness.

— Muito bem, senhor. Volto daqui a pouco.

Fancy observou enquanto Becky se apressava, pegando canecas e copos vazios enquanto caminhava, acenando para aqueles que pediam outra cerveja ou bebida. A mulher era como uma malabarista, jogando muitas bolas no ar, mas impedindo eficazmente que caíssem no chão.

— Srta. *Trewlove*.

Seu nome falado em voz baixa, quase como se fosse um doce a ser saboreado, fez com que sua atenção se voltasse ao companheiro de mesa.

— Você diz meu nome como se não soubesse quem eu sou.

— Não sabia. Suponho que você seja parente de Mick Trewlove.

Ela não conseguiu impedir que seu orgulho pelas conquistas do irmão se manifestasse.

— Sou a irmã mais nova dele. E você não tem culpa. Nós não chegamos a nos apresentar. Sou Fancy Trewlove.

— Empório de Livros Fancy... — Ele refletiu sobre o nome da livraria. — Acho que está faltando um "da" na placa.

Confie em um homem para apontar o óbvio ou procurar corrigir o que não precisava de correção.

— A omissão foi intencional. E você ainda precisa me dizer quem você é.

Fancy sentiu o cavalheiro hesitar, como se não tivesse muita certeza de que deveria falar.

— Matthew Sommersby. Com dois "ms".

Ela estendeu sua mão.

— É um prazer conhecê-lo, Matthew Sommersby, com dois "ms".

O sorriso que ele lhe deu a deixou sem fôlego. Ela vira um quase sorriso antes, uma contração aqui, uma pequena curva ali, mas quando ele abriu os lábios em um sorriso completo que revelou dentes perfeitos, quando os olhos verdes brilharam como se ele estivesse realmente satisfeito, ela se viu espantada com a aparente rapidez com que ele havia se transformado de um homem que projetava tanta seriedade para alguém com uma imagem mais acolhedora, mais convidativa, mais sensual, mais... tudo.

— O prazer é meu, srta. Trewlove.

A palma da mão, com uma leve aspereza que lembrava os mais finos grãos de areia em uma praia sob as solas dos pés, descansou contra a dela. Por alguma razão, ela o imaginou beijando as pontas de seus dedos. Ele tinha uma elegância e um refinamento que remetiam a gestos cavalheirescos. Mas ele apenas soltou o aperto, depois abriu e fechou a mão como se quisesse guardar a sensação que experimentara ao tocá-la.

— Presumo que você more na área — disse ela.

— Na próxima rua. Ettie Lane, número 86. Consigo ver a parte de trás da sua loja da minha janela do andar de cima.

O que significava que ele tinha uma visão do quarto dela, ou pelo menos da luz dele antes que Fancy fechasse as cortinas. Ela duvidava de que ele pudesse realmente ver o interior para notar os móveis, embora ela pudesse ser visível andando pelo cômodo.

— Mick nomeou a rua em homenagem à nossa mãe. Você mora lá há muito tempo?

— Há pouco mais de duas semanas.

— E está gostando?

— Até agora, sim.

— Meu irmão trabalhou duro para tornar a área recept...

— Aqui está, tesouros — disse Becky, colocando as canecas de estanho sobre a mesa. — Bebam e aproveitem. A comida logo mais chega.

Depois que a garota se afastou, Fancy continuou:

— Receptiva, como eu ia dizendo. — Ela levantou a caneca. — Saúde.

Quando ele levantou a caneca, ela tomou um gole, apreciando o sabor revigorante. Gillie servia apenas o melhor. Observando enquanto ele virava a capa de sua recente compra, ela retirou o livro em miniatura do bolso e sentiu satisfação quando o olhar dele correu para capturar seus movimentos, mesmo que não soubesse o motivo por ansiar tal atenção. Talvez porque nunca tivesse conquistado o interesse de nenhum homem antes. Não era segredo na área em que Fancy crescera que sua família a considerava destinada a coisas maiores, então boa parte dos meninos mantinha distância, evitando encarar os irmãos irritantemente intimidadores.

— O que você está lendo? — perguntou ele.

— *Fábulas de Esopo*.

— Você tem uma favorita?

— "A cigarra e a formiga", acho. Ela se aplica à minha família. Eles sempre trabalharam duro, raramente tinham tempo para brincar. Você tem uma favorita, uma com a qual se identifica, talvez?

— "A raposa e o corvo". Desconfie de bajuladores, ou algo do tipo.

Fancy achou ter percebido um tom de amargura na voz dele e se perguntou a causa. No entanto, ela não o conhecia o suficiente para perguntar as razões por trás de sua seleção. Embora a escolha de fábula dele fosse certamente uma que ela deveria levar em consideração quando começasse a participar de eventos da sociedade. Ainda que, pelo que sabia, toda a Temporada girava em torno de bajulação.

— Você tem algum conselho sobre como diferenciar bajulação de elogios honestos?

— Infelizmente, não.

Capítulo 3

Não que Matthew Sommersby não estivesse tentado a iniciar uma incursão de elogios que faria sua companheira de jantar corar de prazer. Fazia um bom tempo desde que ele se sentira atraído por uma mulher.

Não se lembrava de ter conhecido uma pessoa tão pequena, mas que conseguia projetar uma presença tão grande, quanto ela. A Rainha, talvez. A srta. Trewlove havia chamado sua atenção sem artifícios, bajulações ou insinuações quando ele entrara na loja. Ela o recebera apenas com um sorriso caloroso e uma voz sensual, e ele precisou verificar novamente o local para garantir que havia entrado em uma livraria, e não em um bordel. Sua mente se enchera de pensamentos sobre aquela voz baixa sussurrando propostas indecentes em seu ouvido. Ele não tinha ideia de por que reagira daquela forma. Ela era sem dúvidas uma mulher bonita, com maçãs do rosto altas, um queixo quadrado e delicado e olhos castanhos convidativos, mas a atração que sentira tinha mais a ver com a confiança e postura dela.

Ele não deveria ter ficado surpreso, pelo menos não quando descobriu que ela era uma Trewlove. Apesar de sua origem humilde, a família estava deixando sua marca na sociedade — especialmente Mick Trewlove, com a demolição de imóveis em ruínas e a construção de edifícios dos quais comerciantes e moradores podiam se orgulhar. Aquela fora uma das razões pelas quais Matthew decidira alugar uma casa na região. O imóvel era moderno e limpo, e a área oferecia muitas comodidades.

— Por que uma livraria? — questionou ele.

O sorriso que ela lhe deu pareceu iluminá-la por completo e revelar o cerne de sua alma.

— A resposta simples é que eu amo histórias, mas há mais que isso. Meus irmãos são todos um pouco mais velhos que eu. Minha mãe os enviou para escolas esfarrapadas da região. Não lhe custou nada, pois as escolas são gratuitas, financiadas pela generosidade de outras pessoas. As aulas eram ministradas apenas pela manhã, e eles só podiam participar até os 11 anos de idade, então tudo isso acabou quando eu cheguei. Mas eles aprenderam a ler, sabe, e depois disso não houve como detê-los.

O fogo em sua voz, sua expressão, o manteve preso. Ele não conseguia se lembrar da última vez que se sentira apaixonado por algo.

— Eles continuaram se educando. Informalmente. Juntavam seus ganhos e pagavam uma taxa anual para uma biblioteca. Só podiam pegar emprestado um livro de cada vez e se revezavam para decidir quem escolheria, mas isso abriu mundos para eles, e para mim. Minhas melhores lembranças são de cada um deles lendo para mim, quando eu ainda era bem pequena. Era mágico. Então, eu quis abrir uma livraria para me cercar das histórias que meus irmãos amaram o suficiente para compartilhar comigo. Quando vejo os tomos alinhados em uma prateleira, fico feliz. Fico ainda mais feliz quando alguém leva um livro para casa. Contos de aventura, romance ou mistério trazem uma alegria inegável e interminável. Livros de biografias, história e geografia expandem nosso conhecimento sobre o que nos rodeia. Mesmo que eu não concorde necessariamente com todos os sentimentos expressos, encontro valor em cada palavra escrita, cada palavra lida. É por isso que tenho uma livraria.

Como se ela não tivesse acabado de virar o mundo dele de cabeça para baixo com sua diatribe apaixonada, ela se recostou e tomou um gole longo e lento de sua cerveja. Quando terminou, lambeu os lábios antes de retornar os olhos para ele, e Matthew sentiu que nunca estivera tão encantado por uma pessoa em toda a sua vida, nem nunca mais o seria. O amor dela pelos livros era genuíno, *ela* era genuína.

— Você frequentou o mesmo tipo de escola esfarrapada?

Sabendo que este tipo de escola ganhara o apelido de "esfarrapada" porque muitas das crianças que as frequentavam usavam farrapos, ele odiou pensar nela em vestidos gastos e rasgados, possivelmente sem sapatos. Embora soubesse que as pessoas cresciam na pobreza, ele nunca havia conversado com alguém que o fizera. Ele fazia doações rotineiramente para uma instituição de caridade ou outra, mas não tinha um papel ativo em trabalho voluntário. De repente, sentiu-se envergonhado por sua falta de ação ter resultado em uma vida mais dura para ela ou para os outros.

— Ah, não. Quando eu tinha idade suficiente para começar minha educação, meus irmãos estavam todos trabalhando, então novamente juntaram suas moedas, dessa vez para garantir que eu fosse para uma escola particular e depois para uma escola de bons modos. Em ambos os casos, os pais das alunas eram comerciantes, banqueiros, negociantes ou alguma outra ocupação que os dava uma renda decente, mas ainda assim não fui totalmente aceita. Infelizmente, as circunstâncias do meu nascimento vêm com um estigma. — Ela não deu mais detalhes sobre tais circunstâncias, mas não precisou. Era do conhecimento geral que os Trewlove usavam seu status de bastardos como um distintivo de honra. — Meus anos de escola foram muito solitários, mas nunca contei isso a meus irmãos. Não sei por que confessei ou divaguei sobre isso agora. Espero que perdoe meu breve mergulho na autocomiseração.

— Isso dificilmente pode ser considerado autocomiseração, srta. Trewlove.

Não queria imaginá-la sentada sozinha durante as refeições, parada à beira de um jardim, sem ser convidada para um jogo de pega-pega. Essas experiências infelizes, no entanto, talvez fossem a razão do convite para que ele jantasse com ela. Ele estava começando a se sentir grato por aquilo. Ela não era maliciosa, e Matthew achou aquilo revigorante.

Envergonhada por ter compartilhado lembranças e pensamentos tão íntimos e pessoais com um estranho, Fancy acenou com a cabeça em direção ao livro que havia colocado sobre a mesa.

— Eu prometi que você poderia ler se aceitasse o convite.

— De fato.

Esforçar-se para entender as palavras de seu livro estava provando ser um exercício fútil. Geralmente, ela não tinha nenhum problema em bloquear qualquer distração quando se perdia em um livro, mas sua atenção não costumava ser atraída por um cavalheiro cujas histórias ela queria conhecer — pois ele sem dúvidas tinha histórias para contar. Ele parecia estar no início dos 30 anos. De onde viera antes de parar naquela região? O que fazia da vida?

Ao voltar mais uma vez, Becky colocou um pedaço de linho, uma tigela de torta de carne e uma colher na frente de cada um deles antes de correr para atender outros clientes. O sr. Sommersby deixou o livro de lado e, em um só movimento, eles colocaram seus guardanapos de linho no colo. Ele pegou um pedaço de torta, e Fancy tentou não assistir à boca dele fechar sobre a colher, mas foi uma batalha perdida. Imaginou aqueles lábios sobre os dela. O que havia de errado com ela para permitir que pensamentos tão indecentes invadissem sua mente? Desviando o olhar, concentrou-se em sua própria refeição.

— É difícil ler enquanto come — disse ele calmamente.

Ela lidava com aquilo muito bem, especialmente em sua juventude — para grande desgosto de sua mãe, já que não era como uma dama deveria se comportar na mesa. Uma dama deveria conversar e se envolver na vida de outras pessoas, ouvir com atenção e reunir informações a fim de entender a outra pessoa e ter uma ideia de seu caráter. Ela estava falhando miseravelmente naquela tarefa com o sr. Sommersby, o que não era um bom presságio para sua entrada na sociedade e para uma avaliação correta do homem que poderia pedir sua mão.

— Estou um pouco surpreso — continuou ele. — A irmã de Mick Trewlove faz sua refeição aqui, em vez de jantar com o irmão em seu hotel.

O irmão dela tinha um escritório onde ele conduzia negócios e um apartamento no último andar do hotel. O sr. Sommersby saberia disso quando deixasse sua residência, pois precisaria visitar o escritório para encerrar o contrato de locação.

— Eu não estava disposta a ser testada — respondeu ela com sinceridade.

Ele arqueou uma sobrancelha escura, como se perguntando o motivo.

— Na próxima quarta-feira, serei formalmente apresentada à sociedade em um baile que minha irmã Gillie, a duquesa de Thornley, está organizando em minha homenagem.

Todos os membros da família estavam um pouco nervosos, sem saber se as pessoas compareceriam por curiosidade sobre a plebeia que chamara a atenção de um dos duques mais poderosos da Grã-Bretanha ou se ninguém iria aparecer, sinalizando o descontentamento da classe alta com o fato de o duque de Thornley ter se casado com alguém abaixo dele.

Observando a especulação nos olhos verdes, ela continuou:

— Quanto a como tenho uma irmã que é duquesa...

— Duvido que exista uma alma em Londres que não tenha ouvido histórias sobre os Trewlove e seus vários casamentos entre a nobreza.

Mick havia se casado com lady Aslyn, filha do falecido conde de Eames e protegida do duque de Hedley — o verdadeiro pai de Mick, como descobriram, não que o homem jamais fosse reconhecer publicamente Mick como seu filho, embora tivessem desenvolvido um relacionamento próximo nos últimos tempos e muitas vezes eram vistos juntos. Finn havia casado com lady Lavínia, enquanto Aiden se casara com Selena, uma duquesa viúva. Então, é claro, havia Gillie com seu duque. O casamento de seus irmãos deveria ter dado a eles a aceitação social que desejavam, mas parecia que a aristocracia era reticente quando se tratava de acolher recém-chegados em seu meio.

— Suponho que exista alguma verdade nisso. Eles são o principal tópico de conversas, pelo que é possível perceber. Estabeleceram padrões e expectativas bastante altos para mim, mesmo antes de começarem a colecionar cônjuges aristocráticos. Portanto, quando janto com Mick, ele e a esposa, Deus os abençoe, insistem em seguir a etiqueta adequada durante o jantar, como selecionar o utensílio correto dentre o número ridículo exposto na mesa, e discutir apenas tópicos apropriados para um jantar de uma família nobre. Quando me casar com um lorde, minha vida se tornará nada além de noites de jantar formal e conversas sobre assuntos chatos. — Ela olhou em volta. — Duvido que haja risadas altas, tapinhas nas costas ou aquela alegria surpreendente por ter chegado ao final de um dia difícil e ainda ter um pouco de tempo para relaxar com os amigos. Então eu vim aqui hoje à noite para evitar o confronto com qualquer falha no meu comportamento e aproveitar a alegria ao meu redor.

— Então por que se casar com um lorde? — Seu tom era suave, mas com um pouco de desaprovação, como se ele tivesse o direito de se ofender com os planos dela.

Fancy não estava interessada em ser julgada por ele.

— É o que minha família espera. Eu cresci esperando por isso. Para ser sincera, existem poucas maneiras de uma mulher melhorar na vida, exceto pelo casamento. Se uma mulher tiver um negócio ou trabalhar arduamente até pode conseguir mais sucesso que um homem, mas não o mesmo respeito. É bastante irritante, na verdade, mas é como funciona o mundo. Você não pode discordar da minha avaliação, certamente.

— Acho que nunca pensei muito nisto, de um jeito ou de outro. Depende do quanto alguém está disposto a fazer para conseguir o que deseja.

— Estou disposta a fazer tudo o que for necessário. Você não faria o mesmo?

— Não tenho certeza de que faria.

— Então imagino que tenha sorte, e a vida lhe ofereceu poucos desafios.

— Imaginou errado.

Como que envergonhado por suas palavras, ele baixou o olhar para a tigela e começou a amassar as batatas macias no recheio de carne.

Deus, como foi que ficaram tão rudes um com o outro? Uma mudança de assunto era necessária.

— Se me permite a ousadia, você não parece ter vindo das ruas. Aposto que foi educado.

— Meu pai insistiu.

— Você me parece um advogado. Ou um banqueiro, talvez.

Alguém com uma posição de autoridade e influência. Era simplesmente a maneira como ele se portava, a confiança que emanava.

— Nada tão interessante, eu lhe garanto.

O tom dele indicou que aquele tópico estava no fim, mas Fancy ainda não estava pronta para deixar a oportunidade passar.

— Agora você despertou minha curiosidade, sr. Sommersby. Como ganha a vida?

Ele a estudou por um longo momento, como se estivesse dividido entre lhe dizer para ir ao inferno ou responder com honestidade. Finalmente, ele disse:

— Sou um cavalheiro com recursos.

O que não dizia nada. Recebera uma herança? Tivera sucesso nos negócios, investimentos, com cavalos ou no jogo?

— E o que faz durante o dia?

— O que eu bem entender.

— E ainda assim o senhor alega não ter tido sorte na vida.

— Tudo na vida tem um preço, srta. Trewlove.

Que preço ele havia pagado? Não que aquilo fosse da conta dela, não que fosse rude o suficiente para perguntar. Fancy já tinha forçado o limite das boas maneiras. No entanto, não podia negar estar curiosa sobre ele. Era estranho como ele atraía o interesse dela quando nenhum outro homem o tinha feito — pelo menos não daquela maneira.

Ela achara vários homens atraentes, sem dúvidas, mas seu coração nunca palpitara pela beleza de nenhum deles. Nunca quisera se aprofundar em todos os aspectos da vida de um, e não sabia por que queria saber todos os detalhes da dele. Talvez fosse apenas o fato de ela ter começado a se preparar para analisar os homens que conheceria na próxima semana como maridos em potencial, e sua mente decidira praticar suas habilidades para aperfeiçoá-las. Ou talvez ele tivesse despertado seu interesse simplesmente porque parecia muito determinado a não ser conhecido.

Enquanto conversavam, conseguiram terminar a refeição. Becky se apressou.

— Querem mais alguma coisa, tesouros?

— Nada para mim — disse Fancy.

— Nem para mim — respondeu ele.

— Ele está com você, srta. Trewlove?

Ela observou a testa dele profundamente franzida e a confusão refletida nos olhos verdes. Era uma oportunidade de retribuir a generosidade dele na hora de oferecer a mesa.

— Sim.

Becky abriu um grande sorriso.

— A refeição é por conta da casa, então.

— Não — disse ele rápida e bruscamente. — Eu pagarei pela minha refeição.

— Mas você está com a srta. Trewlove, e os Trewlove não pagam em um estabelecimento Trewlove.

— Este é um pub dos Trewlove?

— Da minha irmã, Gillie — explicou Fancy.

— A duquesa.

Ela sorriu, porque decorar os membros de sua família era uma tarefa difícil, e parecia que ele já a dominava.

— Sim.

Levantando-se, ciente de que ele fazia o mesmo, ela enfiou a mão no bolso e tirou uma coroa. Infelizmente, o recorte de jornal saiu com a moeda e flutuou até o chão, perto da bota polida dele. Antes que ela pudesse se mover, ele se abaixou para pegá-lo. Fancy apertou a moeda na mão da garçonete.

— Isto é para você, Becky.

— Ah, srta. Trewlove, não precisava...

— Você cuidou muito bem de nós. Obrigada.

A jovem curvou lentamente os joelhos.

— Agradeço, senhorita.

Então alguém a chamou e ela saiu correndo para atender às necessidades de outros.

Quando Fancy olhou para o sr. Sommersby, descobriu-o olhando para o recorte embaraçoso que tivera a audácia de se abrir enquanto descia ao chão. Ela estendeu a mão.

— Pode me devolver.

— Por que carrega isto com você?

— Porque acho a carta terrivelmente romântica e gosto de lê-la. E, se me permite ser honesta — ela não sabia por que sentia necessidade de lhe confessar, talvez porque temesse que, sem justificativa adicional, ele a considerasse uma idiota tola —, espero conhecer lorde Rosemont no baile da próxima semana e ter a oportunidade de passar um tempo em sua companhia.

Para oferecer-lhe condolências, conhecer melhor um homem que havia dado tanto de seu coração à esposa.

O sr. Sommersby hesitou por vários segundos antes de dobrar cuidadosamente a carta e colocá-la na palma da mão à espera.

— É uma coisa perigosa, srta. Trewlove, se apaixonar por um homem antes de conhecê-lo.

Capítulo 4

SE O BRILHO REBELDE EM SEUS OLHOS era alguma indicação, a srta. Trewlove não havia gostado nada de sua observação. Ele não sabia por que falara aquilo. Por que se importava se ela recortava disparates de jornais e os carregava no bolso?

Talvez porque percebera, para sua mortificação, que a julgara mal. Ele a havia visto como uma pessoa aberta e honesta, começara a ter mais que um interesse casual nela... apenas para descobrir que uma mente desonesta possivelmente se escondia por trás daqueles profundos olhos castanhos que o faziam lembrar de uma corça que adotara como animal de estimação quando era um rapaz e passava a maior parte do tempo no campo.

Aborrecia-o saber que ela estava planejando se casar com um lorde e que usaria todos os meios necessários para alcançar o objetivo. E achava ainda mais irritante que, por conta de uma carta idiota, ela pudesse estar de olho no conde de Rosemont.

— Não estou apaixonada por ele — retrucou ela por fim, colocando o recorte de volta no bolso da saia. — A esposa dele o adorava, e acho louvável que o conde inspire tanta devoção. Mas mais que isso: a súplica dela para tirá-lo da tristeza tocou meu coração. Não que isso seja da sua conta, ou que deva me justificar. — Ela deu um suspiro impaciente. — Obrigado pela conversa durante o jantar. Está tarde, e preciso ir embora.

Estava escuro. Ele não conseguia se lembrar da última vez que havia feito uma refeição descontraída. Geralmente, devorava a comida para que a tarefa de dar forças a seu corpo fosse mantida e pudesse passar a beber.

— Vou acompanhá-la de volta à livraria.

— Estou bem sozinha. Ninguém ousaria me abordar. As pessoas sabem que meus irmãos são perigosos.

— Você está presumindo que todo mundo por aqui sabe que você é uma Trewlove. Eu não sabia.

Ela abriu a boca para protestar e a fechou, obviamente chegando à conclusão de que ele já havia vencido a discussão.

— Não posso impedi-lo se você quiser me acompanhar.

No entanto, Fancy certamente estava decidida a tentar, porque girou nos calcanhares e marchou depressa para a porta, fazendo com que dois rapazes pulassem para fora de seu caminho ao perceberem que estavam correndo o risco de serem atropelados. Assim que ela se aproximou da porta, ele facilmente a alcançou, agarrou a maçaneta e girou. Ela passou pelo portal com um "obrigada" murmurado que, por algum motivo inexplicável, o fez sorrir pela segunda vez naquela noite. Ele se acostumara à ausência da felicidade havia algum tempo, e era estranha senti-la batendo em seu costas.

Em silêncio, guiados pelos postes iluminados, atravessaram a rua e andaram pela calçada de tijolos até chegarem à livraria. Ela enfiou a mão no bolso e retirou uma chave. Daquela vez, nenhum papel caiu no chão. Depois de destrancar a porta, ainda parou por um segundo antes de olhar por cima do ombro.

— Espero que volte à livraria, sr. Sommersby.

Ela estava protegendo seu negócio. Apesar de sua ambição. Ou talvez por causa dela. A srta. Trewlove não parecia uma mulher que aceitaria qualquer tipo de falha, inclusive quando se tratava de garantir um lorde.

— Tenho certeza de que vou querer outro livro em breve, srta. Trewlove. Durma bem.

Empurrando a porta, ela entrou e a fechou. Ele ouviu a fechadura. Ela havia deixado uma luz acesa antes de sair, e ele esperou até que a parte principal da loja escurecesse antes de se afastar. Embora as janelas com pequenas prateleiras de livros e bugigangas o impedissem de ter uma visão clara do lado de dentro, ainda conseguiu seguir o caminho do brilho de uma lamparina cada vez mais alto — sem dúvidas ela estava subindo a escada — até desaparecer de vista, garantindo-lhe que a srta. Trewlove logo estaria na segurança de seus aposentos. Olhando em volta, ele considerou voltar ao pub para tomar outra bebida, mas, como ela não estava mais lá, o barulho dentro daquelas paredes, que geralmente abafavam seus pensamentos, não o atraía muito.

Ele desceu a rua e virou a esquina. Olhando para o prédio de tijolos, viu uma luz pálida saindo de uma janela no andar de cima. Ela estaria em seu quarto agora, provavelmente se preparando para dormir, removendo os alfinetes de seu cabelo negro como a meia-noite, arrastando a escova pelos longos fios. Trançando-o. Então, ela desabotoaria devagar o corpete de seu vestido azul-marinho...

Os pensamentos pararam abruptamente. Ele não seria tentado a cair na rede de ciladas dela por causa de sua paixão por livros ou por sua capacidade de criar uma livraria convidativa que oferecia um conforto tão tentador quanto o de um cobertor quente em uma noite fria. Ou por seus olhos grandes e rosto bonito. Ou por sua bondade para com a garçonete do pub ou sua simpatia com um estranho.

Ele passou pelos estábulos que ficavam entre a livraria e a residência dele. Virou à direita na rua, chegou em sua casa, subiu a escada correndo e entrou. Alcançando a lamparina, acendeu a chama até que o brilho amarelo suave iluminasse a sala da frente. Então, seguiu em frente pelo pequeno corredor, ignorando a escada estreita que levava ao andar onde dormia, e entrou na pequena sala onde comia as refeições preparadas pela mulher que contratara para cozinhar e manter as coisas arrumadas diariamente. Uma cadeira almofadada repousava perto da lareira, e ele passara muitas noites lendo ali. Foi até a mesa simples que abrigava uma jarra solitária e serviu um copo de uísque.

Com o conforto na mão, ele subiu a escada. No topo, o patamar estreito se ramificava em uma porta de cada lado. Atravessou a que estava à direita, entrou no quarto de dormir, mobiliado de forma simples com uma cama de dossel, uma mesa de cabeceira ao lado, um armário à frente e uma cadeira de brocado no canto. Continuou até chegar à janela.

Tomando um gole de uísque, ele encostou um ombro no vidro. Quando estava contemplativo, preferia se perder no que quer que estivesse além de sua própria janela. No início da manhã, assistia a carroças sendo puxadas por cavalos grandes atravessando os estábulos. Tarde da noite, testemunhava bêbados tropeçando. Via vários gatos, alguns cachorros e uma criança aqui ou ali. E às vezes, como naquela noite, o olhar dele se elevava para o brilho fraco da janela dela, derramando-se na escuridão e conquistando uma pequena parte das sombras. Muitas vezes, ele desejara que a luz alcançasse sua alma e conquistasse o vazio escuro que residia ali.

Porque era um terrível abismo de vazio e desespero que o fazia almejar aquilo que ele nunca possuíra e nunca teria: amor. Colocara seu coração em risco uma vez, e estava determinado a nunca mais fazê-lo.

Observando as sombras se movendo atrás das cortinas fechadas no piso superior da livraria, ele se perguntou se a janela dava para o quarto dela, se estava observando a vizinha se preparando para dormir e se Fancy Trewlove sonharia com o conde de Rosemont.

A jovem ficaria desapontada em seu primeiro baile, porque suas esperanças de ser apresentada a Rosemont seriam frustradas. Ele não se curvaria diante dela e beijaria sua mão. Não lhe pediria uma valsa, a seguraria nos braços e a rodopiaria pelo piso de madeira polida. Não diria que ela tinha os olhos castanhos mais expressivos que já vira. Não confessaria que mais de uma vez durante o jantar ele decidira que a boca dela tinha sido perfeitamente feita para ser beijada.

Não, o conde de Rosemont não faria nada daquilo.

Porque agora ele conhecia os planos dela, e não queria fazer parte deles.

Capítulo 5

Às SETE E MEIA DA MANHÃ SEGUINTE, Fancy bateu à porta da suíte de seu irmão no hotel. Ela foi rapidamente aberta por um criado alto que se curvou com respeito.

— Bom dia, srta. Trewlove.

— Como você está nesta bela manhã, James?

Ela o contornou, tirou o chapéu e as luvas e os entregou a ele.

— Muito bem, senhorita. É gentil da sua parte perguntar.

Não era gentileza. Eram simplesmente boas maneiras, embora lhe tivessem dito que a nobreza nunca agradecia a seus criados ou os envolvia em conversas do dia a dia.

— Irei até a sala do café da manhã.

— Tudo bem, senhorita.

Enquanto andava pelo corredor, ela não conseguiu evitar o pensamento do quanto se sentia confortável nos alojamentos de seu irmão. Quando ela entrou na sala de jantar menor, Mick deixou o jornal de lado e se levantou. Não que ele estivesse lendo. Em vez disso, ele estivera cochichando algo para a esposa, sentada ao seu lado, algo que a fez corar. Fancy queria aquilo; um homem que, após muitos anos de casamento, sussurrasse coisas indecentes em seu ouvido.

— Bom dia, irmãzinha — disse Mick, com seu costumeiro tom implicante de irmão mais velho, pois ela não era apenas a mais nova, como a mais baixa das crianças de Ettie Trewlove. Até Gillie era quase tão alta quanto seus irmãos. — Como você está nesta manhã?

Um pouco cansada, se Fancy fosse ser franca. Ela não dormira bem, graças ao sr. Sommersby. Na noite anterior, abrira as cortinas apenas o suficiente para espiar e o vira encostado na janela do quarto, olhando para fora. Como ele estava muito longe para que ela enxergasse suas feições com clareza, não tinha certeza se ele estava olhando para os estábulos ou para o céu, ou se seus olhos estavam fechados. Seus movimentos, no entanto, eram mais discerníveis. Ele estava recostado na janela e tomava um gole de algo. Uísque, provavelmente. De forma preguiçosa e lânguida. Como se a vista estivesse prendendo e merecendo sua máxima atenção.

Fancy levara aqueles malditos olhos verdes para a cama e sonhara com um homem que gostava de ler histórias de terror, sussurrando as palavras provocativamente em seu ouvido enquanto as mãos acariciavam lugares em seu corpo que nunca haviam sido tocados por um homem. Ela havia ficado quente, se contorcendo de necessidade, apenas para acordar e encontrar seus cobertores e lençóis no chão, Dickens espiando por baixo do monte com olhos estreitos. Será que havia chutado o gato para fora da cama também?

Não que ela confessaria tudo aquilo ao irmão.

— Muito bem, obrigada. E você?

Fancy foi até o aparador, onde a cozinheiro particular de Mick havia arrumado um verdadeiro banquete, não que nada fosse ser desperdiçado. Aslyn sempre distribuía qualquer comida que restasse para os abrigos da área, encarregados de alimentar os famintos.

— Não poderia estar melhor.

Ela caminhou até a mesa, onde um criado puxou uma cadeira. Depois de se sentar, olhou para Aslyn.

— E você?

— Perfeita.

— Em todos os sentidos — acrescentou Mick quando se sentou.

De todos os seus irmãos, Mick era o último que ela esperava ver tão assustadoramente apaixonado. Outra razão pela qual Fancy não jantava com ele. Embora ficasse extasiada pela paixão do casal, era difícil observar todo aquele amor quando ainda tinha que conquistar o mesmo nível de devoção de alguém. Além disso, ela frequentemente se sentia uma intrusa, pois sabia que, se não estivesse presente, haveria muito mais toques, carícias e beijos entre o casal.

— Como você passou a noite? — perguntou Mick.

— Jantei no Roger Risonho. Quando voltei para a loja, empilhei cinco livros e subi a escada equilibrando-os na cabeça...

— De verdade? — questionou Aslyn. — Cinco?

Fancy sorriu suavemente, imaginando que sua cunhada passara muito tempo equilibrando livros em cima da cabeça, pois possuía uma das melhores posturas que já vira.

— Não, eu estava só brincando. Acredito que minha postura já é boa o suficiente. Não pratiquei nada. Só fiquei lendo.

Ela pensou em mencionar o sr. Sommersby, talvez descobrir se Mick sabia alguma coisa sobre seu inquilino, mas queria manter o cavalheiro em segredo, apenas para si. E queria evitar uma inquisição. Como o conhecera? Quão bem o conhecia? Ele era confiável? Como ela sabia? Não seria bom que soubessem que Fancy passara um tempo na companhia dele sem uma acompanhante, embora ela pudesse argumentar que tinha sido vigiada pelos funcionários do Roger Risonho. Mick poderia até mandar o sr. Sommersby fazer as malas se achasse que o homem atrapalharia Fancy em sua tarefa de alcançar a meta que a família estabelecera para ela.

— Você terá pouco tempo para ler quando sua temporada começar — apontou Aslyn. — Fiz uma lista das mulheres que visitaremos durante as manhãs depois de sua apresentação à sociedade. E não tenho dúvida de que algumas virão visitá-la. Talvez seja melhor você passar seus dias aqui, já que diremos que você receberá visitas em nossa residência. Certamente, queremos que os cavalheiros a visitem aqui, para que você possa ser acompanhada da forma apropriada.

— Você é otimista. Acredito que dará bastante certo se vocês apenas enviarem um criado para me buscar quando for necessário. — Ela não queria abrir mão de mais tempo em sua livraria do que o necessário, porque chegaria um dia em que teria que deixá-la por completo. — Talvez eu até receba alguns convidados na livraria. Eu poderia servir chá no salão de leitura. — Era uma sala no andar de cima da loja reservada para as pessoas descansarem em cadeiras confortáveis e lerem o quanto quisessem. — Só precisaria que uma de suas criadas fosse preparar o chá na cozinha do meu alojamento.

— Suponho que seja uma opção. Vamos ver como se dará, tudo bem? — O que significava que Aslyn não gostava muito da ideia. — E, claro, também temos o jardim.

Atrás do hotel, longe da rua, Mick criara um oásis de vegetação onde seus convidados podiam tomar chá, ler ou passear. Talvez fosse mais tranquilo, menos cansativo, receber suas visitas ali. *Se* tivesse visitas. Fancy estava se esforçando para manter suas expectativas modestas e realistas, para não ficar terrivelmente desapontada quando sua entrada na sociedade acontecesse no ritmo de um caracol.

Com o garfo, ela cutucou os ovos com manteiga. De repente, nada à sua frente parecia apetitoso. Talvez porque o pensamento de cavalheiros a visitando a lembrasse da advertência do sr. Sommersby.

É uma coisa perigosa, srta. Trewlove, se apaixonar por um homem antes de conhecê-lo.

A reação do sr. Sommersby a surpreendera. Ele soara quase ciumento, embora ela certamente tivesse interpretado mal. Eles haviam acabado de se conhecer, e ele não dera nenhuma indicação de que tinha algo além de um interesse amigável por Fancy — ou nem sequer isso. Talvez o homem simplesmente desprezasse a aristocracia. Ele podia ser um cavalheiro de recursos, mas, se estava morando naquela área de Londres e não em Mayfair, então seus recursos eram sem dúvida bastante modestos.

Como ela havia dito, não estava apaixonada pelo conde de Rosemont. A carta servia apenas de exemplo do que Fancy esperava conseguir. Ainda assim, tinha sido embaraçoso ser pega com ela no bolso.

— Aslyn, você conhece o lorde Rosemont?

Os olhos arregalados indicavam que Aslyn ficou surpresa com a pergunta. Fancy deveria ter perguntado antes, já que ela havia habitado o mesmo mundo que o conde.

— Fomos apresentados, sim, mas apenas de passagem. Nunca conversamos por muito tempo. Suponho que esteja pensando na carta que a esposa dele arranjou para ser impressa no *Times*.

— Eu sei que é bobagem dar tanto valor para a carta de uma mulher em seu leito de morte, mas é por essa razão que a considero tão convincente, tão persuasiva... Por ela se preocupar tanto antes de deixar este mundo. Ele deve ser um homem extraordinário.

— É o que se pensaria. No entanto, sabendo que nunca seria um pretendente, prestei pouca atenção nele. — Ela deu uma risada leve. — Embora, para ser sincera, eu via a maioria dos homens apenas como que parceiros de dança em potencial, e não muito mais que isso, porque sempre esperei me casar com Kipwick.

O filho e herdeiro do duque de Hedley. Mick a roubara dele, originalmente com a intenção de arruiná-la, mas então ela conquistara seu coração.

Fancy observou quando Aslyn estendeu a mão e passou os dedos sobre os de Mick. Ele os levou aos lábios e simplesmente os segurou lá, encarando-a com carinho.

— Os melhores planos e tudo mais.

Aslyn arqueou uma sobrancelha delicada.

— Você está se referindo aos seus ou aos meus?

Ele riu baixo.

— Ambos.

Fancy sabia que não haveria mais conversas sobre lorde Rosemont, pois o casal se perdera um no outro. Ela dobrou o guardanapo de linho e o colocou ao lado do prato.

— Eu preciso ir.

Parecendo culpada, Aslyn olhou para ela.

— Mas você quase não comeu.

— Comi o suficiente. Obrigado por me convidar para o café da manhã. Não se incomode em se levantar, Mick. — Ela empurrou a cadeira para trás e se levantou. — Eu posso ir sozinha.

Ao sair da sala, ouviu murmúrios suaves, um suspiro.

Depois de deixar a suíte de Mick e sair pelo corredor, olhou para as portas duplas de vidro com o nome TREWLOVE gravado. Fancy podia ver o sr. Tittlefitz, o secretário de Mick, já à sua mesa. Ela desviou do seu caminho original, abriu uma das portas e entrou. Ele imediatamente se levantou.

— Srta. Trewlove. Que surpresa maravilhosa.

O sr. Tittlefitz era uma das pessoas mais positivas que ela já conhecera. Tendo nascido bastardo e crescido em um bairro pobre, tinha todo o direito de ser amargo, mas sempre demonstrava um otimismo que fazia dele uma companhia agradável.

— Eu estava visitando meu irmão. Com base nos sussurros que ouvi quando estava saindo, acho que ele deve demorar um pouco para retornar.

O sr. Tittlefitz corou profusamente, tanto que suas sardas quase sumiram.

— Ele não tem nada marcado para esta manhã.

Fancy suspeitava que não importava o que o irmão tinha em sua agenda. Agradar à esposa sempre vinha em primeiro lugar. Só podia esperar que o próprio marido fosse tão atencioso.

— Não tive sorte em encontrar alguém para ajudá-lo com as lições nas noites em que eu não puder participar.

Ela e o sr. Tittlefitz se voluntariavam duas vezes por semana para oferecer aulas gratuitas de leitura a adultos que tinham pouca ou nenhuma escolaridade. Fancy se sentia culpada pela perspectiva de ele ter que carregar todo o peso da carga de trabalho quando a temporada estivesse em seu ápice. Ela abordara algumas pessoas sobre substituí-la, mas poucas tinham tempo de sobra para um trabalho que não colocava moedas em seus bolsos. Ela não podia perguntar aos irmãos casados, pois eles estariam nos bailes, e seu outro irmão, Fera, andava meio desaparecido nos últimos tempos.

— Não se preocupe. Não terei nenhum problema em cuidar de tudo sozinho. Embora sua presença fará muita falta.

— Receio, sr. Tittlefitz, que desejarei estar ajudando nas lições, em vez de ser o centro das atenções em um baile cheio de esnobes.

— Você os conquistará com facilidade, srta. Trewlove. Não tenho dúvidas quanto a isso.

— Você diz as coisas mais gentis.

— Eu não diria se não acreditasse que fossem verdadeiras.

Uma das razões pelas quais o sr. Tittlefitz era um professor tão eficaz era sua habilidade em oferecer encorajamento sincero.

— Não vou atrapalhar o senhor, mas continuarei pensando em quem posso convencer a ajudá-lo quando eu estiver indisponível. Só é um pouco difícil quando a maioria das pessoas nesta área leva vidas tão ocupadas, trabalhando longas horas com pouco tempo para lazer…

Seus pensamentos saltaram para o companheiro de jantar da noite passada. Conseguiria convencê-lo a ajudar? As coisas entre eles tinham terminado de forma estranha, mas Fancy poderia deixar aquilo de lado para um bem maior. A pergunta era: ele faria o mesmo?

— Você está bem, senhorita?

Ela balançou a cabeça de leve.

— Sim. Acabei de ter uma ideia. Uma possível solução para o nosso dilema. Vou ter que refletir um pouco mais. Tenha um bom dia, sr. Tittlefitz.

— Você também, srta. Trewlove.

Antes de sair do hotel, Fancy parou na cozinha, onde um dos funcionários lhe deu uma pequena jarra de creme. Quando ela voltou para a livraria, subiu a escada e colocou o líquido em um pires. Dickens chegou no mesmo instante e começou a beber. Ele mostrava uma indiferença para com a maior parte das coisas, mas amava seu creme. Depois de guardar o chapéu e as luvas, ela voltou para o andar de baixo.

Como sempre, Fancy simplesmente ficou parada por um momento, absorvendo o que havia construído com a ajuda de sua família. Todos os seus parentes, mais o sr. Tittlefitz, fizeram a gentileza de ajudá-la a colocar os livros nas prateleiras. Em todos os lugares que ela olhava, havia lembranças deles ajudando-a de uma maneira ou de outra, sem reclamar, fazendo tudo por bondade. Ela não esperava encontrar tamanha satisfação em trabalhar ali. Originalmente, vira a livraria apenas como uma maneira de se cercar de livros enquanto preenchia seus dias esperando sua primeira temporada. Agora, aquilo tudo significava tanto que seria difícil se afastar do local.

Às nove, ela abriu a porta da frente, pronta para os negócios. Tinha uma vaga esperança de que o sr. Sommersby já tivesse terminado o livro e aparecesse para comprar outro. Ela se perguntou quanto tempo ele ficara naquela janela, quanto tempo levara para se afastar e ir dormir, ou se perder nas aventuras de Dick Turpin. Era estranho um criminoso se transformar em um personagem heroico, mas, por algum motivo, as pessoas expressavam uma predileção por patifes. Quando se tratava de mulheres, seus irmãos certamente se beneficiaram de tal atitude.

Matthew Sommersby parecia mais cavalheiro que patife. Como tal, talvez estivesse disposto a ajudar nas aulas. Se Fancy pudesse restabelecer o relacionamento que eles tinham compartilhado antes que o recorte de jornal escapasse de seu bolso e chamasse a atenção dele...

Por isso, quando Marianne chegou no final da manhã para ajudá-la na loja, ela decidiu fazer uma visita ao cavalheiro da esquina.

As ruas e calçadas estavam movimentadas com pessoas cumprindo seus deveres diários e fazendo negócios. Ela cumprimentou pelo nome aqueles que conhecia, deu um sorriso e acenou para os que não conhecia. Ao passar pelos estábulos e olhar para a janela em que Sommersby aparecera na noite anterior, não conseguiu evitar imaginar quantas vezes ele estivera lá, observando.

Virando na Ettie Lane, seu coração acelerou enquanto seus pés diminuíam o ritmo. A residência não era grande nem intimidadora, então aquela apreensão toda a surpreendeu. Ela estava intimamente familiarizada com a disposição daquelas casas, pois eram todas iguais e Mick havia compartilhado o projeto com ela, até pedido sua opinião sobre o assunto. E então Fancy as vira serem construídas. Fora emocionante ver seu irmão criar tanto do nada.

Portanto, não era o prédio que fazia seu coração bater violentamente, as palmas das mãos ficarem úmidas dentro das luvas, mas o cavalheiro que morava dentro daquelas paredes. Aproximar-se dele para pedir um favor quando ela mal o conhecia parecia o auge da tolice, mas certamente ele não contestaria o pedido dela para servir a um propósito tão útil.

Reunindo determinação o suficiente para cobri-la como um casaco de veludo finamente costurado, Fancy subiu os degraus, bateu na aldrava e esperou impaciente, quase pulando nas pontas dos pés enquanto torcia para que qualquer falha que o sr. Sommersby tivesse visto nela na noite anterior houvesse derretido e ele lhe oferecesse uma recepção calorosa.

Quando a porta finalmente se abriu, ela ficou surpresa ao ver uma mulher de cabelo escuro cujos óculos faziam seus olhos azuis parecerem grandes demais para seu rosto.

— Sra. Bennett.

— Srta. Trewlove, há algo errado?

— Não, eu estou simplesmente surpresa em vê-la aqui. — Sabendo que o homem que dirigia a equipe de construção de Mick e sua esposa moravam naquela rua, ela olhou em volta. Teria batido na porta errada? — Eu estou procurando o sr. Sommersby.

— Ah. Ele saiu. Disse que demoraria um pouco e que eu não deveria me preocupar em preparar uma refeição do meio-dia para ele.

Ela voltou sua atenção para a sra. Bennett.

— Você cozinha para ele?

A doce mulher assentiu com a cabeça.

— Sim. Eu venho todo dia de manhã para arrumar tudo, não que tenha muito o que arrumar. Ele tem muito pouco mobiliário, nosso sr. Sommersby. Nada de muito pessoal. O sr. Bennett diz que não devo me preocupar com isso, contanto que ele me pague todos os dias, o que ele faz. Mas ainda assim, há uma solidão no lugar, sabe?

Fancy deduzira que o sr. Sommersby era solteiro. Ainda assim, ficou triste ao pensar que era sozinho no mundo.

— Ele não está aqui há muito tempo. Talvez ainda não tenha se estabelecido por completo.

— Talvez. Ele nunca recebeu visitas, até onde eu sei. É sempre o mesmo único copo que precisa ser lavado. Ainda assim, eu limpo tudo, esfrego o chão. Não deixo um grão de poeira quando termino.

— Isso é muito louvável da sua parte. Você pode avisá-lo que passei por aqui e queria ter uma palavra?

— Claro, srta. Trewlove. Mas não sei quando ele voltará.

— Não é urgente. Eu apenas gostaria de falar com ele quando possível.

— Vou passar seu recado adiante.

— Obrigada. E mande lembranças ao sr. Bennett.

— Mando, sim, senhorita.

Ela ouviu a porta fechar enquanto descia os degraus rapidamente. Quando chegou à calçada, olhou para trás, só então notando a ausência de cortinas nas janelas, algo que não observara na noite anterior. Embora talvez ele tivesse saído em busca de cortinas. O sr. Sommersby tinha a sra. Bennett para se preocupar com ele, Fancy não precisava fazê-lo. Ainda assim, ela estava mais convencida que nunca de que o homem gostaria da oportunidade de ajudar outras pessoas a aprender a ler. Que outra maneira seria melhor para se tornar parte integrante de uma comunidade e aliviar a solidão?

A srta. Trewlove ocupara os pensamentos de Matthew da noite até a manhã seguinte, o que era deveras irritante, então ele decidiu que precisava de um dia cuidando de negócios. Depois de se encontrar com seu negociante e de desfrutar de uma refeição descontraída no Dodger's, seu clube favorito, ele chamou uma carruagem e instruiu o motorista a deixá-lo nos arredores do domínio de Trewlove, porque queria andar um pouco antes de voltar para casa. Na calçada, ficou parado por um momento contemplando a construção que estava expandindo a área. O bater dos martelos, o grunhido dos homens, a ocasional ordem gritada e o rangido das rodas sob o peso de um carrinho de mão criavam uma sinfonia de sons que sugeriam aumento de riqueza e poder.

Ele ouvira sons semelhantes quando era garoto e visitara minas de carvão com o pai, a fim de entender melhor o funcionamento do legado de Yorkshire que lhe seria deixado. Descera o labirinto de túneis e até empunhara uma picareta, desfrutando do alongamento de seus músculos, da labuta e da concentração que o trabalho exigia para evitar um acidente. Todas as preocupações de corresponder às expectativas do pai haviam desaparecido, pois o alvo no qual ele precisava bater com a picareta se tornara seu único foco.

Matthew dera a mesma atenção à tarefa de arranjar uma esposa, mas falhara espetacular e rapidamente. Na verdade, sentia-se grato pelo pai não ter estado por perto para testemunhar a bagunça que fizera.

— No que diz respeito às mulheres, sempre pense com sua cabeça grande, não com a pequena — o pai frequentemente o instruía. — Mulheres podem ser vigaristas manipuladoras.

Sua mãe fora a responsável por ensinar tal lição ao pai, e ele, por sua vez, não teve nenhum escrúpulo em revelar a história ao filho. Eles estavam casados havia pouco mais de seis meses quando a irmã de Matthew — a atual marquesa de Fairhaven — nascera, indicando que o pai também fora enganado. Ele nunca ouvira os pais trocarem palavras gentis. A casa deles era gelada pelo desprezo que sentiam um pelo outro. Matthew suspeitava que o pai havia dado um suspiro de alívio com seu nascimento, porque aquilo dera ao conde uma desculpa para evitar a cama da condessa.

Ele deveria ter prestado mais atenção, aprendido com o exemplo deles. Talvez assim tivesse previsto que estaria destinado a repetir o erro do pai quando se tratava de arranjar uma esposa. Eventualmente, ele precisaria se casar de novo para garantir um herdeiro, mas pretendia fazê-lo como um acordo comercial, listando as qualificações necessárias. Nada de olhos castanhos nem de um sorriso caloroso e acolhedor. Nada de aspectos que pudessem tirar seu coração de seu estado sitiado.

Como um cachorro saindo de um lago pronto para se livrar da água agarrada ao pelo, ele sacudiu os pensamentos sombrios ao perceber que havia chegado em casa. A caminhada não servira para manter o bom humor que conseguira naquela manhã, depois de sair de casa. O caminho do arrependimento era sempre uma jornada difícil.

Destrancando e abrindo a porta de sua residência, parou de supetão quando a sra. Bennett saiu apressadamente do cômodo que servia como a principal área de estar. Ele não esperava que ela ainda estivesse por lá, pois geralmente saía quando terminava de limpar tudo, depois do almoço. Como não precisava preparar nada para ele, ela já deveria ter ido embora.

— Há algo de errado, sra. Bennett?

— Ah, não, senhor. Mas eu queria que você soubesse que a srta. Trewlove passou aqui. Ela gostaria de ter uma palavra.

Ele franziu a testa, sem ter certeza de que tinha ouvido corretamente, pois de certo a srta. Trewlove não tinha motivos para chamá-lo... Não depois do modo um tanto tenso como terminaram a noite anterior.

— A srta. Trewlove?

— Sim, senhor. A dona da livraria da rua principal.

— Eu sei quem ela é.

— Bem, então, senhor, ela veio mais cedo, quando eu estava terminando o serviço.

O que diabo ela queria com ele?

— Seria perfeitamente aceitável ter me deixado um bilhete, sra. Bennett.

— Eu achei o pedido muito importante, então quis lhe contar pessoalmente.

— Embora eu com certeza aprecie sua dedicação, no futuro, um bilhete será suficiente. Não há necessidade de esperar pela minha chegada. Eu poderia ficar fora até tarde da noite.

Não que ele tivesse feito aquilo em séculos. Alcançando o bolso, retirou uma moeda para ela.

— Ah, não, senhor.

— Por favor. Sua dedicação merece um sinal adicional de agradecimento.

Ele pagara pelos serviços diários dela antes de sair.

Depois que ela finalmente aceitou a oferta, ele a viu sair pela porta e se despediu.

A curiosidade o dominou, e ele logo seguiu o exemplo da mulher e deixou a residência. Quando chegou à livraria, abriu a porta, passou pela soleira e não gostou muito da ferocidade com que a decepção o atingiu ao ver uma jovem mulher com cabelo cor de trigo atrás do balcão. Não era quem ele esperava, quem queria. Não, ele não a *queria*. Querer implicava desejo, e Matthew certamente não tinha anseios quando se tratava da srta. Trewlove.

A jovem deu a ele um sorriso deslumbrante.

— Como posso lhe ajudar, senhor?

Não lhe ocorrera que a srta. Trewlove não estaria presente. No entanto, entre o cheiro de mofo de todos os livros que ela reunira e organizaria com amor nas prateleiras e em vários lugares ao redor da sala, ele ainda detectava o aroma dela, uma mistura de laranjas e uma fragrância exclusiva.

— Se puder, informe a srta. Trewlove, quando ela voltar, que o sr. Sommersby apareceu.

O rosto da jovem se iluminou ainda mais, os olhos se arregalaram de prazer, como se ela não quisesse nada além de lhe trazer alegria.

— Ah, ela está aqui. Lá em cima, no salão de leitura.

Sem ficar surpreso por ela ter uma sala do tipo na livraria, ele a imaginou acomodada em uma cadeira estofada extremamente grande.

A funcionária ainda estava sorrindo com exuberância.

— O senhor pode subir, se lhe aprouver.

Se lhe aprouver. Ele suspeitou que a srta. Trewlove tivesse se dado ao trabalho de educar a garota, compartilhando generosamente o que aprendera para melhorar a vida das pessoas ao seu redor.

— Obrigado.

Ele subiu rapidamente a escada, dois degraus por vez, não porque estava ansioso para ver a srta. Trewlove, mas porque estava curioso para saber por que ela se dera ao trabalho de passar em sua casa.

No topo da escada, havia um pequeno corredor e, do outro lado, mais degraus. Ele presumiu que levassem aos alojamentos dela, à janela onde a luz muitas vezes se derramava tarde da noite.

Voltando a pensar em seu propósito, ele notou a porta aberta à direita, caminhou em sua direção e parou abruptamente. Ela estava de fato sentada em uma grande cadeira estofada, mas não estava aconchegada. Sua postura era ereta, graciosa, perfeita. Uma dúzia de crianças em uma variedade de poses — sentadas de pernas cruzadas, de joelhos, esticadas de barriga para baixo — estavam reunidas aos pés dela, tão fascinadas quanto ele. A srta. Trewlove estava lendo *Alice no País das Maravilhas*, a voz animada ao assumir o papel de vários personagens. Matthew estava familiarizado com o conto, pois dera uma cópia para a sobrinha no Natal e ela pedira que ele lesse em voz alta, e é claro que Matthew assim o fizera. Não era bom em resistir aos pedidos das mulheres em sua vida.

O que sem dúvida era o motivo de ele estar ali — mesmo que a srta. Trewlove não fosse exatamente parte permanente de sua vida, ela com certeza passara a orbitá-la. Caso contrário, Matthew seria capaz de parar de pensar nela, de se perguntar o que ela estava fazendo a cada minuto que não era visível para ele. Entretendo crianças, ao que parecia.

Ela ergueu os olhos castanhos, e seu olhar pousou nele, tão sólido como um soco. A boca delicada se curvou nos cantos devagar, até abrir um sorriso radiante, como se ela tivesse visto sua salvação, a concretização do que quer que desejasse. Matthew deveria dar meia-volta e sair imediatamente. Em vez disso, permaneceu enraizado no chão, mantido no lugar por alguma força invisível — por ela e pela alegria que seu rosto mostrava com sua chegada.

— Sra. Byng, você faria a gentileza de assumir a leitura para mim, por favor? — perguntou a srta. Trewlove, sem desviar o olhar dele, como se temesse que Matthew desaparecesse. Ele se perguntou se ela sentia sua relutância em permanecer ali.

Uma jovem de cabelo vermelho pareceu assustada com o pedido.

— Ah, srta. Trewlove, não leio tão bem quanto você.

— Você lê perfeitamente bem, sra. Byng, e tenho certeza de que as crianças gostariam de ouvir outra voz além da minha por um momento. Serei eternamente grata.

— Bobagem — disse a jovem, levantando-se da cadeira. — Sou eu quem serei grata para sempre.

Ele se perguntou exatamente qual seria o motivo para tamanha gratidão. Talvez um livro que ela vendera a crédito.

A srta. Trewlove levantou-se com uma graça tão requintada que envergonharia um bom número de damas da sociedade na semana seguinte. Poucas tinham sua postura. Depois de entregar o livro à sra. Byng, ela contornou as crianças, dando um tapinha na cabeça aqui e ali, antes de andar elegantemente em sua direção. Fazia muito tempo desde que sentira atração por uma mulher. Por mais que quisesse estar mais próximo dela, permaneceu parado.

— Sr. Sommersby, suponho que recebeu meu recado.

Ela parecia sem fôlego, como se tivesse corrido, e ele imaginou quão ofegante a respiração dela ficaria quando seu corpo estivesse dominado pela paixão. Ele se ressentiu por sentir uma centelha de ciúme em relação ao homem que a apresentaria aos prazeres da união de dois corpos.

— Sim, recebi.

Ela indicou o corredor.

— Podemos?

Com um ligeiro cumprimento com a cabeça, ele voltou ao corredor. Ela seguiu. Estava mais escuro ali, e Matthew imaginou a satisfação em puxá-la para um canto sombreado e tomar posse daquela boca que ainda abrigava um leve sorriso. Não era para onde sua mente precisava ir... Ele acenou com a cabeça em direção à porta.

— Você tem uma maneira única de dar vida à história.

Ela arqueou uma sobrancelha, seu sorriso se tornando provocador.

— Um elogio? Só falta confessar que gosta de mim.

— Não desgosto de você, srta. Trewlove.

— Não? Eu não estava muito certa disso após o modo como as coisas terminaram na noite passada.

— Simplesmente me oponho à sua busca para se casar com um lorde.

— Você se oporia se eu nascesse do lado correto do cobertor?

— As circunstâncias do seu nascimento não significam nada. Você está perseguindo um título, e por trás desse título está um homem.

— Que sem dúvida estará perseguindo meu dote. — Ela cruzou os braços, colocando-os embaixo dos seios, o que serviu para levantá-los. Os olhos de Matthew não deveriam ter baixado, a fim de apreciar plenamente a bela exibição, mas os malditos o fizeram. — Por que você se importa...

Porque eles são perfeitos, do tamanho ideal para preencher a mão de um homem, sem tirar nem pôr.

— ...com quem devo me casar?

Certo. Eles estavam discutindo algo completamente diferente.

— Tenho respeito pela aristocracia e por seus homens, em particular. Não gosto de ver homens caindo em armadilhas de casamento, não importa quão graciosa seja a armadilha.

Ela cerrou os punhos e os apoiou na cintura — estreita, se a maneira como as saias caíam para os lados fosse uma indicação fiel. A srta. Trewlove tinha curvas deliciosas.

— O que lhe deu a impressão de que eu usaria armadilhas para arranjar um marido? — Ela parecia realmente ofendida, depois revirou os olhos. — A carta? Posso admirar um homem, um relacionamento, sem usar o que sei por duplicidade. Algo em seu passado o fez desconfiar de mulheres? — Ela o examinou de forma longa, lenta e completa, e Matthew sentiu como se ela estivesse passando os dedos por cada centímetro de sua pele. Então, os olhos cor de chocolate se encheram de empatia. — Ela partiu seu coração?

O que Elise tinha feito, quão ingênuo ele tinha sido, não era da conta da srta. Trewlove.

— Se eu soubesse que seu desejo era brigar e bisbilhotar, não teria saído de minha residência.

Com uma careta, ela fechou os olhos com força.

— Me desculpe. Queria pedir um favor a você, e provavelmente estraguei tudo ao ponto de você recusá-lo. — Quando ela abriu os olhos grandes, eles refletiram tanta sinceridade que talvez fosse impossível encontrar as palavras para recusar o favor, o que quer que ela pedisse. — Espero que não me ache excessivamente íntima, mas notei ontem à noite, durante os poucos minutos em que você estava prestando atenção ao seu livro, que você parecia ler muito bem pela velocidade em que virava as páginas.

— Como eu disse, fui educado. Oxford.

Os olhos dela se arregalaram um pouco.

— Entendo.

Ele não sabia por que sentira a necessidade de impressioná-la. Não querendo elaborar mais, sentiu-se um tolo por mencionar Oxford em primeiro lugar.

— Então você é perfeito — afirmou ela.

Ele bufou em zombaria.

— Não acredito que alguém já tenha usado esse termo para mim antes.

Elise certamente não o fizera, pelo menos não depois que se casaram. Antes disso, ele andava como um maldito pavão graças aos elogios que ela lhe oferecia, levando-o a acreditar que todos os aspectos dele lhe agradavam, quando na verdade apenas seu título tinha algum significado para ela.

— Bem, para o que tenho em mente, você é perfeito. O secretário de meu irmão, sr. Tittlefitz, talvez você o tenha conhecido quando alugou sua residência, pois ele trata desses assuntos, e eu damos aulas para adultos toda segunda e quarta-feira. Nós nos concentramos no ensino da leitura. Como minhas noites vão ficar bastante ocupadas quando eu for introduzida à sociedade, pensei que o senhor talvez estivesse disposto a assumir meu cargo quando eu não estiver disponível.

Nem se a vida dele não dependesse daquilo. Por que se sujeitaria a passar mais tempo do que precisava na companhia de uma caçadora de títulos? Mesmo que ela não estivesse lá, seus caminhos certamente se cruzariam até certo ponto. O único favor que ele pretendia fazer era a si mesmo, e isso envolvia manter distância da srta. Trewlove.

— Eu sinto muito. Receio não ter paciência para essa tarefa.

— Mas é tão recompensadora.

— Pareço ser um homem que precisa de recompensas?

Ela parecia tão chocada, como se ele tivesse acabado de chutar um filhotinho. Maldita fosse por fazê-lo se arrepender da dureza de seu tom.

— Para ser sincera, você me pareceu um homem com tempo livre em busca de uma maneira de preencher suas horas, sem precisar de recompensa pela tarefa.

A expressão dela era a de uma mulher desafiando um homem. Matthew amaldiçoou-se por querer ceder, permitir que ela tivesse a vitória, mas sabia que aquele caminho o levaria à loucura.

— Eu posso ser um homem com tempo livre, mas isso não significa que não tenho responsabilidades e deveres que ocupam uma boa parte do meu tempo.

— Com licença, srta. Trewlove.

Sem hesitar, ela se aproximou dele, abrindo caminho para as mulheres e crianças que saíam da sala, trazendo com ela o aroma tentador de laranjas.

— Adeus, sra. Byng. Vejo vocês na próxima sexta-feira.

Ela deu um tapinha nas cabeças das crianças e despediu-se das mães, dando atenção a cada pessoa, grande ou pequena, jovem ou velha, que passava. Ou era carregada. Até as crianças de colo receberam um toque na bochecha ou na ponta do nariz.

Quando todos partiram, ela voltou o olhar para ele, e Matthew percebeu que não havia se movido nem um milímetro para trás e permanecera inapropriadamente próximo, tão próximo que podia sentir o calor irradiando do corpo dela. Sua mão coçou, estremeceu, como se quisesse desesperadamente embalar a bochecha delicada, saber se ela era tão sedosa quanto parecia.

— Minhas desculpas, sr. Sommersby. — A voz baixa era como o som de segredos sussurrados. — Claro, você tem assuntos importantes que requerem sua atenção. Espero que você perdoe minha impertinência.

Naquele momento, ele teve o pensamento absurdo de que perdoaria tudo relacionado a ela e compreendeu com absoluta certeza que aquela mulher era um perigo. A srta. Trewlove não usaria a carta como um meio para seu fim.

Usaria os olhos castanhos, a boca deliciosa, os seios empinados, a cintura estreita e a bondade. No final, algum cavalheiro cairia em sua armadilha sem nunca perceber que havia sido encantado. Aquele era o poder dela.

Ele deu um passo para trás.

— Tenha um bom dia, srta. Trewlove.

Então, caminhou pelo corredor até a escada e a desceu como se os cães do inferno estivessem mordendo seus calcanhares.

Capítulo 6

NAQUELA NOITE, FANCY SAIU DE SUA LOJA com cautela, fechou a porta, inseriu a chave...

— Srta. Trewlove.

Com um pequeno grito, ela apertou a mão no coração palpitante e se virou.

— Sr. Sommersby.

Ele não estivera esperando por ela, certamente. Tudo bem que Fancy estivera focada em trancar a porta, mas com certeza teria notado se ele estivesse ali. Ele simplesmente virara a esquina no exato momento em que ela estava escapulindo, e a culpa que sentia estava conferindo propósitos nefastos à chegada dele. A rua ainda estava cheia de pessoas indo para o pub, para casa. Vagões, carruagens e charretes também passavam. Crianças corriam de um lado para o outro. Em meio a tudo aquilo, era apenas coincidência que o caminho dos dois tivesse se cruzado. Além disso, após o encontro daquela tarde, era improvável que o sr. Sommersby procurasse qualquer desculpa para estar perto dela. Fancy certamente não tinha vontade de estar perto dele.

— Se deseja um livro, precisará voltar amanhã, pois estou fechando por hoje.

— Ontem, parecia que nada a impediria de combinar uma pessoa com uma próxima leitura.

— Ontem eu não tinha planos.

— Estou intrigado. Por acaso você não vai ao Roger Risonho para jantar?

O interesse no tom dele indicava uma esperança de que pudessem compartilhar novamente uma mesa? Aquele homem a confundia. Mais cedo, era como se ele não pudesse escapar da presença dela rápido o suficiente. Fancy não lhe devia nenhuma explicação, mas sentiu um tipo de prazer perverso ao revelar que sua vida também incluía coisas que ocupavam boa parte de seu tempo.

— Na verdade, estou saindo para uma aventura.

Ela olhou para as janelas que davam para o escritório de Mick, grata por não o ver ali. Depois de dizer a ele que jantaria na própria casa naquela noite, ela não precisava que ele a pegasse no pulo. Não conseguia se lembrar de uma época em que lhe era permitido fazer algo que não melhorasse suas perspectivas de seu casamento. Ela fora proibida de frequentar áreas longe de casa porque sua mãe ficava preocupada de que alguém a levaria ao mau caminho, a apresentaria a bebidas alcoólicas, charutos, jogos de azar ou palavrões. Seus irmãos puderam fazer o que queriam, enquanto Fancy era observada como um falcão. Certamente um pouco de rebeldia não mataria ninguém.

— Que tipo de aventura?

— Sinceramente, não acho que seja da sua conta.

Ele soltou um longo e prolongado suspiro sofrido.

— Eu sei que você deve estar irritada com a minha resposta mais cedo...

— Não, não mesmo. — Uma mentira. Ela ficara muito decepcionada, pois a resposta dele resultaria em menos oportunidades para se tornarem amigos e colocaria um fardo adicional sobre o sr. Tittlefitz. — Seu tempo é seu para fazer o que quiser. E o mesmo se aplica a mim. — Então, sentindo-se um pouco obstinada, ela decidiu que não se importava se ele soubesse seus planos. Na verdade, gostou da ideia de possivelmente chocá-lo. — Agora, se me der licença, um teatro marginal me aguarda.

Os olhos verdes se estreitaram um pouco, o olhar ficando mais intenso, como se de repente ela tivesse crescido uma segunda cabeça.

— Por que em nome de Deus você iria a um teatro marginal?

Mais uma vez, Fancy não lhe devia nenhuma explicação, mas que mal havia em dar uma? Embora Aiden fosse dono de um clube que atendia às fantasias femininas, ela era proibida de frequentá-lo e tinha que se contentar em encontrar outros entretenimentos. Com um suspiro, ela girou a fechadura antes de enfiar a chave em um bolso escondido na cintura da saia, muito consciente de que ia a um lugar com trombadinhas, então qualquer coisa importante deveria ser guardada com cuidado.

— Quando eu for apresentada à sociedade, terei de me comportar com o máximo decoro, e lugares como esse serão proibidos para mim.

— Eles já deveriam ser proibidos para você.

Ela revirou os olhos com a advertência. Por que era do interesse dele como Fancy passava a noite?

— Eles são, e é por isso que estou indo hoje à noite. Pode ser minha última chance.

— Sozinha? Sem acompanhante? Você ficou maluca?

— Não é o tipo de lugar onde se leva uma acompanhante. Além disso, ela poderia contar a Mick, e ele não ficaria muito feliz.

— E nem deveria ficar. Eu a proíbo.

Ela deu uma risada.

— Você não está em posição de me proibir de fazer nada, sr. Sommersby. Tenha uma boa noite.

Com um ligeiro desvio, ela passou por ele e começou a andar pela calçada. Os passos dele, altos e com propósito, ecoaram ao redor.

— Como você vai chegar lá?

— Vou pegar uma carruagem algumas ruas adiante.

Quando estivesse bem longe da visão aguçada de Mick.

— Você não pode ir sozinha. Há muitos perigos, srta. Trewlove.

— Estou preparada para eles.

— Trombadinhas, encrenqueiros, bêbados. Todo tipo de homem com más intenções que não hesitará em tirar vantagem de uma mulher sozinha.

— Eu aprecio sua preocupação, senhor....

Ele a agarrou pelo braço. Felizmente, não o braço com o qual segurava a pequena bolsa, que ela brandiu com toda sua força e o acertou na cabeça. Ele cambaleou para trás, o chapéu voando para o chão. Recuperando o equilíbrio, ele colocou a mão na cabeça.

— O que diabo tem aí dentro?

— Livros — Ela correu e se abaixou para resgatar o chapéu antes que ele fosse esmagado pelas rodas de uma carruagem que passava. De volta à calçada, ela o estendeu em direção a ele. — Sinto muito. Reagi sem pensar, embora eu suspeite que você tenha tentado demonstrar como um homem poderia tentar tirar vantagem de mim.

Ele não respondeu à avaliação dela, mas aparentava culpa.

— Por que você levaria livros a um teatro marginal?

Ela levantou a bolsa.

— Porque eles fazem peso caso eu seja abordada por alguém com más intenções. Também tenho uma pequena adaga escondida atrás do cós da minha saia e uma faca enfiada na minha bota.

— Você sabe como usá-las?

— Muito bem, na verdade. Embora meus irmãos sempre tenham me protegido, também sabiam que morávamos em um lugar perigoso e que não podiam cuidar de mim a cada segundo do dia. Então eles me ensinaram a me defender. Espero não ter machucado sua cabeça. Ela é muito bem esculpida, e eu odiaria saber que a deixei torta.

Ele riu, o som profundo e rico, ecoando ao redor, reverberando por ela, entrando em sua alma.

— Srta. Trewlove, você é... Não tenho palavras. Ainda assim, não posso permitir que você vá para uma área desagradável de Londres.

Os teatros marginais geralmente ficavam nas partes mais pobres de Londres.

— Novamente, sr. Sommersby, você não está em posição de me permitir fazer qualquer coisa.

Ele deu de ombros.

— Suponho que terei que ir até o hotel para avisar seu irmão.

Uma onda de fúria a assolou.

— Você não ousaria.

— Não posso deixar de acreditar que, se algo desagradável acontecesse com você e ele descobrisse que eu a deixei sair desacompanhada, seria meu fim.

— Não seja tonto. Ele não vai descobrir.

— A rua está cheia. Estou certo de que uma ou duas pessoas nos viram conversando. É provável que seu irmão fique sabendo disso, e não terei defesa por permitir que você saísse sozinha.

Por que ele estava insistindo em acompanhá-la? Depois daquela tarde, ela esperava que ele a evitasse a todo custo. Fancy estava prestes a gritar de raiva.

— Sr. Sommersby, seria inapropriado ser visto com um homem sem estar com uma acompanhante.

— Quais são as chances de você encontrar alguém que conheça?

— Ah, uma em mil, acho, mas...

— Portanto, dificilmente seremos vistos ou reconhecidos por alguém importante.

— Verdade, mas...

— Você também jantou com um cavalheiro sem estar acompanhada.

Ele tinha um ponto, mas ela ainda sentia necessidade de discutir.

— Eu não estava jantando com um cavalheiro. Ele estava apenas cedendo a cadeira na minha mesa.

Ele deu um sorriso, tão devastadoramente perfeito que ela se contentaria em passar o resto de sua vida dizendo coisas que o fariam sorrir.

— Semântica.

— Eu argumentaria ainda que Becky, ou melhor, todos os funcionários, serviram como acompanhantes naquele jantar.

— Você está certa. Eu senti os olhos deles em mim a noite toda. — Ele deu um passo em sua direção. — O que acha disso? Você está indo para o teatro marginal sozinha. Eu, no entanto, decidi que quero um pouco de diversão esta noite e também vou. Não com você, é claro. Mas, como estamos caminhando na mesma direção, ouso dizer que haverá espaço disponível no assento da sua carruagem, então que mal há em compartilhar a viagem?

O mal era imenso dentro do pequeno espaço da carruagem, Matthew percebeu quando a coxa dela estava pressionada contra a dele, quando o chacoalhar do transporte ocasionalmente fazia com que a lateral dos seios dela esfregasse contra o seu braço. Ela parecia não ter consciência do toque, enquanto o corpo dele reagia como se a srta. Trewlove tivesse subido sem seu colo.

Matthew se sentira um idiota mais cedo por não atender ao pedido dela, mesmo quando ele elencava os motivos para evitá-la. Então, a caminho do pub, ficou surpreso com a alegria que o atravessou quando dobrou a esquina e a viu em um vestido amarelo modesto, com um decote quadrado que revelava a base de seu pescoço e alguns centímetros abaixo disso. Ele ficou deslumbrado e se imaginou lambendo o centro daquele decote. O que era sem dúvida o motivo pelo qual estivera tão relutante em deixá-la ir e agora a acompanhava em sua aventura. A luxúria estava mais uma vez levando-o a tomar decisões estúpidas, e ainda assim ele não conseguia se arrepender da escolha que havia feito.

Ela instruiu o motorista a levá-los até a Porta do Diabo. Ele não estava familiarizado com aquele estabelecimento em particular, mas estava bastante confiante em relação ao que encontraria lá, pois já havia visitado outros teatros marginais na juventude, quando ele e seus amigos queriam um pouco de diversão irreverente.

— Como você soube deste lugar?

— Quando eu tinha 12 anos, um rapaz que morava perto de nós me convidou para ir com ele. Perguntei a Gillie o que eu deveria vestir — a srta. Trewlove se virou para encará-lo — e a história acabou ali. Ela explicou que não era o tipo de lugar que uma dama de verdade frequentaria. Mas ele esteve em meus pensamentos ao longo dos anos e decidi que, antes de me tornar uma "dama de verdade", eu deveria ter uma noite sendo uma dama de mentira. Então aqui estamos nós.

— O que aconteceu com o rapaz?

Matthew se perguntou se ela o amava, se mantivera um lugar para ele em seu coração.

— Seis meses depois, ele se casou com outra moça que morava na região.

— Bom Deus! Quantos anos ele tinha quando a convidou?

Matthew suspeitava que a reação da irmã dela dizia mais respeito a idade do sujeito do que para onde ele a convidara.

— Quinze. As pessoas se casam novas em bairros mais pobres. A noiva dele tinha 14 anos, embora eu duvide que ela sequer tenha sido noiva. Eu suspeito que eles não realizaram uma cerimônia. Podem nem ter uma licença. Muitas vezes, os casais simplesmente se mudam juntos e se declaram casados. Quem vai discordar? Meus irmãos pagam pela licença dos funcionários que desejam se casar. Como você pode imaginar, eles querem garantir que as crianças sejam legítimas.

— Foi difícil crescer sendo uma criança ilegítima?

Ele detestava o pensamento de que ela se sentisse menos digna.

— Minha família fez com que isso não fizesse diferença. Ainda assim, eu estava ciente disso. Meus filhos serão legítimos, e isso é importante para mim. O pai deles também será, um lorde correto e apropriado, que possa rastrear sua linhagem por gerações. Deve ser bom saber quem veio antes de você...

Ele sempre considerara aquilo algo garantido e até um fardo, pois não só tinha de corresponder às expectativas de seus pais, mas às expectativas daqueles que estavam havia muito mortos.

— De qualquer forma, é assim que eu sei sobre esse teatro em particular. Você já esteve em um?

— Sim.

— Você gostou das apresentações?

— Para ser sincero, mal consigo lembrar delas. Mas se você gosta do barulho do bar, provavelmente ficará encantada com a agitação de um teatro marginal.

O rosto dela estava de lado, mas ele viu a curva de um sorriso se formar em sua boca. Algum lorde conseguiria resistir àquele movimento inocente porém sedutor? *Matthew* seria capaz?

— Estou contando com isso.

— Para ser sincero, estou um pouco surpreso por sua família não vigiar você mais de perto. Jovem, solteira, morando sozinha.

— Eles não conseguem me imaginar fazendo algo de errado, que eu não deveria, porque fui muito boazinha enquanto crescia, nunca dei problemas. Também acho que eles acreditam que, por morar do outro lado da rua, Mick pode aparecer a qualquer momento e servir como um impedimento para ações equivocadas. — O sorriso novamente. — Mas ele está muito ocupado com a esposa. Ele é louco por ela, sabe.

— Presumo que você esteja esperando o mesmo nível de devoção.

— Me agradaria imensamente ser tão adorada, mas sou realista o suficiente para saber que meu dote sem dúvida desempenhará um papel importante na determinação do meu futuro. Estou me esforçando muito para não sentir que estou sendo vendida.

Ele nunca pensara desta maneira.

— As mulheres são acompanhadas de dotes há séculos. Não é um insulto ter um.

— Eu sei. Tenho muita sorte. Só espero que não seja a única coisa que ele goste em mim.

Ele queria remover as luvas e deslizar os dedos sobre a bochecha delicada para confortá-la. Em vez disso, manteve as mãos cerradas na coxa. Se ele não tivesse deixado a sociedade, será que a conheceria em um baile? Ficaria tão intrigado quanto agora? Cairia de bom grado numa armadilha para tê-la?

— Sem dúvidas é muito imprudente de minha parte ficar sozinha com um homem sobre quem eu sei tão pouco. — Dentro da carruagem, a voz dela era baixa, como se não estivesse certa de que queria que as palavras fossem ouvidas. — Em que área de Londres você cresceu?

— Em nenhuma. Cresci em Yorkshire.

— Um rapaz do campo. Não imaginava.

— O que você imaginou?

— Não sei dizer. Um pai bem-sucedido em alguns negócios. Um advogado, talvez.

— Um cretino, na maior parte da vida, mas ele era hábil em investir e gerenciar sua renda. Eu me beneficiei da atenção dele aos detalhes.

— Ele não está mais aqui?

— Não, morreu alguns anos atrás.

— Você sente falta dele?

— Sinto falta dos conselhos dele.

— Acredito que este é o máximo de informação que você já compartilhou comigo, sr. Sommersby. Eu me sinto consideravelmente mais segura.

— Eu nunca tiraria vantagem de você, srta. Trewlove.

— Espero que não. Meus irmãos o matariam se o fizesse, e seu corpo nunca seria encontrado.

Ele abriu um grande sorriso na escuridão da carruagem.

— Um fim trágico. Talvez você possa escrever uma história sobre isso. Embora eu prefira que você me faça o herói, pois o herói nunca morre.

— Lamentavelmente, este nem sempre é o caso. Meu pai era um herói. Ele morreu em uma guerra em terras estrangeiras antes de eu nascer. Mas minha mãe me contou tudo sobre ele.

— Você sabe quem é sua mãe?

A leve risada flutuou ao redor dele.

— Ettie Trewlove é minha mãe.

— Estou confuso. Tinha a impressão que ela criava apenas os filhos dos outros.

— No caso dos meus irmãos, sim, mas não eu. Ela me deu à luz.

O que explicava ainda mais por que seus irmãos eram tão protetores com ela. Não apenas por causa da diferença de idade, mas porque ela era filha da mulher que os criara.

— Sua mãe devia ser bem jovem quando começou a recebê-los.

— Apenas 20 anos. Seu marido havia morrido e ela precisava de uma maneira de ganhar algumas moedas. Ela não recebeu educação formal, sabe, então as opções eram limitadas.

Matthew se perguntou se aquilo era parte do motivo pelo qual a srta. Trewlove estava ensinando outras pessoas a ler. Sua razão para não a ajudar de repente pareceu mesquinha e egoísta, especialmente porque sua determinação de evitar estar na presença da srta. Trewlove havia durado apenas algumas horas. Ele não queria ser atraído na direção dela, e ainda assim estava sendo.

Ela se inclinou um pouco para a frente.

— Ah, chegamos.

A carruagem parou. Matthew pagou a tarifa por uma pequena abertura no teto e as portas se abriram rapidamente. Depois de descer, ajudou a srta. Trewlove a fazer o mesmo e olhou para o prédio diante deles, onde as pessoas estavam entrando.

— Parece ser uma igreja.

— Uma convertida, pelo que entendi. Muito apropriado, não acha? Tenho certeza de que está cheia de pecadores.

Ele apostaria que nenhuma declaração mais verdadeira jamais fora dita. Depois que ele pagou a taxa de entrada na porta, eles subiram a escada até uma varanda e seguiram para os bancos na frente, que davam uma visão clara do palco e das fileiras de bancos alinhados diante dele. O local era um pandemônio. Jovens rapazes, muitos parecendo estar precisando de um banho, pulavam e corriam de um lado para o outro. Mulheres ninavam bebês barulhentos, sem dúvida tentando acalmá-los. Alguns homens estavam gritando e se empurrando, enquanto outros estavam sentados, fumando cachimbos.

Ela olhou para ele e sorriu.

— Que caos. É maravilhoso, não é?

Ele pensou nos jantares, nas peças de teatro em Drury Lane, nos recitais e nas festas no jardim que participara. Muito mais civilizado, muito menos caótico.

— Acho que me cansaria disso noite após noite.

Ela assentiu.

— Concordo. Deve ser guardado para ocasiões especiais. Embora eu suspeite que aqui seja uma fuga para algumas dessas pessoas, especialmente para quem não consegue escapar para livros.

— Você está sempre pensando em livros?

Os olhos dela brilharam quando a srta. Trewlove pousou o olhar nos lábios deles.

— Nem sempre.

Quando ela desviou o olhar, suas bochechas estavam levemente vermelhas, e Matthew se perguntou quanto mais elas poderiam corar se ele cedesse à tentação e a beijasse.

Mas antes que ele fizesse algo que não deveria, um cavalheiro de paletó mal ajustado subiu ao palco e começou a oferecer comentários espirituosos — na opinião do sujeito, pelo menos — sobre americanos. A risada alta do público o estimulou. A srta. Trewlove, parecendo menos do que entretida, inclinou-se em direção de Matthew, a boca perto de sua orelha, trazendo consigo o aroma de laranjas. Ele tinha certeza de que a ação dela era o resultado do barulho, que tornava difícil ouvir qualquer coisa, e que ela não pretendia ser provocativa, mas era mesmo assim. Quão simples seria virar a cabeça e capturar sua boca...

— Por que as pessoas gostam de caçoar dos outros?

— Para distrair os outros de caçoarem deles.

Para Matthew, foi um alívio quando o homem saiu do palco. Ele foi seguido por uma moça que parecia ter a mesma idade da srta. Trewlove. Era muito magra, e a saia e as anáguas curtas revelavam tornozelos delgados e pés descalços. Mas ela cantou uma música sobre dois amantes cujos pais queriam mantê-los separados. A canção terminou com a morte dos dois pelas próprias mãos, com a ajuda de uma adaga de prata, a fim de ficarem juntos por toda a eternidade. Olhando para o lado, ele viu a srta. Trewlove secando discretamente as lágrimas das bochechas. Puxando um lenço do bolso, ele deslizou o dedo sob o queixo dela e virou sua cabeça na direção dele. De forma gentil e devagar, Matthew secou as lágrimas.

— É apenas uma música.

— Mas tão trágica.

Os olhos castanhos continham tanta tristeza que ele desejou ter um talento que a fizesse feliz, que afugentasse sua tristeza.

— Esse é o caminho do amor, às vezes.

— Ainda assim, não consigo imaginar que seja melhor não o ter, mesmo que por pouco tempo.

— Mas, depois de tê-lo, você conseguiria desistir?

— Não sei. E quem disse que não podemos amar mais de uma vez?

Depois de secar todas as lágrimas dela, ele guardou o lenço de volta no bolso, tocado pela ternura dela. Uma enxurrada de moedas foi jogada no palco. A garota fez uma série de reverências rápidas enquanto corria ao redor, reunindo o dinheiro, e então partiu. Inclinando-se, Matthew sussurrou:

— Descobrirei quem ela é e enviarei alguma quantia para ela amanhã.

Meu Deus, ele esvaziaria seus cofres pelo sorriso que a srta. Trewlove agora lhe dava.

— Isso é muito generoso da sua parte, sr. Sommersby.

Não quando ele tinha dinheiro de sobra.

— Você gostou da performance dela, não gostou?

— Sim. Você acha que ela realmente não tem sapatos?

— Suspeito que a ausência deles faça parte do ato.

Ela balançou a cabeça.

— Eu esqueço que essas pessoas são artistas.

— Os realmente bons conseguem fazer isso. Fazem você esquecer que tudo é uma apresentação.

Sua esposa com certeza se enquadrava nesta categoria, rindo de seus gracejos, dando-lhe olhares demorados e persistentes toda vez que ele caminhava em sua direção. Ela sempre sorria brilhantemente ao vê-lo, fazendo com que o coração dele palpitasse acelerado com a expectativa de estar mais próximo dela. Até que Matthew percebera que todas as ações dela haviam sido apenas um plano para alcançar um certo fim: o lado dele no altar.

Fancy não gostou da maioria das apresentações, especialmente as obscenas, onde as pessoas fingiam fornicar. Havia crianças na plateia, pelo amor de Deus!

Ainda assim, estava feliz por ter ido. Se alguém falasse de teatros marginais, ela teria pelo menos uma ideia do que a pessoa poderia ter visto. Ela ficou especialmente feliz pela companhia do sr. Sommersby.

Quando eles saíram do teatro, Fancy viu uma mulher vendendo tortas de carne.

— Nossa, estou faminta. Você gostaria de uma?

— Você não sabe o que tem nesta torta.

— Bem, é uma torta de carne.

— Que tipo de carne? Cachorro? Gato? Rato?

— Ah, pelo amor... Só porque esta é uma área mais pobre de Londres, não significa que a comida é ruim. — Ela foi até o carrinho. — Uma torta de carne, por favor.

— Duas — resmungou ele, antes de entregar as moedas necessárias.

— Não era minha intenção fazer você pagar por tudo hoje à noite.

— Não é nada de mais, srta. Trewlove.

— Essa não é a questão. Não quero ficar em dívida.

— É o mínimo que posso fazer depois de me incluir em sua aventura.

Não querendo confessar que estava feliz por ele tê-lo feito, Fancy olhou em volta. A multidão que havia deixado o teatro havia se dispersado, e os que estavam esperando a próxima apresentação entraram.

— Vamos nos sentar nos degraus?

Ela não esperou por ele e logo se acomodou no meio da escada que levava ao teatro. O sr. Sommersby se sentou perto dela, as longas pernas esticando-se à frente. Não estava tão perto quanto na carruagem, e Fancy sentiu falta de não ter nenhuma parte dele a tocando. Fora muito agradável roçar contra seu corpo durante o percurso.

— É surpreendentemente bom — murmurou ele.

— Eu notei uma fila mais cedo, quando chegamos. Se você decide montar uma barraca do lado de fora de um teatro, precisará estabelecer uma reputação de preço justo se deseja ter algum sucesso.

Ele a olhou de soslaio.

— Seu irmão lhe ensinou isso?

— Não, eu descobri por conta própria, sem contar que faz muito sentido. As pessoas não retornam se estão insatisfeitas com os resultados de uma compra. — Ela deu de ombros. — Bem, por aqui eles podem voltar para arranjar briga.

Ela mordeu a crosta saborosa, rindo levemente quando o recheio espesso escorreu pelo queixo. Com a mão enluvada, Fancy a limpou. Tão deselegante. Mas era muito delicioso.

Quando ele não respondeu, ela se virou para encontrá-lo estudando-a com olhos famintos, como se quisesse lamber o caldo de sua pele... mas talvez ela estivesse apenas projetando os próprios desejos.

— Eu tenho um lenço no bolso. — A voz dele soou áspera e crua.

— Aquele com minhas lágrimas?

Ele assentiu. Fancy ficara profundamente tocada quando ele enxugara suas lágrimas com gentileza, e por algum motivo ela não quis sujar o lenço, tendo um pensamento irracional de que talvez ele nunca mais o lavasse, que guardasse suas lágrimas por toda a eternidade.

Ela balançou a cabeça.

— É tarde demais agora. Vou continuar a usar minhas luvas e simplesmente removê-las quando terminar.

— Elas ficarão arruinadas.

Elas já estavam arruinadas. Ela notou que ele fora sábio ao remover as próprias luvas antes de começar a comer.

— Eu tenho outro par.

Abruptamente, ele voltou a atenção para a torta de carne, e ela deu outra mordida na dela. Então sentiu a necessidade de confessar:

— Olhei pela minha cortina e peguei você à espreita na sua janela, tarde da noite.

— Eu não estava à espreita. Estava simplesmente olhando os estábulos.

— Não estava olhando minha janela?

— Às vezes, meu olhar pode passar por ela, mas não é minha intenção espioná-la, srta. Trewlove.

Ela não sabia por que as palavras dele a desapontaram. Talvez porque quisesse que o sr. Sommersby estivesse tão intrigado por ela quanto Fancy estava por ele.

— Da sua janela, você pode ver meu quarto, mas não a perfeição que fica do outro lado da parede.

— Você está se referindo a si mesma?

A risada leve flutuou ao redor deles.

— Não sou arrogante a este ponto. Debaixo da minha janela, há um cantinho de leitura. Meus irmãos montaram um banco na parede. Minha mãe costurou uma almofada grossa de pelúcia e alguns travesseiros bordados. Às vezes, eu me sento lá e leio até o mundo desaparecer.

— Não deixe que minha presença a impeça de fazer o que gosta.

— Agora quem está sendo arrogante? Pensando que você poderia me impedir de fazer algo que eu queira? Eu simplesmente queria que você soubesse que, se você me vir sentada lá, não é porque quero chamar sua atenção, mas sim porque é meu hábito fazê-lo.

— Vou lembrar disso. O que será da sua livraria quando você se casar? Você vai continuar cuidando dela?

— Não terei tempo, terei? Não com todas as minhas obrigações sociais e conjugais. Visitas matinais, jantares, peças de teatro, presença em todos os lugares. Mick ainda é dono do prédio. — Ele não deixara no nome de Fancy porque a lei não a permitiria manter o controle do local depois que se casasse. O marido dela poderia fazer o que quisesse com a livraria. — Ele prometeu me deixar opinar sobre como ela será administrada, mas eu não vou trabalhar lá, e certamente não morarei lá. Marianne assumirá o controle das coisas, embora eu espere ainda ajudar no ensino. Senhoras casadas com lordes fazem trabalho voluntário, sabe. Esse será o meu.

Seria uma vida muito diferente, mas ela estava empolgada com as possibilidades. O desafio era encontrar um homem que também visse o potencial e o abraçasse. Ela deu a última mordida em sua torta, passou a mão enluvada sobre a boca e começou a tirar o tecido.

— Você esqueceu um lugar.

Virando-se, ela o encontrou estudando-a tão intensamente que temeu estar parecendo uma bagunça absoluta. Ela levantou a mão, a luva pendurada na metade. Os dedos dele se fecharam gentilmente ao redor de seu pulso.

— Posso?

A voz dele tinha tanta sinceridade que ela teria concordado se ele pedisse para a arrebatar, mas tudo que ele queria era remover um pouquinho de comida que ela havia esquecido. Assombrada, Fancy observou quando ele tocou a língua no polegar — possivelmente a coisa mais sensual que já vira um homem fazer.

— Bem aqui — disse ele, pressionando o polegar perto do canto da boca dela.

Então ele lambeu o que quer que tivesse limpado, e ela ficou tão quente que era possível a lua ter se transformado no sol.

— E aqui.

Ele tocou o outro canto.

— E aqui.

O queixo dela.

— E aqui.

O espaço entre as sobrancelhas dela, onde o polegar dele permaneceu um tempo.

Algumas pessoas passaram pela calçada e ela se perguntou o que elas achavam daquele casal nos degraus, mal se movendo.

— E aqui.

A têmpora esquerda.

— Eu diria que eu não estava tão suja.

— Seu rosto é perfeito, srta. Trewlove.

— Que os viscondes, condes e lordes pensem o mesmo... Espero que me achem graciosa.

— Não vejo como pensariam o contrário.

O tom dele era ríspido, cheio de desaprovação. Como se de repente Fancy estivesse pegando fogo, ele afastou a mão, e ela mais uma vez sentiu falta do contato.

— Posso ser honesta com você, sr. Sommersby?

— Espero que sempre seja, srta. Trewlove.

Ela respirou fundo, sem ter certeza de que suas palavras aliviariam qualquer tensão que tivesse surgido abruptamente dentro dele.

— O senhor me confunde.

— Por quê?

Como explicar de forma que não parecesse que ela se importava, quando na verdade se importava muito? Mais do que era sábio para uma mulher que estava prestes a começar a busca por um marido.

— Você parece não saber o que pensa.

Ele arqueou uma sobrancelha escura e pesada.

— De fato.

— É como se você não pudesse decidir se me acha do seu agrado. Esta tarde, por exemplo, fiquei com a impressão de que você mal podia esperar para se livrar de mim. Agora, aqui está você, tendo se incluído na minha aventura, tornando-a uma experiência muito mais agradável do que teria sido se eu estivesse sozinha como planejado. Você secou minhas lágrimas e limpou meu rosto e, ainda assim, não posso deixar de achar que, agora mesmo, eu o ofendi.

Ele soltou um longo suspiro antes de se afastar dela, plantando os cotovelos nas coxas, apertando as mãos e olhando para a rua, onde os primeiros traços de neblina estavam marcando sua presença.

— Já fui casado. Não foi uma história feliz.

O coração dela deu um pulo com a confissão e a melancolia de seu tom.

— Você se divorciou?

— Não, ela faleceu. Mas nosso casamento aconteceu porque ela engendrou para que fôssemos pegos em uma situação comprometedora. Não tive escolha a não ser me casar. Então, quando você me disse que estava disposta a fazer todo o necessário para conquistar seu sonho de conseguir um lorde…

— Não é o meu sonho.

Ele virou a cabeça para encará-la.

— É o da minha mãe. — Ela se sentiu meio boba dizendo aquilo. — Eu ficaria contente em passar minha vida como uma solteirona trabalhando em minha livraria.

— Então por que não o faz?

Ela olhou para cima, desejando que as estrelas fossem visíveis.

— Porque toda a minha família trabalhou e sacrificou muito para me ver bem situada, então tenho que pelo menos dar o meu melhor. Percebo perfeitamente que uma mulher como eu, de origem escandalosa, não será ideal para nenhum lorde, mas duvido que qualquer um deles encontre uma dama mais preparada para administrar uma família do que eu. Posso demonstrar graça e confiança e ser um bom recurso. Se o senhor me perdoa a presunção, devo admitir que serei a melhor.

Ele deu uma risada curta e um pequeno sorriso.

— Parece que você pode adicionar falta de modéstia à sua lista de atributos.

— Mick diz que devemos projetar o que queremos que o mundo acredite que somos. — Um pouco mais melancólica, ela se atreveu a colocar a mão sobre o antebraço dele. — Sinto muito por sua esposa e seu casamento. Você é viúvo há muito tempo?

— Em alguns momentos, parece que foi há séculos, mas em outros é como se não houvesse passado tempo algum. Eu lamento a morte dela, nunca desejei isso.

— Mas o senhor tem cicatrizes por ter sido enganado.

Ele a estudou um minuto inteiro antes de confessar:

— Acho difícil confiar nas motivações das mulheres.

— Fique tranquilo, não tenho planos de induzir nenhum lorde a se casar comigo. Meus irmãos se casaram por amor. Eu gostaria de fazer o mesmo, então não tenho pressa. Quero tomar meu tempo e encontrar o companheiro certo.

— E se isso significar que não haverá mais teatros marginais?

Ela sorriu.

— Um foi mais que suficiente. Além disso, terei teatro e óperas.

— Nada de comer torta de carne nos degraus.

— Vou guardar a lembrança.

Ele passou os dedos pela bochecha dela, ao longo de seu queixo.

— Vai?

— Não vou me esquecer desta noite. Fico feliz por termos compartilhado a carruagem.

A mão dele caiu do rosto dela, e ele começou a vestir as luvas.

— Está tarde. Deveríamos voltar.

E, de repente, o feitiço que parecia ter se instalado entre eles foi quebrado. Provavelmente para o bem.

O sr. Sommersby se levantou, estendeu a mão e a ajudou a ficar de pé. Eles continuaram como se a noite não passasse de um passeio entre amigos. Mas pelo menos parecia que finalmente eram amigos.

Sem muitas dificuldades, encontraram uma carruagem. Sentar-se praticamente aconchegada contra ele parecia a coisa mais natural do mundo.

Quando chegaram à livraria, ela abriu a porta e sorriu para ele.

— Obrigada por me acompanhar em minha aventura, sr. Sommersby.

— Foi um prazer, srta. Trewlove.

Uma vez lá dentro, ela trancou a porta, encostou-se nela e esperou o som dos passos dele em retirada. Pareceu levar uma eternidade para isso acontecer. Quando finalmente o fizeram, ela desejou que tivesse ouvido uma batida. Fancy o teria recebido, em busca de uma chance de passar mais tempo com ele, mesmo sabendo que aquilo não serviria a um bom propósito.

Capítulo 7

ERAM QUASE DUAS DA MANHÃ quando Matthew entrou em sua enorme residência em Londres. Deixando a pesada porta de mogno aberta para que a luz das lamparinas que ladeavam o caminho afastasse um pouco as sombras e fosse possível ver as formas das coisas, ele foi até uma mesa, acendeu um fósforo e o aproximou da lamparina de óleo. A residência havia sido construída quase um século e meio antes, por isso não tinha a conveniência da iluminação a gás, como a sua casa em Ettie Lane. No entanto, aquela casa poderia facilmente se encaixar no hall de entrada e na sala de estar da enorme residência em que agora se encontrava e ainda deixar espaço para passagem.

Depois de fechar a porta, ele levantou a lamparina e olhou para a sala. Todos os móveis, retratos, pinturas e estatuetas estavam cobertos por panos brancos, dando à mansão uma aparência fantasmagórica que se adequava ao humor dele. Ele não queria ver o retrato de Elise pairando sobre a lareira ou seus ancestrais o julgando enquanto andava pelo corredor.

Desde que Elise adoecera, o sono se tornara uma amante esquiva, raramente aparecendo para lhe satisfazer. Aquela noite não era uma exceção, mas fora agravada pelo fato de que começara a se sentir um grande idiota em relação à srta. Trewlove. Era bem possível que ele a julgara mal sobre como ela poderia tentar conseguir um marido. Quanto mais tempo passava com a srta. Trewlove, mais ela contradizia as noções que Matthew tinha.

Ele não sabia por que fora tão insistente em acompanhá-la naquela noite. Ela obviamente não queria a companhia dele, não que Matthew pudesse culpá-la por aquilo. Ela tinha o direito. Ele não conseguia decidir o que fazer em relação à mulher. Queria evitá-la e, no entanto, quando a oportunidade de estar na companhia dela se apresentava, Matthew saltava sobre ela como um cão voraz atrás de um osso. Ela o intrigava, maldição! Com sua mistura de inocência e simplicidade, era um quebra-cabeça que ele queria descobrir como montar.

E ela o fizera se sentir culpado pela forma como a tratara desde que o recorte de jornal caíra de seu bolso. Ele presumira que ela era tão conivente quanto Elise e, como resultado, a tratara de forma abominável e injusta.

Quando chegou à biblioteca, ele simplesmente ficou parado na porta e aproveitou um momento para apreciar o que sempre fora seu cômodo favorito na residência. Ele sentiu um grande desejo de trazer a srta. Trewlove ali. Imaginou-a suspirando maravilhada, ofegando de prazer pelos dois andares de estantes, o superior acessível por uma escada em espiral de ferro forjado no canto. Ele não tinha ideia de quantos livros havia nas prateleiras. Dois mil, pelo menos. Não que eles estivessem visíveis no momento. Os criados haviam coberto as prateleiras com lençóis brancos para proteger os tesouros armazenados ali. Incluindo o que ele fora encontrar.

Ele caminhou até um canto distante da sala, perto da escada em espiral, colocou cuidadosamente a lamparina sobre uma mesa baixa também coberta com panos brancos, estendeu a mão e puxou um lençol para revelar uma seção de livros. Ele estava relativamente certo de que vira pela última vez o que procurava naquela área.

Matthew não conseguia decidir se a srta. Trewlove ficaria horrorizada com o fato de os livros da biblioteca estarem guardados sem ordem ou se ela gostaria do caos. Ele tinha a sensação de que ela arregaçaria as mangas e tiraria todos os livros da estante para organizá-los em categorias, sem dúvida sentindo prazer em tocar cada um. Quando ele entrou pela primeira vez na loja dela, ficou maravilhado. Nada dentro daquelas paredes fora colocado ao acaso. Tudo refletia uma celebração da palavra escrita. Ela tinha se dado ao trabalho de organizar tudo. Ela não havia lhe dito aquilo, é claro, mas era evidente na maneira como todos os aspectos se reuniam de maneira tão agradável para revelar seu amor absoluto pelos livros.

E, por esse motivo, Matthew queria presenteá-la com algo que o faria sentir-se menos decepcionante, menos estúpido, menos crítico. Portanto, ele fora ali na calada da noite para...

— Milorde?

Ele virou-se para encarar o mordomo, que servia à residência por mais tempo do que Matthew conseguia se lembrar, parado na porta com um roupão desamarrado e desajeitado em sua forma magra, uma lamparina erguida na mão e uma... não, não poderia ser.

— Jenkins, você está segurando uma pistola nesta mão trêmula?

— Sim.

— Por favor, diga-me que ela não está carregada.

— Como ela seria útil descarregada, eu ouso perguntar?

— Então, por favor, aponte-a para o chão e não para a minha pessoa.

O senhor idoso fez como ordenado.

— Ouvi um barulho, milorde, e vim investigar. Sem saber o que esperar, vim armado caso encontrasse problema.

— Não fiz barulho. Fui tão silencioso quanto a morte.

— Ainda assim, eu o ouvi. O que você está fazendo aqui, milorde? Você está voltando? Devo despertar os criados para começar a arrumar tudo?

— Não desperte ninguém. Estou simplesmente procurando o exemplar de *As histórias, comédias e tragédias Sr. William Shakespeare*. — Ele achava um tanto irônico que faltasse a preposição no título, assim como o nome da livraria da srta. Trewlove. Publicado no início do século XVII, o livro encadernado em couro continha as versões originais das peças de Shakespeare. Um dos ancestrais de Matthew conseguira comprar uma das setecentas e cinquenta cópias impressas. — Tem ideia de onde posso encontrá-lo?

Jenkins esticou o pescoço, olhando ao redor da biblioteca, os olhos arregalados como se uma horda de invasores tivesse aparecido repentinamente.

— Não, meu senhor. Embora eu acredite que os livros mais raros estejam lá em cima.

Ele acenou com a cabeça em direção às prateleiras no topo da escada.

— Você pode estar certo quanto a isso.

Matthew foi até a escrivaninha, a única peça de mobília que não estava coberta. Uma grande tigela de prata estava cheia de pedaços de pergaminho.

— Os convites que você recebeu, senhor. — Jenkins se aproximou. Mesmo de chinelos, ele não fez barulho. Havia muito tempo, o homem tinha dominado a arte de não ser ouvido ou visto como uma intrusão quando entrava na sala. Muitas vezes, ele saía sem ninguém o ter notado. — Como não estavam na lista de itens a serem enviados para você, eu não tinha muita certeza do que fazer com eles.

Ordenar que os jogasse no fogo sem dúvida faria o mordomo ter um ataque apoplético. Matthew estava relativamente certo de que alguns dos eventos já haviam acontecido. Mas ainda havia um pouco de civilidade nele, e sabia que deveria pelo menos enviar um aviso de ter recebido o convite.

— Vou levá-los comigo.

— Muito bem, milorde.

Jenkins pareceu muito aliviado com aquela resposta.

— No futuro, inclua-os com as cartas do correio que você leva para mim uma vez por semana.

Se algo parecia urgente, era levado a ele imediatamente. Caso contrário, Matthew não via sentido na visita constante de um criado.

— Como desejar, milorde.

Então ele poderia jogá-los no fogo e poupar Jenkins da preocupação.

— Outro assunto que preciso que você cuide para mim. Quando encontrar o livro, o deixarei aqui na mesa com uma nota. — Ele tirou um pedaço de papel da gaveta, mergulhou a caneta no tinteiro e rabiscou o nome de Fancy Trewlove e o endereço da livraria no papel. — Quero que você embrulhe o livro com a nota e envie-o para este endereço. Não use o correio. — O carimbo indicaria de onde o pacote se originou, e Matthew não queria que ela soubesse que vinha de Mayfair. — Não deve haver marcações para indicar de quem ou de onde veio. Peça a um criado para entregá-lo, mas ele não deve estar uniformizado e não deve usar uma das minhas carruagens com brasão. É um presente, mas deve ser anônimo.

— Será entregue com a máxima discrição. Devo ajudá-lo a procurar o livro, milorde?

— Não. Eu já perturbei seu sono por tempo suficiente. Boa noite, Jenkins.

— Vou pedir aos empregados que arrumem tudo amanhã, milorde. — Ele olhou para a estante exposta antes de encontrar o olhar de Matthew mais uma vez. — Boa noite, milorde.

Depois que o mordomo saiu silenciosamente, Matthew voltou para as prateleiras onde achava que tinha visto o livro pela última vez. O tomo era mais alto que a maioria, o que deveria facilitar a localização, mas seus parentes haviam coletado um bom número de livros altos. O que ele procurava provavelmente deveria ser armazenado sob um vidro. Tinha poucas dúvidas de que a srta. Trewlove o trataria da maneira correta.

Aquele era um presente caro que ele lhe daria, mas não conhecia ninguém que fosse apreciá-lo mais.

Três horas depois, ele encontrou o tomo exatamente onde Jenkins havia previsto: no andar superior. Com muito cuidado, colocou-o sobre a mesa, tirou outro pedaço de papel e pensou na mensagem que deveria acompanhá-lo. Por fim, com sua caligrafia cuidadosa, ele escreveu: *Em busca de alguém que o aprecie, ame e trate bem.*

Ao sair da biblioteca, ele teve a sensação desconfortável de que o bilhete se referia mais a si mesmo que ao livro.

Capítulo 8

— Eu acho que você vai gostar muito de *A pedra da lua*, sr. Harper.

Fancy pensou que o sr. Sommersby também apreciaria o mistério e se perguntou se ele já teria lido o livro.

— Estou ansioso para ler, srta. Trewlove, o que não é algo que eu já tenha dito antes de você me ensinar a ler.

— Você aprendeu rápido. Estou muito feliz por o senhor ter gostado das lições.

Depois que a compra foi concluída e o sr. Harper se despediu, ela deu uma rápida olhada na livraria. Duas damas haviam entrado juntas e estavam navegando na área onde provavelmente encontrariam uma história que envolvia um grande amor, enquanto um cavalheiro olhava livros de viagem. Fancy já havia se oferecido para ajudar cada um deles, mas eles preferiram procurar por conta própria. Ela certamente entendia o desejo. Antes de ter a própria loja, passara horas percorrendo livrarias ou vasculhando barracas de livros, em busca da história perfeita para levar para casa.

Sábado era seu dia favorito da semana, porque ela geralmente tinha mais clientes. Várias pessoas, incluindo uma mãe com seus três filhos, estavam no salão de leitura. Marianne estava cuidando das coisas no andar de cima. Fancy precisava contratar alguém para ajudá-la durante o período em que ela própria não estivesse disponível. A ideia de perguntar ao sr. Sommersby se ele gostaria de assumir o cargo passou por sua mente, mas Fancy rapidamente a reprimiu. Ela não sabia por que queria continuar oferecendo oportunidades para que ele ficasse por perto. Talvez porque, como o livro que ela acabara de vender, ele fosse um mistério.

O sininho acima da porta tocou e um senhor idoso, carregando um grande embrulho marrom embrulhado com barbante, entrou, parou e olhou ao redor para observar cada cantinho. Fancy sempre ficava admirada com a quantidade de pessoas da região que ela ainda não conhecia, mas fazia sentido, com a expansão do bairro, que mais pessoas aparecessem.

— Bom dia, senhor. Como posso ajudá-lo?

Voltando o olhar para ela, ele tirou o chapéu para revelar olhos cinza-claros.

— Senhorita Fancy Trewlove?

— Sim.

Ele caminhou na direção dela com movimentos suaves e ágeis, andando com rapidez ao mesmo tempo que dava a impressão de nem estar se mexendo, os passos assustadoramente silenciosos, como se ele odiasse causar qualquer tipo de perturbação. Quando chegou ao balcão, pôs o embrulho da mesma maneira respeitosa que alguém poderia colocar um presente diante da Rainha.

— Um presente para você.

Quando o chapéu começou sua jornada de volta à cabeça, ele girou nos calcanhares e caminhou silenciosamente em direção à porta.

— De quem é?

Ele não parou, não hesitou.

— Quem é você?

Sem uma palavra, ele abriu a porta e saiu da livraria. Ela correu atrás dele, mas quando chegou à calçada o homem havia desaparecido, e Fancy ficou se perguntando se ele não fora uma miragem. Quando voltou ao balcão, no entanto, o pacote ainda estava lá. Puxando o laço, ela afrouxou o barbante e o desatou, depois retirou o papel com cuidado para revelar um enorme livro de couro, bem preservado, mas obviamente bastante antigo. Ela ergueu a nota, profundamente tocada pelas palavras escritas por uma mão meticulosa.

— Bem, você com certeza foi trazido ao lugar certo — sussurrou ela, girando-o cuidadosamente para ver a capa.

Quando seu olhar caiu no título, ela ofegou de forma audível e pressionou a mão na boca. Aquela edição rara devia valer uma fortuna.

— Você está bem, srta. Trewlove?

Ela ergueu o olhar para as duas jovens que estavam passeando pela livraria. Elas eram parecidas e deveriam ser irmãs. Uma era uma visitante frequente. A outra nunca tinha estado na loja antes.

— Sim, estou muito bem. Obrigada por perguntar. Encontrou algo que lhe agradasse, srta. Sear?

— De fato. Minha irmã e eu vamos levar *Lorna Doone*.

Ela colocou o livro no balcão. Originalmente, a história havia saído em três volumes, mas sua popularidade crescera tanto que ela fora lançada em uma edição única bastante barata.

— Eu acho que você vai gostar muito.

— Não vejo como não gostar, se é tão romântica quanto diz.

— Nós gostamos muito de romance — disse a segunda srta. Sear.

— Também é o meu gênero favorito.

Depois de concluir a compra e as clientes saírem da loja, Fancy voltou a atenção para Shakespeare. Não conseguia entender quem lhe enviaria um tesouro como aquele. Com muito cuidado, ela o levou para o escritório e o colocou sobre a mesa.

Estranho como seu primeiro pensamento foi de encontrar o sr. Sommersby e contar a ele sobre o livro. Fancy não tinha dúvida de que ele ficaria tão admirado quanto ela.

Ao longo do dia, ela periodicamente ia ao escritório apenas para olhar o tomo e tocar no couro quase perfeito da capa. Alguma vez ele fora lido ou simplesmente servira como prêmio, algo para alguém se gabar de ter? Agora era dela, mas com que finalidade?

Durante toda a tarde, Fancy ruminou a entrega do livro. Depois de fechar a livraria, levou os pensamentos sobre o assunto para o pub com ela, ansiosa para compartilhar a notícia com o sr. Sommersby. Quando não viu sinal dele, sentou-se em uma mesa perto da janela, posicionando-se para ter uma visão livre da porta, com a intenção de chamar sua atenção quando ele entrasse.

Mas ele não apareceu.

— Como você pode imaginar, sou a mulher mais popular de Londres no momento.

Recostado em uma poltrona bastante acolchoada na biblioteca do marquês de Fairhaven, bebendo seu excelente uísque, Matthew podia muito bem imaginar, mas até aí sua irmã sempre chamava a atenção. O cabelo escuro e olhos verdes, iguais aos dele, garantiam isso.

— Todas as damas estão me visitando, buscando informações sobre você. — Ela lhe lançou um olhar aguçado. — E o que devo dizer a elas, pergunto a você?

Ela fazia a mesma pergunta toda vez que ele visitava.

— Que ainda estou de luto. Que decidi tirar um ano sabático longe da sociedade. Que eu fui para a Lua. Não ligo, Sylvie. Diga o que quiser.

Ela bebeu o xerez como um marinheiro que chegava ao primeiro pub depois de passar anos no mar. Um criado se apressou e encheu o copo novamente.

— Você não está levando isso a sério. Eu nem sei onde você está morando. Você virou um sem-teto?

— Não seja dramática, querida — disse Fairhaven, seu tom oferecendo conforto e segurança.

Matthew precisava dar crédito à irmã. Seguindo o exemplo da mãe, ela fora atrás de um marido com um título. Ele se lembrava de ouvir a mãe aconselhando a irmã logo depois de sua apresentação à sociedade. "Você tem um belo decote, minha querida. Use isso a seu favor para atrair o cavalheiro de sua escolha."

Pelo visto, ela fizera exatamente aquilo. Mas, diferente da mãe, Sylvie conseguira conquistar o coração do marido.

— A aparência dele indica que está cuidando de si mesmo, mesmo que pareça ter perdido a navalha.

Matthew quase sorriu com a provocação. Ele sempre gostara de Fairhaven.

— Você tem um criado? — perguntou Sylvie.

— Não. — O rosto dela se enrugou como se ele tivesse admitido usar ópio. — Estou gostando da independência, da solidão.

Além disso, sua casa era pequena demais para abrigar funcionários. Estava funcionando muito bem ter a sra. Bennett indo todas as manhãs para arrumar e cozinhar.

— Atrevo-me a dizer, querida, que ele parece mais saudável agora do que quando veio a Londres há dois meses. Ele estava tão pálido e abatido.

— E magro. Sim, eu sei. Você parece ter engordado um pouco. Você estava definhando, e eu fiquei muito preocupada. Sei que a morte de Elise foi difícil, assim como seu casamento. Eu gostaria que você conseguisse perdoá-la por como ela o forçou até o altar.

Ele tinha, até certo ponto, embora tivesse dito a Elise que a perdoara completamente, na esperança de facilitar sua jornada deste mundo para o outro.

Apesar de não guardar mais raiva de sua traição, também não conseguia esquecer a facilidade com que fora manipulado. Elise havia jurado que não planejara enganá-lo, mas uma pessoa culpada sempre alegava inocência quando pega.

Quando as damas começaram a visitá-lo depois da carta no jornal, ele estudara cada uma delas, imaginando como planejavam enganá-lo. Todas ansiavam por chamar sua atenção. Com tantas competindo pelo papel de condessa, a competição ficou acirrada. Quantas decidiriam que medidas drásticas seriam necessárias para obter o que desejavam? Matthew sabia muito bem que não era ele, pessoalmente, que as atraía, mas seu título.

— Falando em perdão, você me perdoou por realizar o desejo de Elise?

Fora à sua irmã que Elise havia confiado a carta.

— Não a responsabilizo. Você não sabia o problema que a carta causaria.

— Honestamente, não entendo por que você não vê que ela fez isso com o melhor dos interesses.

— Podemos falar de outra coisa? Você está aproveitando ao máximo a temporada, comparecendo a bailes?

Ela se animou. Sylvie brilhava em eventos sociais. Ele suspeitava que a srta. Trewlove também o faria. Será que ela teria ficado feliz com o presente? O pacote certamente já deveria ter sido entregue, pois Jenkins era confiável e teria cuidado da tarefa. Ele desejou poder estar na loja quando ela o abrisse para que pudesse ver sua reação. Mesmo sabendo que o item era incrivelmente valioso, algo muito caro para um cavalheiro dar a uma dama, ele não se arrependia de tê-lo enviado. Matthew estava certo de que, se ela soubesse de onde o livro viera, a srta. Trewlove não teria aceitado. O anonimato era sua única opção.

— Ah, sim — disse Sylvie entusiasmada, tirando-o de seus pensamentos. — É claro que sou abordada em todos os eventos, principalmente por mães que querem garantir que eu o alerte sobre a disponibilidade de suas filhas. Você pode ter a jovem que desejar, sabe.

Por causa da maldita carta. Ele poderia até ter Fancy Trewlove, se quisesse. Tudo o que precisava fazer era confessar sua identidade, e ela cairia aos pés dele como todas as outras. Só que Matthew não queria que ela o quisesse por causa da carta, ou do título, ou por ele ter os meios para colocá-la em um pedestal diante da sociedade. Queria ser desejado por quem ele era, sem toda a parafernália que vinha junto por *ser* quem era.

Queria se sentir novamente do jeito que se sentira na noite anterior. Seu tempo com a srta. Trewlove fora prazeroso. Sem flerte insincero, sem necessidade de atenção. Simplesmente um desfrutando da companhia do outro, o início de uma amizade, sem pressões ou expectativas.

— Você vai ao baile do duque e da duquesa de Thornley? — perguntou à irmã.

Ele encontrara um convite na pilha que havia levado de sua residência nas primeiras horas da manhã. Imaginou a srta. Trewlove segurando o recorte do *Times* contra o peito. *Por favor, convide o conde de Rosemont.*

— Mas é claro. É o assunto do momento. Eu não ousaria não ir. Você sem dúvida recebeu um convite e deveria comparecer.

— Não estou com disposição de ser abordado por todas as mães presentes.

— Você nunca encontrará felicidade se ficar enclausurado. Honestamente, Matthew, você precisa seguir em frente. Você tem 27 anos e nossa família tem uma tendência a ter dificuldades em se reproduzir. Se demorar muito, talvez não consiga um herdeiro.

— Não quero uma égua, Sylvie.

— Não quis dizer isso, mas certamente, com um pouco de esforço, você poderia encontrar uma mulher bem adequada para você, mais adequada, digamos, do que Elise.

Salvo de ter que comentar as afirmações da irmã pelo mordomo, que chegara para anunciar que o jantar estava servido, Matthew seguiu o casal até a sala de jantar formal com as peças de prata alinhadas com perfeição. De repente, sentiu um desejo intenso de estar sentado nos degraus do lado de fora de um teatro marginal, comendo torta de carne e limpando migalhas de uma boca incrivelmente deliciosa.

Fancy não abria a livraria aos domingos. Era um dia de descanso, embora ela raramente descansasse. Naquela manhã, frequentou a igreja com a mãe e depois a ajudou preparar uma refeição adorável. Todos os irmãos, com exceção de Fera, e seus cônjuges estavam reunidos lado a lado na comprida mesa de carvalho que dominava a sala na pequena casa em que todos haviam sido criados. Como a família aumentara de tamanho, haviam substituído a mesa, mas já era hora de uma maior, especialmente uma vez que — com sorte — o marido de Fancy se juntaria a eles no almoço mensal de domingo, quando todos se reuniam para conversar. Nos últimos tempos, parecia que a vida de todos estava seguindo direções diferentes, e por isso faziam questão de não perder o contato.

— Mais duas noites, meu amor, e então você sairá deste mundo monótono para um mundo com o bom e o melhor. Está nervosa?

Fancy deu uma risada leve.

— Não estava até você lembrar disso, mamãe.

Ela estava se esforçando muito para não pensar no baile, em como tudo mudaria. Embora o presente do dia anterior tivesse ajudado a manter seus pensamentos ocupados.

— Você vai usar o vestido branco cheio de pérolas?

Suas cunhadas haviam sugerido que ela fosse a Paris para fazer seus vestidos de baile e até se ofereceram para acompanhá-la, mas ela decidira contratar a costureira de Gillie. A jovem, extremamente habilidosa com uma agulha, estava se esforçando para fazer seu negócio crescer, um esforço auxiliado pelo fato de uma de suas clientes agora ser duquesa. Fancy também gostara da ideia de fazer as compras em Londres para que sua mãe pudesse acompanhá-la e ajudá-la a escolher o tecido e os estilos. Sabendo que a mãe não iria a nenhum baile, ela queria incluí-la no maior número possível de aspectos de sua temporada.

— Certamente. É o meu favorito de todos.

— Como você vai arrumar seu cabelo?

— Vamos trazê-la a caminho do baile, mãe, para que você possa vê-la em todo o seu esplendor — disse Mick.

— Isso seria adorável, Mick. — Estendendo a mão, a mulher colocou a mão sobre a de Fancy, que estava sobre a mesa. Fancy sempre se sentava à sua esquerda, perto do coração de sua mãe. Pelo menos era o que ela dizia quando a filha era mais jovem. Lágrimas se acumularam em seus olhos. — Você terá uma vida muito boa.

— Eu tenho uma vida boa agora, mamãe. Estou feliz. Mais que feliz, na verdade.

— Mas vai ficar ainda melhor. Quero isso há tanto tempo. É um sonho se tornando realidade, sabe? Ver minha menina sendo tratada como realeza.

Fancy estava muito longe disso, embora certamente tivesse se sentido especial na última vez que estivera na companhia do sr. Sommersby. Estava bastante feliz por eles terem se resolvido.

— Eu sei, mamãe.

— Você conquistará todos eles.

— Eu certamente tentarei. — Então, porque Fancy não queria pensar em sua futura introdução à sociedade, ela se voltou para a esposa de Aiden, Selena. — Suas irmãs estão gostando da Europa?

Selena tinha três irmãs. Constance e Florence eram gêmeas, da mesma idade que Fancy. Alice tinha 17 anos. O irmão delas era o conde de Camberley.

Selena sorriu suavemente.

— Com base nas cartas que recebi, elas estão passando dias maravilhosos. As gêmeas estão preocupadas com o fato de que vão demorar um pouco para conseguir bons casamentos quando forem introduzidas à sociedade, no próximo ano, mas elas entendem a sabedoria de esperar. Elas terão uma temporada de maior sucesso assim que Camberley organizar seu estado financeiro e as propriedades.

Estendendo a mão, ela acariciou a do marido, dirigindo-lhe uma expressão de carinho, amor e gratidão, porque ele era responsável por garantir que o irmão dela colocasse seus assuntos financeiros em ordem e, assim, recuperar sua posição na sociedade.

— Mande lembranças minhas quando escrever para elas. E quem sabe? Se tudo correr bem para mim este ano, darei um baile em homenagem a elas quando voltarem.

As gêmeas deveriam ter sido apresentadas à sociedade no ano anterior, mas quando o primeiro marido de Selena morreu, todas cumpriram o período de luto adequado. Embora a moral de Selena tivesse sido questionada por ter se casado poucos meses após a morte do marido, sua experiência de anos como duquesa lhe ensinara a projetar poder. Suas irmãs não sofreriam muito por causa do escândalo. O que era um escândalo em uma família que não tivera nenhum? Enquanto a família de Fancy não passava de escândalo após escândalo — fosse pelas circunstâncias do nascimento de cada um, fosse pelo caminho que seguiram na vida. Cada um deles levara um escândalo para a vida daquele com quem escolheram se casar. Nascidos em pecado, criados em pecado... parecia que todos estavam destinados a morrer em pecado.

Não importava que a mãe lesse a Bíblia todos os dias. Várias vezes tentaram convencer a mulher a empregar pelo menos uma empregada doméstica, talvez uma cozinheira. Mas ela recusava qualquer coisa que facilitasse sua vida. Às vezes, Fancy se perguntava se a mãe estava se punindo por algum motivo.

Ettie Trewlove não conseguiu se opor, no entanto, quando os rapazes reformaram a casa antiga, construindo um lar quente e confortável. Tampouco conseguia impedi-los de encomendar carvão regularmente. Os donos das lojas concediam à mãe todo o crédito que ela precisava, porque sabiam que os irmãos Trewlove pagariam quaisquer dívidas. Fancy ainda não estava em posição de fazer muita diferença, mas, quando se casasse, poderia colaborar mais. Talvez, se ela se casasse com um homem que fosse generoso, até conseguisse convencer a mãe a morar com Fancy para que pudesse mimá-la. Aquele era seu objetivo: encontrar um homem que não aceitasse somente Fancy, mas também sua família.

Após a refeição, quando seus sobrinhos acordaram da soneca, Fancy brincou com eles, imaginando que era provável que ela tivesse seu próprio filho dentro de um ano. Cavalheiros tinham pressa em garantir herdeiros o mais rápido possível, e ela estava determinada a ser uma esposa boa e obediente. Mas, quando pensou no filho que poderia dar ao marido, imaginou-o com cabelo escuro e olhos verdes extraordinários.

Entrando na livraria no final da tarde, Fancy pensou no sr. Sommersby e em como um mal-entendido quase os levara a não se tornarem amigos. Embora talvez ela estivesse sendo muito otimista, e eles fossem mais colegas que amigos. Ela gostaria que ele fosse ao baile; seria um rosto familiar entre a multidão. Um cavalheiro com dinheiro, ele talvez fosse bem-vindo. Mas, por residir ali, e não em uma área mais rica de Londres, era possível que ele não se associasse à aristocracia.

Não, se ela queria mais tempo com o sr. Sommersby, teria que ser na região em que moravam. Fancy precisava considerar que talvez tivesse gostado da noite juntos muito mais que ele. Em um momento, quando o polegar dele passou sobre o rosto dela, ela pensou que ele estava prestes a beijá-la. Queria que o tivesse feito. Por desejo, mais que tudo, mas também por curiosidade. Não queria ser completamente inocente quando fizesse sua estreia. Sabia muito bem que os homens que dançariam com ela sem dúvida haviam beijado um número impressionante de mulheres. Eles não seriam julgados como imorais. Já as mulheres deveriam permanecer puras, intocadas, íntegras. Às vezes, Fancy tinha vontade de fazer algo indecente.

No entanto, como uma bastarda, ela nunca seria vista como pura. Poderia muito bem fazer algo para fazer jus à reputação. Talvez devesse tê-lo beijado, se rebelado um pouco.

Mas ela não queria fazer nada para pôr em risco seu próprio sonho, seu sonho de encontrar um homem que a amasse, apesar de seu nascimento. Seu único medo era, em algum momento, ter que escolher entre realizar o sonho da mãe ou o dela. A ideia de se casar com um homem que não amava já lhe causava uma agitação na barriga. Receber em seu corpo um homem que não tivesse conquistado seu coração provavelmente a destruiria.

Como se sentisse seus pensamentos sombrios, Dickens se esfregou em sua perna. Curvando-se, ela o levantou nos braços.

— Estou sendo uma tola, me preocupando com coisas que talvez nunca aconteçam. Devo aproveitar ao máximo minha liberdade enquanto a tenho. E o dia está lindo lá fora.

Ela subiu a escada até seu quarto, colocou Dickens sobre a cama e começou a trocar o vestido refinado que usara para a igreja por algo com menos babados. Então, colocou um chapéu pequeno na cabeça, já que o vento quase arrancara o chapéu de abas largas de sua cabeça enquanto ela e a mãe voltavam para casa. Um menor seria mais apropriado.

Fancy pegou a chave da bolsa e a enfiou no bolso. Depois foi até o canto do quarto e pegou sua pipa. Dickens miou. Passando por ele, ela deu uma coçadinha em sua cabeça.

— Sim, vou sair um pouco.

Uma vez do lado de fora, passou pelos estábulos e pela rua em que o sr. Sommersby morava, passando por outras ruas e casas até chegar ao parque. Mick havia reservado vários hectares de terra para que os moradores pudessem passear e as crianças pudessem brincar sem correrem o risco de ser atropeladas. Um lago havia sido aberto no centro, e algumas mudas foram plantadas aqui e ali para um dia proporcionarem sombra.

Ela procurou a área aberta onde algumas pipas já estavam no céu. Erguendo a dela, Fancy testou o vento antes de dar uma volta rápida, ouvindo o estalo da brisa batendo na pipa, sentindo o puxão. Soltou rapidamente a linha do carretel até a pipa estar numa altura adequada, então parou e ficou observando-a voar, desejando estar lá em cima, voando com ela. Por mais empolgada que estivesse com o baile que se aproximava, Fancy também o temia. Temia desapontar sua família, desapontar a si mesma. E se nenhum lorde...

— São livros na sua pipa?

Balançando a cabeça, ela ficou surpresa com a alegria que a atravessou ao ver Matthew Sommersby parado ao seu lado, olhando-a quase com carinho. O gramado havia silenciado sua aproximação.

— Meu irmão Aiden as pintou no papel para mim. Ele é muito habilidoso, fez toda a arte emoldurada na minha livraria. — E ela estava tagarelando. — Você não jantou no Roger Risonho ontem à noite.

— Não. Jantei na casa da minha irmã.

— Você tem uma irmã?

Por alguma razão, ela tivera a impressão de ele ser sozinho no mundo.

— Sim. Ela é mais velha. Às vezes pode ser um pouco ditatorial e intrometida.

Como a caçula de sua família, ela certamente entendia a situação.

— E ela agiu assim ontem à noite?

Ele riu baixo, um som que a penetrou e aqueceu sua alma.

— De fato. Colocou-me para cuidar de diversas tarefas.

— Você vai evitá-la, então?

— Não. Agora somos apenas nós dois, pois nossa mãe também faleceu. Minha irmã é casada com um bom homem. Tem uma filha, uma pestinha animada. Ocorreu-me tarde demais que eu deveria ter passado em sua livraria e comprado um livro para ela. Vou lembrar disso da próxima vez que for visitá-la.

— Mal posso esperar para ajudá-lo a escolher o livro perfeito.

Mas, até aí, Fancy estava começando a perceber que mal podia esperar para fazer qualquer coisa que lhe permitisse vê-lo. Para impedir que ele seguisse seu caminho, ela perguntou:

— Você não tem uma pipa?

— Não.

— Gostaria de brincar um pouco com a minha?

— Não lhe negaria o prazer que você obviamente está sentindo com seus próprios esforços.

— Meu prazer só aumentaria se você também estivesse se divertindo.

Embora o chapéu dele sombreasse seu rosto, algo escuro, como desejo, passou pelos olhos verdes antes que ele desviasse o olhar.

— Seu irmão foi sábio em reservar terras para um parque. Isso aumentará o valor das residências e as tornará mais atraentes para os inquilinos.

— Ele me deixou ajudar a plantar as mudas. Olho para as crianças que brincam hoje e as imagino daqui a alguns anos com seus próprios filhos, andando na sombra que as árvores proporcionarão.

O olhar dele voltou para ela.

— Você gosta de dar coisas às pessoas, mesmo que não esteja lá para vê-las recebendo seus presentes.

Ou o sol estava mais próximo, ou ela estava envergonhada com as palavras dele, porque suas bochechas pareciam estar subitamente em chamas.

— É um defeito meu, suponho.

— Ainda não encontrei nenhum defeito em você, srta. Trewlove.

A atenção dele subiu para o céu, para as pipas flutuando, e ela tinha quase certeza de agora quem estava envergonhado era ele, pois suas bochechas ostentavam um tom avermelhado.

— Isso não é bem verdade.

Ela sabia que o sr. Sommersby não concordava com sua busca por um lorde.

Ele olhou para ela.

— Não, não é.

— Prefiro que sejamos honestos, sr. Sommersby.

— Então... não encontrei nenhum defeito em sua companhia. Está bom assim?

Ouvir aquilo a fez sentir como se todo o seu corpo estivesse sorrindo.

— Vou aceitar como um elogio.

Com um aceno de cabeça, ele voltou a atenção para o céu.

— Qual é a sua lembrança favorita de soltar uma pipa? — perguntou ela.

— Eu nunca soltei uma.

— Nunca?

— Meus pais não permitiram tais frivolidades.

— Não é frívolo se traz alegria, se ajuda a relaxar. Você precisa tentar.

— Ou vou perdê-la e ela voará muito perto do sol e queimará, ou a derrubarei e ela se despedaçará em mil pedaços. Em ambos os casos, ela não será útil para você no futuro.

— Que absurdo. Mas se acontecer, eu sempre posso fazer outra. O vento vai lutar contra você e tentar roubar a pipa, mas você é o senhor e o mestre aqui. Eu vou guiá-lo. — Sem pensar, ela parou na frente dele. — Coloque suas mãos sobre as minhas, onde repousam sobre o carretel.

— Srta. Trewlove, creio que isso não seja adequado.

— É apenas uma pipa, sr. Sommersby. Venha, não seja tímido.

Pareceu uma eternidade até que os braços dele a rodearam e as mãos pousaram nas dela enquanto apertavam os eixos de madeira do carretel que Fera havia esculpido para ela, facilitando o controle do comprimento da linha que mantinha a pipa amarrada — da mesma maneira que o sr. Sommersby agora estava preso a ela. Fancy não havia considerado como os braços fortes e musculosos prenderiam cada lado dela, como o peito dele pressionaria levemente contra suas costas. Ela se sentia como uma lagarta em um casulo passando por uma transformação, embora não tivesse muita certeza no que se transformaria no final. Nunca estivera tão consciente de um homem. Apesar de ele estar vestido — camisa, colete, casaco —, o calor de sua pele ainda conseguia se misturar com o dela. Era tanto calor que ela sentiu como se fosse a cera de uma vela derretendo. Os joelhos ameaçavam ceder a qualquer momento, e ela ficou agradecida ao ver que ambos usavam luvas, embora sentisse vontade de tirá-las para que a maciez de suas mãos pudesse roçar contra a aspereza das mãos dele.

Sua mente estava desprovida de pensamento, pois a aguda consciência da proximidade dos corpos a dominava da maneira mais agradável.

— Você está gostando das aventuras de Dick Turpin? — ela se ouviu perguntar.

— Muito.

Ele abaixou a cabeça, a boca perto da orelha dela, a voz baixa fazendo com que áreas distantes do corpo dela reagissem como se ele tivesse apertado os lábios ali. O hálito quente deslizando sobre a orelha, a bochecha, enviava uma espiral de prazer por seu corpo.

Fancy tinha que se controlar, estava tentando ensiná-lo a empinar uma pipa.

— Vou tirar lentamente minhas mãos debaixo das suas...

— Eu prefiro que não o faça.

Ela desejava o mesmo, mas estar nos braços dele daquela maneira era terrivelmente inapropriado.

— Eu pensei que você gostaria de segurar os eixos, para que possa ter uma experiência mais verdadeira.

Ela sentiu as mãos dele se fecharem com mais segurança sobre as dela.

— Estou perfeitamente contente com a experiência.

Ah, a voz dele. Áspera e rouca. Nenhuma orquestra no mundo poderia tocar uma melodia que fosse capaz de criar uma resposta tão profundamente apaixonada em seu peito como a voz dele fazia. Se ela continuasse com aqueles pensamentos inadequados, temia desmaiar, mesmo que nunca tivesse desmaiado em sua vida — embora a escola que frequentou tivesse ensinado como fazê-lo de forma graciosa. Ela havia considerado a aula uma perda de tempo, mas como poderia ter sabido que a proximidade de um homem faria uma mulher sentir que estava encolhendo lentamente, que causaria dificuldades para respirar? Hora de se concentrar na razão pela qual ela agora estava entre os braços dele.

— Você consegue sentir a brisa batendo na pipa?

— Sim.

— Você pode imaginar quão solitário o vento deve se sentir lá em cima, apenas com os pássaros como companhia?

— Ele terá suas folhas para brincar assim que as árvores crescerem.

Ela sorriu com prazer ao reconhecer que seus poucos esforços teriam desdobramentos a longo prazo, assim como as lições de leitura que dava. Era impossível saber como a menor das ações poderia eventualmente fazer uma diferença incrível.

— Sim, mas isso vai levar anos. Vamos fazer a pipa subir um pouco mais alto, dar-lhe mais liberdade?

— Se assim deseja.

— Vamos girar lentamente o carretel, soltando mais linha, mas com cuidado. Devemos prestar atenção para garantir que não vamos perder o interesse do vento. Caso contrário, nossa pipa cairá.

— Seus irmãos lhe ensinaram isso?

— Eles me ensinaram tudo que há de importante. Também se certificaram de que eu tivesse tudo o que eles não tiveram: bonecas, peões, pipas. Minha mãe diz que viveram a infância deles por meio da minha. Eles nunca tiveram uma de verdade, sabe. Não foi culpa da mamãe, só é assim que acontece nos bairros pobres. Acho que soltamos o suficiente de linha.

Olhando para trás, por cima do ombro, a fim de vislumbrar a alegria dele, ela descobriu seu olhar intenso focado nela e ficou com a impressão de que ele a estava estudando havia algum tempo.

— Você não está olhando a pipa.

— Encontrei algo muito mais interessante.

— Você não preferiria estar lá em cima com ela?

— Prefiro estar aqui embaixo... com você.

A pele dele, bronzeada pelo sol, ficou mais escura, como se estivesse possivelmente corando, mas então ele voltou a atenção para a pipa e disse:

— Eu andei em um balão de ar quente uma vez.

— Verdade? Eu adoraria fazer isso. Deve ter sido ótimo ver o mundo lá de cima.

— Foi como entrar nas páginas de um livro, visitando um reino completamente diferente. Na época, eu queria ficar lá em cima. Agora, estou feliz por ter voltado. Caso contrário, eu nunca teria aprendido a empinar uma pipa.

Ele tirou as mãos das dela e rapidamente deu um passo para trás, fazendo-a se sentir um pouco abandonada e perdida.

— Obrigado, srta. Trewlove, por compartilhar sua pipa comigo.

Virando-se parcialmente, ela o encarou o máximo que conseguia enquanto ainda mantinha o controle da pipa.

— Você pode pegá-la emprestada quando quiser.

— Você é muito gentil, srta. Trewlove. Vejo você na segunda à noite.

Parecia que seu coração estava prestes a seguir o caminho da pipa e disparar para o céu.

— Você está disposto a ensinar?

— Estou disposto a ver do que se trata. Sete horas, correto?

— Venha um pouco mais cedo, para que eu possa explicar algumas coisas antes que as pessoas cheguem.

Ele tirou o chapéu.

— Segunda-feira.

Enquanto ele se afastava, ela percebeu que não precisava viajar na cesta de vime de um balão para saber como era flutuar.

Capítulo 9

OLHANDO AO REDOR no salão de leitura da srta. Trewlove, Matthew lembrou-se de uma das fábulas de Esopo, cuja moral dizia que, ao se deparar com a tentação, o homem muito provavelmente cederia. Certamente fora o caso da tarde do dia anterior. Ele nunca deveria ter se aproximado de Fancy Trewlove, e com certeza não deveria tê-la envolvido com seus braços. Mesmo um dia depois, se tivesse uma caneta na mão, conseguiria desenhar com exatidão onde o corpo dela se aninhara contra o dele.

Com ela em seus braços, o comentário de sua irmã a respeito de encontrar uma mulher apropriada pululava em sua mente como saltimbancos.

Desconsiderando sua busca por um marido com um título, e se Fancy Trewlove fosse adequada para ele? Onde estava o mal em explorar a possibilidade? Ele não podia negar que ela lhe deixava intrigado e que gostava de sua companhia. Era improvável que ela tentasse forçá-lo a um casamento, pois não sabia que ele possuía o que tanto ela desejava adquirir.

Ou melhor, o que sua família desejava que ela conquistasse, se a srta. Trewlove estivesse falando a verdade sobre seus próprios sonhos.

Ele ficou fascinado com a sala de aula improvisada. E era improvisada. Não havia mesas. Não de verdade. Havia algumas mesinhas baixas que serviam para apoiar uma xícara e pires ou um copo — ou um par de pés, se uma pessoa rude se sentasse em um dos sofás, poltronas ou cadeiras próximas.

No entanto, a sala emanava uma sensação aconchegante, muito parecida com a de uma biblioteca. No canto, havia um monte de almofadas que ele sabia serem usadas pelas crianças que ouviam a srta. Trewlove ler. Nas paredes estavam as pinturas que o irmão dela havia pintado. Animais excêntricos da floresta e criaturas míticas lendo. Embora ele estivesse mais intrigado com a peça sobre a lareira. Era uma pintura da srta. Trewlove descansando em um sofá com livros espalhados pelo chão ao seu redor.

Quando ele espiara a sala alguns dias antes — havia se passado apenas alguns dias? —, não notara a obra de arte ou as prateleiras alinhadas com livros em ambos os lados da lareira. Matthew fora cativado por ela, toda a sua atenção dedicada a ela. Sempre era assim.

Mesmo no parque... Depois que ele a notara, estivera perdido. Pretendia apenas dar um passeio pelo gramado no final da tarde e, em vez disso, recebera uma lição sobre empinar uma pipa. Mesmo que o relacionamento deles não se transformasse em algo permanente, ele queria se tornar uma das lembranças dela, algo que ela mencionaria nos anos seguintes. Matthew queria mais do que estar à margem da vida da srta. Trewlove.

— Estou realmente feliz por o senhor estar aqui, para ter uma noção de tudo o que conquistamos com as aulas que oferecemos — disse ela, aproximando-se.

Ela não estava na sala quando ele entrou. Com base na intensidade do perfume de laranja que a rodeava, Matthew presumiu que ela estivera terminando de se banhar em seus aposentos no andar de cima. O pensamento o fez imaginá-la afundando na água fumegante de uma banheira, gotículas de água se formando em sua pele, reunindo-se no decote que o havia encantado durante a ida ao teatro marginal.

— Sua assistente lá embaixo me disse para subir.

— Sim, Marianne cuida da porta, mantendo potenciais clientes de fora, permitindo apenas a entrada de estudantes, pois a loja fica fechada durante a noite. Você parece estar estudando tudo minuciosamente. Está gostando do que vê?

Ele gostava do que via nela. Será que ela desistiria de sua busca por um marido com um título para ficar com ele? Embora no fim, por meio dele, ela acabaria conquistando o que procurava.

— Ainda tenho que entender a relação entre os livros destas prateleiras. Sou incapaz de determinar sua linha de organização.

A maioria parecia ficção, mas ele também notou algumas biografias e alguns títulos de história, bem como alguns sobre viagens.

— Em sua maioria, são histórias ou assuntos que gostei de ler.

— Parece uma coisa estranha, no entanto, enviar seus clientes para cá, procurando por algo, em vez de utilizar os livros no andar de baixo.

— Ah, estes aqui são para ler dentro desta sala ou pegar emprestado.

Ele a encarou. Ela usava um vestido comportado de um tom vinho-escuro com botões até o pescoço que escondia o pequeno decote sedutor, ao que ele estava agradecido. Não precisava da distração ou que seu corpo se rebelasse quando a vontade desse lugar ao desejo.

— Uma biblioteca de empréstimos?

— Precisamente. Exceto que não cobro uma taxa de assinatura anual. Qualquer um pode levar qualquer livro para casa.

— O que os faz retornar os livros?

— Bem, boas maneiras, espero. Se, no entanto, eles não devolverem o livro, presumo que seja porque ele encontrou um lugar em seu coração, e não os penalizo por isso.

— E como consegue bancar isso?

— Doações. Principalmente dos membros da minha família, de alguns parentes ou amigos de seus cônjuges. Até as lições que ensinamos são baseadas na generosidade dos outros. Nesta prateleira aqui — ela estendeu o braço para o lado — temos apostilas. Cada aluno novo recebe uma para levar para casa, para guardar e estudar à vontade. Um dos desafios que enfrentamos é que as pessoas têm diferentes níveis de conhecimento quando chegam e, depois, algumas aprendem mais rápido que outras.

— Parece que seria menos confuso haver termos, como nas escolas.

— Eu concordo, mas não tenho a intenção de afastar alguém depois que a pessoa encontrou a coragem de entrar pela porta para pedir ajuda.

— Quantos estudantes você tem?

Ela deu de ombros.

— Provavelmente uma dúzia ou mais ao todo, embora muitas vezes menos apareçam. Trabalho, família ou vida às vezes interferem. Outro desafio: lembrar o que uma pessoa aprendeu e guiá-la na direção certa.

— Parece que seria muito menos trabalhoso se você tivesse uma agenda mais formal.

— Talvez eu tenha, eventualmente. Espero um dia ter uma escola apropriada que tenha como foco as necessidades de adultos analfabetos.

Um som na porta chamou a atenção dos dois. A srta. Trewlove se virou e deu um sorriso radiante para o homem alto e esbelto que entrava, com cabelo ruivo brilhante domado em um penteado moderno.

— Sr. Tittlefitz.

O homem se aproximou com cautela, seu olhar desconfiado oscilando entre Matthew e a srta. Trewlove.

— Tenho certeza de que você provavelmente já conheceu o sr. Sommersby. Ele está alugando...

— O número 86 da Ettie Lane.

— Você tem uma boa memória — disse Matthew, relutantemente impressionado com a habilidade do jovem.

— O sr. Trewlove espera que eu conheça os inquilinos e cuide com rapidez de quaisquer necessidades que possam surgir. É bom lembrar onde eles residem.

— Tenho certeza de que você superou as expectativas dele, sr. Tittlefitz — afirmou a srta. Trewlove.

O homem a olhou com um semblante de tamanha adoração que parecia que havia sido proclamado rei por ela. Qualquer um que respirasse poderia perceber que o secretário estava enamorado pela irmã do chefe, e Matthew agradeceu de forma egoísta pela situação não parecer ser recíproca. Ela não o considerava mais que um amigo.

— O sr. Sommersby está pensando em ajudar com as aulas nas noites em que não estarei disponível.

A queda na animação do jovem foi sutil.

— Eu posso cuidar das aulas sem ajuda.

Obviamente, seu orgulho havia sido ferido.

— Isso seria pedir muito para você.

— Você pode me pedir qualquer coisa, srta. Trewlove.

Estendendo a mão, ela esfregou o ombro dele.

— Não vou tirar proveito de sua generosidade e bondade, sr. Tittlefitz.

Olhando além dele, o sorriso que ela deu ao homem alto e largo que escoltava duas mulheres pela porta era dez vezes maior que o que ela dera a Tittlefitz, e Matthew sentiu um forte aperto no peito. Não era ciúme, certamente.

— Fera!

Ela correu para o outro lado da sala e atirou-se no homem, os braços circulando o pescoço dele enquanto ele a pegava com facilidade e a abraçava. A suavidade das ações indicava que haviam sido feitas milhares de vezes.

— O irmão dela — explicou Tittlefitz em voz baixa ao lado dele. — Ele não aparece muito.

— Não gosta de livros?

Tittlefitz riu baixo.

— Muito ocupado aterrorizando as partes mais sombrias de Londres, pelo que entendi.

Fera finalmente soltou a irmã. Matthew podia ver o motivo para o homem ter ganhado tal apelido. Sua presença praticamente engolia a sala, fazendo-a parecer muito pequena. Ele possuía uma confiança que indicava que não estava para brincadeiras.

— Faz anos que não o vejo — disse a srta. Trewlove.

— Estive ocupado, mas as meninas aqui estavam querendo aprender a ler, então decidi trazê-las para você.

Matthew observou a srta. Trewlove se virar para as meninas — meninas que, a seus olhos, eram mulheres, provavelmente com menos de 25 anos, apesar de terem uma aparência cansada e abatida, como roupas lavadas muitas vezes — e lhes deu uma saudação entusiasmada.

— Estamos muito felizes por tê-las aqui.

Ela acenou para Matthew e o secretário.

— Permita-me apresentar o sr. Tittlefitz, um dos tutores. E o sr. Sommersby, que está considerando assumir a tarefa de instruir também. E vocês são?

Uma das garotas, de baixa estatura e um pouco rechonchuda, olhou para ele e deu um passo à frente. Embora estivesse abotoada do queixo aos pulsos, ela ainda conseguia chamar a atenção para seus atributos bem-dotados, movendo-se com movimentos fortes e ágeis, como uma cobra prestes a dar o bote.

— Sou Lottie, sou sim, e estou pronta para receber instruções, bonitão.

— Não é por isso que você está aqui, Lottie — alertou Fera, uma firmeza em seu tom que não aceitava discussões.

— Certo. — Ela piscou para Matthew. — Talvez depois das aulas.

— Eu sou Lily — respondeu a outra garota, um pouco tímida, nem de longe tão ousada quanto Lottie. — Conheço algumas letras, o suficiente para escrever meu nome. Só não sei como usar o resto delas para que signifiquem algo.

— Quando terminarmos, srta. Lily, você conseguirá ler e escrever o que quiser — afirmou a srta. Trewlove com confiança. — Acompanhem o sr. Tittlefitz, ele lhes dará suas apostilas.

— E eu vou embora — disse Fera. — Vocês, meninas, peguem uma charrete para voltar ao alojamento.

— Obrigada, Fera — disseram elas em uníssono, antes de seguir o secretário.

Matthew sentiu um tapinha em sua bunda quando Lottie passou por ele. Ah, sim, eram mulheres como elas que prosperavam à noite.

Fera soltou um suspiro pesado.

— Se elas causarem algum problema, me avise. Às vezes, elas gostam de ser um pouco maliciosas, especialmente Lottie.

— As duas vão ficar bem. Depois que as lições começarem, elas ficarão encantadas com o aprendizado. — A srta. Trewlove acariciou o braço do irmão. — Não se preocupe.

Depois de dar outro abraço na irmã, ele foi embora. Então, ela se virou para Matthew.

— O sr. Tittlefitz cuida dos alunos mais novos, ensinando-lhes as letras e algumas palavras básicas. A srta. Lottie pode ficar desapontada quando perceber isso. Embora você seja mais que bem-vindo a se sentar com eles para observar como a aula acontece, se quiser.

Matthew não pôde deixar de sorrir.

— É ciúme o que eu sinto em sua voz, srta. Trewlove?

— Certamente não. É só que ela parece ter se interessado por você.

— Suspeito que ela se interesse por todos os homens. Como você acha que ela chegou à companhia do seu irmão?

— Fera tem um coração de ouro. Ele sempre encontra vadios ou aqueles que estão passando por momentos difíceis e faz o que pode para melhorar suas vidas. — Ela se inclinou de forma conspiratória em sua direção. — Eu suspeito que ela seja uma mulher desonrada, as duas, na verdade, e que Fera esteja se esforçando para ajudá-las. Aprender a ler é o primeiro passo.

— Você não se ofende por isso?

— Se não fosse pela minha família, é bem possível que eu tivesse seguido o mesmo caminho que elas. Não julgo, sr. Sommersby. Se você o faz, então o confundi com uma pessoa que se importa, e provavelmente o senhor não é o melhor para nos ajudar quando eu estiver ocupada.

Os olhos castanhos refletiam decepção, e ele ficou irritado por ter lhe dado motivos para que ela encontrasse falhas nele.

— Não as julgo.

Ele seria hipócrita se o fizesse. Havia visitado prostitutas em sua juventude. As de alto preço, certamente, mas elas ainda usavam seu corpo como mercadoria, da mesma forma que as moças mais pobres que viviam nos piores bairros.

— Muitas mulheres que conheço não seriam tão receptivas. Você é admirável.

Baixando a cabeça um pouco, como se estivesse envergonhada, ela olhou para ele através de seus longos cílios.

— Nem um pouco.

Ele pensou que o sofrimento pela falta de aceitação em sua juventude a tornara mais tolerante com os outros.

— Se vou substituí-la, parece que eu me beneficiaria mais de estar em sua aula.

Antes que ela pudesse responder, passos chamaram a atenção deles. Uma mulher cruzou a soleira e parou de supetão ao vê-lo. As bochechas ardiam de um vermelho tão intenso que ele ficou surpreso por não pegarem fogo.

— Boa noite, sra. Bennett — disse a srta. Trewlove. — Acredito que conhece o sr. Sommersby. Ele está pensando em ajudar o sr. Tittlefitz à noite, quando eu não estiver disponível.

Sua funcionária fez uma pequena reverência.

— Sr. Sommersby, senhor.

— Sra. Bennett, é um prazer vê-la.

— Ela é uma das nossas melhores alunas — apontou a srta. Trewlove.

Ele pensou que era impossível que o rosto da mulher ficasse mais vermelho, mas ficou, e, de forma lenta, Matthew percebeu que ela estava mortificada por encontrá-lo ali. Ele também entendeu por que ela não havia deixado um bilhete para alertá-lo de que a srta. Trewlove lhe visitara. Ela não sabia escrever.

— Não tenho dúvida disso.

A sra. Bennett levantou sua apostila, um pouco torta e desgastada nos cantos.

— É uma dádiva poder ler.

— Uma que é facilmente compartilhada — assegurou a srta. Trewlove. — Eu diria, Sra. Bennett, que você estará ensinando em breve.

— Ah, não estou nesse nível ainda. Mas logo estarei, espero. Meu marido sabe ler, mas não tem paciência para me ensinar.

— Suspeito que ele esteja cansado no final do dia, depois de dar a maior parte de sua paciência aos trabalhadores no canteiro de obras — afirmou Matthew. — Mas seus esforços são louváveis, sra. Bennett. Aprender uma nova habilidade, qualquer habilidade, é sempre um desafio.

O rubor nas bochechas da mulher começou a desaparecer. Ela parecia verdadeiramente grata por suas palavras. Ele já elogiara várias damas, mas o elogio sempre fora paquerador, leve e provocante, e as mulheres tinham recebido a admiração como algo que lhes era devido.

— Se acomode e começaremos a trabalhar em breve — disse a srta. Trewlove.

Abaixando a cabeça, a sra. Bennett passou rapidamente por Matthew. Como ela seguia um livro de receitas? Ela não podia. Sua única opção era cozinhar o que sua mãe ou uma parente ou amiga lhe ensinara, lembrando todos os ingredientes, todas as medidas. Era impossível não ficar impressionado com o fato de ela administrar não apenas a própria casa, mas a dele.

— Ela estava envergonhada com a minha presença — apontou ele baixinho.

— As pessoas temem ser ridicularizadas, repreendidas ou menosprezadas por não possuírem habilidades que outras pessoas dão como certas.

— Você lhes dá orgulho.

— Damos a elas a capacidade de ler. Dentro dessas paredes, fornecemos um local onde elas não são julgadas. Algumas pessoas aprendem rapidamente, outras não tão rápido. Garantimos que elas nunca se sintam envergonhadas, mesmo que não dominem a habilidade.

— E se eu for como o marido dela e não tiver paciência para isso?

Ela sorriu suavemente.

— Então eu o terei julgado errado.

Ela não o julgara errado. Não se a atenção fascinada dele fosse alguma indicação.

Outro novo aluno chegou. Com base em sua cautela, enquanto estudava o ambiente como um animal preso em busca de uma rota de fuga, Fancy suspeitava que ele havia sido recentemente libertado da prisão. Se fosse o caso, seu irmão Finn o havia enviado. Embora tivessem se passado anos desde que ele fora encarcerado, o irmão tendia a oferecer ajuda àqueles que precisavam quando eram libertados. O recém-chegado se juntou ao grupo de Tittlefitz.

Mais três alunos regulares — dois homens e uma mulher — se juntaram ao grupo dela. Eles se revezavam lendo em voz alta, os outros acompanhando a história em suas apostilas. Quando um deles errava, ela gentilmente explicava a forma correta da palavra, ajudando-os a pronunciá-la. Embora, em algumas ocasiões, ela tenha perdido o ponto em que estavam na leitura e recebido ajuda do sr. Sommersby. Era desconcertante tê-lo tão perto, sentado ao lado dela, de frente para os estudantes.

Seus pulmões estavam cheios com o aroma de colônia de cravo. Ele parecia tão esplendidamente bonito em um paletó e calça azul-marinho, colete cinza, camisa branca como a neve e uma gravata com nó perfeito. O olhar dela continuava vagando até ele, e de vez em quando o dele se virava para colidir com o dela. Suas bochechas esquentavam quando ela voltava a atenção para a tarefa em mãos. Algo estava mudando entre eles, e ela só podia esperar que não fosse imprudente encontrar desculpas para tê-lo por perto.

Uma hora depois, vários funcionários do hotel entraram carregando bolinhos, biscoitos e chá. Fancy se levantou e bateu palmas.

— Nosso lanche chegou. Vamos fazer uma pequena pausa.

Enquanto as pessoas se dispersavam, os funcionários colocaram a comida em uma mesa perto da porta e começaram a servir.

— Seu irmão fornece a comida e a bebida, presumo — disse Sommersby em voz baixa, por cima do ombro dela, criando com a proximidade um formigamento de prazer que percorreu sua espinha.

Fancy usou toda a dignidade que possuía para não andar para trás na direção dele, para que os braços fortes pudessem envolvê-la como tinham feito na tarde anterior.

— Sim. Suspeito que a oferta faça pelo menos um de nossos alunos voltar. — Ela o encarou. — Posso preparar um chá para você?

— Não, obrigado. Depois disso, vou tomar um copo de uísque.

— É tão horrível assim?

Ele balançou a cabeça lentamente.

— Não, mas é difícil ver quantas vezes tomei a leitura como algo garantido. O que você faz aqui é notável, srta. Trewlove.

— Não é nada de mais. Obrigada por ter me ajudado mais cedo, quando me atrapalhei.

O olhar dele percorreu o rosto dela lentamente, como se estivesse procurando por algo.

— Por que você se atrapalhou?

Porque me sinto atraída por você e, em duas noites, estarei em um baile na esperança de conquistar um lorde.

— Caramba, está quente aqui, hein? — perguntou Lottie enquanto se posicionava entre Fancy e o sr. Sommersby, que foi forçado a dar um passo para trás para evitar que a mulher se apertasse contra ele.

Fancy assistiu fascinada quando Lottie deu liberdade a três botões no corpete e depois passou o dedo sobre a pele exposta.

— Você gostaria de ir lá fora, bonitão, onde está um pouco mais fresco?

— Não, obrigado.

Ela desviou o olhar para o lado, para Fancy.

— Ela é uma dama de verdade, é sim. Ela não vai te dar nem um beijo.

Fancy quase empurrou a mulher para o lado e se atirou no sr. Sommersby só para provar que ela estava errada. O pensamento a fez parar. O que havia de errado com ela? Estava mesmo pensando em beijá-lo? Era impossível não imaginar como seria ter a boca dele pressionada contra a dela.

— Eu odiaria muito ter que denunciar seu comportamento inadequado ao Fera. Você pode fazer um favor a si mesma e retornar aos seus estudos — disse Fancy, em vez disso.

Lottie deu uma piscadela para o sr. Sommersby.

— Você talvez consiga o beijo que quer, no final.

Ela se afastou, os quadris balançando de uma maneira tão exagerada que Fancy ficou surpresa por a mulher não ter se machucado. Suas palavras de despedida fizeram com que ficasse difícil encarar os olhos verdes do sr. Sommersby. Em vez disso, ela decidiu estudar o maxilar dele. Era um dos exemplos mais refinados da natureza fazendo o seu melhor trabalho. Era saliente, mas não muito, o suficiente para não se perder nos músculos de seu pescoço. Ele terminava em um queixo forte e quadrado, bem definido — mas, até aí, tudo nele era bem definido.

— Nós deveríamos voltar para a aula agora.

Fancy odiou a leve fraqueza em sua voz, um pouco ofegante.

— Ela não estava completamente errada, sabe.

O olhar dela saltou para o dele.

— Sobre estar quente aqui?

— Sobre o meu desejo de beijar você.

Capítulo 10

Ele não deveria ter dito aquilo, mas, diabo, era difícil não querer devorar a boca dela quando a mulher era apaixonada por todas as malditas coisas da vida. Ele a observou ficar vermelha e acenar com a cabeça, antes de murmurar algo sobre voltar ao trabalho. Então ela reuniu os alunos ao seu redor como uma pata e seus patinhos — ou talvez um cavaleiro e sua armadura. Ele a enervara, o que não era sua intenção. No entanto, Matthew sentira a necessidade de pelo menos confirmar a atração que sentia.

Ela realmente achava que os homens que estariam no baile não iriam querer provar aquela boca deliciosa? Que qualquer cavalheiro em sua companhia não estaria imaginando como seria pressionar os lábios nos dela, fazê-los se abrir e deslizar a língua para dentro, a fim de conhecer completamente seu interior aveludado e seu gosto?

Se seus pensamentos continuassem por tal caminho, ele ganharia uma ereção e passaria vergonha. A rapariga, Lottie, certamente notaria e sem dúvida chamaria a atenção para ele ou, pelo menos, o provocaria sem dó depois. Ele tentou se concentrar no cabelo da srta. Trewlove, em sua maciez e em como os pesados fios pretos cairiam sobre suas mãos se ele removesse os grampos que os seguravam no lugar. Ele se mexeu desconfortavelmente em sua cadeira. Aquela incursão também não ajudaria em nada.

Então, Matthew se concentrou no fato de que a atenção dela não estava nele, e sim nos alunos, enquanto eles lutavam para entender as palavras que contavam a história de uma jovem que sonhava em ir a um baile e capturar a atenção de um príncipe — bem como a srta. Trewlove sonhava em capturar a atenção de um lorde em seu primeiro baile. Ele a imaginou sendo levada para a pista de dança, a alegria que iluminaria seus olhos, o sorriso que ela daria ao parceiro de dança. Ela conheceria mais que um punhado de outros cavalheiros, se encantaria por eles, e talvez algum a levasse para passear em um balão de ar quente — se o homem se importasse o suficiente para descobrir sobre as coisas que ela poderia gostar. Se a visse mais que apenas um dote para encher cofres vazios. Se olhasse para além da questão de seu nascimento, a fim de apreciar a mulher notável que era.

Ela possuía habilidades e inteligência para gerenciar uma livraria com sucesso. Tinha a generosidade de espírito para disponibilizar livros para aqueles que não podiam pagar. Procurava melhorar a vida dos esquecidos, dando-lhes o dom da leitura. Não julgava as pessoas, nem mesmo as mulheres que ganhavam dinheiro com o corpo. Era bondosa, gentil e via o melhor em todos que a rodeavam.

Ao tomar consciência do barulho de livros fechados, ele percebeu que havia se perdido em pensamentos e não prestara atenção nas passagens sendo lidas. Não que aquilo importasse, não naquela noite. Ele não era um tutor, apenas um observador.

As pessoas se levantaram. Oferecendo palavras de encorajamento, ela abraçou cada aluno antes que eles começassem a andar em direção à porta. Ela tinha algo reconfortante para dizer até aos alunos do sr. Tittlefitz. Enquanto o secretário começou a arrumar a sala, espalhando cadeiras por todo o cômodo, sem ter que se preocupar com a comida, porque os funcionários haviam limpado tudo antes de sair, a srta. Trewlove se virou para Matthew.

— O que achou?

— É um esforço louvável.

— Você fará parte dele?

Ele deu um aceno rápido com a cabeça.

— Nas noites em que você não estiver disponível.

O sorriso beatífico quase o fez cair de joelhos. Ela tinha que ser tão agradecida?

— Ele vai ajudá-lo, sr. Tittlefitz.

— Muito bom. — O tom do homem carecia de entusiasmo, e Matthew ficou com a impressão de que o sujeito não achava nada bom. — Vejo você na quarta-feira, então. Boa noite, srta. Trewlove, sr. Sommersby.

— Aproveite o resto da sua noite — ela o encorajou.

Com um aceno brusco, o jovem dirigiu-se para a saída, surpreendendo Matthew com sua disposição de deixá-lo sozinho com a srta. Trewlove, embora supusesse que a jovem balconista da livraria estivesse em algum lugar.

— Sr. Tittlefitz? — chamou ela quando ele alcançou a porta. Abruptamente, ele parou para encará-la. — Você faria a gentileza de levar Marianne para casa? Ela não mora longe daqui, e, embora eu saiba que Mick trabalhe duro para manter as ruas seguras, já está escuro.

— Ficarei feliz em acompanhá-la, srta. Trewlove.

Quando Matthew não conseguiu mais ouvir os passos do homem na escada, ele falou:

— Ele é apaixonado por você, sabia?

As bochechas dela coraram.

— Estou ciente, mas nunca o vi como nada além de um amigo. — Pressionando os lábios, a srta. Trewlove fez uma expressão de culpa. — No entanto, Marianne tem um carinho especial por ele.

Matthew inclinou a cabeça para o lado, dando-lhe o que sabia ser um olhar de advertência. Na juventude, ele passara horas diante de um espelho praticando uma série de expressões projetadas para colocar as pessoas em seu lugar ou fazer com que elas se movessem mais rapidamente.

— Você está atuando como casamenteira, srta. Trewlove?

Com um sorriso, ela levantou o polegar e o indicador com apenas um pouquinho de espaço entre eles.

— Talvez um pouco. Eles são perfeitos um para o outro, ele só precisa notá-la.

— Quando uma pessoa está encantada por outra, é difícil perceber mais alguém.

— Você fala por experiência própria?

— Infelizmente. Suponho que as aulas sejam na mesma hora na quarta-feira.

— Sim, embora os alunos sejam diferentes. Uma aula por semana é só o que a maioria consegue.

— Você não estará aqui?

A ausência dela o fez temer que a noite seria bastante deprimente. Ainda assim, ele suportaria aquilo por nenhuma outra razão senão agradá-la.

— Eu vou aparecer antes de ir para a baile.

— Você está nervosa?

— Não, tenho total fé em sua capacidade de orientar os alunos na leitura.

Ela parecia ter respondido errado de propósito, mas a esquiva dava a resposta de qualquer maneira. Mesmo assim, Matthew queria ouvi-la.

— Sobre o baile.

Ela assentiu.

— Um pouco. Não tenho certeza de que apenas ter cunhados que fazem parte da aristocracia seja suficiente para que eu seja aceita.

— Simplesmente seja você, srta. Trewlove. Você conquistará a todos.

O riso leve ecoou ao redor deles, por ele, como se o centro de seu peito servisse como sua Estrela do Norte.

— Como se você soubesse o que a nobreza aceita. — Ela girou nos calcanhares. — Venha comigo.

Ele a seguiu escada abaixo. Os quadris não balançavam tanto quanto os de Lottie e, no entanto, eram ainda mais provocantes por isso. Ela era muito mais provocante. Apesar de sua baixa estatura, havia uma força nela que enchia o espaço tão habilmente quanto seu irmão. Algo nela tornava impossível ignorá-la, não a notar, não querer mapear todos os aspectos dela, das pontas dos dedos dos pés até o topo de sua cabeça, assim como seu coração, sua alma e seus pensamentos, crenças e sonhos. Nunca ele havia achado uma mulher tão atraente ou desejado compreender tudo sobre alguém, todos os aspectos que a envolviam e a faziam quem ela era. Ele gostaria muito de abraçá-la, de pressioná-la contra seu corpo, de deslizar as mãos sobre as bochechas macias.

A loja estava silenciosa, de uma maneira reconfortante. Em algum lugar, um relógio fazia tique-taque. Ele ficou parado na porta, esperando para partir, enquanto a luz de um poste distante se derramava pela janela para cair sobre ela, criando um conjunto hipnotizante de sombras claras e escuras, curvas profundas, linhas atraentes. Ela era a própria tentação, e Matthew a imaginou subitamente afrouxando os três botões que seguiam a linha do pescoço e lentamente arrastando um dedo ao longo da pele exposta.

— Posso lhe mostrar uma coisa?

Por favor, mostre. Nem que seja um só botão solto...

Ele sacudiu a cabeça mentalmente. Seus pensamentos estavam caminhando em direção à sarjeta, e ela merecia muito mais que aquilo.

— O que quer me mostrar?

— Por aqui. Coloquei-o contra a parede oposta para que o sol não o alcance.

Ele a seguiu pela sala, até pararem onde estava um grande relógio. Ao lado, havia uma caixa de vidro sobre um pedestal de madeira. Sob o vidro, aberto lindamente como as asas de uma borboleta, estava o livro que Matthew lhe enviara.

— Ele contém as versões originais das peças de Shakespeare — sussurrou ela com reverência. Cautelosamente, ela tocou a beirada da caixa, e ele imaginou o príncipe se aproximando da Bela Adormecida com a mesma cautela. — Foi impresso há mais de duzentos anos. Depois de todos esses anos, não restam tantas cópias. Você tem alguma ideia de como ele é raro?

Ele sabia que ela apreciaria o livro, muito mais que qualquer um de seus ancestrais, muito mais que qualquer geração futura da sua família o faria.

— Como você o conseguiu?

Com a testa profundamente franzida, ela olhou para ele.

— Essa é a questão. Eu realmente não sei. Um senhor idoso o trouxe e deixou aqui, sem explicações.

Jenkins. Matthew deveria saber que o homem não deixaria a tarefa para mais ninguém.

Ela suspirou e acenou com a mão.

— Alguns proprietários de livrarias e alguns revendedores de antiguidades sabem que estou sempre interessada no que é incomum, mas isso... vale uma fortuna.

— Você poderia vendê-lo para financiar suas aulas.

Ela olhou para ele como se chifres e um rabo tivessem brotado nele.

— Não é o tipo de coisa que se vende. No máximo, eu deveria doar para um museu. Mas ele parece em casa aqui, e eu estou relutante em deixá-lo.

— Especialmente porque você já tinha uma maneira de exibi-lo.

— Ah, não. Projetei o que queria e depois levei ao sr. Bennett antes de ir à igreja ontem. Ele foi gentil o suficiente para montar a caixa para mim usando sobras de pedaços das construções de Mick e trouxe para cá esta manhã. Eu só queria saber quem o enviou.

— Alguém que queria que você o tivesse, eu acho.

— Mas por quê?

— Cavalo dado não se olha os dentes, srta. Trewlove. Duvido que qualquer outra pessoa viva cuidaria tão bem do livro.

Ela sorriu suavemente.

— Você está certo. De todas as pessoas que conheço, achei que você gostaria mais de saber sobre ele.

O que ele apreciou foi o fato de ter julgado com precisão a alegria que o livro lhe traria. Olhando para ele, ela o encarou por um longo momento, como se estivesse esperando por algo, por algo mais do que palavras sobre um livro. Matthew ficou incrivelmente tentado a pegar o rosto dela entre as mãos e dizer que ela era uma descoberta tão rara quanto a versão original das peças de Shakespeare.

— Eu deveria ir.

As palavras forçadas pareciam quase estranguladas. Ele se perguntou como ela reagiria se ele se inclinasse e a beijasse. Ela o impediria? Estaria guardando aqueles lábios para seu lorde ou estaria disposta a experimentar um gostinho de paixão e prazer?

— Você pode levar um livro com você. Não como empréstimo, mas como presente. É assim que agradeço àqueles que me ajudam em minhas aulas.

— É um mistério, srta. Trewlove, que você tenha algum lucro com sua propensão a dar livros às pessoas sem receber moedas em troca.

— Eu não me oporia se você me chamasse de Fancy.

Uma cortesia que ela obviamente não havia concedido ao sr. Tittlefitz, uma cortesia que ele seria tolo em aceitar, pois vê-la sob uma luz informal poderia fazê-lo baixar a guarda, permitindo que ela passasse por suas defesas quando na verdade já estava golpeando o muro. Quão fácil seria simplesmente deixá-lo desmoronar, abrir-se à possibilidade de tê-la em sua vida de forma mais permanente? Mas Matthew precisava testar as águas com ela primeiro. Ele era um exemplo do ditado "quem casa a correr, toda a vida tem para se arrepender", e não cometeria o mesmo erro novamente.

— Boa noite, srta. Trewlove.

Ela ofereceu um sorriso hesitante, e ele se arrependeu de tê-la machucado com a rejeição de sua oferta de chamá-la pelo seu nome.

— Boa noite, sr. Sommersby.

Ele não foi direto para casa, mas vagou pelas ruas, sua mente um redemoinho caótico enquanto debatia a sabedoria de tentar conquistá-la sem revelar sua verdadeira identidade. Mas de que outra forma teria certeza de que os sentimentos dela por ele não seriam influenciados por sua posição? Quando Matthew finalmente voltou para casa, seguiu sua rotina habitual de se servir de um copo de uísque, subir a escada para o quarto e olhar pela janela.

Mas naquela noite ele foi recebido com uma visão adorável. Fancy Trewlove sentada em seu cantinho de leitura, sobre o qual ela havia falado. Ele a via de perfil, as costas contra a parede, e Matthew podia ver apenas parte dela: peito, ombros, cabeça, joelhos dobrados servindo de repouso para um livro. Então ela se virou um pouco, levantou a mão e acenou. Uma ação tão simples que pareceu tocar algo profundo dentro dele.

Sem pensar muito, ele colocou o copo de lado, empurrou uma cadeira para a frente da própria janela, pegou um livro e sentou-se. Com alguma sorte, ele passaria a impressão de estar lendo, quando na verdade estava a observando, se perguntando como a mera visão dela era capaz de trazer tanta calma à sua alma e sabendo que, quando ele finalmente se deitasse, sonharia estar fazendo amor com a dona de uma livraria.

Capítulo 11

NA TARDE SEGUINTE, DENTRO DA LOJA DE DOCES enfadonhamente chamada "Loja de Doces", Matthew estudava as seleções na vitrine. Desejando algo açucarado, mas sem nem uma pitada de limão, ele já examinara os potes nas prateleiras e não encontrara nada de interessante. Quando o sininho acima da porta tocou, ele não se incomodou em olhar, seu olhar focando algumas balas vermelhas.

— Boa tarde, srta. Trewlove — disse com entusiasmo a senhora de cabelo grisalho atrás do balcão.

Matthew já estava se virando antes que pudesse se dar conta do ato. A mulher nunca parava de sorrir? Ela estava sempre feliz em ver as pessoas?

— Olá, sra. Flowers. — Os olhos dela emanavam calor. — Sr. Sommersby.

— Srta. Trewlove.

O vestido amarelo o lembrava dos raios de sol resplandecendo em um campo de trevos. Com tão pouco esforço, ela parecia capaz de alegrar o dia mais monótono.

Andando até o balcão, ela colocou um pedaço de papel em cima dele.

— Esses são os doces que eu gostaria para o horário de leitura de sexta-feira.

A sra. Flowers — ele agora sabia o nome da mulher graças à srta. Trewlove e lamentava ter sido negligente ao se apresentar; era uma coisa tão boba chamar alguém pelo nome, mas ele viu uma mudança imediata na mulher, como se ela tivesse sido recebida pela realeza — pegou o papel e o leu.

— Ah, bombons de morango. Os pequeninos vão se deliciar.

— Foi o que pensei.

— Mas vão fazer uma bagunça.

— Vou oferecer lenços umedecidos para limparem os dedos pegajosos.

— Mas se eles sujarem seus livros...

— Prefiro que mexam nos livros com os dedos sujos do que não mexerem com mãos limpas.

Matthew não conseguia imaginar a própria mãe agindo daquela maneira. Quando garoto, tomava banho e vestia roupas limpas sempre que chegava em casa ou pouco antes de ver a mãe à tarde, quando ela perguntava como ele havia ocupado seu tempo. Ele suspeitava que a srta. Trewlove daria mais de meia hora de atenção por dia a seus filhos e que ela não precisaria perguntar como eles passavam o dia, porque estaria envolvida nas brincadeiras, nos estudos, na vida deles. Ela os abraçaria, nunca fazendo com que duvidassem de que eram amados.

— Preparei o pedido para que seja entregue antes do meio-dia de sexta-feira. Deseja mais alguma coisa?

— Acho que vou dar uma olhada. — Ela se aproximou até estar perto o suficiente para que Matthew pudesse sentir o aroma de laranjas. — Você gosta de doces, sr. Sommersby?

— De vez em quando. No entanto, não tenho muita certeza do que pedir.

— Eu gosto de caramelo.

— Hmm. Não como caramelo desde que era garoto. Vou levar uma dúzia de caramelos, sra. Flowers.

— Muito bem, senhor.

— Eu vou querer o mesmo — disse a srta. Trewlove.

— Coloque-os na minha conta, sra. Flowers.

— Por favor, não. Isso será motivo para boatos.

Boatos de que talvez ele estivesse interessado nela. Com base no modo como a sra. Flowers os observava, ele duvidava que uma compra de um centavo fosse fazer alguma diferença. Ela ia tagarelar de um jeito ou de outro. Como sempre era alvo de fofoca, ele não se incomodou com a ideia de fazer parte de mais uma, especialmente quando seria algo inofensivo.

— É uma pequena maneira de agradecer por me receber na área. Além disso, quando você for apresentada à sociedade, descobrirá que nada impede a propagação de histórias sensacionalistas. É melhor se acostumar a elas.

Depois de pagar pelas compras, ele entregou-lhe o saco de balas e a seguiu pela calçada. Ela imediatamente colocou um caramelo na boca. Matthew assistiu ao movimento dos lábios delicados enquanto ela acariciava a língua sobre o doce. Ele não sabia se algo podia ser mais sensual do que os movimentos que não podia ver, só imaginar, dela chupando, acariciando, passando a língua sobre a superfície dura. Cristo, ele precisava recuperar o controle de seus pensamentos.

Ela ficou parada na calçada, como se tivesse relutante em deixá-lo, tanto quanto ele estava em se despedir dela.

— Você tem planos para sua última noite antes do início de sua temporada?

Os olhos castanhos brilharam em malícia.

— Ouvi dizer que o Rei do Fogo se apresentará em Whitechapel. Pretendo ir vê-lo. Tenho certeza de que haverá espaço na carruagem, se quiser passar a noite se divertindo com atrações de rua.

— Você cresceu em Whitechapel? — perguntou ele várias horas depois, enquanto passeavam pela rua movimentada, onde as pessoas se empurravam para ver saltimbancos, malabaristas ou homens que andavam em pernas de pau.

— Não, mas perto daqui.

Matthew participara de festivais, feiras e até visitara um circo. O que ele observava naquele momento o lembrava de um festival, mas na cidade, no meio da rua, e não no campo, sempre com um gramado com muito espaço ao seu redor. Ele suspeitava que muitas das pessoas da periferia não tinham meios para pegar o trem até o interior, e por isso os artistas levavam seus talentos para a cidade e criavam um festival com uma atmosfera alegre.

Mas, apesar de toda a frivolidade e dos artistas que buscavam chamar a atenção, o olhar dele continuava se voltando para a srta. Trewlove e seu entusiasmo e excitação inebriantes. Ela apreciava o ambiente ao redor como poucos o faziam. Entendia a necessidade das classes mais baixas de escapar para a fantasia, a necessidade dos artistas de ser valorizados. Absorvia tudo com a mesma intensidade que Matthew imaginava que ela o fazia com as páginas de um romance, transportando-se magicamente para outro reino. Ela não julgava, não encontrava defeitos. Simplesmente mergulhava no ambiente.

Nenhuma mulher que conhecia andaria com tanta ousadia entre pessoas que pareciam não tomar banho havia um tempo ou cujas roupas estavam desgastadas, sorrindo e as cumprimentando como se fossem amigas de longa data.

— Conhece essas pessoas? — perguntou ele finalmente.

— Eu nunca as vi antes, mas elas não são tão diferentes de todas as pessoas que eu conheço. Lutando para sobreviver, fazendo o melhor que podem com o que têm, esperando algo melhor para seus filhos, desfrutando de uma noite sem preocupações. — Mais cedo, a srta. Trewlove entrelaçara o braço em volta do dele para garantir que não se perdessem, e agora ela o apertou. — Você não ama como todos estão se divertindo?

Ele adorava quanto ela parecia estar se divertindo, completamente livre de preocupações, sem pensar no que poderia enfrentar na noite seguinte. Como esposa de um lorde, ela organizaria festas e jantares, e Matthew não podia imaginar que algo sob seu comando seria sério ou monótono. Ela encontraria uma maneira de tornar tudo interessante e emocionante.

— Ah, olhe, lá está ele! Vamos!

Ela agarrou a mão dele e, embora os dois usassem luvas, a união pareceu muito mais íntima do que o braço dela entrelaçado ao dele.

Matthew se viu fechando a mão muito maior ao redor de uma menor. Tão pequena. Ele estava começando a entender por que a família dela estava tomando medidas tão extremas para vê-la bem situada — dentro ou fora da nobreza. Eles sentiam uma necessidade de protegê-la, de garantir que nenhum mal jamais lhe ocorresse. No entanto, ele não tinha certeza de que ela merecia a preocupação deles. Ali estava ela, caminhando entre a multidão, fazendo com que os outros abrissem caminho como se a Rainha estivesse passando. Ninguém se ofendeu, ninguém reagiu com raiva. A srta. Trewlove tinha a capacidade de acalmar, mesmo quando fazia as pessoas se sentirem culpadas por serem uma barreira ao destino dela.

Com muita postura e confiança, ela seguiu em frente, puxando-o atrás de si. O local estava lotado, as pessoas se aglomeravam e esticavam o pescoço, tentando conseguir uma visão melhor do que estava acontecendo dentro do círculo que haviam criado. Matthew deslizou atrás dela, abraçando-a, como havia feito quando voaram a pipa, mas não havia carretel para segurar, então ele simplesmente cruzou as mãos sobre a barriga dela. Ele sabia que, se ela se opusesse ao toque, teria dado uma cotovelada na barriga ou pisado no pé dele. Em vez disso, simplesmente se apoiou contra ele, como se pertencesse ali.

Ah, e como Matthew sentia que ela pertencia...

Virando a cabeça levemente, a srta. Trewlove falou alto para ser ouvida acima do barulho.

— Ele não é maravilhoso?

Finalmente, ele voltou sua atenção para o motivo pelo qual haviam embarcado naquela aventura. O cavalheiro que andava pelo espaço vazio que havia sido disponibilizado tinha mais de um metro e oitenta, possivelmente mais. Ele era largo, e seus músculos eram visíveis porque não usava nada além de calça e botas. Sua pele escura brilhava à luz da tocha que ele segurava.

— Vejam! — clamou ele com uma voz estrondosa. — A maravilha que já foram os dragões!

Ele tomou um gole da caneca de estanho que segurava e caminhou ao redor da borda do círculo improvisado, antes de tomar posição no centro. Então, ergueu a tocha, franziu levemente a boca como se quisesse assobiar, esguichou o líquido e, quando afastou a tocha, uma corrente de fogo se elevou na escuridão do céu. Quando o fogo desapareceu, ele abriu os braços e sorriu amplamente.

— Vocês estão se divertindo?

A multidão fez uma salva de aplausos e, mais uma vez, ele caminhou pelo perímetro, antes de andar para o centro e dar aos que assistiam outra demonstração de seu controle sobre o fogo. Uma vez. Duas vezes. Três vezes.

Matthew podia sentir a srta. Trewlove tremendo de excitação nos braços e desejou ter sido o responsável pelo tremor, por sua alegria. No entanto, ele não podia negar que o Rei do Fogo merecia a adulação que lhe era derramada, enquanto seus ajudantes recolhiam as moedas jogadas aos seus pés.

Ele entregou a tocha e a caneca para alguém e fez uma reverência antes de levantar os braços.

— Obrigado, meus amigos. Por favor, sejam gentis e deem lugar para que outras pessoas participem antes da próxima apresentação em quinze minutos.

Matthew abaixou a boca na delicada concha da orelha dela, para que não tivesse que gritar.

— Suponho que devamos seguir em frente.

— Ainda não.

Olhando na mesma direção que ela, ele percebeu que o Rei do Fogo caminhava propositadamente na direção deles. Como se estivesse antecipando a chegada dele, a srta. Trewlove se afastou dos braços de Matthew, o que fez com que ele sentisse uma aversão instantânea pelo homem.

— Olá, Fancy.

Inclinando-se, o homem deu um beijo rápido na bochecha dela — que ela havia oferecido a ele — e Matthew se controlou para não dar um soco no nariz perfeito do Rei do Fogo. Um nome ridículo, aliás.

— A última vez que o vi, você estava engolindo fogo.

— Fiquei entediado. Decidi que soprar fogo era mais emocionante.

— Como você faz isso?

— Truques do ofício, minha querida.

Minha querida? Um nariz ensanguentado estava se tornando mais que uma probabilidade.

Fancy — se o maldito homem podia tratá-la informalmente, Matthew certamente também poderia pensar nela da mesma forma — se virou um pouco.

— Rei do Fogo, conheça o sr. Sommersby.

— Senhor? — O Rei do Fogo repetiu. — Pensei que você estivesse destinada a um duque, meu bem.

Meu bem? Talvez um nariz ensanguentado fosse acompanhado de um olho roxo. E será que todos da cidade sabiam que ela estava procurando um lorde para se casar?

— Nós não somos casados — explicou ela. — Somos simplesmente amigos desfrutando de uma noite de entretenimento.

— Seus irmãos não sabem sobre ele, presumo.

— Não, e você não vai contar a eles.

— Quando eu teria a oportunidade? Não os vejo há anos. — Ele deu um longo olhar a Matthew. — Cuide dela, companheiro.

Então ele foi embora, com os carregadores de tocha e caneca tentando alcançá-lo.

— Você não mencionou que o conhecia.

Matthew modulou seu tom, esforçando-se para não parecer ciumento.

— Eu o conheci logo depois que ele começou a se apresentar. O Rei do Fogo. Que jovem não ficaria cativada? Ele tem muitos seguidores.

— Imagino que sim.

Ela inclinou a cabeça levemente.

— Você parece com ciúme.

— Não seja tola.

Ele estava sendo tolo o suficiente para os dois.

Ela passou o braço ao redor do dele.

— Vamos ver que outros entretenimentos nos esperam?

Quando criança, Fancy sempre gostara das noites em que as ruas se transformavam em um festival. Algumas daquelas pessoas ganhavam a vida se apresentando, enquanto outras revelavam seus talentos apenas nas ocasiões em que podiam compartilhar a atenção. Ela suspeitava que não era uma vida fácil, mas nada era na periferia.

Porém, em noites como aquela, o local era tão animado, tão enérgico. E ela certamente gostava de compartilhar a sensação com o sr. Sommersby. Ele parecia ao mesmo tempo encantado e cauteloso, como se esperasse ser atacado a qualquer momento. Fancy sabia que tudo o que tinha que fazer era dizer "Sou Fancy Trewlove", e quaisquer problemas iriam embora. Tal era a reputação e o poder de seus irmãos naquela área de Londres. Embora Mick, Aiden e Finn não vivessem mais no bairro, como Fera ainda o fazia, eles já haviam o governado um dia. Qualquer pessoa com consciência evitava irritar um Trewlove. Sempre terminava mal, e não para os Trewlove.

Ela gostava muito de ter o braço entrelaçado ao do sr. Sommersby. Ela gostava ainda mais da maneira como ele se movia levemente para protegê-la quando parecia que alguém embriagado pudesse esbarrar nela. Os movimentos dele eram sutis, mas ela notava todos. Mas, até aí, parecia que Fancy notava todos os detalhes do homem. Seu estado de alerta e a forma como sua cabeça girava como se estivesse constantemente procurando algum sinal de perigo. Suas mãos se fechando em punhos enquanto ela falara com o Rei do Fogo, como se ele estivesse com ciúme. A maneira sutil com a qual tirava moedas do bolso e entregava uma de cada vez às crianças descalças pelas quais passavam. Tantas moedas, levando-a a acreditar que era um hábito dele em seus passeios pelas partes mais pobres de Londres. Ele soubera o que esperar e fora preparado.

O bairro estava um caos. Carrinhos de comida. Carrinhos de bebida. Jogos de concha. Um engolidor de espadas. Algumas pequenas barracas montadas ao longo das paredes. No interior, havia todo tipo de coisas a serem vistas por um centavo. Uma contorcionista feminina anunciada como sendo um quebra-cabeça humano.

— É impossível dizer onde ela começa e onde termina! — gritou o anunciante.

Mas Fancy foi atraída pelo homem rechonchudo e careca gritando sobre devassidão e maldade.

— Venham, venham todos ver a decadência em toda a sua glória!

Ele então a notou e começou a acenar com movimentos exageradas de seu braço.

— Venha, senhorita. Venha e veja o que seus olhos nunca viram!

— O que você acha que é? — perguntou Fancy ao sr. Sommersby.

— Se é algo que você nunca viu, provavelmente é algo que não deveria ver.

As palavras só serviram para acender mais a curiosidade dela.

— Eu vou dar uma olhada.

— Srta. Trewlove, não tenho certeza de que isso seja sábio.

— Não é como se eu fosse engolir fogo. Você pode vir comigo, se quiser.

Corajosamente, ela se aproximou do cavalheiro e entregou-lhe um centavo. Com um floreio, ele segurou a aba da tenda, e Fancy ficou um pouco aliviada quando o sr. Sommersby a seguiu para dentro do espaço fechado. Uma lanterna acesa repousava ao lado de um estereoscópio em uma pequena mesa. Ela olhou em volta.

— Você acha que é isso?

— Parece que sim. Vou dar uma olhada...

— Não, eu olho primeiro.

Respirando fundo, ela pegou o estereoscópio e olhou através dos dois círculos de vidro o que parecia quase real o suficiente para tocar. Ela estava ciente do peito do sr. Sommersby roçando seu ombro, e aquele toque foi sem dúvida responsável pelo calor que a atravessou — e não a fotografia decepcionante para a qual estava olhando.

— Então?

A voz dele soou rouca perto de sua orelha, o hálito quente deslizando ao longo de sua bochecha.

— É uma mulher... descansando em um sofá... em suas inomináveis.

Exceto que as peças mal estavam postas. O volume de um seio era claramente visível, o mamilo escondido, embora parecesse que o pano corria o risco de escorregar completamente.

— Minha vez.

— Nada disso. — Ela afastou a engenhoca dos olhos e a apertou contra na cintura. — Você não precisa ver uma mulher quase despida.

Ele não se mexeu, e ainda estava incrivelmente perto.

— Eu já vi mulheres em suas roupas de baixo, srta. Trewlove. De fato, tive grande prazer em remover tais peças.

A voz dele ficou mais grave, mais baixa, tomando o tom de um segredo compartilhado, e ela de repente teve dificuldade de respirar, imaginando o dedo dele deslizando por laços e sedas, para baixo, para baixo, para baixo, até que nada estivesse coberto. Os pensamentos a fizeram tremer de desejo.

— Não é justo.

— Perdão?

Ela olhou para ele, sem ter que olhar muito longe, percebendo que a boca dele estava agora incrivelmente perto da dela. O calor, o desejo, o anseio aumentaram. Aquilo era errado, muito errado, nem um pouco adequado.

— Onde está a fotografia de um homem quase despido?

Os olhos dele se arregalaram.

— Você quer ver um homem quase despido?

— Por que não? O anunciante alegou que eu veria o que nunca tinha visto. Eu já me vi com roupas de baixo, de pé, diante do espelho.

Quando os olhos verdes ficaram mais intensos, como se ele estivesse tendo os mesmos pensamentos impróprios que suas palavras anteriores haviam provocado nela, Fancy sentiu uma vontade repentina de torturá-lo tanto quanto ele a havia torturado.

— Na verdade, eu já me vi sem nada.

Ele ficou quieto, muito quieto, como se pudesse quebrar caso se mexesse. Seus olhos brilhavam tanto que Fancy pensou que poderia muito bem pegar fogo. Ela não era particularmente instruída quando se tratava de homens, mas não tinha dúvida de que estava testemunhando o nascimento do desejo.

— Você está jogando um jogo perigoso, srta. Trewlove.

— Estou?

Lentamente, ele abaixou a cabeça, não para a boca dela — como ela esperava —, mas para seu pescoço, logo abaixo da orelha, onde a pele era mais sensível do que Fancy jamais imaginara. Ele beijou, beliscou, acariciou sua língua sobre a pele delicada, e ela foi dominada por sensações incríveis que viajaram até os dedos dos pés. Quando ele mordiscou o lóbulo, ela quase gritou de prazer. Seus joelhos enfraqueceram. O estereoscópio escorregou de suas mãos e caiu no chão. Ela não se importou, não se importava com nada além da jornada da boca dele ao longo da parte inferior de seu queixo. Todo o barulho e comoção do lado de fora desapareceram. Tudo o que ela ouvia era a respiração dele e seus gemidos baixos.

Quando ele se afastou, ela quase implorou para que voltasse.

— Você é quem está jogando um jogo perigoso. — Ela desejava não parecer tão ofegante, queria passar a impressão de estar mais no controle.

O sorriso dele era diabolicamente perverso.

— Mas eu entendo as regras. Não pense nem por um momento que não estou tentado a colocá-la naquela mesa e tomá-la aqui e agora. Mas eu arruinaria você para outra pessoa.

Me arruíne. Ela realmente tinha acabado de pensar aquilo?

— Não acho que você esteja pronta para pagar esse preço — continuou ele.

Ela não ficaria desapontada por ele ser um cavalheiro e não um libertino. Ele estava certo. Ser arruinada não se encaixaria em seus planos. Embora Fancy tivesse a impressão de que ele não estava se referindo ao fato de desonrá-la, mas sim que ela nunca mais encontraria satisfação com nenhum outro. Poderia rotulá-lo como arrogante se não estivesse convencida de que ele sem dúvida falava a verdade.

Parecendo compreender que ela não tinha uma resposta inteligente ao argumento dele, o sr. Sommersby se abaixou, pegou o estereoscópio e o colocou de volta na mesa.

— Você não vai olhar? — perguntou ela. — Você pagou seu centavo.

— Ah, ganhei algo que valeu muito mais.

Então, ele lhe ofereceu o braço, e ela o aceitou.

— Demorou bastante — disse o anunciante quando eles finalmente saíram da tenda. — Vou ter que pedir outro centavo.

O sr. Sommersby entregou e eles seguiram em frente. Ela fora ao festival para não ter que pensar no que a noite seguinte traria. Mas agora ela se perguntava se seria possível encontrar algum lorde a quem ela desejaria tanto quanto desejava aquele homem.

Capítulo 12

— ERA... UMA... VE... vez... uma... *minina*...

— Menina — corrigiu Matthew gentilmente.

A leitora, uma mulher que parecia cansada da vida, com o cabelo loiro preso em um coque desarrumado, olhou para ele com grandes olhos azuis pálidos.

— Mas todo mundo fala *minina*.

— Sim, é comum uma palavra ser dita de forma diferente de sua escrita, mas é necessário memorizar a forma correta.

Ela fez uma careta.

— Ler é difícil.

— No início. Mas fica mais fácil com o tempo, e o desafio vale a pena no final.

Ela voltou a atenção para a apostila, tendo mais sorte com as palavras que se seguiram. O livro era do tipo usado em escolas. O alfabeto era listado no começo, e depois era acompanhado por duas histórias. Aparentemente, a mulher já havia lido *Cinderilla* com Fancy e agora estava ansiosamente lendo *Chapeuzinho Vermelho*. Ele suspeitava que, para muitos, a apostila de Fancy era o primeiro livro que já tinham possuído. Para alguns, era sem dúvida o primeiro que já haviam segurado.

Quatro outros alunos estavam sentados no círculo com ele, acompanhando suas apostilas, aguardando sua vez de ler as palavras em voz alta. Matthew estava se esforçando bastante para não fazer com que os estudantes se sentissem envergonhados quando cometiam erros. Mesmo que a leitura não fosse perfeita, a pessoa estava tentando, e aquela era a verdadeira conquista — buscar melhorar a si mesmo, fazendo o que era necessário para alcançar tal fim.

Assim como Fancy estava procurando melhorar sua vida, participando de um baile naquela noite para atrair a atenção de algum cavalheiro. Matthew ficara tentado a lhe dar uma lista de nomes para evitar, mas então ela perguntaria como ele os conhecia, e ele teria que confessar ser o homem da carta publicada no jornal. O subitamente reconhecido conde de Rosemont. Ela o veria de uma maneira diferente, e ele não queria ser visto como se fosse um prêmio a ser ganho.

Ele estava sendo continuamente distraído pelos barulhos vindos do andar de cima. Uma hora antes, uma verdadeira tropa de criadas passara pela porta e subira a escada até o alojamento de Fancy. Ele suspeitava que as mulheres haviam sido enviadas por lady Aslyn. Sua mente continuava imaginando o que estava acontecendo lá em cima, enquanto Fancy era preparada para a noite auspiciosa que poderia muito bem colocá-la em um rumo que a afastaria de sua pequena livraria.

Não ajudou em nada que, na noite anterior, ela colocara na mente dele uma imagem dela nua, diante de um espelho. Uma banheira estaria ao seu lado. Ela entraria na água quente. O vapor subiria para acariciar e cobrir sua pele com gotículas, algumas se acumulando em seus seios. A água, se não o sabão, seria perfumada, e ela sairia da banheira como uma ninfa saindo de um lago, carregando o perfume das flores em um prado.

Alguém usaria um linho macio para remover as gotas de água de sua pele. Outra pessoa escovaria o longo e sedoso cabelo preto. Ele imaginou como seria maravilhoso enterrar os dedos nos fios gloriosos ou juntar as madeixas grossas e colocá-las sobre o ombro delicado, a fim de desobstruir sua nuca, para que ele pudesse dar um beijo quente no local. O último pensamento causou uma reação na metade inferior de seu corpo que o fez se mexer desconfortavelmente no assento, uma reação à qual ele já deveria estar acostumado, porque acontecia todas as vezes que pensava em tocar os lábios em qualquer parte do corpo dela. A boca, os dedos, as pernas, os seios...

Cristo, ele precisava se controlar. Graças a Deus, os barulhos no andar de cima pararam. De repente, passos leves começaram a ecoar na direção da escada. Em perfeito alinhamento, sinalizando orgulho, como se tivessem acabado de alcançar a vitória em uma campanha militar crucial, as criadas marcharam pela porta aberta.

A sala ficou em silêncio. Nenhuma palavra foi gaguejada ou pronunciada, a garota de capa vermelha e capuz foi abandonada, porque sua história não era páreo para o suspense que havia capturado a atenção de todos, os olhares indo para o portal vazio por onde as mulheres saíram. Porque se elas tinham terminado a tarefa e saído, *ela* não demoraria a aparecer. Assim como os outros, ele deu toda a atenção à porta e esperou, e uma antecipação que não sentia havia anos o dominou. Uma coceira atacou a ponta do seu nariz, mas ele não a coçou pois nenhum de seus músculos conseguia se mover.

Então ela apareceu e tirou seu fôlego.

O vestido branco, que ela poderia ter usado ao ser apresentada à Rainha, abraçava carinhosamente suas curvas, delineando os seios, a cintura, os quadris arredondados. Pérolas adornavam seu pescoço, enquanto outras menores, costuradas em intrincados padrões sobre o corpete, capturavam a luz, fazendo com que ela brilhasse ao entrar na sala. Um leque pendia de seu pulso. Longas luvas brancas de seda iam dos dedos até depois do cotovelo, e ele imaginou um cavalheiro levando-a para um passeio em busca de um canto escuro no jardim onde pudesse tirar o tecido e beijar a pele revelada.

O cabelo escuro estava preso em um penteado elaborado, mantido no lugar com pentes de pérolas que se destacavam contra o preto das madeixas. Os olhos castanhos pareciam maiores, mais luminosos. As bochechas ostentavam um rosa brilhante, sem dúvida resultado de sua excitação pela noite que viria. Ela sorriu de leve e calorosamente.

— Eu apenas queria desejar a todos uma boa noite antes de partir.

— Você... você está... hã, linda, srta. Trewlove — gaguejou o sr. Tittlefitz.

— Obrigada, sr. Tittlefitz. É muito gentil da sua parte dizer isso. De fato, me sinto como a Cinderilla depois de toda a atenção que as gentis criadas me deram.

Ela deslizou o olhar para Matthew. Só então ele percebeu que, em algum momento, a chegada dela o fizera se levantar. Fancy estava esperando que ele falasse. Ele tinha certeza disso, e, no entanto, nenhuma palavra que proferisse lhe faria justiça. Ainda assim, não podia permitir que ela partisse com sequer um pedacinho de sua confiança abalada.

— Nenhuma mulher vai ofuscá-la esta noite.

As bochechas dela ficaram ainda mais coradas. Ela deu uma longa piscada, não de uma maneira provocante, mas como se estivesse tocada pelo elogio insignificante dele. Ou talvez envergonhada pelo que ele dissera. O que ela desejava ter ouvido? Fosse o que fosse, Matthew teria falado as palavras que ela ansiava... se soubesse quais eram.

Ela virou-se para o homem mais jovem.

— Você poderia trancar tudo quando terminar aqui hoje à noite, sr. Tittlefitz?

— Sim, senhorita. Não se preocupe. O sr. Sommersby e eu temos tudo sob controle.

— E você acompanhará Marianne até em casa?

— Sim, senhorita.

Matthew não pôde deixar de sorrir. Mesmo na noite mais importante de sua vida até então, ela ainda pensava nos outros, tentando bancar a casamenteira. Ele se perguntou se alguma vez Fancy se colocaria egoisticamente em primeiro lugar.

— Boa noite, então.

Com a postura de uma princesa, ela desapareceu de vista.

Ser apresentada à sociedade era algo estressante que lentamente se transformou em algo tedioso enquanto Fancy acompanhava Gillie em dar as boas--vindas aos convidados. As pessoas desciam a ampla escadaria até o grande salão elaboradamente decorado — com enormes lustres brilhantes, molduras ornamentadas e teto pintado — depois de serem anunciadas em uma voz profunda e estrondosa pelo mordomo vestido com um paletó vermelho decorado com pesadas tranças douradas, calça cinza até os joelhos e meias brancas que exibiam suas lindas panturrilhas, que pareciam naturais. Ela sabia que os criados se orgulhavam de suas panturrilhas, alguns chegando ao ponto de usar enchimento no local para aumentá-las.

O vestido lavanda de Gillie não era tão revelador quanto outros no salão, mas sua irmã nunca ostentara sua feminilidade. O marido dela estava ao seu lado, os olhos refletindo o tipo de ternura e carinho que Fancy esperava inspirar em algum jovem cavalheiro.

Ela desejava muito que a mãe estivesse ali para ver tudo, mas ela se sentia deslocada diante de tanta extravagância. Havia uma parede que era nada além de espelhos, o que fazia parecer que havia muito mais pessoas no local. O salão tinha um pé-direito de dois andares e uma varanda circulando três lados, cortando-o ao meio. Vasos de plantas, samambaias e folhas cobriam as paredes. As flores pareciam estar por toda parte. Era tudo muito refinado. Era o mundo que sua mãe queria que ela entrasse, e ainda assim a querida mulher não acreditava merecer estar naquele salão durante o baile.

Ah, ela visitava a residência de Gillie, mas quando apenas a família estava lá. Ettie Trewlove evitava encontrar alguém que considerasse estar acima dela. A recusa de sua mãe em reconhecer o próprio valor entristecia Fancy.

Ela fora de carruagem com Aslyn e Mick e, como prometido, eles pararam na casa da mãe para que ela pudesse ver Fancy arrumada. A mãe chorou ao vê-la — lágrimas de alegria, alegara. Fancy queria desesperadamente que o baile fosse um sucesso, que fosse um passo para a frente para ajudar a mãe a realizar seu sonho de Fancy ter uma vida refinada.

No caminho, Aslyn e Mick a testaram para garantir que ela saberia como se dirigir a todos os que provavelmente estariam presentes. O maior medo de sua família era que ninguém aparecesse, mas foi um medo que não se concretizou. O salão estava praticamente lotado. Fancy não era vaidosa o suficiente para pensar que todos estavam lá por conta dela. Não, suspeitava que a maioria tivesse comparecido para analisar a esposa do duque de Thornley e medir seu valor com seu primeiro baile. Embora Gillie parecesse muito mais relaxada do que Fancy se sentia.

Quando chegaram, o duque de Thornley dissera algo casualmente que não ajudou em nada a acalmar os nervos de Fancy:

— Bertie lamenta, mas assuntos de Estado o impedem de comparecer.

Bertie. Príncipe de Gales. O futuro rei.

Thornley falara seu nome como se tivesse uma amizade íntima com o homem e fosse seu companheiro de tênis e polo. Ele provavelmente era. Fancy nunca havia pensado no fato de que o marido de sua irmã falava com a realeza e, sem dúvida, o fazia com o mesmo humor que exibia ao encarar a fila de convidados esperando para serem recebidos. Ele parecia conhecer todo mundo. Depois de cumprimentar alguém, ele se voltava para Gillie e dizia:

— Duquesa, quero apresentar a você lorde Quem-Quer-Que-Seja, ou lady X, ou lorde e lady Z, ou o duque de Qualquer Coisa…

Gillie dava o sorriso acolhedor que oferecia a todos em sua taverna e fazia os clientes se sentirem em casa.

— Prazer. Minha irmã, srta. Trewlove.

Cada convidado fazia uma reverência para Gillie — ela era duquesa, afinal. Fancy recebia alguns acenos bruscos de cabeça, alguns toques rápidos de dedos enluvados, alguns beijos de verdade na ponta dos dedos, seguidos por "O prazer é meu". Depois, os convidados partiam para cumprimentar pessoas conhecidas, tomar algo ou dar uma volta pela pista de dança enquanto uma orquestra de vinte peças, sentada na varanda, tocava uma música adorável.

E assim se sucedeu.

O elaborado carnê de dança em forma de leque, com um lápis minúsculo preso por meio de um barbante, que ela recebera de uma jovem empregada quando chegou, estava pendurada em seu pulso, mas nenhuma dança fora reivindicada. Nenhuma valsa, nenhuma quadrilha, nenhuma polca. Fancy disse a si mesma que era porque os cavalheiros não sabiam por quanto tempo ela continuaria cumprimentando os convidados, mas sabia perfeitamente que era esperado que ela ficasse em pé e desse as boas-vindas por duas horas, até às dez e meia, a menos que os convidados acabassem.

Ela desejou ter pedido a Gillie para convidar o sr. Sommersby, pois ela certamente o teria feito, mesmo que ele não fosse da nobreza, simplesmente como um favor a Fancy. Desejou poder olhar para a escada e vê-lo descer. É claro que ele não estaria disponível para ajudar nas aulas, embora ele sempre pudesse chegar depois. As pessoas se atrasavam, e por isso a fila parecia interminável.

Quando ela entrara no salão de leitura, o sr. Sommersby imediatamente chamara sua atenção. A maneira lenta como ele se levantara, como se estivesse extasiado. Enquanto o sr. Tittlefitz tinha olhado para ela como se Fancy fosse um deleite de se ver, sr. Sommersby a olhara como se Fancy fosse um prato com creme coalhado que ele gostaria de lamber lentamente. Era um pensamento absurdo de se ter, pois o calor nos olhos verdes derreteria qualquer coisa com sua intensidade. Ela ficou surpresa por ele não ter atravessado a sala e ido até ela, por ter permanecido imóvel, os dedos segurando a apostila, as juntas brancas. Será que ele deixara marcas no livro?

A reação dele, mais que tudo, ajudara a acalmar seus nervos, havia assegurado Fancy que seu vestido e penteado não a faziam parecer tola, tentando ser algo além de seu alcance. A maneira como ele a olhara a convencera de que, se ele estivesse ali, pediria uma dança.

Se ao menos outro cavalheiro o fizesse...

Era uma coisa estranha, de fato, encontrar-se comparando cada cavalheiro a quem era apresentada ao sr. Sommersby. O cabelo não era escuro o suficiente, os olhos não eram verdes o suficiente, os ombros não eram largos o suficiente. A voz não era intensa o suficiente. Nenhuma das palavras educadas proferidas provocava arrepios deliciosos em sua espinha, evocando atos proibidos e noites quentes.

Ela havia pensado — até esperado — que ele a beijaria na noite anterior, depois de acompanhá-la até a porta da livraria. Mas ele não o fizera, e havia sido para o melhor. Ela sabia que damas honradas não saíam por aí beijando homens, e estava se esforçando para ser uma.

Embora estivesse com a impressão de que nem todos do baile estavam acima da censura. Parecia que nem todas as mulheres chegavam com o marido, e nem todos os maridos acompanhavam a esposa. Tornou-se um desafio combinar casais e descobrir quem estava junto de quem quando era apresentada a várias pessoas. Por outro lado, certamente não se esperava que ela se lembrasse do nome de todos a quem fora apresentada — embora provavelmente fosse lembrar. Fancy havia aprendido pequenos truques para fazê-lo. Lorde Winters, o do nariz avermelhado, lady Winters, a de bochechas avermelhadas, como se os dois tivessem acabado de chegar de uma nevasca. Ela estava determinada a acertar todos os nomes quando falasse com eles novamente, para impressioná--los com seu feito. Ela queria ser lembrada como mais que uma bastarda, queria algo diferente de seu nascimento para distingui-la de todas as outras pessoas que não foram criadas por Ettie Trewlove.

— Vocês estão atrasados — afirmou Gillie.

Fancy desviou o olhar do homem a quem acabara de ser apresentada, lorde Brockman, da careca brilhante e do sorriso largo, e sentiu uma onda de calor ao ver os irmãos Finn e Aiden com as adoráveis esposas, Lavínia e Selena.

— Adiamos propositadamente nossa chegada para lhes dar uma trégua de cumprimentar estranhos — disse Aiden. — Achamos que ficariam felizes em ver rostos familiares.

Gillie estreitou os olhos.

— Vocês não estavam pensando em como o atraso lhes daria menos tempo com os esnobes?

— Bem, isso também — concordou Aiden com uma risada.

— Vocês estão aqui agora. Suponho que é tudo o que importa.

— Sério, Gil — começou Finn —, nós pensamos que você gostaria de ver um rosto amigável depois de uma hora. Embora, para ser sincero, nós realmente ficamos presos na multidão de pessoas que chegavam. Mamãe deveria ver isso. Ela ficaria encantada.

— Só se passou uma hora?

— Receio que sim.

Aiden virou-se para Fancy, deu-lhe um abraço e um beijo gentil na bochecha.

— Você está adorável.

— Suponho que o Fera não veio — afirmou ela, mais do que perguntou.

— Ele não gosta de eventos como esse — explicou Finn.

— Nenhum de nós gosta — apontou Aiden. — No entanto, cá estamos.

— É mais importante para vocês, com suas esposas, serem aceitos pela sociedade — alertou Gillie com firmeza. — Especialmente se você tem alguma esperança de que seus filhos sejam aceitos.

Fancy lutou para não se sentir insegura sobre sua origem humilde e pensar que teria que enfrentar os mesmos desafios para que seus filhos fossem aceitos. Embora não soubessem nada sobre os verdadeiros pais de Gillie, os três irmãos presentes ali sabiam quem os havia gerado e que sangue nobre corria em suas veias. Fancy, por outro lado, sabia que não podia reivindicar nem uma gota.

Aiden levantou seu pulso.

— O que temos aqui?

— É um carnê de dança.

— Eu sei o que é. Tive que assistir às palestras de Mick.

Mick já tivera uma amante que lhe ensinara um pouco sobre nobreza e etiqueta, e ele compartilhara tudo o que aprendera com os irmãos. Quando Fancy tinha idade suficiente, ele a ensinara também — embora não tivesse mencionado onde aprendera. Ela sabia sobre a amante porque uma vez havia escutado escondida uma conversa.

— Por que não há nomes nele?

— É um desafio saber quando estarei disponível, pois não tenho certeza de quando terminarei aqui.

Ele estreitou os olhos para a mentira dela e soltou um suspiro.

— Quanto tempo mais você deve ficar aqui?

— Uma hora, no máximo.

Pegando o lápis, ele rabiscou seu nome ao lado de uma valsa, depois piscou para ela.

Selena esfregou o braço dele.

— Estamos segurando a fila. — Ela deu um beijo rápido na bochecha de Fancy. — Vai demorar um pouco, mas eventualmente será preenchido.

Ela ficou otimista de que a cunhada falava a verdade.

Finn também reivindicou uma dança depois de cumprimentá-la. Lavínia deu-lhe um abraço.

— O primeiro é sempre o mais difícil.

Ela ficou ainda mais otimista.

— Está mais promissor do que eu esperava — disse Fancy.

Não era completamente verdade. Ela esperava mais que o nome dos irmãos em seu carnê de dança.

Lavínia deu um sorriso compreensivo.

— As coisas vão melhorar.

Os casais se afastaram e Fancy se viu sendo apresentada a uma mulher matronal com uma expressão muito desaprovadora no rosto. A melhora poderia vir mais rápido.

As apresentações continuaram. Os jovens, os velhos, as debutantes animadas com mais uma oportunidade de dançar, flertar e possivelmente chamar a atenção de um cavalheiro. As pessoas eram educadas, mas distantes. Mas, então, aquele era o caminho da aristocracia, não era?

Tantas pessoas murmuraram seu prazer em conhecê-la que Fancy perdeu a noção do número e dos nomes. Até o joguinho que ela criara para associar nomes a indivíduos começou a falhar. Eram simplesmente muitos a serem lembrados. Então ela percebeu que não estava estendendo a mão para ninguém ou estampando um sorriso no rosto.

— Está feito — disse Thorne. — Vamos fazer uma pausa antes que a próxima rodada de convidados chegue.

Ele estendeu a mão para a duquesa, e a dela deslizou na do duque com extrema facilidade, mas Fancy não ficou surpresa. Ela vira a proximidade entre eles mais vezes do que ela poderia contar e ansiava por aquele tipo de relacionamento, em que muito era comunicado apenas com um olhar ou um toque. Ser conhecida tão profundamente.

Gillie acenou para Mick e Aslyn.

— Mick, você dançará com Fancy. — As palavras eram um comando, não uma pergunta. Possuindo uma taverna e um pub, Gillie estava acostumada a ordenar as pessoas.

— Naturalmente. — Ele piscou para a esposa. — Você terá minha próxima dança.

— E cada uma depois dela — respondeu ela, com um brilho nos olhos.

O duque levantou o braço e sinalizou para a orquestra. A música parou e todos voltaram sua atenção para Thornley. Tal era seu poder, sua capacidade de comandar uma audiência com pouco mais que sua presença. Então, ele pegou a mão de Gillie, puxando-a para mais perto, e a colocou na dobra do próprio braço.

— Minha duquesa e eu agradecemos a todos por se juntarem a nós nesta noite. Temos o prazer de compartilhar a estreia de sua irmã na sociedade. Ela é uma jovem excepcional e lhe desejamos o melhor.

Um olhar para a orquestra, outro gesto.

— Uma música que não está no carnê de dança — sussurrou Gillie. — Esta é para você, Fancy.

As cordas suaves do violino ecoando pela sala logo se juntaram a flautas, alaúdes, ao piano-forte e a uma série de outros instrumentos, criando uma versão exuberante de "The Fairy Wedding Waltz".

De uma vez só, a multidão se espalhou pelas bordas da linha de giz que designava a área marcada para dançar. O duque levou a duquesa ao centro, pegou-a nos braços e a guiou sobre o parquete polido. Depois que circularam uma vez, Mick acompanhou Fancy à pista de dança.

— Minha primeira valsa oficial em um salão de baile — disse ela levemente, esforçando-se para não revelar seu nervosismo, concentrando-se no rosto amado do irmão.

Uma das lembranças mais antigas de Fancy era o rosto do irmão pairando sobre sua pequena cama, enquanto Mick cantava o nome dela várias vezes para embalá-la no sono. Mesmo quando ela tinha apenas 2 ou 3 anos, e ele 16 ou 17, ele assumira o papel de protetor, sendo mais um pai que um irmão.

— Você esperou bastante.

— E você tornou isso possível.

Rapidamente, ele virou a cabeça.

— Gillie fez tudo isso.

— Mas você pagou pela educação que me ensinou a me comportar como uma dama. Você me deu confiança para não me importar com todos os olhos nos seguindo neste momento.

Felizmente, o duque levantou novamente um braço, e logo outros casais estavam girando no chão, tendo que observar os próprios passos ou parceiros para evitar colidir com alguém. Mas, ainda assim, ela viu os olhares especulativos, a curiosidade, o ocasional desdém. Ela não achava que alguém iria insultá-la com tantas pessoas de sua família por perto, mas nada impediria que as pessoas a ignorassem.

— Você é tão boa quanto qualquer um deles — afirmou Mick.

— Ao contrário de você, não carrego sangue nobre em minhas veias.

— É vermelho igual, Fancy. Além disso, você não é o seu nascimento. Nenhum de nós é. Nós somos o que nos fazemos ser. Você é uma lojista. E está fazendo um bom trabalho com suas aulas noturnas. Você não tem nada do que se envergonhar.

— Espero que alguns dos cavalheiros daqui sintam o mesmo.

— Eles são tolos se não o fizeram. E eu não vou permitir que se case com um tolo.

Ela riu levemente.

— Suponho que, se ninguém me pedir para dançar, é porque eles têm pavor de você.

— Se eles são bons homens, não deveriam ter.

Sua mente visualizou Sommersby e Tittlefitz desistindo de suas noites para ajudar os outros a aprender a ler. Ela teve um pensamento desagradável de que os cavalheiros presentes no baile estavam abaixo deles por estarem procurando entretenimento. E, no entanto, se não fosse pela presença daqueles cavalheiros, ela também não estaria ali.

— Você encontrou muitos bons homens no seu clube?

O duque de Hedley ajudara Mick a se tornar um membro do White's. Muitos presumiram que era porque Aslyn estava sob a guarda do duque, mas o homem também era o pai de Mick — fora o responsável por colocá-lo nos braços de Ettie Trewlove. A barba espessa e escura de Mick escondia o queixo semelhante ao de Hedley, mas nada podia disfarçar os olhos azuis idênticos.

— Alguns. Eles estão se tornando mais receptivos a mim. — Ele levantou um ombro. — Ou pelo menos a minha perspicácia quando se trata de negócios. É a razão pela qual a maioria se aproxima.

A dicção de Mick era tão refinada quanto a de Sommersby.

Por que Fancy não parava de pensar no homem? Todos os cavalheiros que conhecera pareciam insignificantes ao lado dele. Não apenas fisicamente, mas também pela maneira como se projetavam. Teria sido impossível ignorá-lo descendo a escada. Se ele estivesse na pista de dança naquele exato momento, estaria atraindo seu olhar. Ela parecia incapaz de se livrar dos pensamentos sobre ele.

Fancy estava ali para encontrar um cavalheiro, para se tornar parte da aristocracia.

— Existe alguém de quem você tem uma boa opinião? Alguém em particular que acredita que pode ser um bom marido?

Que pode vir a me amar? Que não me daria motivo para me arrepender de ter dado minha mão em casamento? Que iria a um teatro marginal comigo ou desfrutaria de uma noite de entretenimento nas ruas?

— Você deveria fazer essa pergunta a Aiden. Ele conhece os endividados. Seria sensato evitar esses companheiros, sem dúvida.

Era o mesmo tom que ele usara quando a pegara compartilhando o doce que Mick trouxera de Brighton para ela com um rapaz cinco anos mais velho. "Você não quer se contentar com um rapaz daqui", ele dissera. Fancy tinha 6 anos na época e o pensamento de "se contentar" com alguém ainda não entrara em sua cabeça — até que Mick o ensinou.

— Mas e se eu gostar de um desses companheiros? Ignoro os anseios do meu coração?

— O coração nem sempre é sábio. Siga-o com cuidado.

— Porque você é um especialista em amor. — As palavras saíram afiadas e objetivas.

Um canto da boca dele se curvou.

— Você conheceu minha esposa?

Ela riu levemente.

— Eu acho que você só teve sorte.

— Eu realmente tive sorte. E quero que você tenha ainda mais.

A música acabou. Afastando-se do abraço, ela deu um tapinha no braço dele.

— Vou conseguir um cavalheiro bom e ser tão feliz que você ficará cansado do tanto que irei me gabar.

Aiden Trewlove adorava o vício e o pecado. Ele era dono de um clube de jogos, o Clube Cerberus, e do Clube Elysium, que servia para satisfazer as fantasias femininas. Para muitas damas, uma dessas fantasias era não ficar no canto de um salão, esquecida. Ele nunca comparecera a um baile formal antes daquela noite, mas, vendo como nenhum cavalheiro pedia à sua irmã a honra de uma dança, finalmente entendeu por que as mulheres corriam para o salão de baile em seu estabelecimento. Dentro daquelas paredes, elas tinham a garantia de que iriam dançar.

Ah, Fancy havia dançado. Mas todos os cavalheiros que a levaram à pista de dança eram de sua família ou próximos a ela de alguma maneira. Mick e Finn eram seus irmãos. Thorne era parente dela por meio de Gillie. Lorde Kipwick por meio de Aslyn. Lorde Collinsworth por meio de Lavínia. Lorde Camberley por meio de Selena. Mas nenhum outro cavalheiro tinha chegado perto dela, malditos!

— Você está carrancudo.

Ele olhou para a linda esposa. Ela era uma duquesa, três dias viúva, quando ele a conhecera. As pessoas ainda a chamavam de *Duquesa*. Aiden não se importava. Em seu coração, Selena era a sra. Trewlove, e aquilo era tudo de importante entre eles: o que estava em seus corações.

— Ninguém está dançando com ela.

— Ela já dançou várias vezes. Pedi para Kit dançar com ela.

O visconde Kittridge. Um dos amigos mais queridos de Selena.

— Alguém que ela conhece por causa de você. Estou falando de todos esses tolos que Fancy acabou de conhecer.

— É a estreia dela, sua apresentação à sociedade. Demora um pouco para os homens se aproximarem de debutantes.

Ele lhe lançou um olhar aguçado.

— Quanto tempo você levou, no seu primeiro baile, para ter seu carnê de dança cheio?

Ela suspirou.

— Cinco minutos. Mas fui criada dentro da sociedade.

Ele sorriu.

— E foi apontada como a mulher mais bonita de Londres. Provavelmente ajudou.

O sorriso dela era suave, mas brilhante.

— Talvez.

— Eu deveria ter trazido alguns dos meus funcionários do clube.

— É com quem você quer que ela se case? — Selena esfregou o braço dele. — Paciência, meu amor.

Ele balançou a cabeça.

— Não tenho paciência no que diz respeito à Fancy. Não vou vê-la magoada ou decepcionada. Volto logo.

Aiden fez um movimento para deixá-la, mas os dedos dela se fecharam em torno de seu braço, segurando-o no lugar.

— Não crie problemas.

— Eu só vou falar um pouco com um cavalheiro e, depois disso, tudo deve se encaixar.

— Quero dançar mais uma música quando voltar.

Passando os dedos pela bochecha dela, ele quase a beijou na boca. Aiden a amava.

— Vamos dançar três. — Então, porque ela era sua esposa, ele lhe deu um beijo na testa. — Eu te amo, Lena.

— Encontre algum lugar escuro e vou mostrar o quanto eu te amo.

A risada dele ecoou pelo grande salão enquanto ele caminhava em direção a três homens que riam e gargalhavam como se não tivessem uma única preocupação no mundo. Se Aiden descobrisse que estavam zombando de sua irmã, cada um sofreria uma morte prolongada e dolorosa.

— Dearwood.

Eles imediatamente ficaram em silêncio e os dois que não foram chamados escaparam como baratas reveladas pela luz. Sua família realmente queria que Fancy se casasse com um daqueles paspalhos?

Virando-se para encará-lo, o conde se encolheu visivelmente.

— Trewlove.

— Estou com suas dívidas.

Os olhos do homem se arregalaram.

— Aqui? Com você?

Ele suspirou.

— Não. No meu clube. Dance com minha irmã e rasgo tudo. Sua dívida comigo será considerada paga integralmente. — Dearwood era um sujeito muito pouco atraente com a boca aberta. — Mas feche sua boca antes de levá-la para a pista de dança.

Seus lábios se juntaram quando ele deu um aceno rápido antes de girar nos calcanhares.

— Dearwood?

O homem parou abruptamente e olhou para trás, a expressão ferida indicando que ele temia que o dono do clube estivesse prestes a rescindir a oferta.

— Discretamente, divulgue que esta oferta está aberta a qualquer homem que esteja em dívida comigo.

Caminhando da maneira mais discreta possível entre as pessoas afastadas da pista de dança, Fancy se recusou a se aproximar da seção de cadeiras, sentar-se e se tornar uma daquelas moças de canto de salão tão cedo no processo. Ela não esperava aceitação imediata, sabia que seria um objeto de curiosidade. Ainda assim, tinha antecipado que alguns dos cavalheiros antes desconhecidos estariam pelo menos interessados em satisfazer sua curiosidade, dando-lhe uma dança.

Ela passou por pequenos grupos de duas ou três pessoas, conversando, desviando o olhar ou se aproximando uma das outras para diminuir o círculo quando a viam se aproximando. Não era um corte direto, mas certamente não era um convite para se juntar a elas. Fancy não era rude o suficiente para se intrometer. Enquanto passava, ouvia trechos da conversa.

Bonita o suficiente. Isso não significava que eles estavam falando sobre ela.

Cinco mil por ano. Provavelmente uma referência a ela. Cada um de seus irmãos estava contribuindo com mil libras por ano para seu dote.

Escandaloso...

Pareceu agradável o suficiente...

Onde fica a sala de jogos?

Neste momento, ela se inclinou, sorriu e disse:

— Suba a escada, vire à direita, terceira porta no corredor.

Os cavalheiros a encararam por vários segundos como se nunca tivessem ouvido uma resposta de uma mulher e se afastaram tão rápido que alguém poderia pensar que ela tinha sussurrado “Tenho lepra”.

A ascendência é tão importante...

Até que gostei do sorriso dela...

Adquiriu uma nova carruagem...

Uma seleção fina de licores na sala de bebidas.

Bem, a duquesa é dona de uma taverna.

Tendo terminado sua terceira volta pela sala, ela parou um criado que passava e pegou uma taça do excelente champanhe da bandeja que ele estava equilibrando nos dedos abertos. Ela se recompensou com um copo a cada turno, a fim de reforçar sua determinação por outro passeio pelos convidados. Suas cunhadas tinham ficado com ela a princípio, até que Fancy as convencera a dançar com seus maridos, dizendo que ficaria bem sozinha. Além disso, não queria dar a nenhum cavalheiro a noção de que precisava ser mimada. Eles certamente desejavam uma esposa que pudesse cuidar de si mesma.

Embora ela tivesse que se perguntar: se as mulheres não a reconhecessem, os cavalheiros o fariam? Fancy entendia o poder que uma mulher detinha, especialmente quando se tratava da sociedade. Os cavalheiros podiam fazer as leis que governavam a terra, mas eram as mulheres que criavam as regras que determinavam o que era um comportamento aceitável.

Talvez ela precisasse encontrar uma maneira de ganhar a estima das damas. Nada como uma mãe sugerindo ao filho que ele devesse dar uma olhada mais de perto na srta. Trewlove.

— Com licença, srta. Trewlove.

Voltando-se para a inesperada voz feminina, ela foi recebida por três damas, que pareciam nervosas mas felizes, seus sorrisos brilhando como uma chama de vela a ponto de ficar sem pavio, como se não tivessem certeza de que deveriam falar com ela. Ela nunca notara que cabelo loiro claro poderia ter tons diferentes até ver as três juntas. Trigo. Lua. Palha.

Ela lhes deu seu sorriso mais acolhedor.

— Srtas. Penelope, Victoria e Alexandria.

Os olhos delas se arregalaram consideravelmente.

— Você se lembrou dos nossos nomes — disse lady Penelope. — Deve haver pelo menos duzentas pessoas presentes.

E ela fora apresentada a quase todas elas.

— Sou bastante hábil em lembrar nomes. É um pequeno jogo que criei, sabe. Lady Penelope, seus olhos são de um tom acobreado incomum que lembra moedas de um centavo, ou seja, um pêni. Lady Victoria, você tem uma postura tão régia que naturalmente pensei na Rainha e, por você ter o mesmo nome, você é inesquecível.

— E eu? — perguntou lady Alexandria ansiosamente.

— Você foi um pouco mais complicada. Seu vestido é tão adorável, com todos esses babados que lembram ondas em uma praia, o que me levou a pensar em uma cidade litorânea. Alexandria.

— Isso é notável, srta. Trewlove — afirmou lady Penelope, enquanto as outras meninas assentiam com entusiasmo, e Fancy entendeu que ela era a líder do grupo.

— Como eu disse, é apenas uma brincadeira. Isso me ajuda a lembrar os nomes das pessoas que visitam minha livraria.

Ela achava que seus clientes e alunos se sentiriam especiais se ela se lembrasse de seus nomes após uma breve introdução.

— Bem, eu digo que é brilhante. Teremos que tentar.

Mais acenos.

— Vocês estão em sua primeira temporada, não é?

Elas pareciam tão jovens, 17 anos, no máximo, e a faziam se sentir notavelmente antiga — ou pelo menos incrivelmente vivida.

— É, de fato.

— Como está indo até agora?

— Muito bem, na verdade. Eu tive a visita de três cavalheiros. Minhas queridas amigas tiveram duas.

— Mas ainda não nos decidimos por ninguém — disse lady Alexandria apressadamente.

— Parece muito cedo para isso — acrescentou lady Victoria.

— Eu concordo — afirmou Fancy. — Você não sabe quem pode conhecer antes do final da temporada.

— É por isso que nos aproximamos de você. — Lady Penelope sorriu, corou e olhou para as amigas em busca de encorajamento. — Você sabe, por acaso, se a duquesa convidou o lorde Rosemont?

Parecia que Fancy não era a única que fora tocada pela carta.

— Sim, ela o convidou.

— Você sabe se ele veio?

— Não o encontrei na entrada.

— Dizem que ele saiu de Londres. — Lady Victoria fez beicinho. — Esperamos que não seja verdade.

— Embora também haja rumores de que ele se estabeleceu em outro lugar que não seja sua residência habitual em Londres, porque, de acordo com meu irmão, ele ainda aparece no Parlamento quando necessário — acrescentou lady

Penelope. — Por isso estávamos esperando muito que ele estivesse presente. Ele prometeu uma dança para cada uma de nós quando o visitamos.

— Vocês o visitaram?

— Sim. Não acho que haja uma senhorita solteira em Londres que não o tenha feito.

O que poderia explicar a saída dele de Londres. Fancy se sentiu um pouco desconfortável por também ter desejado um momento com o conde para expressar suas condolências.

— Não estou realmente surpresa que ainda não o tenhamos encontrado em um baile. Minha irmã mais velha me disse que em alguns círculos ele é conhecido como Rosemont, o Recluso. Ela conhecia lady Rosemont e disse que ela frequentava bailes sem ele. Minha irmã ficou realmente surpresa com a devoção expressa na carta da condessa. Por acaso você a leu?

— Sim, li.

Penelope suspirou melodramaticamente.

— Acho que todas queremos um homem que nos ame assim.

— Senhoritas.

Ao ouvir a voz profunda, Fancy se virou e fez uma pequena reverência.

— Lorde Dearwood.

— Como você se lembrou do nome dele? — perguntou lady Penelope, e parecia que lorde Rosemont fora completamente esquecido.

Um gamo com um sorriso de madeira.

— Um cervo na floresta — respondeu ela.

— Que esperta! — exclamou lady Penelope entusiasmada. — Mas eu teria ido com "uma floresta querida"*.

— Não há certo ou errado — assegurou ela à jovem. — Basta ser algo que vai ajudá-la a se lembrar.

— Do que vocês estão falando? — questionou lorde Dearwood.

— A srta. Trewlove tem uma brincadeira para se lembrar do nome de todos.

— Bem, não exatamente de todos — disse ela, ficando corada. — Às vezes não funciona, esqueço o que associei à pessoa e acho que seria mais fácil apenas memorizar o nome.

---

* Uma brincadeira com as possíveis alusões do nome Dearwood. Um dos significados da palavra *dear*, em inglês, é querido(a), ao mesmo tempo que a pronúncia lembra *deer* (cervo). *Wood* (madeira) virou *woods* (floresta). (N.E.)

— Eu gostaria de ouvir sobre essa brincadeira em algum momento, mas, por enquanto, srta. Trewlove, eu esperava que você me honrasse com uma dança.

As três damas deram um gritinho alegre antes de se afastarem. Definitivamente eram mais jovens do que Fancy.

Fancy sorriu para o lorde Dearwood. Ele não era atraente, era provavelmente tão velho quanto os irmãos dela, e algo nele indicava que era um homem que gostava demais de vícios ou, pelo menos, de comida e vinho. Talvez fosse por este motivo que os botões do colete estavam quase estourando.

— Eu ficaria honrada, meu senhor.

Oferecendo o braço, ele a levou até a beira da pista de dança.

— Vamos esperar a valsa terminar, tudo bem?

— Você se importaria de assinar meu carnê enquanto esperamos? Pensei em guardar como lembrança.

— Certamente.

Enquanto o observava rabiscar seu nome, ela pensou em um homem com mãos maiores, dedos mais longos e mais elegância em seus movimentos. Ela realmente precisava se livrar dos pensamentos sobre o sr. Sommersby.

— Está gostando do baile?

— Ah sim, especialmente agora que você dançará comigo.

Ela sentiu o calor de um rubor subindo de seu decote até a linha do cabelo com as palavras lisonjeiras que foram ditas com tanta sinceridade.

— É muita gentileza sua dizer isso, milorde.

— De modo nenhum. Eu devo uma fortuna ao seu irmão.

Fancy sentiu o corpo congelar.

— O que disse?

O sorriso largo do homem a lembrou de um chimpanzé que ela viu no jardim zoológico.

— Ele vai cancelar a dívida que tenho no clube dele.

Ela não conseguiu impedir sua voz de ficar fria.

— Se você dançar comigo.

— Precisamente. — Ele acenou com a cabeça em direção à pista que estava ficando mais vazia. — Vamos?

— Claro.

Era uma coisa estranha dançar com alguém que ela acabara de conhecer, e Fancy ficou agradecida pelo fato de a quadrilha limitar por quanto tempo e com que frequência ele a tocava. Os outros casais que atuavam como parceiros na música eram muito sérios, e ela se perguntou se eles desejavam que ela não estivesse lá, embora tivesse notado alguns olhares de canto de olho, como se não quisessem que alguém soubesse que eles estavam curiosos. Embora, talvez, soubessem a verdade da situação e se sentissem tão desconfortáveis quanto ela com o fato de que era necessário um suborno para que Fancy conseguisse um parceiro de dança.

Capítulo 13

Era difícil se concentrar na leitura quando seu olhar continuava vagando para a janela escura oposta à sua. Matthew empurrara uma cadeira até a janela e ficara de guarda em seu apartamento depois de voltar das aulas de leitura. Desde que Fancy lhe dera boa-noite, ele estava sendo atormentado por imagens dela dançando com um cavalheiro após o outro no baile.

Enquanto a parte decente dele esperava que o carnê de dança dela tivesse um nome rabiscado ao lado de cada dança, a parte egoísta esperava que ela não ficasse feliz pela atenção recebida.

Maldição! Matthew se sentia como um vira-lata rejeitado.

Depois de voltar para casa, havia considerado ir ao baile. Ele até tinha o traje de gala à mão. Só Deus sabia por que seu criado decidira embrulhá-lo com as outras roupas. Matthew certamente não tinha planos de participar de nenhum evento formal, embora sempre fosse possível que uma obrigação da qual não pudesse escapar aparecesse.

Mais cedo, ele se preocupara em tomar um banho. A imersão na água fumegante lhe dera tempo para colocar as coisas em perspectiva e debater as desvantagens de ir ao baile. No fundo de sua mente, ele se lembrava de ter prometido dançar com ao menos duas dúzias de mulheres, então os carnês seriam pendurados na frente de seu nariz como cenouras para fazer um cavalo se mover. Antes de mais nada, porém, tinha a questão de que Matthew precisaria se explicar para Fancy.

"Você queria conhecer o conde de Rosemont. Olha que engraçado, você já o conheceu. Ele sou eu." Ele imaginou entregar a notícia com uma risada e um sorriso largo. Infelizmente, não podia imaginá-la recebendo a mesma com igual bom humor. Ela sem dúvida ficaria decepcionada, possivelmente lívida. Revelar-se em um local tão público seria uma péssima ideia.

No entanto, se ela conseguisse superar o fracasso dele em revelar sua identidade quando se conheceram, Matthew não conseguiria discernir se o que estava se desenvolvendo entre eles — amizade ou algo mais — estava sendo influenciado por seu título. Fancy poderia tentar atraí-lo para um compromisso?

Estou disposta a fazer tudo o que é necessário.

Ela havia declarado tais palavras e elas ressoaram como uma promessa, um voto. Embora ela alegasse que nunca enganaria um cavalheiro, ele aprendera que nem sempre se podia confiar nas palavras de uma mulher.

Matthew gostava que ela não soubesse sua verdadeira identidade, que, quando o olhava, ela não o fazia pelas lentes de seu título. Então ele saiu do banho e resolveu ficar em casa e deixá-la aproveitar a noite. Flertar e ser flertada, dançar a noite toda, ter a estreia que sempre esperara. Mesmo que não incluísse o conde de Rosemont.

Mais uma vez, ele olhou para a janela dela. O baile sem dúvida continuaria até as duas da manhã. Para ele, os minutos demoravam uma eternidade para passar.

Após sua quinta dança depois da que compartilhou com Dearwood, Fancy estava mais que descontente com as informações adicionais que havia recolhido e foi procurar os irmãos. Embora eles fossem altos, muitos homens presentes também o eram, o que dificultava vê-los no meio da multidão. Ela queria que Fera tivesse comparecido. Ele era uma cabeça mais alta que a maioria, o que o tornaria mais fácil de achar. Então, ela os viu do outro lado da sala, perto de uma das duas lareiras. Acelerando o passo…

— Olá, srta. Trewlove.

Ela parou abruptamente quando um cavalheiro alto e de ombros estreitos entrou na sua frente. Qual era o nome dele? Bom Deus, com assuntos mais importantes em mente, Fancy não conseguia pensar.

— Poderia me dar a honra de uma dança?

Loiro. Grande. Olhos azuis. Viking. Fiordes.

— Não neste momento, lorde Beresford.

Ela se moveu para passá-lo, mas ele enrolou os dedos enluvados ao redor do braço dela. O olhar penetrante que Fancy lhe lançou fez com que ele imediatamente soltasse seu braço, parecendo um pouco contrito.

— Isso não está correto, srta. Trewlove. Rejeitar o pedido de um cavalheiro para dançar.

— Não estou rejeitando por completo. Só não vou dançar agora. — Ela levantou o pulso, o carnê de danças pendulando. — Tenho algumas danças restantes. Selecione a que você deseja. Apenas não esta.

Lenta e deliberadamente, ele escreveu seu nome como se previsse que ela gostaria de usá-lo para um bordado em algum momento. Então, sorriu.

— Uma valsa.

— Aguardo ansiosamente. Agora, se me der licença.

Sem esperar pela permissão dele, ela contornou os convidados, tendo que parar duas vezes mais para permitir, impaciente, que cavalheiros assinassem seu carnê de dança. Quem teria pensado que ela não gostaria nada de toda aquela atenção? Por fim alcançou os irmãos, agradecida por Gillie estar lá também, para poder confrontá-los de uma só vez. Felizmente, ninguém mais estava perto. Parecia que, quando os Trewlove estavam reunidos em massa, as pessoas mantinham distância. Todos os irmãos pareciam estar animados, conversando, rindo, bebendo o que parecia ser uísque — provavelmente do estoque pessoal de Gillie.

— Vocês não têm fé em mim?

Todos se viraram tão rápido com as palavras dela que não teria sido surpresa saber que eles ficaram tontos.

— Do que você está falando? — perguntou Gillie com sinceridade. — É claro que temos fé em você.

— Então por que vocês estão subornando homens para dançar comigo?

— O que disse?

— Aiden está cancelando qualquer dívida em seu clube, Finn está oferecendo serviços de criação ou treinamento de cavalos e Mick está oferecendo conselhos de investimento. Está dizendo que você também não ofereceu nada para convencer os cavalheiros a dançar comigo?

A mandíbula de Gillie se apertou quando ela olhou para os irmãos.

— Seus grandíssimos idiotas. Não acredito.

— Ninguém estava dançando com ela.

A voz de Aiden saiu cortante, áspera, e ela sentiu o quanto o irritava que Fancy estivesse sendo ignorada. Ele sempre se preocupara em garantir que as mulheres fossem felizes. Fora uma das razões pelas quais seu mais novo clube para mulheres era um sucesso, afinal. Embora saber daquilo diminuísse um pouco a própria mágoa, Fancy não poderia apagá-la por completo só por conseguir enxergá-la de uma perspectiva diferente.

— Você não acreditava que eu poderia conquistá-los por conta própria?

— Eventualmente, sim. Uma dança e você os terá na palma da sua mão. Mas eles não estavam se movendo rápido o suficiente para meu gosto.

— Não é ao seu gosto que eles têm que agradar.

— Se eles querem se casar com você, é sim.

Ela amava os irmãos, mas no momento pelo menos um deles precisava de um tapa na cabeça.

— Estávamos tentando tornar a noite inesquecível para você — explicou Finn, parecendo um pouco culpado. Ele sempre fora o mais sensível de todos.

— Bem, vocês certamente conseguiram. — Ela estendeu a mão para Gillie. — Posso?

A irmã olhou para o copo que estava segurando.

— É uísque.

— Como pensei.

Gillie entregou-lhe o copo, e Fancy tomou um bom gole e lambeu os lábios.

— Você já bebeu uísque antes.

— Não sou tão inocente como todos pensam.

— As mais quietas nunca são — disse Finn baixinho.

— Estou, no entanto, bastante envergonhada.

— Nós só queríamos o seu bem — afirmou Mick com ternura.

— Eu sei disso. É a única razão pela qual não vou ficar chateada com vocês por muito tempo. Mas, se os cavalheiros acreditarem que vocês oferecerão algum tipo de recompensa por me dar atenção, eles nunca dançarão comigo por vontade própria. Eles vão desejar a recompensa e, para ser sincera, eu deveria ser a recompensa. — Ela fez uma careta. — E o dote que todos vocês tão generosamente juntaram.

Mick fez uma careta.

— Eles deveriam querê-la sem o dote, mas nossas origens impedem que você seja aceita sem ele. Ainda assim, quando esses nobres a conhecerem, como Aiden sugeriu, eles vão amá-la tanto quanto nós.

Era impossível pedir uma família mais amável e solidária. Fancy tomou outro gole, permitindo que o calor a relaxasse.

— Eu agradeço. No entanto, depois de tudo o que vocês fizeram por mim ao longo dos anos para me trazer aqui, agora é hora de me empurrar para fora do ninho e me deixar voar. Sou totalmente capaz de voar.

— É difícil perceber que você cresceu.

— Bem, eu cresci.

A música terminou. Ela bebeu o que restava do uísque antes de devolver o copo a Gillie. Então, levantou o pulso.

— Tenho outra dança reivindicada, então devo ir. Por favor, não interfiram novamente.

— Acho que o sermão foi dado — disse Gillie.

Mas, conhecendo os irmãos, ela temia que eles acidentalmente tivessem cortado suas asas.

— Atrevo-me a dizer que sua estreia foi um grande sucesso — anunciou Aslyn com entusiasmo, enquanto a carruagem seguia em direção ao hotel de Mick.

Aparentemente, Mick ainda não havia contado à esposa a origem do sucesso.

— Sim, fiquei surpresa com toda a atenção.

Depois de confrontar os irmãos, Fancy havia parado de questionar os parceiros de dança para descobrir o porquê de eles terem a abordado. Ela não queria saber se não tinham sucesso no jogo, no investimento ou na criação de cavalos. Em vez disso, ela fez perguntas sobre suas propriedades, passatempos e prazeres. Alguns pareciam surpresos que ela tivesse tanto interesse neles, mas todos apreciavam a oportunidade de falar sobre si mesmos.

— O próximo baile deve ser ainda melhor.

Ele ocorreria na quarta-feira seguinte e seria dado pelos ex-guardiões de Aslyn, o duque e a duquesa de Hedley. Mais uma vez, as pessoas ficariam curiosas, pois o casal raramente organizava festas, mas eles estavam fazendo isso porque Mick pedira. A família dela estava pedindo favores. Ela não queria considerar o custo para eles ou seu orgulho — tudo para que Fancy pudesse ter a vida de conto de fadas que imaginavam para ela. O que tornava ainda mais difícil não os perdoar pelo erro que haviam cometido naquela noite.

— Comprei um pouco de área cultivada nos arredores de Londres — disse Mick. — Vou adicioná-la ao seu dote.

— Não. — A palavra saiu sucinta e direta. — Agradeço a intenção, mas você já me deu demais. Lições, a permissão para usar seu prédio para minha loja, um dote que é uma renda anual, não apenas uma soma, e agora minha temporada. Eu nunca poderei retribuir...

— Um parente nunca está em dívida.

— Ele é teimoso, Fancy — disse Aslyn.

— Sim, bem, eu também. Para a maioria das damas, um dote de cinco mil libras seria mais que suficiente. Mas o meu é de cinco mil por ano enquanto eu estiver viva, o que planejo fazer por muito tempo. É como discutimos anteriormente. Você não pode continuar comprando a atenção dos cavalheiros. Se eles não estão satisfeitos com o meu dote, não vale a pena considerar. Eu ficaria mais feliz como uma solteirona gerenciando minha loja. Talvez então você me deixe comprá-la de você.

— Você sabe o meu motivo para não colocar o prédio em seu nome. Quando se casar, seu marido poderá fazer qualquer coisa com ele, o que bem entender. Até transformá-lo em um bordel. Nem você nem eu teríamos controle sobre as ações dele.

— Mas se eu não me casasse...

— Isso partiria o coração da mamãe, Fancy.

E o coração dela, e os sonhos dela? E se ela se apaixonasse por um homem que não possuía título? Ainda assim, Fancy simplesmente assentiu.

— Lembro-me de quando você nasceu, como ela embalou você nos braços, lágrimas nos olhos. Eu nunca a tinha visto chorar antes. Ela sempre foi tão forte. Desde o início, mamãe tinha sonhos para você — continuou Mick.

— Eu sei.

— Eu estaria morto se não fosse por ela.

Ela sabia disso também, sabia que nem todas as criadoras de bebês cuidavam dos bastardos que aceitavam com tanto amor.

— Não sou ingrata, Mick. Mas, por favor... não acrescente mais nada ao meu dote.

— Como quiser. Mas algum lorde terá muita sorte em ter você, querida. Eu pretendo garantir que ele seja digno de você.

Olhando pela janela, ela sentiu que seu casamento com um nobre seria a principal conquista de todo o esforço de Mick. Embora soubesse que muitas jovens invejariam sua posição, Fancy às vezes se via desejando não ter um dote, para que não surgissem dúvidas sobre os motivos pelos quais um homem pediria sua mão. Se isso acontecesse. Ela não estava com pressa de arranjar um marido. Se ela tivesse duas ou três temporadas, não ficaria desapontada. Sua livraria a sustentava. Por enquanto, era tudo que ela realmente precisava.

— Eu gostaria de ir ver mamãe de manhã, para contar como foi a noite.

— Você não vai mencionar...

— Não, não vou mencionar como você e os outros interferiram — assegurou ela.

— Do que estão falando? — questionou Aslyn.

— Eu explico mais tarde.

Fancy gostaria de ser uma mosquinha quando Mick o fizesse. Ela suspeitava que a cunhada teria uma reação semelhante à de Gillie.

— A que horas você quer que a carruagem esteja pronta? — perguntou Mick.

— Sete.

No interior escuro da carruagem, apenas com as ocasionais luzes da rua cortando as sombras, ela viu o sorriso de Mick.

— A maioria das mulheres dorme a manhã toda depois de um baile.

— Quero voltar cedo o suficiente para abrir a loja a tempo.

— Acho que as pessoas entenderiam se ela abrisse mais tarde que o habitual.

— Eu levo os meus negócios a sério, Mick, assim como você. Vou abrir a porta às nove.

Quando a carruagem parou em frente ao hotel, Mick pulou e ajudou Aslyn a descer antes de fazer o mesmo com Fancy. Quando seus pés tocaram no chão de tijolos, ela se levantou na ponta dos pés para beijar a bochecha do irmão.

— Boa noite.

— Vou levá-la até a porta.

— Mick, eu moro do outro lado da rua. A rua está vazia.

Passava das duas da manhã e as ruas estavam silenciosas, todos os negócios fechados.

— Mesmo assim.

Ele a acompanhou até a loja e esperou até que ela fechasse a porta e girasse a chave.

O sr. Tittlefitz tinha deixado uma lamparina acesa para recebê-la. Sombras tremeluziam pelas estantes de livros. De costas para a porta, Fancy inalou a amada fragrância de tinta, papel, couro e linha que preenchia prateleira atrás de prateleira. Se pudesse encontrar uma maneira de capturar tal perfume, ela mergulharia velas nele e as acenderia por toda a sua futura residência, para que sempre se sentisse reconfortada. Ela esperava que o marido tivesse uma extensa biblioteca, fosse um leitor ávido. Seria possível se casar com alguém que não fosse?

Afastando-se da porta, ela subiu a escada, os passos aumentando em ritmo enquanto se aproximava de seu quarto.

Ela não sabia o que a estava levando, sabia apenas que não estava onde queria estar. Correndo pela sala da frente, onde pouca luz a recebia, ela se apressou até o quarto e parou na janela, as cortinas caindo dos dois lados.

Calor, alegria e alívio inundaram-na ao ver o sr. Sommersby em pé, com os braços esticados e abertos, as mãos espalmadas o vidro da janela. Apesar da hora tardia, ele ainda estava acordado, olhando para fora, os punhos da camisa desabotoados, fazendo com que as mangas escorregassem até os cotovelos, o pescoço visível por causa de seu estado desarrumado. Fancy se perguntou se ele estaria esperando sua volta. Colocando a testa no vidro frio, ela temia que ele a consideraria muito ousada se ela batesse à sua porta àquela hora. Era ridículo o quanto desejava falar com ele, contar sobre sua noite.

Então, ele sumiu.

Mas Fancy ainda estava lá, esperando que ele apagasse a luz antes de ir se deitar na cama. Algum homem com quem dançara estaria pensando nela naquele momento? Estariam imaginando se ela estava dormindo, se os levaria para seus sonhos? Ela não levaria. Nenhum deles. Mas o sr. Sommersby...

Uma sombra iminente chamou sua atenção, passando pelos estábulos com um ritmo firme. A imagem fez seu coração galopar, um ritmo que só acelerou quando ela ouviu as batidas na porta dos fundos que levavam à despensa. Os entregadores usavam aquela entrada para não incomodar nenhum cliente. Mas para um cavalheiro que morava virando a esquina, era o caminho mais direto para a loja.

Fancy correu do quarto e desceu a escada, a litania "Estou indo, estou indo" ecoando em sua mente até chegar ao amplo portal, empurrar o ferrolho e abri-lo. A luz das ruas mal chegava ali, e ela não tinha pensado em acender as luzes, então ele estava quase coberto pelas sombras. Ainda assim, ela sentiu que o via claramente.

— Eu queria garantir que você estava bem. — O tom dele era tenso, como se temesse pela vida dela, como se Fancy tivesse ido a um safári e passado a noite rodeada por animais selvagens que pretendiam devorá-la. Talvez ela tivesse.

— Estou sã e salva. — Ela deu um passo para trás. — Entre. A névoa está fria.

Ela não estava espessa ao ponto de dificultar a visão, mas era possível ver a neblina flutuando pelo ar.

Atravessando o limiar, ele fechou a porta atrás de si. Agora que os dois estavam do lado de dentro, o depósito parecia incrivelmente pequeno. Ou talvez fosse só a presença dele que dominava o espaço. Fancy já havia notado aquilo antes, a maneira como ele dominava um ambiente com tanta facilidade, como se fosse seu direito estar no comando.

— Eu sinto muito. Não tenho bebidas à disposição para lhe oferecer.

— Eu bebi uísque suficiente esta noite. — Ela podia sentir a intensidade do olhar dele enquanto a estudava, como se estivesse procurando por feridas. — Sua estreia foi um sucesso, então.

Era uma declaração, não uma pergunta, e ainda assim exigia uma resposta. Ela deu uma pequena risada, odiando que tivesse soado tão dura e amarga.

— Não, na verdade não.

Sentindo os olhos queimarem, ela se recusou a ceder às lágrimas.

— O que aconteceu?

O tom era o de um homem descontente, um homem à beira de chamar os outros para responder por suas ações.

— Minha família tinha muitas esperanças, mas temo que elas tenham sido frustradas. Dancei com meus irmãos, meu cunhado, os irmãos ou bons amigos de minhas cunhadas, todos relacionados a mim de uma forma ou outra. Quando todos tiveram a sua vez, eu vaguei entre os convidados por várias danças. Observada, mas não abordada. Ninguém falou comigo. Eu parecia um animal no jardim zoológico. Ou em um circo. *Venha ver a garota nascida fora do casamento...*

— Fancy, não.

Ele nunca a chamara pelo nome dela antes, nem a palma de sua mão embalara a bochecha dela com tanto amor. Ela não tinha certeza qual das duas ocorrências era responsável por fazê-la sentir como se seu coração fosse feito de cera e estivesse lentamente derretendo.

— As pessoas temem o que não entendem — continuou ele.

Ela balançou a cabeça devagar, agradecida por os dedos quentes e gentis permanecerem em sua pele.

— O pior ainda está por vir. De repente, os cavalheiros começaram a me pedir para dançar. Mas senti que eles estavam simplesmente cumprindo uma obrigação. Então comecei a fazer perguntas.

Se o polegar dele não tivesse começado a acariciar a curva de sua bochecha, ela talvez não tivesse encontrado forças para confessar o resto.

— Parece que meus irmãos estavam oferecendo favores a quem dançasse comigo. Eu me senti humilhada, porque tenho certeza de que todo mundo sabia. A aristocracia adora fofocas, e hoje fui um prato cheio.

— Esses cavalheiros são tolos, cada um deles. Eu não precisaria de suborno para pedir a honra de uma valsa.

Ela deu um sorriso triste.

— Mas você não estava lá. E você é meu amigo.

Algo — irritação, raiva — passou pelo rosto dele. Ele olhou para o teto. Sua mandíbula ficou tensa, então relaxou. Como se tivesse chegado a alguma conclusão, ele baixou o olhar para ela.

— Valse comigo agora.

A risada dela foi suave e gentil.

— Não temos uma orquestra.

— Nós não precisamos de uma.

Ele tirou a mão de sua bochecha, deslizou-a por seu braço e a enlaçou entre os dedos enluvados. Ele começou a guiá-la para fora do depósito.

— Qual é a sua música favorita?

— "The Fairy Wedding Waltz." A primeira que eu dancei no meu primeiro baile.

— Eu conheço. Se você tivesse um piano-forte, eu poderia tocar para você.

— Você toca?

Ela esperava que ele a levasse para suas acomodações, para a sala onde havia mais espaço, mas Fancy rapidamente se deu conta de que não teria como ele saber aquilo. Em vez disso, o sr. Sommersby parou no meio da área que separava o balcão das paredes de estantes de livros que corriam perpendiculares a ele, a encarou e a soltou. Ela quase pegou a mão dele de volta.

— Minha mãe insistiu. Quando era garoto, eu odiava as lições, mas ela me disse que se eu praticasse diligentemente, adquiriria dedos muito hábeis. Descobri que eles me tornam bastante popular com as mulheres.

O olhar sedutor que ele lhe deu dificultou a respiração dela e, quando Fancy pensou nos dedos dele fazendo mais do que tocar sua bochecha, sentiu um forte desejo de desatar os laços de seu vestido e convidá-lo a tocar uma música sobre a pele dela. Por que, quando estava com ele, não se contentava em estar longe alguns centímetros? Por que sua mente evocava imagens de pele nua e corpos entrelaçados, beijos e abraços?

Curvando-se um pouco, ele estendeu a mão.

— Srta. Trewlove, posso ter a honra desta valsa?

Ela não sabia por que estava mais nervosa do que estivera no baile, por que era imperativo que não tropeçasse e dançasse com perfeição. Ela queria impressioná-lo, demonstrar que suas lições não haviam sido um desperdício do dinheiro de Mick. Com um suspiro para acalmar seus nervos, ela colocou a mão na dele, confortando-se com a segurança com que ele envolveu os dedos dela com os seus. Ele colocou a outra mão na cintura dela, e Fancy colocou a dela no ombro forte, a postura perfeita.

Ele começou a cantarolar e, quase sem esforço, deslizou-a pelo chão, passando pelas prateleiras que abrigavam livros sobre vários países, continentes e vida selvagem, contornando-a e entrando no corredor onde se podia encontrar informações sobre constelações, abaixo uma fileira em que as biografias traziam de volta à vida personagens antigos. Eles rodavam e rodavam, passando por romances e histórias de detetives, por Dickens, Brontë e Austen. Aquela valsa estava acima de qualquer outra que ela tivera antes, porque ele a levou por um caminho que abarcava tudo que ela amava e adorava.

Durante toda a noite, ela desejou que um homem a olhasse como se esperasse a vida inteira para tê-la nos braços. Matthew nunca tirou os olhos dos dela.

Fancy gostou de pensar nele como Matthew, e não como sr. Sommersby. Enquanto viajavam ao redor da sala, uma intimidade cresceu entre eles, como uma onda do oceano levando uma tempestade em direção à costa. Ela estava ciente de tudo sobre ele. Ele cheirava à loção, mas por baixo disso estava sua própria essência, e uma pitada do uísque que ele bebera mais cedo. Matthew não havia se preocupado em colocar um colete, uma gravata ou casaco antes de ir até ela. Fancy apreciou o fato de ele vestir apenas botas, calça e camisa, com alguns botões soltos, porque assim tinha uma visão clara do pescoço dele, um vislumbre do peitoral.

Ela estava disposta a dançar nos braços dele até o amanhecer, mas ele parou de cantarolar e diminuiu os passos até ficarem imóveis, o único som o de suas respirações. No entanto, não a soltou — não por completo. Uma mão permaneceu em sua cintura, enquanto a outra se afastou da dela e a tocou na bochecha. Ele passou o polegar sobre os lábios dela. Tudo dentro de Fancy se apertou, como se ele tivesse passado o polegar sobre lugares que nunca haviam sido tocados por um homem.

— Posso beijá-la, srta. Trewlove?

A voz dele era rouca, como a de um homem perdido no deserto e que passara anos sem água. A boca dela estava subitamente seca também. Ela assentiu de leve e ele lentamente baixou os lábios aos dela.

Uma gentileza acompanhou suas ações, como se ele tivesse medo de quebrá--la — ou talvez sentisse que era o primeiro a tomar tais liberdades e tentava acalmá-la. Em sua cintura, os dedos dele estremeceram antes de apertarem com mais força. A outra mão dele deixou a bochecha dela e o braço a envolveu, pressionando-a firmemente ao longo do corpo esguio, até que seus seios estivessem comprimidos contra o peitoral dele.

Para sua surpresa, a boca dele se abriu levemente e sua língua lambeu os lábios dela antes de pedir que se separassem. Então, a língua estava acariciando a dela, por cima e por baixo, áspera e sedosa. Com um gemido profundo, ele aprofundou o beijo até que Fancy sentiu seus efeitos nos dedos dos pés.

Ai, Deus. Ela passou os braços em volta do pescoço dele antes que seus joelhos cedessem e ela se envergonhasse ao desabar no chão. Já flagrara os irmãos beijando as esposas diversas vezes, mas nunca entendera quão maravilhoso e cativante era um beijo. Como ele aquecia uma pessoa e causava arrepios entre as coxas. Como fazia uma pessoa desejar que dedos hábeis fizessem algum tipo de mágica, e, mesmo que ela não estivesse certa do que exatamente seu corpo estava querendo, sabia que Matthew possuía os meios para amenizar os anseios que estavam crescendo em um tom febril em seu interior.

Ela estava vagamente ciente de que ele a estava levando para trás. Suas costas bateram em algo duro — o balcão, percebeu seu cérebro confuso. Então, sem nunca separar o encontro dos lábios, ele a levantou, pousou-a sobre a madeira polida, separou escandalosamente os joelhos dela para que pudesse ficar entre eles, mais perto dela, e, com um rosnado baixo, começou a beijá-la com mais intensidade, explorando-a como se sua vida dependesse de poder descrever a boca dela nos mínimos detalhes.

Consciente de suspiros suaves e gemidos baixos ecoando ao redor, Fancy levou um momento para perceber que era ela quem os fazia. As sensações que Matthew estava despertando dentro dela estavam ameaçando fazê-la se desfazer.

Ele arrastou a boca sobre o queixo delicado, ao longo do pescoço e até a orelha, onde mordiscou o lóbulo antes de sussurrar:

— Posso ter permissão para beijar seus seios, srta. Trewlove?

Minha nossa, ela quase se derreteu em uma poça de desejo bem ali. Escandalizada, ela sabia qual seria sua resposta. *Não. Não. Absolutamente não.*

— S-sim.

A boca dele lentamente percorreu o decote de seu vestido, enquanto uma mão deslizava para segurar e acariciar seu seio gentilmente. Enganchando um dedo na seda, de alguma maneira ele conseguiu libertar o seio, que saltou em sua direção. Ele capturou o mamilo com a boca e começou a sugar. O prazer percorreu o corpo dela. Com um pequeno grito, ela jogou a cabeça para trás e envolveu as pernas ao redor dele, pressionando sua parte mais íntima contra ele. Bom Deus. Sua ação encontrou o rígido desejo dele, e ela não queria nada além de esfregar-se contra ele sem roupas separando seus corpos.

A língua dele rodou a aréola, acalmando o que ele provocara. Ela estava vagamente consciente de seus dedos emaranhados no cabelo dele, as palmas das mãos pressionadas contra o couro cabeludo, quando ele mais uma vez fechou a boca ao redor de seu seio. Era perverso, muito perverso, ter tanto de sua pele dentro do interior aquecido da boca dele, sendo acariciada amorosamente por veludo e seda. Ela nunca sentira algo tão sublime, tão intoxicante, tão... necessário. Todo o seu corpo pedia que ele continuasse, que fosse mais longe — mesmo que ela não tivesse muita certeza do que aquilo poderia implicar. Ah, ela tinha visto cachorros fornicando nos estábulos e, embora soubesse qual era o final da jornada, não tinha pensado que o caminho incluiria um vórtice de prazer.

Não que ela tivesse planos de permitir que ele chegasse ao fim da jornada. Eles só podiam percorrer o início. Enquanto ele continuasse pedindo permissão, e ela continuasse no controle, estariam seguros, mas cada terminação nervosa, cada músculo, cada centímetro de pele gritava para que Fancy cedesse, que abandonasse a compostura, que permitisse que ele a levasse ao clímax final. Seu gemido ficou mais alto, mais agudo. Ela estava praticamente gritando em abandono.

Um grito e um sibilo...

— Que diabo!

A boca dele não estava mais fazendo mágica em seu seio, e Fancy saiu de seu estado maravilhoso de transe quando a realidade a atingiu na forma de Dickens pulando em seu colo, parecendo reivindicá-la como dele. Por mais que ela o amasse, naquele momento em particular estava um pouco irritada pela intrusão.

Sacudindo a mão, o sr. Sommersby recuou um pouco.

— Ele arranhou você?

— Me furou, mas foi bem superficial.

— Eu sinto muitíssimo. — Erguendo o gato, ela encarou os olhos verdes. — Dickens malvado. — Então ela o colocou de lado no balcão, de onde ele imediatamente pulou para o chão e foi embora. — Deixe-me ver sua mão.

— Está tudo bem.

Inclinando-se, ele salpicou beijos sobre sua pele sensível antes de colocar o seio de volta em seu vestido.

Ela sentiu o recuo dele, mas, como a garota má que era, queria que ele permanecesse ali.

— Você deixou um completamente desatendido.

Ela não acreditou que fora tão ousada a ponto de dizer aquilo.

Ele ergueu o olhar para o dela, um canto da boca se curvando em um sorriso irônico.

— Sim, mas há grandes chances de as coisas ficarem fora de controle se eu não parar agora. Seu gato provavelmente salvou sua virtude.

— Então por que você começou?

— Porque eu passei grande parte da minha noite imaginando algum cavalheiro atraindo-a para um jardim e fazendo exatamente isso. Porque quero você, Fancy, mas eu gosto demais de você para arruiná-la para outra pessoa, ainda mais quando sua temporada está apenas começando.

Dando um pequeno passo para trás, ele colocou as mãos na cintura dela, colocou-a ao chão e embalou sua bochecha.

— Você ainda tem a intenção de garantir um lorde como marido?

— Minha família ficará arrasada se eu não me casar com um nobre.

— Talvez você deva considerar o que você deseja.

— Quero que eles se orgulhem de mim. Quero que todo o esforço e as moedas que investiram em mim não sejam por nada. Talvez no próximo baile, algum homem dance comigo por vontade própria, e o resto seguirá o exemplo. Obrigada pela valsa. Foi uma maneira adorável de terminar a noite.

Ele hesitou, e ela pensou que ele iria puxá-la de volta em seus braços. Em vez disso, ele seguiu na direção do depósito. Abrindo a porta dos fundos, olhou para fora, depois se virou e deu um beijo suave nos lábios dela antes de sair.

Após fechar a porta, Fancy apertou os dedos contra os lábios inchados. Sua família entenderia se ela deixasse de lado os planos deles para abraçar seus próprios desejos?

Capítulo 14

Fancy foi para a cama pensando no beijo e, quando acordou, ainda conseguia sentir a pressão dos lábios de Matthew contra os dela. O primeiro beijo que ele lhe dera fora devastador em sua complexidade. O último, devastador em sua simplicidade. Era o tipo de beijo que demonstrava uma intimidade muito maior do que aquela criada pela paixão desenfreada. Era o tipo de beijo que marcava um como pertencendo a outro.

Os pensamentos sobre beijos acompanharam-na de carruagem até a casa da mãe. Quando chegou, espantou-os, agradeceu ao criado por levá-la e se dirigiu à porta. Ao abri-la, atravessou o limiar da pequena moradia onde passara a maior parte de sua juventude quando não estava aprendendo a ser uma dama adequada.

— Você chegou na hora certa, amor! — cantarolou a mãe dela da cozinha. — O chá está pronto.

Ettie apareceu carregando uma xícara em um pires em cada mão, e Fancy mais uma vez sentiu uma onda enorme de amor por aquela mulher cujos olhos castanhos esquentavam e brilhavam ao vê-la.

— Sente-se, querida.

Fancy sentou-se em uma das duas cadeiras colocadas diante da lareira, enquanto a mãe sentou-se na outra, colocando os pires na mesinha entre elas. Recostando-se, ela sorriu como se nada lhe trouxesse mais alegria do que a visita da filha.

— Agora, conte-me tudo.

— Ah, mãe, eu gostaria que você estivesse lá. Nada que eu descreva poderia fazer justiça.

— As pessoas foram, não foram?

Fancy revirou os olhos.

— Sim, muitas. O salão de festas estava lotado. Eu mal conseguia andar. Gillie estava tão bonita e segura de si. Ela encantou a todos.

— Assim como você, aposto.

— Eu tentei. Olha, trouxe algo para você. — Pegando a bolsinha, ela retirou seu carnê de dança e o entregou à mãe. — Meu carnê de dança. As primeiras danças estão em branco porque eu estava recepcionando convidados, mas, como você pode ver, eu dancei com alguns cavalheiros.

Sua mãe não precisava saber o motivo pelo qual eles dançaram com Fancy. Seu aborrecimento com os irmãos diminuiu, pois o esforço deles lhe rendera um carnê com nomes que ela poderia não ter conseguido de outra maneira.

Com muita reverência, sua mãe acariciou o elaborado carnê.

— Ah, é tão bonito.

— Gillie fez de tudo com perfeição. As flores, a orquestra, os criados.

— Algum dos cavalheiros chamou sua atenção? Algum deles vale uma segunda olhada?

Matthew. Mas como ela o explicaria à mãe?

— Os cavalheiros eram todos muito gentis, educados, respeitosos.

Não se atreveriam a ser o contrário, pondo em risco o benefício que receberiam.

— Bonitos, eu aposto.

— Sim, sim. Mas estou mais interessada em como serei tratada do que aparências.

— Algum deles fez você rir?

Ela negou com a cabeça.

— Não, que eu lembre, não.

Embora Matthew tivesse feito, ocasionalmente.

Uma expressão sonhadora surgiu no rosto da mãe, seguida por um olhar distante, o passado ressurgindo diante de seus olhos.

— Meu marido me fazia rir. Ah, tivemos bons momentos.

— E meu pai? Ele a fazia rir?

Como se tivesse acordado de um sonho agradável, a mulher se mexeu na cadeira e voltou a atenção para Fancy.

— Claro que sim, amor. Não teria ficado com ele de outra forma. Agora, conte-me mais sobre esses cavalheiros com quem dançou.

— Não há muito mais a dizer. Passei um bom tempo dançando com eles, mas nenhum fez meu coração cantar. — Ela escorregou para a beira do assento. — Mãe, e se o homem capaz de fazer meu coração cantar não for um lorde?

A mãe fez uma expressão estranha, como se estivesse se esforçando para não deixar sua decepção aparecer.

— Você tem que seguir seu coração, naturalmente, mas não seria bom se ele a levasse a um ducado?

Ela tinha a sensação de que a mãe não sabia o que estava perguntando. Como tantos, ela colocara a aristocracia em um pedestal.

— Não há tantos duques disponíveis, e Gillie já reivindicou um. — Fancy precisava soar como uma criança petulante? — É só que... tem um homem que frequenta a livraria, e ele é muito gentil. Eu me pego pensando um pouco nele. Para ser sincera, mãe, todos os homens que conheci ontem à noite pareceram ser iguais. Nenhum realmente se destacou.

— Talvez você conheça alguém novo no próximo baile.

— Suponho que sim. Eu realmente não dei muito tempo a isso, não é?

A mãe a estudou por um minuto inteiro antes de dizer:

— Conte-me sobre o homem que vai à livraria.

O que ela poderia dizer sem deixar transparecer que já fizera coisas com ele sem uma acompanhante, que o beijara, que lhe dera permissão para fazer algo que não deveria?

— Ele gosta de contos de terror e está me substituindo nas aulas de leitura nas noites em que eu não posso comparecer. Eu o vi dar moedas para crianças. E ele demonstrou muita paciência com Dickens. Quando ele está por perto, sinto como se meu corpo inteiro estivesse sorrindo. Ele me fez rir algumas vezes. E enxugou minhas lágrimas.

— Ele parece um ótimo rapaz. Acha que ele está de olho em você?

Ela sorriu, sentindo o calor esquentar as bochechas.

— Não, acho que ele é apenas simpático. — *Extremamente* simpático. — Mas eu não quero decepcioná-la... — Fechando os olhos, Fancy soltou um suspiro. — Foi apenas um baile, uma noite. — Ela abriu os olhos. — Tenho certeza de que, com o tempo, encontrarei um lorde que me conquistará.

— Contanto que você esteja feliz, amor, isso é tudo que importa.

Aos 8 anos, Timmy Tubbins tinha um rosto honesto mas sujo, com grandes olhos castanhos inocentes que, em todas as negociações com Fancy, nunca fugiram do encontro de olhares. No entanto, devido a Matthew, enquanto ela examinava o livro esfarrapado com várias páginas que haviam se soltado da amarração, ela duvidava do rapaz.

— Onde você disse que o encontrou?

— Em Whitechapel, na rua, largado e abandonado.

— Não de uma barraca, de onde poderia ter sido facilmente retirado de um carrinho ou caixa?

— Não, srta. Trewlove. Isso seria roubo, né? Não sou ladrão.

Ele parecia verdadeiramente magoado por ela ter questionado a origem de sua descoberta, e Fancy se sentiu culpada por tê-lo feito. Era um dos melhores que ele trouxera. Com um pouco de carinho, ela poderia restaurá-lo à sua antiga glória. Havia se tornado bastante hábil na restauração de livros, pois odiava pensar no fim da vida de qualquer tomo.

— Um xelim, então.

O sorriso dele fez aparecer duas grandes covinhas nos dois lados da boca, e ela suspeitou que elas eram a responsáveis por torná-lo tão confiável, em sua percepção. Ele levantou a mão um pouco mais suja que o rosto.

— Fechado.

Ela removeu a moeda do caixa. Pegando uma caixa de ônix, ela retirou uma ficha de madeira que Gillie havia começado a distribuir em um esforço para alimentar aqueles que não tinham o que comer. Entregando os dois itens a Timmy, Fancy suspeitou que ele tinha planejado o momento de sua chegada para garantir uma refeição grátis ao fim da tarde, que impediria sua barriga de roncar até a manhã seguinte.

— Vá ao pub e coma uma tigela de sopa.

Ele retirou seu chapéu em um gesto educado.

— Obrigado, senhorita.

Ele correu para a porta, abriu-a e depois deu um passo para trás, segurando--a entreaberta, como se fosse um criado treinado. Três damas passaram pelo limiar — duas franzindo o cenho, enquanto a terceira, lady Penelope, enfiou a mão em sua bolsa, retirou uma moeda e entregou a ele.

Timmy levantou o chapéu num cumprimento.

— Obrigado, senhorita!

Ele saiu correndo, batendo a porta atrás de si. Fancy fez uma careta com o som enquanto se afastava do balcão para cumprimentar as três novas convidadas.

— Boa tarde, srtas. Penelope, Victoria e Alexandria. Como é maravilhoso vê-las aqui.

— Você ainda se lembra dos nossos nomes — apontou lady Penelope, sorrindo brilhantemente.

— Não é provável que os esqueça agora. O que a trazem aqui?

— Você, é claro. Gostamos muito da nossa conversa de ontem à noite e pensamos em vir visitá-la.

— Não tivemos chance de falar com você novamente depois que lorde Dearwood a tirou para dançar — disse lady Victoria. — Minha nossa, você teve tantos parceiros de dança que deve ter ficado com um buraco na sola do sapato.

— Não exatamente.

Embora ela tivesse chegado perto.

— Lady Aslyn informou minha mãe de que, se quiséssemos visitar você, deveríamos ir à residência dela no Hotel Trewlove — continuou lady Penelope —, mas, quando desembarcamos da carruagem, Alexandria notou o nome dessa loja, Empório de Livros Fancy, e achamos que certamente deveria ser a sua! É um ótimo nome.

— Adoramos — afirmou lady Alexandria.

— Então você é a dona da livraria? — perguntou lady Victoria.

— Não, meu irmão é. Por causa da lei sobre mulheres casadas e suas propriedades.

— Ah, sim. Lei horrível.

— Mas, fora isso, ela é toda minha. Eu decido quais livros vou vender. Organizo tudo, arrumo a vitrine. Vocês gostariam de um passeio?

Lady Penelope olhou para as amigas. Todos elas assentiram.

— Seria esplêndido.

Fancy lhes apresentou Marianne — ela nunca tinha visto a funcionária com uma expressão tão deslumbrada — e, enquanto a deixava cuidando do balcão, levou as damas até o salão de leitura.

— Ah, não é adorável? — disse lady Penelope. — É como um salão comum, mas com muitos livros.

— As pessoas podem pegá-los emprestados e lê-los aqui.

Com a testa franzida, ela olhou para Fancy.

— Pensei que o local fosse uma livraria, o que significa vender livros.

— O que eu faço, no andar de baixo. Aqui em cima é como uma biblioteca, mas não há taxa de inscrição.

— Como você a mantém?

— Com doações.

A expressão da jovem se suavizou e ela pareceu bastante aliviada.

— Ah, entendi. Quão esperta você é. Assim, as pessoas que não podem pagar pelos livros podem lê-los.

— Exatamente.

Então, Fancy explicou sobre as aulas de leitura.

— Que belo trabalho, srta. Trewlove — afirmou lady Penelope, enquanto as amigas sorriam e concordavam. — Você deve achá-lo muito satisfatório.

— De fato.

— E se você se casar com um homem que não permitir que você continue com as aulas? — questionou lady Alexandria.

— Bem, não vou me casar com um homem que me proibirá disso.

Fancy falou sem pensar e, no entanto, sabia que havia dito a verdade. Por mais que ela quisesse agradar à família, não podia se casar com um homem que a fizesse infeliz. Podia? Eles pediriam que ela fizesse tal sacrifício?

Lady Victoria pareceu chocada.

— Você pode escolher com quem vai se casar? Não acredito que meus pais vão me deixar. Eles se importam demais com a posição do homem, com a própria posição...

— Espero que o homem que você acabe por amar seja o homem com quem eles querem que você se case.

— Não sei se tenho que amá-lo, mas prefiro gostar dele.

— Todas nós teremos casamentos esplêndidos — disse lady Penelope.

— Estou certa de que sim — concordou Fancy.

— Ai, meu Deus. É um gato nessa prateleira? — perguntou lady Penelope.

Olhando na direção da estante à direita da lareira, Fancy viu Dickens dormindo entre Austen e Brontë.

— É o Dickens. Ele vigia as coisas por aqui.

— Eu amo animais, mas minha mãe nunca me deixou ter um. — Lady Penelope foi até a estante, levantou os braços e depois olhou para Fancy. — Ele vai me arranhar ou morder?

— Não. Ele adora colo.

Com cuidado, lady Penelope o tirou de seu poleiro e o aninhou em seus braços.

— Ele não é um amor? Ele fica aqui sozinho à noite quando você volta para casa?

— Eu moro aqui, no andar de cima.

As damas piscaram para ela como se estivessem tendo dificuldade em decifrar suas palavras.

— Você mora aqui... sozinha? — perguntou lady Victoria.

— Sim. É bastante seguro.

— Você é tão independente — afirmou lady Alexandria. — Viver com minha mãe às vezes pode ser um pesadelo. Ela tem que saber o que estou fazendo todos os momentos do dia.

— Pelo menos você não tem uma irmã que está sempre bisbilhotando, tentando encontrar seu diário. — Pressionando a mão nos lábios, Victoria olhou para Fancy com alegria refletida em seus olhos. — Eu o escondo na chaminé da lareira. Ela não gosta de se sujar, então eu sei que nunca olhará lá.

Fancy nunca realmente conversara com outras pessoas sobre suas famílias. Aquilo a fez perceber quão sortuda ela era com a sua.

— Vocês gostariam de se juntar a mim para tomar um chá nos jardins do hotel?

— Gosto muito desta sala e odeio a ideia de deixar Dickens — disse lady Penelope. — Seria possível tomar o chá aqui?

Enquanto as damas se instalavam, Fancy correu para o hotel, falou com o mordomo e voltou para as convidadas. Pouco tempo depois, os funcionários do hotel apareceram com chá e bolos. As damas ficaram mais tempo do que deveriam para uma visita matinal, uma hora inteira, mas Fancy gostou de recebê-las; sentiu que estava fazendo progresso rumo à sua aceitação pela sociedade.

Capítulo 15

SEXTA À NOITE, BEBENDO SEU UÍSQUE, Matthew sentou-se em uma grande cadeira de couro em uma das várias pequenas áreas de estar espalhadas pela biblioteca do Dodger's. O criado que lhe trouxera a bebida o fez sem emitir nenhum som. Os cavalheiros que estavam sentados falavam em voz baixa, os murmúrios quase inaudíveis. Tudo era tão quieto, tão digno, tão refinado. Tão chato. Nada parecido com os eventos animados que frequentara com Fancy.

Ele a estava evitando desde o beijo. E sentia uma falta dos infernos dela.

— Bom Deus, Rosemont, por onde andou se escondendo? — perguntou lorde Beresford alegremente enquanto tomava a cadeira à sua frente. — Não o vi em nenhum baile.

— Eu tenho me mantido ocupado em outro lugar. Depois que a carta de Elise foi publicada, descobri que havia retornado à sociedade um pouco cedo demais.

Beresford franziu a testa. Alguns anos mais velho que Matthew, ele ainda não se casara, embora os rumores sugerissem que ele estava bastante apaixonado por sua amante.

— Desculpe, meu caro. Esqueci. Imagino que seja difícil voltar à alegria depois de sofrer uma perda tão trágica. Não é fácil seguir em frente, eu diria.

— Não, não é.

— Embora sua condessa certamente tenha dado permissão. Que carta. Muito chocante, realmente. Levei um minuto para lembrar que ela não estava mais conosco.

Matthew estava mais que pronto para uma mudança de assunto.

— Alguma debutante chamou a sua atenção nesta temporada?

Beresford balançou as grossas sobrancelhas castanhas.

— Você perdeu toda a emoção. A donzelinha Trewlove foi introduzida à sociedade.

Uma mão se fechou em um punho, a outra apertou o copo com tanta força que Matthew temeu que pudesse quebrá-lo. Ele não gostou que Fancy fosse rotulada de "donzelinha" — não que ele não tivesse usado a palavra ocasionalmente em referência a outras mulheres, mas ela merecia um tom mais respeitoso. Matthew se esforçou muito para não pular no homem sentado à sua frente e socá-lo.

— Valsei com ela no baile de Thornley — continuou Beresford. — Ela é uma coisinha adorável.

Matthew deixou o uísque de lado porque esperava que o copo explodisse a qualquer momento. Ele não esperava sentir tanta raiva — ou talvez fosse ciúme — ao imaginar Beresford valsando com Fancy no baile.

— Ouvi dizer que recompensas eram oferecidas a quem dançava com ela. Que benefício você recebeu?

— O benefício da companhia dela. Nada mais. Não jogo, então não tenho dívidas. Meus estábulos estão ótimos e meus investimentos são sólidos.

Ao mesmo tempo que ficou feliz por Fancy ter um admirador de verdade, Matthew sentiu uma pontada de ciúme por alguém estar possivelmente interessado nela.

— Você ficou encantado com ela, então?

Beresford olhou em volta como se estivesse prestes a fazer algo que não deveria. Inclinando-se um pouco para a frente, ele encontrou o olhar de Matthew.

— Ela é linda, não fica dando risadinhas ou sorrindo sem motivo. Parece ser uma mulher de inteligência.

Para dizer o mínimo.

— Ela perguntou sobre minha família e meus interesses. Uma mulher nunca tinha me perguntado sobre isso. Elas geralmente apenas falam sobre si mesmas ou sobre o clima. Ela foi um deleite, para ser honesto.

Ela definitivamente era.

— No entanto, ela é bastarda. O pai pode ser um assassino, não tem como saber.

Matthew quase revelou que o pai dela era um herói de guerra, mas então teria que explicar como sabia, e as coisas poderiam ficar um pouco complicadas.

— Não acredito que tendências criminais sejam passadas por sangue.

— Ainda assim, é um sangue contaminado. Um homem talvez perca poder e prestígio ao tomá-la como esposa.

Ou ele poderia ganhar.

— Thornley se casou com a irmã dela, uma bastarda.

— Ele é duque de uma das famílias mais poderosas de toda a Inglaterra. Pode fazer o que bem quiser e sofrer muito pouco por isso. Você e eu somos meros condes.

Era verdade que Thornley vinha de uma família formidável, mas Matthew podia se garantir quando se tratava de poder, prestígio e influência.

— É por isso que você não se casa com sua amante?

Uma tristeza tomou conta de Beresford, e ele se recostou na cadeira.

— Dever antes do amor. Foram as primeiras palavras que me ensinaram.

Matthew ouvira as mesmas palavras a vida inteira. Elas foram a razão pela qual ele se casara com Elise, mesmo sabendo que a traição dela o impediria para sempre de amá-la. Quando ele estava na companhia de Fancy, o passado não importava mais. Ela o fazia acreditar que a possibilidade de amar pairava ao seu alcance, se ele ousasse estender a mão.

Fancy ficava muito satisfeita de ver as pessoas passeando pela livraria, pegando livros das prateleiras, abrindo-os, lendo algumas palavras, colocando-os de volta. Ou abraçando-os e levando-os ao balcão para comprar. Naquela tarde de sábado em particular, havia mais pessoas que o normal, e ajudá-las a selecionar livros mantinha sua mente ocupada para que ela não pensasse somente em Matthew ou no fato de que não o via desde o beijo.

Ela tinha acabado de ajudar uma mulher na compra de livros quando o sininho acima da porta tocou... e Matthew dominou seus pensamentos mais uma vez quando passou pelo limiar e se aproximou do balcão.

— Sr. Sommersby.

Por que ela precisava parecer tão sem fôlego quando já havia dito o nome dele cem vezes, sempre que o via em seus sonhos?

— Srta. Trewlove. Como você está neste lindo dia?

Maravilhosa, agora que você apareceu.

— Muito bem, obrigada. E você?

— Um pouco perdido. Quero comprar um livro para minha sobrinha e esperava que você tivesse uma sugestão.

— Ah, com certeza. Qual a idade dela?

— Quatro anos.

Uma conversa tão simples e, no entanto, Fancy gostava tanto do reverberar da voz profunda que o ouviria alegremente ler um livro de etiqueta e comportamento sem ficar entediada. Ela não se importava com o conteúdo das palavras, contanto que fossem ditas por Matthew.

— Se puder me acompanhar…

Ele a seguiu até a parede dos fundos, onde ficaram parcialmente escondidos pelas estantes de livros arrumadas de forma perpendicular na livraria, as prateleiras em torno das quais haviam valsado. Ela se ajoelhou.

— Eu mantenho livros apropriados para crianças nas prateleiras inferiores, para que elas tenham acesso mais fácil.

Ele se agachou ao lado dela, equilibrando-se na ponta dos pés, e ela notou como a calça dele se apertava contra as coxas e quão masculina era a visão dele descansando os cotovelos ali, as mãos cruzadas em sua frente. Matthew tirou as luvas, e ela precisou se controlar para não colocar a própria mão entre as dele.

— Você tem andado sumido — sussurrou Fancy, como se falasse um segredo.

— Decidi que era necessário um pouco de distância entre nós.

Certamente não havia muita distância entre os dois agora. Ela podia sentir o calor emanando dele e seu corpo sendo atraído em direção ao dele, como se ele fosse a Lua e ela as marés do oceano. Ou talvez ela fosse a Lua… Bom, isso não importava, já que a atração entre eles era forte de qualquer maneira.

— Pensei que talvez você tivesse considerado indevida a minha avidez na última vez que estivemos juntos.

— Considerei indevidas apenas as minhas próprias ações. Ainda bem que fomos interrompidos por seu gato.

Fancy deu um sorriso malicioso.

— Já eu amaldiçoei Dickens por nos interromper.

— Você deveria recompensá-lo por acabar com minhas gracinhas. As coisas entre nós quase foram longe demais, srta. Trewlove.

Era verdade. Fancy sabia disso. E, mesmo assim, queria que tivessem ido ainda mais longe. O que havia de errado com ela? Muitos homens eram bonitos, mas nenhum outro a fazia sentir como se fosse o centro da atenção dele, como se ele quisesse decorar cada palavra que ela falasse, como se ele se importasse com o que ela tinha a dizer.

— Depois do que aconteceu entre nós, acredito que você deveria me chamar de Fancy.

Ele já havia dito o nome dela antes, e ela queria ouvi-lo novamente nos lábios dele.

— Fancy. — A voz era baixa, profunda, sugerindo segredos e sedução.

— Matthew.

Ela nunca o chamara pelo nome antes, não em voz alta, não na frente dele.

Matthew fechou os olhos com força e soltou um suspiro trêmulo. Quando os abriu, eles continham uma intensidade que a levou a acreditar que ele achara seu nome da língua de Fancy tão sensual quanto ela achara o seu na língua dele.

— O livro?

O tom da voz a alertou que ele estava procurando por uma distração. Uma coisa boa, pois alguém entrou no corredor que estavam, virou a esquina e desapareceu entre mais dois conjuntos de estantes.

— Todos estes aqui têm ilustrações. As histórias são simples. — Ela deslizou o dedo sobre as lombadas. — Este livro — ela se inclinou parcialmente para a frente, sentindo satisfação com a mão dele indo para as costas dela, firmando-a — tem várias fábulas de Esopo. Elas são curtas o suficiente para manter o interesse da sua sobrinha enquanto você lê para ela.

— Uma parte do seu cabelo soltou do coque.

— Soltou?

Fancy levantou a mão, mas ele colocou os dedos em volta do pulso dela, interrompendo sua ação.

— Permita-me.

Ela não moveu um músculo enquanto os nós dos dedos dele deslizavam sobre sua bochecha, nem quando ele capturou as poucas madeixas rebeldes entre o dedo e o polegar antes de arrumá-los com gentileza e cuidado.

— Seu cabelo é macio.

— Que pena que todos os fios do seu cabelo estejam no lugar.

A mão dele embalou sua bochecha.

— *Fábulas de Esopo*, você disse?

— Sim. Aqui. — Ela puxou o livro da prateleira e lhe entregou. — As ilustrações são adoráveis.

— Tão adoráveis quanto você?

— Você não pode me dizer que as coisas entre nós estão indo longe demais e, minutos depois, flertar comigo.

— Só é um flerte se as palavras não forem ditas com toda a sinceridade.

Ela estava vagamente consciente do barulho do sininho.

— Matthew...

— Srta. Trewlove! Srta. Trewlove! Ah, aí está você.

Olhando por cima do ombro, na entrada do corredor, ela viu a criada de Aslyn sorrindo brilhantemente e sem fôlego. Fancy rapidamente se pôs de pé, Matthew seguindo o exemplo.

— Nan.

— Lady Aslyn me enviou para buscá-la. Você recebeu a visita de um cavalheiro. Bem, de dois, na verdade.

Fancy olhou para a empregada como se ela tivesse falado em uma língua estrangeira.

— Visita de cavalheiros?

— Sim, senhorita. Lady Aslyn vai entretê-los até você chegar.

— Bem, isso é uma surpresa.

— Você gostaria que eu a ajudasse a se trocar, talvez arrumar seu cabelo um pouco?

Fancy suspeitava que Nan gostaria que seu penteado fosse um pouco mais elaborado do que um coque simples. Quanto às roupas, estavam ótimas. Ambos refletiam quem ela era, e Fancy queria ser completamente honesta com qualquer cavalheiro que pudesse se interessar por ela. Às vezes, usava roupas simples e seu cabelo não era penteado por mais de uma hora para garantir que cada mecha ficasse em seu lugar.

— Agradeço a oferta, Nan, mas acho que não precisamos nos esforçar tanto para um simples chá da tarde.

A mulher pareceu magoada, mas não disse nada.

— Se você me der um minuto para terminar com este cliente, eu já estarei pronta.

— Vou esperar na porta.

— Obrigada. — Ela se virou para Matthew. — Eu tenho que ir, mas acho que sua sobrinha vai gostar muito deste livro.

— Passeie de barco comigo amanhã.

Ela abriu a boca e a fechou rapidamente. Ele estava certo. Eles precisavam manter uma certa distância. No entanto, se o passeio fosse em um barco grande o suficiente e eles se sentassem em extremos opostos…

— Vou à igreja com minha mãe de manhã.

— À tarde, então. Uma hora?

Ela assentiu.

— Encontro você no parque?

— Sim. Leve uma acompanhante, se desejar.

Ela deu a ele o que esperava ser um sorriso atrevido.

— Acredito que já passamos dessa etapa. Nos vemos amanhã.

Ela correu pela livraria, em direção à porta.

— Volto logo, Marianne.

— Sim, senhorita.

Ela ouviu a emoção vibrando na voz da funcionária.

— É apenas um chá, Marianne.

— Com alguns cavalheiros.

— Você não deveria ficar escutando conversas.

As palavras não tinham convicção ou severidade, então a jovem simplesmente continuou sorrindo.

— Estes serão os primeiros de muitos visitantes do tipo — disse Nan quando Fancy a alcançou. — Marque minhas palavras.

— Vamos tentar não me fazer noiva antes do jantar.

Nan riu.

— Ah, senhorita. Você merece o melhor, e esses dois são um banquete para os olhos.

Eles eram de fato, mas até aí Fancy pensara a mesma coisa quando os conhecera. Os dois se levantaram quando ela entrou.

— Lorde Beresford. Senhor Whitley.

Beresford era um conde; Whitley, o filho mais velho de um visconde.

— Srta. Trewlove — disseram em uníssono, ambos se curvando.

Ela assumiu a cadeira que Aslyn havia liberado discretamente, a fim de passar para uma no canto, para que pudesse acompanhá-la sem interferir. Os dois cavalheiros voltaram para seus respectivos lugares no sofá. O chá foi preparado e servido, e todos pegaram pires e xícara para tomar um gole. Assim que as xícaras retornaram ao seu lugar, Fancy disse:

— É muito gentil da parte de vocês virem me visitar.

— Eu teria vindo mais cedo se soubesse que Whitley estaria aqui a essa hora — afirmou Beresford.

— Eu teria vindo mais tarde — apontou Whitley.

Ela não teve a impressão de que os cavalheiros não gostavam um do outro. Era mais que não queriam compartilhar a atenção dela.

— Que livro você está lendo, sr. Whitley?

— Bem, não estou lendo. Estou tomando chá.

Ela se controlou para não revirar os olhos.

— Meu Deus, camarada, ela não quis dizer neste exato momento.

— Lorde Beresford está correto. Que livro está sobre a mesa ao lado da sua cama ou da sua cadeira favorita na sua biblioteca? Que livro tem uma fita marcando onde parou?

— Meus livros estão todos nas prateleiras. Eu não os *leio*.

— Você não lê livros?

— Não tenho tempo.

Como uma pessoa não encontrava tempo para o prazer da leitura?

— Como você gasta seu tempo?

— Críquete. Polo. Recentemente, participei de uma maratona. Prefiro esforço físico a simplesmente ficar sentado.

Fancy supôs que deveria estar honrada por ele simplesmente estar sentado ali.

— E você, milorde? Está lendo algo de interesse?

— *Um conto de duas cidades*.

— Você é fã de Dickens, então?

— Sou.

— Um jovem rapaz me trouxe uma cópia bastante danificada de *A pequena Dorrit*. Estou trabalhando para restaurá-la.

— Esse é um passatempo seu?

— De certa forma. Combina com minha livraria, pois vendo o livro depois que ele for reparado. Os senhores gostariam de visitar o meu estabelecimento?

— Você não vai trabalhar depois de se casar, vai? — questionou Whitley.

— Bem, não.

— Então não seria uma perda de tempo?

A visita permitiria que ele a entendesse melhor. Do jeito que as coisas andavam, ela estava começando a sentir que *ele* era uma perda de tempo.

— Bem, a conversa foi esclarecedora, senhores, mas devo retornar às minhas tarefas.

Além disso, era rude que um cavalheiro demorasse mais de quinze minutos em uma visita, e certamente este tempo havia passado. Ela não ia dobrar os minutos só porque havia dois deles. Ela se levantou e os dois fizeram o mesmo.

— Foi um prazer, milorde, sr. Whitley.

Beresford deu um passo à frente, pegou a mão dela e beijou-lhe os dedos.

— Espero que você me honre com uma dança no próximo baile que participar.

— Será um prazer. Estou ansiosa por isso.

Whitley parecia ter um forte desejo de empurrar o outro homem de lado. Assim que Beresford saiu do caminho, Whitley também pegou sua mão.

— Até que nossos caminhos se cruzem novamente.

Ele deu um beijo nas costas da mão dela. Como Fancy não estava usando luvas, sentiu um pouco de cuspe vazando por entre os lábios dele. Assim que ele a soltou, ela colocou a mão às costas e a esfregou discretamente na saia, esperando que nunca precisasse sentir os lábios dele pressionados nos dela. Ainda assim, ela retribuiu o sorriso dele.

— Milorde, senhor, desejo a vocês dois um bom dia — disse Aslyn, aproximando-se.

Ela os levou para o corredor e chamou um criado para acompanhá-los até a saída.

Quando ela voltou, ela ergueu as sobrancelhas para Fancy.

— Bem?

Fancy caiu na cadeira.

— Beresford parece decente, mas Whitley... Como um homem pode não se interessar nem um pouco por livros? Nós nunca daríamos certo.

Aslyn sentou-se no sofá.

— Não tenho conselhos quando se trata de namoro, pois meu noivado com Kipwick e meu eventual casamento com seu irmão foram pouco convencionais nesta questão. Tudo o que posso dizer é para seguir seu coração.

Infelizmente, seu coração a estava levando em direção a um homem que não seria tudo o que sua mãe queria.

— Titio Matthew!

— Bonequinha!

Inclinando-se, Matthew levantou a sobrinha de 4 anos com um braço, rindo enquanto ela dava um beijo molhado e desleixado na bochecha dele.

Recostando-se, ela apertou os olhos e apontou para o pacote que ele segurava na outra mão.

— O que é isso?

— Um presente para você.

Colocando-a de volta no chão, ele se agachou e lhe entregou, deliciando-se com sua animação quando ela rasgou o papel marrom — com uma rapidez e eficiência surpreendentes para aqueles dedinhos — para revelar o livro que Fancy havia sugerido. Matthew não tivera a intenção de pedir que ela fosse passear de barco com ele, mas saber que ela estava recebendo visitas de cavalheiros originou uma necessidade primitiva e possessiva de reivindicá-la, e o convite saiu antes que ele pudesse analisar a sabedoria dele ou pensar muito.

— Um livro! — exclamou Tillie. — Amei!

Imediatamente, ela se sentou no chão e começou a virar as páginas.

— Tillie! Uma dama não se senta no chão.

Olhando para a irmã, ele sorriu. Dois anos mais velha, ela se casara havia quase seis anos e ainda não havia produzido um herdeiro.

— Certamente ela será perdoada, pois foi o entusiasmo por um livro que motivou suas ações.

— Você a mima demais.

— Como se você não fizesse o mesmo. — Endireitando-se, ele foi até a irmã e deu um beijo rápido em sua bochecha. — Você está com uma aparência mais saudável hoje. Estava um pouco preocupado. Você estava muito pálida nas últimas vezes que visitei.

Ele lembrou-se de uma época em que não notava coisas como a aparência das pessoas.

— Você diria que estou radiante?

— De fato.

Erguendo os ombros, ela deu um sorriso secreto.

— Estou grávida.

Ele pegou a mão da irmã e apertou.

— Ah, Sylvie, isso é maravilhoso.

— Quatro meses. Eu quase lhe contei da última vez, mas queria aguardar até não estar passando mal com o café da manhã. No entanto, isso parece ter passado agora, por isso esperamos que tudo corra bem. Fairhaven está muito feliz. Estou rezando para que seja um herdeiro. Ele diz que não se importa, mas ele é um marquês. É claro que quer que um filho receba tudo. Assim como você. — Ela tocou sua bochecha. — Você parece mais saudável ultimamente. Fico feliz em ver isso.

— Tenho sido mais eu mesmo, nesses últimos dias.

Em parte, graças a Fancy Trewlove.

— Estou feliz. Tenho um favor a pedir antes que Fairhaven se junte a nós. — Ela foi até a filha e se inclinou. — Venha, Tillie. O chão não é lugar para uma dama. Vamos nos retirar para a sala, para que possamos nos sentar adequadamente.

— Deixe-a comigo.

Matthew pegou a sobrinha nos braços, a risada deliciosa aquecendo seu coração. Ele se perguntava se Fancy havia sido repreendida de maneira semelhante quando era criança, se nunca tivera permissão para ser verdadeiramente uma criança e se sempre tivera ciência de como alguém *deveria* se comportar, em vez de como queria se comportar. Ele esperava que a família dela não tivesse sido tão rigorosa quanto sua irmã.

Na sala, Matthew colocou a sobrinha no canto do sofá. Ela imediatamente abriu o livro. A irmã dele sentou-se ao lado da filha e carinhosamente passou os dedos pelo cabelo escuro. Matthew tomou uma cadeira próxima, absorvendo a visão tranquila, sentindo uma dor indesejada no peito, pois sua vida ainda não tinha trazido momentos semelhantes.

Sem tirar a mão do cabelo da filha, Sylvie olhou para ele.

— Sobre o favor. Estou organizando um baile para o final do mês e seria ótimo para mim se você aparecesse. Como eu mencionei, você é o assunto do momento. Alguma coisa boa deve vir deste período sabático da sociedade que você tirou.

Alguma coisa boa estava acontecendo, sim. Ele estava novamente gostando de sua vida.

— Não desejo entrar no turbilhão que é a temporada social.

— Mas será a oportunidade perfeita para sua incursão na sociedade. Convidei as debutantes mais populares.

Matthew já sabia que não estava interessado naquelas que apareceram à sua porta.

— Fancy Trewlove estaria incluída nesta lista?

Com a cabeça recuando um pouco, como se ele tivesse lhe dado um peteleco no nariz, Sylvie piscou, piscou e piscou novamente.

— Não no momento. Eu ainda não tinha decidido se a convidaria. Como você a conhece?

— A livraria dela fica na mesma área da residência que estou alugando. De fato, comprei o livro de Tillie lá nesta tarde. Suponho que você a conheceu no baile de Thornley.

— Sim. Eu a achei linda, equilibrada e confiante. Só de olhar, você não saberia que ela é — Sylvie olhou para a filha antes de abaixar a voz para um sussurro — ilegal.

— Parece-me que este termo deve ser usado para aqueles que não aderem às leis, não para aqueles que não têm voz na maneira como nascem.

O corpo inteiro da irmã estremeceu um pouco, como se as palavras dele tivessem sido minúsculas pedras atiradas contra ela.

— Esse é certamente um pensamento novo. Não estou certa de que evitar a sociedade seja bom para você se estiver enchendo sua cabeça de noções tão estranhas.

Matthew tinha vergonha de admitir que existia um tempo em que julgaria Fancy por suas origens, e não por ela mesma.

— Convide a srta. Trewlove para o seu baile.

A irmã ficou tão quieta que parecia não estar mais respirando. Cuidadosamente, ela uniu os dedos e os dobrou no colo, o olhar afiado como o de um corvo.

— Por que eu faria isso?

— Porque eu pedi.

— Ela não é aceita pela sociedade.

— Um convite para o seu baile mudaria isso.

— O que ela é para você?

— Uma amiga. Ela tem sido gentil comigo. Deseja fazer parte da sociedade, e quero facilitar para ela.

Ele não gostava muito da ideia de outros homens tomando-a em seus braços para danças em bailes, mas não era egoísta o suficiente para negar o que ela queria.

— Normalmente, quando um cavalheiro diz que uma mulher foi *gentil*, é porque ela abriu as pernas para ele.

A fúria que o dominou quase o fez tremer.

— Esta fala não é do seu feitio, Sylvie.

As bochechas dela queimavam vermelhas.

— Você está me pedindo para colocar minha reputação em risco.

— Estou pedindo que você demonstre gentileza.

— Você irá ao baile?

— Não. — Ele se levantou. — E acho que não ficarei para o jantar.

Levantando-se, ela colocou a mão no braço dele.

— Não quero brigar com você. Você é meu único irmão. Vou pensar em convidá-la se você pensar em comparecer.

Ele assentiu. Talvez até o final do mês, ele teria conquistado Fancy a ponto de poder lhe contar quem realmente era. Se fosse o caso, Matthew reivindicaria todo o seu maldito carnê de danças.

Capítulo 16

Se Matthew queria manter distância entre eles, ele certamente selecionara o barco perfeito para garantir tal objetivo. Era longo com um fundo plano. Segurando um guarda-sol rendado branco que Mick lhe dera alguns anos antes, Fancy sentou-se em uma extremidade, enquanto Matthew ficou na outra, impressionando-a enquanto permanecia equilibrado e utilizava uma vara para guiar o barco através do rio.

— Presumi que iríamos remar — disse ela.

Matthew a esperara em uma charrete perto da entrada do parque. Parecia que esse cavalheiro com tempo de sobra tinha o próprio transporte à disposição, mas deveria guardá-lo longe demais para que pudesse ser chamado sem aviso prévio. No entanto, ele tomara providências para tê-lo em mãos para a excursão planejada.

— Eu prefiro uma chalana — afirmou ele.

— O formato do barco é tão estranho.

Ele o alugara de um senhor que tinha vários barcos disponíveis. Ocasionalmente, eles passavam por locais à beira do rio onde parecia que os barcos estavam sendo alugados ou poderiam ser devolvidos se alguém já tivesse se divertido o bastante.

Matthew sorriu.

— É para facilitar o manuseio da vara.

— Ah. Você já caiu na água alguma vez?

— Uma vez, quando eu estava aprendendo a controlar o barco.

Apesar de haver outras embarcações por perto, a maioria eram barcos a remo. Antes de sair da costa, ele havia tirado o paletó e arregaçado as mangas.

Apesar do quanto havia exposto de seu corpo para Matthew, Fancy percebeu que tinha visto muito pouco do dele. Ficou bastante impressionada com os antebraços dele, os músculos torneados, as veias saltadas indicando a força que residia ali. Gostou da maneira como a vara deslizava ao longo da água, quase como se estivesse em cima dela. Era um movimento suave e relaxante, e Fancy gostava bastante da visão de Matthew.

— Sua sobrinha gostou do livro?

— Sim. Ela amou principalmente as ilustrações.

— Você leu para ela?

— Não dessa vez. Acabei não ficando para jantar.

— Então... você e sua esposa... nunca tiveram filhos?

— A tensão do nosso relacionamento tornou essa possibilidade muito improvável.

— Você deseja filhos?

— Com a mulher certa, sim.

— O que torna uma mulher a certa? — ela se atreveu a perguntar.

Ele havia descartado o chapéu também, sem dúvida porque a brisa o teria soprado no rio, então nenhuma sombra mantinha o olhar dele escondido. Seus olhos eram ainda mais verdes à luz do sol, mais intensos, e Fancy teve a sensação de que ele podia ver claramente através dela, saber que o achava muito mais fascinante do que qualquer outro homem que conhecera até então.

— Uma boca deliciosa feita para beijar. — A voz dele era baixa, mas ainda assim viajava com o vento para ela. — Olhos sensuais que pertencem a um quarto de dormir. Uma voz rouca que sussurra coisas más no meu ouvido.

Fancy revirou os olhos, dando uma bufada.

— Eu acho que você acabou de descrever Lottie.

Ele riu, um som profundo e rico, e ela pensou que era o tipo de risada que faria dele o homem certo.

— Eu acho que todo homem quer que sua esposa seja promíscua no quarto.

Inclinando-se para a frente, ela colocou o cotovelo na coxa, o queixo na palma da mão.

— Verdade?

— Você não quer que seu marido seja um pouco sem-vergonha quando se trata de ir para a cama com você?

Ela não podia acreditar que eles estavam discutindo aquele tópico no rio, ao ar livre, onde alguém poderia ouvir — mesmo que atualmente ninguém estivesse perto o suficiente para escutar. Ela olhou em direção às árvores.

— Não tenho certeza se sei o suficiente para determinar exatamente o que quero. — Ela se voltou para ele. — Suponho que, quando se trata disso, dentro ou fora do quarto, quero sentir que posso ser tão aberta com ele quanto sou com você.

— Você se sente assim com os cavalheiros que lhe visitaram ontem?

Fancy negou com a cabeça.

— Não tenho nenhum interesse em um deles. Ele não gosta de livros. O outro... foi simpático o suficiente, suponho. Não sei se tenho paciência para essa coisa de cortejar. Quero uma afinidade instantânea, e até agora isso não aconteceu.

Só com você. Não que ela fosse confessar aquilo a ele.

— Você realmente se importa apenas com a boca, os olhos e a voz de uma mulher?

— Na verdade, estou mais interessado em suas ações, na maneira como ela trata as pessoas, nas coisas com as quais se importa, nas coisas de que não gosta. Os outros atributos que eu citei seriam uma boa adição, mas não um requisito.

— Você está querendo se casar?

O olhar dele se moveu, até parecer que Matthew estava olhando para além dela, não tanto para garantir que não batessem em outro barco, mas porque a água proporcionava um efeito calmante sobre seus pensamentos.

— Não cheguei a pensar muito no assunto. Quando conheci minha esposa, me encantei muito rapidamente, e ela se aproveitou. Eu era jovem e estúpido. Não sou mais, e estou muito mais cauteloso. — O olhar dele voltou para ela. — Ou, pelo menos, estou tentando ser.

— Eu me preocupo que algum cavalheiro finja estar interessado em mim para ganhar minha mão, mas tudo o que ele realmente queira seja meu dote. Quero amor, mas sei que isso não é o que aqueles entre a aristocracia geralmente buscam. As vantagem financeiras ou políticas têm muito mais peso. Minha família com certeza pode fornecer uma vantagem financeira e, agora que eles se casaram com a aristocracia, acredito que terão alguma influência política. Quero um homem que não se importe com nada disso. Então ele não deve ser pobre. Deve ter seu próprio poder e influência, sem esperar que eu os forneça. Mas, quando começo a listar meus requisitos, percebo que estou fazendo exatamente o que não quero que ele faça. Marcando o que acredito que o tornará perfeito em uma lista.

— Ninguém é perfeito.

Mas Matthew Sommersby chegava perto.

— No final, eu só quero ser amada.

— Suponho que é isso que todos queremos. — Ele sorriu. — Isso e um pouco de chá. Com fome?

Ela riu levemente.

— Um pouco.

Ele acenou com a cabeça em direção à costa.

— Vamos parar aqui, aproveitar um lanche.

Matthew prendeu o barco em um arbusto baixo, colocou a toalha e a cesta de vime embaixo de um salgueiro e se voltou para Fancy. Ela parecia o sol em seu vestido amarelo, uma dama apropriada com seu guarda-sol branco, uma moça do campo com seu chapéu de palha. Com um pé no barco, ele tentou mantê-lo firme enquanto lhe oferecia a mão.

— Segure em mim para se equilibrar.

Depois que ela colocou a mão na dele, Matthew fechou os dedos em volta dos dela e tornou-se o suporte enquanto ela se levantava com cuidado, o barco balançando levemente com seus movimentos.

— Está tudo bem — disse ele. — Eu não a deixarei cair na água.

— Eu tenho fé absoluta em você.

Matthew ficou chocado com o quanto as palavras dela significavam para ele. Quando ela começou a balançar um pouco, ele colocou a mão livre em sua cintura. Fancy congelou. Os olhos deles se encontraram. Ele podia olhar para aquelas profundezas castanhas pelo resto da vida e nunca descobrir completamente todas as suas várias facetas. Fancy era elegância e equilíbrio, perfeita para a aristocracia. Era aventureira e divertida, perfeita para o mundo que habitava naquele momento. Ela sempre faria parte de ambos, de onde tinha vindo e para onde estava indo. Ele tinha poucas dúvidas de que ela conseguiria tudo o que tentasse. Ela se casaria com um lorde.

E seus caminhos se cruzariam em futuros bailes e eventos, porque Sylvie estava correta. Eventualmente, Matthew teria que retornar à sociedade, encontrar uma mulher para se casar, a fim de ter um herdeiro e garantir a linhagem. Ele havia fechado seu coração, decidido que não tinha nenhum propósito útil quando se tratava de determinar quem tomaria como esposa. Mas ali, com aquela mulher depositando toda a confiança nele, percebeu que tinha sido mais tolo com a afirmação sobre seu coração do que quando ele permitira que Elise o seduzisse com tanta eficácia. Quer ele desejasse ou não, seu coração estava se envolvendo, estava-o empurrando em direção a Fancy Trewlove.

Matthew poderia tê-la tão facilmente se contasse a verdade, mas queria conquistá-la sem a vantagem de seu título.

— Calma agora, não se mexa — murmurou. Soltando lentamente a mão dela, ele abaixou a dele até a cintura dela, segurando-a com as duas mãos. — Coloque suas mãos nos meus ombros.

Quando ela o fez, ele a levantou e a tirou do barco. Fancy era tão leve quanto os galhos do salgueiro sob os quais logo estariam sentados, e ele relutou em soltá-la, mas, quando os pés dela pousaram no chão, afrouxou o aperto e tirou o próprio pé do barco para o solo.

— É estranho estar em terra depois de estar na água — disse ela suavemente. — Sinto como se ainda estivéssemos flutuando.

— Vai passar, mas você pode segurar em mim até se sentir mais firme.

Parecia a coisa mais natural do mundo oferecer seu braço para ela o envolvê-lo, praticamente aconchegando-se contra ele. Ao conduzi-la em direção à árvore, Matthew manteve seus passos curtos e percebeu que havia se tornado um hábito fazer isso sempre que caminhavam juntos. Quantos outros aspectos de sua vida estavam sendo ditados por seu desejo de garantir que Fancy sempre se sentisse confortável em sua presença? Quantas vezes ele fazia algo simplesmente porque sabia que isso lhe agradaria?

Como ele se sentiria quando um cavalheiro a visitasse, não para uma xícara de chá, mas para um passeio no parque? Não queria pensar no braço dela entrelaçado com o de outro. Não queria contemplá-la olhando nos olhos de outra pessoa.

Quando chegaram à árvore, ela se afastou dele e, juntos, esticaram a toalha no chão. Depois que se sentaram no tecido, Matthew abriu a cesta de vime.

— Você realmente vai fazer chá? — perguntou Fancy.

Com um sorriso, ele pegou uma garrafa de vinho tinto.

— Não. Muito difícil.

Enquanto ria, ela desamarrou a fita no chapéu, tirou-o da cabeça e colocou--o ao lado. Ele entregou-lhe uma taça.

— Temos até taças?

— Não pensei que você gostaria de beber da garrafa. — Ele pegou uma bandeja e removeu o pano que a cobria. — Parece que também temos queijo, pão, maçãs e uvas.

— A sra. Bennett preparou tudo isso?

— Sim. — Deitando-se de lado, ele descansou apoiado em um cotovelo. — Não tinha conhecimento de que ela não sabia ler até vê-la em sua aula. Não sei como ela administra a própria casa.

Fancy estudou a taça de vinho por um momento.

— Acho que as pessoas que não sabem ler encontram uma maneira de se lembrar das coisas. Minha mãe nunca foi uma boa leitora. Ela tem um entendimento básico da maioria das letras, eu acho, mas ainda tem dificuldades. No entanto, ela criou seis filhos. E todos acabamos bem.

— Ela é a razão para você dar aulas de leitura?

Fancy assentiu.

— Espero ter uma escola real para adultos em um prédio próprio, muito parecido com as escolas de farrapos. Não apenas para ensiná-los a ler, mas para apresentá-los a algumas habilidades que podem ajudar a melhorar sua renda e vida. Eu só tenho que garantir um marido disposto a abraçar tudo que espero conseguir.

— Tudo vale a pena. Tenho certeza de que você não terá problemas nisso.

— Espero que você esteja certo. — Estendendo a mão, ela pegou um pequeno pedaço de queijo e colocou na boca. — Estou curiosa. Como você se tornou um cavalheiro de meios? Como trilhou seu caminho?

Depois do beijo que eles compartilharam, ela tinha todo o direito de perguntar.

— Herdei muita coisa do meu pai. Tenho propriedades. — Nem todos que possuíam propriedades eram nobres. — Tenho alguns inquilinos trabalhando na terra. Encontro-me ocasionalmente com meu negociante para discutir maneiras de tornar a propriedade mais lucrativa. — Para garantir que sua renda cobrisse todos os custos de manutenção associados a ter um condado, uma propriedade, uma mansão. — Também gosto de investir e sou bastante bom nisso.

— Então você nunca trabalhou de verdade?

— É preciso muito esforço, discernimento e habilidade para gerenciar propriedades, pessoas e dinheiro. Achei que seu irmão lhe teria ensinado isso. Sem mencionar seus deveres na Câmara dos Lordes, não que ele estivesse pronto para lhe contar sobre essa parte de sua vida.

— Não quis insultar seus esforços. — Ela tomou um gole de vinho e olhou para a árvore. — O cavalheiro com quem me casarei, sem dúvida, participará de empreendimentos semelhantes. Ou talvez não. Lordes geralmente não se envolvem em trabalhos. Não consigo imaginar o que ele fará com seu dia.

— Não subestime o que eles fazem. Eles têm seus deveres na Câmara dos Lordes, fornecem emprego para trabalhadores e agricultores. Pense nas pessoas neste país que estão empregadas como criadas. Muitas delas trabalham em famílias nobres. Os lordes sempre têm algum assunto com o qual devem lidar. Não é como se estivessem na cama o dia todo. Eles têm responsabilidades. Às vezes é um fardo pesado.

— Você realmente respeita a aristocracia.

Matthew não pretendia continuar, mas era imperativo que ela percebesse que estava querendo se casar com mais do que um título. Embora seus irmãos tivessem se casado com pessoas da aristocracia, nenhum dos cônjuges participava muito mais dela, com exceção de Thornley. Era verdade que, para as mulheres, a escolha do marido fora um escândalo, e a aristocracia não era muito tolerante, mas ainda assim elas raramente eram vistas no meio das coisas.

Endireitando-se, ele colocou a taça de lado e se aproximou até seu quadril estar perto do dela, com Fancy de frente para um lado, ele para o outro, para ter uma visão melhor dela. Matthew embalou seu rosto.

— Você será responsável por inquilinos, agricultores, trabalhadores, empregados. Eles virão até você quando tiverem problemas, quando estiverem doentes. Você administrará uma mansão, talvez mais de uma. Depende de quantos títulos ou propriedades ele possuir. Você supervisionará sua residência em Londres. Onde quer que você vá, representará seu marido, e as pessoas a associarão a ele. Eu sei que você está pronta para a tarefa, mas tome cuidado na escolha. Seu lorde será tanto um reflexo de você quanto você será dele.

— Estou bem ciente. Não tomarei uma decisão precipitada. Compreendo perfeitamente as responsabilidades que assumirei como esposa de um lorde. Gerenciar minha loja, sem contar toda a minha educação, me ajudou a me preparar para isso. Pretendo ser de grande ajuda para meu marido, garantindo que ele nunca se arrependa de ter apostado em mim.

— Qualquer homem que se arrependa de ter você ao seu lado seria um tolo. Acho que você é inteligente demais para se casar com um tolo.

— Não sou tão inteligente quanto você pensa. Eu provavelmente não deveria estar aqui com você.

— E por que está?

— Porque gosto muito de você. Gosto da sua companhia. E, embora todas as minhas lições tenham me preparado para supervisionar meus deveres e responsabilidades, não tive nenhuma lição sobre como fazer um homem me querer. Como mencionei, minha família trabalhou muito para me manter pura e longe daqueles com intenções perversas. Como resultado, eu me sinto um pouco... despreparada quando se trata de ficar sozinha com um homem. Não sei como beijar direito...

— Não encontrei nenhuma falha no seu beijo, querida.

— Parece-me, no entanto, que talvez eu deva praticar um pouco mais, simplesmente para garantir que eu domine a técnica.

Ele passou o polegar sobre o lábio inferior dela.

— Se você praticar em bailes ou com outros cavalheiros, ganhará uma reputação que não lhe servirá bem. Sugiro que você tenha apenas um tutor, um que manterá as lições em segredo.

— Você tem alguém em mente?

As palavras murmuradas saíram lentas e sedutoras, e o corpo de Matthew reagiu como se ela as tivesse esfregado sobre a pele dele.

— Você não é tão inocente quanto parece, não é?

— Eu li alguns livros proibidos pela Lei das Publicações Obscenas, então sei algumas coisas, mas a leitura nunca é tão educacional quanto a prática. Minha ousadia o assusta, sr. Sommersby?

Os olhos dela refletiam um desafio que ele pretendia aceitar.

— Não, srta. Trewlove.

Ele começara devagar antes. Dessa vez, no entanto, não ofereceu preâmbulos. Simplesmente tomou posse da boca dela como se lhe pertencesse — e, maldição, naquele momento sentia como se realmente pertencesse. Como se Fancy lhe pertencesse. Cada faceta dela. Seu coração, sua alma, seu corpo. Ah, sim, especialmente o corpo dela enquanto se mexia em sua direção, os seios pressionando contra o peito dele, a perna passando por cima de sua coxa, prendendo-o em suas saias. As mãos dela deslizaram sobre os ombros dele, uma descansando na nuca, a outra percorrendo o comprimento do braço e caindo para se espalhar pelas costas dele. Abraçando-a, ele a deitou no chão.

Ela tinha gosto de vinho encorpado e algo mais, algo único dela. Seus suspiros suaves eram mais doces que o trinado dos pássaros nas árvores ou o farfalhar das folhas na brisa. Por mais que ele desejasse desabotoar seu corpete, desnudá-la, se conteve porque sabia muito bem que a qualquer momento alguém poderia aparecer. Aquele local era popular entre os velejadores. Com sorte, qualquer intruso seria um estranho e eles poderiam rir da situação depois. Mas ser pego fazendo mais que um beijo... Matthew não arriscaria fazer Fancy passar por aquela vergonha. Por mais que seu corpo ansiasse por possuí-la por completo.

Ele não a queria praticando com mais ninguém, explorando a boca de outra pessoa. Ela era ousada ao usar a língua para acariciar a dele, para atraí-la e chupá-la. Ele rosnou baixo, e o som ecoou no ar enquanto deslizava a mão pelas costas dela e a puxava para mais perto, para que ela pudesse saber o efeito que tinha sobre ele.

Tirando a boca da dela, Matthew arrastou os lábios ao longo da parte inferior de seu queixo. Fancy deu um pequeno gemido.

— Gosta disso?

— Sim.

Ele pegou o lóbulo dela entre os dentes, mordiscou e depois lambeu. Outro gemido.

— E disso?

— Sim. Eu pensei que apenas bocas estavam envolvidas em beijos.

— Quão sem graça isso seria? — Ele fez um passeio ao longo da lateral do pescoço delicado. — Se não houvesse a possibilidade de sermos pegos, eu beijaria cada centímetro do seu corpo.

— Cada centímetro?

Levantando o rosto, ele olhou para ela e sorriu.

— Cada centímetro.

Ela piscou.

— *Cada um?*

Ele beijou a ponta do nariz dela.

— Cada um.

— Isso é apropriado?

— Provavelmente não. Mas eu gostaria e garantiria que você também gostasse.

— Você quer que eu beije cada centímetro seu?

— Só se você quiser.

Ela lambeu os lábios.

— Você pensaria que eu sou perversa?

— Ah, Cristo.

Ele enterrou o rosto na curva do pescoço dela. Nunca em sua vida um simples pensamento o fizera sofrer com tanta necessidade, mas a visão da boca dela se movendo sobre cada centímetro de sua pele...

Ela se contorceu embaixo dele.

— Por favor, fique parada.

— Você está me cutucando.

— Esse é o meu corpo sinalizando que quero você.

— Ah.

— Você parece surpresa.

— Não sei se já fui desejada antes.

— Eu suspeito que sim.

— Por quê?

— Porque, Fancy, você é uma delícia inebriante.

Ela riu levemente, seu corpo inteiro tremendo embaixo dele. Deus, ele amava o som da risada dela, que parecia sinos de Natal.

— Como fazemos para você não me querer?

Aquilo não aconteceria. Mesmo se ele a tivesse por completo, ele a desejaria novamente. Estava certo disso. Mas também sabia o que ela estava perguntando.

— Para me distrair, estou pensando nas fábulas de Esopo.

Mais uma risada.

— Não sei se existe uma que se aplique a essa situação.

Não, mas ela o distraíra. Respirando fundo, ele se afastou dela e se levantou, virou-se de costas e se ajustou.

— Provavelmente deveríamos encerrar nosso passeio.

Ele não a ouviu se levantar, mas os braços dela o envolveram por trás, e ela apertou a bochecha nas costas dele.

— Beijar é como ler, não é? Quanto mais você aprende, mais confortável se sente, mais quer fazê-lo.

— Estou feliz que você tenha achado agradável.

— Você é um ótimo professor. Se fizer um investimento ruim e precisar de fundos, acho que você poderia ganhar a vida dando aulas de beijo.

Rindo, ele se virou e a envolveu nos braços.

— No momento, a única pessoa que estou interessado em beijar é você.

Capítulo 17

NA TARDE SEGUINTE, usando uma lâmina fina mas afiada, Fancy estava removendo cuidadosamente a capa de couro do livro que Timmy Tubbins havia trazido quando Marianne bateu no batente da porta. Levantando os olhos, Fancy se perguntou por que a testa da funcionária estava tão franzida e sua boca tão apertada.

— Algo de errado?

— Há um cavalheiro precisando de falar com você.

— *Precisando* falar comigo.

— Isso. Um cavalheiro.

Fancy fechou os olhos com força e os abriu. Marianne era inteligente, mas tinha crescido com pouca educação. Embora sua gramática tivesse melhorado bastante desde que começara a trabalhar na loja, ainda apresentava alguns desafios.

— O cavalheiro apenas "precisa", não "precisa de".

Marianne pareceu ainda mais desconcertada. Fancy acenou com a mão.

— Deixa para lá. Discutiremos isso mais tarde. Mande-o entrar.

Ela se levantou. Nem mesmo meio minuto depois, um homem magro e baixo — ela duvidava que a cabeça dele chegasse à altura do ombro de qualquer um de seus irmãos — entrou, segurando o chapéu e uma pasta na mão.

— Srta. Fancy Trewlove?

— Sim, senhor. Como posso ser útil?

— Sou eu quem está aqui para servi-la. — Confiança emanava dele enquanto ele se aproximava e colocava as coisas na mesa dela. — Meu nome é Paul Lassiter. Sou advogado. Um de meus clientes deseja fazer uma doação para ajudar a financiar sua biblioteca e seus esforços para educar os adultos que precisam aprender a ler.

— Ah.

Ela mal sabia o que dizer. Até aquele momento, todas as doações que recebera tinham vindo de sua família, cônjuges ou amigos. Uma vez casada, com sorte, ela conseguiria realizar eventos beneficentes.

O homem abriu a pasta, tirou um pacote embrulhado em papel pardo preso com barbante e o colocou diante dela. Lentamente, Fancy afrouxou o laço e abriu o embrulho para revelar uma pilha de dinheiro.

— Quinhentas libras — informou ele.

Ela levantou o olhar para encontrar o dele, chocada.

— Quem é esse cliente?

— Alguém que deseja permanecer anônimo.

Alguém? Um homem? Uma mulher? Poderia ser lady Penelope? Ela certamente se animara ao saber que a biblioteca era mantida com doações. Ou seria outra pessoa?

— Por que essa pessoa seria tão incrivelmente generosa?

— Ela acredita em sua causa. — Ele pegou o chapéu e a pasta. — Tenha um bom dia, srta. Trewlove.

— Espere. Eu... eu estou tendo dificuldade em absorver tudo isso. Você pode me dizer algo sobre essa alma generosa, certamente. Nós nos conhecemos? Como ele, ou ela, ficou sabendo da minha causa?

— Fiz o que fui contratado para fazer. Simplesmente faça bom uso dos fundos.

Ele fez uma pequena reverência antes de sair.

Fancy ficou em silêncio por vários minutos antes de se levantar, fechar a porta e colocar o dinheiro em seu cofre. Então, saiu para a livraria.

— Estou indo ver meu irmão, Marianne. Não vou demorar.

— Tudo bem, srta. Trewlove.

Quando ela entrou no hotel, subiu a escada até chegar ao último andar, onde ficava o escritório de Mick. Ela abriu a porta de vidro com o nome TREWLOVE gravado e sorriu ao ver o sr. Tittlefitz se levantando de sua mesa enquanto ela passava pelo limiar.

— Srta. Trewlove, como posso ser útil?

— Meu irmão está disponível?

— Para você, senhorita, tenho certeza de que ele está.

Ele correu para a porta que dava para o santuário interno de Mick, deu uma batida rápida, abriu-a e enfiou a cabeça.

— Sua irmã deseja uma audiência.

Uma audiência? Bom Deus, Tittlefitz agia como se Mick fosse um rei. Ela não conseguiu entender o que o irmão respondeu, mas ouviu o som da voz dele. O secretário abriu mais a porta e deu um passo para trás. Depois de passar pelo portal, ela ouviu o barulho da porta sendo fechada.

Mick já estava de pé.

— Algo de errado?

— Não. Eu acho. — Ela se aproximou da mesa enorme. — Acabei de receber a visita de um advogado. Uma pessoa anônima doou quinhentas libras à minha causa. Não sei ao certo o que fazer com o dinheiro.

Com uma risada alta e nada elegante, ele cruzou os braços sobre o peito.

— Você não pareceu ter problemas para descobrir o que fazer com o dinheiro que eu lhe dei.

— É diferente. Seu dinheiro vem em quantias administráveis e não me faz sentir culpada. Mas isso... Não sei quem o enviou. Você mencionou meus esforços para alguém?

— Só de passagem para um ou dois investidores.

— Você acha que poderia ter vindo de um deles?

Ele deu de ombros.

— Possivelmente. O que isso importa, Fancy? Além disso, depois de se casar, você pedirá por contribuições de todos os tipos. Terá tantas doações que nem saberá o que fazer com elas. Estou certo de que algumas serão anônimas.

— Por quê? Por que a pessoa não gostaria que sua contribuição fosse reconhecida?

— Talvez ela goste de fazer boas ações sem crédito. Ou se preocupa que, caso saibam de sua generosidade, outros pedirão dinheiro. Aceite o presente com gratidão.

— Mas não sei a quem agradecer.

— Se a pessoa quisesse ser agradecida, teria lhe dado seu nome.

— Suponho que você não consiga descobrir quem é o doador.

— Querida, eu não faria nem se pudesse. Em algumas ocasiões, fiz coisas secretas para outras pessoas simplesmente porque não desejava que elas se sentissem em dívida comigo. Talvez a pessoa sinta o mesmo. Seja qual for o motivo, precisa ser respeitado.

Ela suspirou. Mick estava certo. Ainda assim, era impossível não se perguntar quem era o misterioso benfeitor.

— Bem, suponho que devo retornar à loja e avaliar como aproveitar ao máximo a contribuição que recebi.

— Quando você se casar com um lorde, receberá muito mais, eu suspeito. Fazer parte da aristocracia trará grandes vantagens, Fancy.

Não se o homem não a amasse.

— Eu continuo otimista, Mick, de que vou encontrar a felicidade. — Aproximando-se dele, ela o abraçou. — Obrigada.

Naquela noite, quando Fancy entrou no salão de leitura para prepará-lo para a chegada dos alunos, ficou surpresa ao encontrar Matthew olhando para a pintura acima da lareira.

— Olá.

Ele se virou e sorriu para ela, um prazer genuíno refletido nos olhos verdes.

— Olá.

Não que ela estivesse se sentindo ousada, mas parecia que eles deveriam se cumprimentar com um beijo ou um abraço em vez daquela sensação de constrangimento.

— Não tenho um baile para comparecer hoje à noite.

— Eu sei, mas gostei de ensinar na outra noite e pensei que você poderia apreciar minha ajuda. Não tenho nenhuma outra tarefa.

— Eu gostaria muito de sua presença, e tenho certeza de que Lottie também.

Ele riu. O som alegre da risada dele fez Fancy sentir como se seu peito estivesse se expandindo para abraçar o mundo.

— Talvez eu possa ficar com os homens e você com as mulheres.

— Acho que é uma ideia esplêndida. — Ela se aproximou até que a barra da saia tocasse a ponta das botas dele. — Fico feliz por você achar que esse esforço vale a pena.

— Talvez eu esteja apenas usando-o como desculpa para passar mais tempo em sua companhia.

— Fico feliz por isso também. — Com base no calor repentino de suas bochechas, ela estava bastante certa de que estava corando. — Aconteceu a coisa mais surpreendente esta tarde.

— É mesmo?

— Um advogado veio me ver em nome de alguém que queria fazer uma doação anônima à minha biblioteca e outros esforços. Quinhentas libras.

— Como você vai usá-las?

Ele perguntou com calma, como se a quantia não fosse astronômica.

— Para livros, lousas e outros suprimentos. Não posso negar que tenho muito com o que trabalhar. Tenho tentado descobrir quem poderia ter sido tão generoso.

— Talvez você devesse simplesmente aceitar sua boa sorte.

— Suponho que você esteja certo. Uma sorte que está aumentando porque agora tenho outro professor.

Um professor que estava provando ser uma distração. Matthew levara os senhores para um canto distante, mas sua voz ainda chegava aos ouvidos dela sempre que ele falava. Era como se Fancy estivesse alerta a todos os seus aspectos. Ele estava sentado inclinado para a frente, os cotovelos apoiados nas coxas, a apostila entre as mãos, a testa franzida enquanto se concentrava em ler junto com o sr. Davidson.

Matthew representava tudo o que ela queria em um marido. Alguém que se interessava pelas coisas que importavam para ela. Alguém que queria fazer mais do que passar tempo com ela em bailes, óperas e teatro. Alguém disposto a dedicar seu tempo a melhorar a condição dos outros. Alguém que erguia os olhos do livro e capturava seu olhar tão infalivelmente quanto a flecha de Robin Hood atingia seu alvo — pelo menos de acordo com os folhetins sobre suas aventuras que seus irmãos haviam lido para ela. Parecia que Fancy nunca se cansaria da intensidade com que Matthew a observava. Mesmo do outro lado da sala, ela sentiu como se ele estivesse ao seu lado.

Quando a aula terminou, ela sentiu uma pontada de ciúme quando Lottie caminhou até Matthew e passou a mão pelo braço dele. Ele disse algo para ela, e a risada estridente da mulher ecoou por toda a sala. Fancy ficou tentada a agarrá-la pelo cabelo e puxá-la para o corredor — ou pelo menos informá-la de que ela não era mais bem-vinda às aulas. Mas não seria tão mesquinha. Lottie estava se esforçando para aprender algo novo. Fancy precisava respeitar aquilo.

— Se lhe serve algum consolo, ela estava flertando comigo mais cedo.

Com uma risada baixa, Fancy se virou para o sr. Tittlefitz.

— Por que eu me importaria se ela está flertando?

— Acho que você não se importa que ela esteja flertando. Acho que você se importa com quem ela está flertando.

— Ele não é meu.

O sr. Tittlefitz lhe lançou um olhar aguçado que indicava que talvez soubesse o quanto Fancy queria que Matthew fosse dela. Mas ela não tinha certeza do que sua família pensaria dele. Se ela não os amasse tanto...

— Não sabia que ele iria ajudar nas noites em que você está disponível — apontou o sr. Tittlefitz.

— Nem eu, mas acho que funcionou bem e cada um dos alunos teve mais tempo para ler em voz alta.

Ele assentiu.

— Bem, é melhor eu ir embora. Prometi acompanhar Marianne até a casa dela novamente.

Fancy sorriu.

— Obrigado por isso. Eu me preocupo menos quando ela está sob seus cuidados.

Como sempre acontecia quando recebia qualquer tipo de elogio, o sr. Tittlefitz corou.

— Gosto de conversar com ela. Ela me faz rir.

Fancy sentiu um leve aperto no peito.

— É mesmo?

O homem corou ainda mais.

— Não devo deixá-la esperando. Cuidarei de tudo na quarta-feira, quando você não estiver aqui.

Observando-o partir, ela sentiu uma mudança no ar ao seu redor e soube que Matthew estava ao seu lado. Desviando sua atenção para ele, Fancy percebeu que estavam sozinhos na sala, que Lottie havia desaparecido.

— Lottie parece ter gostado de você.

— Ela gosta de homens que parecem ter algumas moedas nos bolsos.

— Tenho a impressão de que você tem mais que algumas.

— Eu tenho o suficiente para ter uma vida confortável.

O olhar dele percorreu seu rosto, e ela se perguntou se ele desejava que seus dedos estivessem fazendo o mesmo trajeto. Ela certamente não se importaria.

— Não ouvi você pedir a Tittlefitz para escoltar Marianne para casa.

— Ele já havia me informado que era sua intenção fazê-lo.

— Seu plano parece estar dando frutos.

Ela levantou o nariz no ar da maneira mais petulante possível.

— De fato, estou me sentindo um pouco satisfeita que meus esforços estejam dando frutos.

— Suponho que você se concentrará em encontrar um parceiro para você agora.

Passando a língua pelos lábios, ela ficou satisfeita quando o olhar dele baixou para sua boca.

— O próximo baile é quarta-feira. Depois de receber a visita de dois cavalheiros e três damas, não estou com tanto medo quanto deveria. Pode ser divertido.

— Evite passeios pelo jardim.

— Você acha que um cavalheiro poderia tirar vantagem?

— Sim.

— Estamos sozinhos agora e você não está tirando vantagem.

— Mas eu quero e, por conta disso, vou lhe desejar boa noite.

— No que me diz respeito, você não precisa ser tão honrado.

— Lordes estabelecem altos padrões para as mulheres com quem desejam se casar.

E se Fancy decidisse que não queria se casar com um lorde? Mas ela não fez a pergunta para ele. Só porque Matthew se sentia atraído por ela, queria beijá-la, não significava que queria se casar. Talvez ela estivesse correndo o risco de seguir seu coração romântico na direção de um homem que a via apenas como uma mulher para levar para a cama, e não com quem se casar.

— E assim devem fazê-lo. Mas onde está o mal em um beijo?

Erguendo-se na ponta dos pés, ela colocou a mão na parte de trás da cabeça dele e tomou sua boca como se fosse o direito dela fazê-lo. Ele respondeu da mesma forma, segurando-a em um braço, inclinando-a ligeiramente, melhorando o ângulo para que o beijo se aprofundasse. Fancy sentiu um forte desejo de pedir para que ele fosse ao baile, que a esperasse no jardim. Ela poderia se juntar a ele lá para que Matthew pudesse arrebatá-la — mas de tal maneira que, quando voltasse ao salão, ninguém saberia.

Ela não podia imaginar alguém a beijando daquela forma, com tanta paixão e desejo, dando tanto de si na tarefa. Os gemidos dele se misturaram aos suspiros dela, criando a música perfeita para uma valsa. Ela temia que a dança com ele em sua loja a estragara para futuras danças em um salão de baile. Conseguiria dançar com qualquer outro cavalheiro sem relembrar quão maravilhoso fora dançar nos braços dele?

Em seu primeiro baile, ela comparara outros homens com Matthew, mas agora tinha muito mais para comparar. Um passeio de barco, um piquenique, o sabor do vinho na língua dele. O sabor do uísque. O gosto dele, intenso e muito saboroso. Ela podia até sentir uma pitada de caramelo, e não pôde evitar um sorriso com o pensamento.

Ele se afastou, os olhos quentes pela paixão e pelo desejo.

— Qual é a graça?

— Eu acho que você comeu um caramelo antes.

— Você me viciou no maldito doce, e eu não posso comer um sem pensar em todos os movimentos sensuais de sua boca enquanto você chupa um.

— Gosto de chupar doces.

— Ai, Cristo. — O rosnado dele ecoou ao redor dela, seu braço a soltando tão rapidamente que ela quase perdeu o equilíbrio. Ele deu dois passos para trás, e então mais dois. — Eu tenho que ir agora antes de me convencer de que você sabe exatamente as imagens que suas palavras criam em minha mente.

As palavras dela foram ditas com toda inocência, mas a reação dele agora a fazia lembrar como ele sugara seu seio, e Fancy se perguntou se poderia lhe dar prazer da mesma maneira.

— Há partes em você para chupar?

— Meu Deus, Fancy.

Ele girou nos calcanhares e se dirigiu para a escada.

— Eu o ofendi?

— Não, mas me lembrou o quão inocente você é.

Ela correu atrás dele enquanto ele descia a escada.

— Lottie se ofereceu para chupar algo seu?

Ele se virou tão rápido que ela quase bateu nele e mandou os dois rolando escada abaixo. Estreitando os olhos, ele a estudou por um minuto inteiro antes de dizer:

— De fato, ela o fez.

— E você irá até ela agora?

Os olhos verdes suavizaram quando ele colocou o dedo dobrado sob o queixo dela e passou o polegar sobre os lábios delicados.

— Não.

— Ela fez você rir.

— Ela disse algo engraçado. Nem lembro o que era agora. Mas eu lembro de cada palavra que você já disse para mim.

Como se não tivesse acabado de capturar um pedaço de seu coração, ele continuou descendo a escada. Ela se apressou a alcançá-lo, mas as pernas dele eram muito mais longas, e ela chegou ao pé da escada bem a tempo de ouvir a porta fechando. Depois de trancá-la, ela diminuiu a luz e praticamente flutuou escada acima. Às vezes, ele dizia as coisas mais tocantes, quase poéticas em sua simplicidade.

Depois de colocar a camisola, pegou o livro da mesinha ao lado da cama, caminhou até a janela e puxou as cortinas para o lado, sorrindo ao ver Matthew — uma sombra cercada de luz na janela do lado oposto. Sentando-se em seu banco, ela levantou os pés, ajustou os travesseiros às costas e abriu o livro, fingindo prestar atenção enquanto olhava para ele.

Como fizera na outra noite, ele arrastou uma cadeira para perto da janela, sentou-se e segurou um livro aberto ao nível dos olhos.

Com um suspiro de felicidade, ela começou a ler, sentindo como se eles não estivessem separados por estábulos, mas juntos, na mesma sala, ou pelo menos no mesmo mundo. Era calmante e pacífico, algo de que sentiria falta quando não morasse mais ali.

Capítulo 18

Ela havia acabado de cumprimentar o duque e a duquesa de Hedley e agradecê-los por realizarem o baile e convidá-la quando viu Aiden e Finn, junto com suas esposas, esperando por ela. Mick e Aslyn ainda estavam conversando com o duque e a duquesa.

— Vocês chegaram cedo. Não esperava vê-los até dez e meia, pelo menos — brincou ela enquanto recebia um beijo na bochecha de cada irmão.

— Queríamos falar com você o mais rápido possível, antes que os cavalheiros começassem a pedi-la para dançar — explicou Aiden. — Espalhamos por aí que não há incentivos adicionais dos irmãos Trewlove esta noite.

— Obrigada. Fico realmente feliz, embora você esteja muito mais otimista em relação aos homens me chamarem para dançar do que eu.

Ainda assim, ela tinha relativa certeza de que lorde Beresford e o sr. Whitley assinariam seu carnê de dança.

— Eu tenho motivos para estar otimista. Em relação à oferta que fiz aos senhores no último baile… Você talvez goste de saber que três deles me disseram para não quitar suas dívidas. Parece que gostaram de dançar com você.

Uma faísca de alegria a percorreu.

— De verdade?

— Eu lhe disse que, uma vez que passassem um tempo com você…

— Mas não era dessa forma que deveria ter acontecido.

— Você tem razão. — Alcançando o bolso do paletó, ele puxou um pedaço de pergaminho dobrado. — O nome deles, caso queira saber quem são.

Fancy apertou o pedaço de papel na mão, incapaz de conter um grande sorriso.

— Ah, Aiden, acredito que você fez a minha noite.

— Não dê muito crédito a ele — disse Finn com um sorriso. — Ele ficará metido. Avisarei se alguém aceitar minha oferta para que você possa desconsiderá-los.

— Ninguém aceitou a oferta sobre cavalos e criação?

— Não até o momento.

— Parece que algumas boas notícias estão sendo compartilhadas aqui — falou Mick quando ele e Aslyn se juntaram ao grupo.

— Parece que nem todos os cavalheiros estão aceitando as ofertas feitas da semana passada — afirmou ela. — Alguém foi procurá-lo em busca de conselhos?

— Alguns o fizeram. — Ele deu de ombros. — Mas eles já são casados. Eu deveria ter colocado regras sobre quem eu estava disposto a ajudar.

— Estamos tendo uma reunião de família? — perguntou Gillie quando ela e Thornley entraram no círculo.

Fancy explicou a notícia que os irmãos haviam contado.

— É muito bom ouvir isso, apesar de eu confiar em você e saber que não precisaria dos subornos — disse Gillie.

— Eu aprecio sua fé.

— Nos dê seu carnê, vamos reivindicar nossas danças — pediu Mick.

— Não. — Ela deu um sorriso gentil para diminuir a dureza da decisão. — Hoje não dançarei com ninguém com quem eu tenha algum tipo de vínculo. Farei exceções para seus amigos ou familiares — ela olhou para os cônjuges de cada um dos irmãos —, mas não dançarei com vocês quatro. Tenho certeza de que vou precisar dessas danças para outros cavalheiros.

Gillie deu-lhe um abraço.

— Eu gosto da sua confiança.

Respirando fundo, ela soltou a irmã lentamente.

— Vamos ver quanto tempo eu consigo mantê-la.

Para sua surpresa, não foi nada difícil. Depois que sua família se afastou, os cavalheiros começaram a se aproximar e, em cinco minutos, ela tinha meia dúzia de danças reivindicada. Ela foi até apresentada a dois cavalheiros que não haviam comparecido ao baile de Gillie.

O marquês de Wilbourne foi o primeiro a conduzi-la pela pista de dança. Ela ficou grata por ser uma valsa, pois o ritmo lento permitiu que conversassem mais intimamente. Fancy contou a ele sobre a livraria e suas aulas para ensinar adultos a ler. "Um investimento no futuro." Ela não pediu uma doação. Em vez disso, perguntou a opinião dele sobre como expandir o programa, em que outras áreas de Londres ele achava que ela poderia ter sucesso.

Ela deu sua atenção total a cada cavalheiro que pediu uma dança. Um deles tinha cabelo prateado e era um pouco curvado, além de usar uma bengala. Em vez de rodopiá-la pelo salão, ele mal a moveu do local onde haviam começado, mas, quando a música terminou, deu um tapinha na mão dela.

— Ouvi dizer que você era um encanto, srta. Trewlove. Obrigado por dar atenção a uma velha relíquia.

Ela sorriu calorosamente.

— Foi um prazer, Vossa Graça.

— Ah, se eu fosse apenas quarenta anos mais jovem...

Quando ele a guiou para fora da pista de dança, ela não o apressou. Seu próximo parceiro comentou sobre sua bondade de dançar com o duque idoso.

— Não o fiz pelos elogios. Simplesmente acho que não é tão difícil ser gentil.

Ela estava dançando por quase duas horas quando finalmente se viu com uma dança não solicitada. Ficou feliz em ter um momento para se sentar um pouco e descansar os pés. No entanto, a caminho da parede, o trio de loiras a deteve.

— Meu Deus, srta. Trewlove, como você está popular hoje — disse lady Penelope. — Estou morrendo de vontade de conversar com você desde que chegamos, mas você ficou na pista de dança o tempo todo.

— Acho que ainda sou um mistério.

— Você está sugerindo que todos são detetives?

Ela riu.

— Não. Só não tenho muita certeza do que achar do interesse deles.

— Algum cavalheiro a visitou? — questionou lady Victoria.

— Dois. Lorde Beresford e o sr. Whitley.

Todas fizeram uma careta.

— Whitley da boca molhada — disse lady Alexandria, e então sorriu. — Ah, é assim que consigo lembrar o nome dele.

— Você já se lembra do nome dele — apontou lady Victoria.

— Sim, mas se eu pudesse esquecê-lo...

Lady Penelope revirou os olhos.

— Ele já beijou sua mão, srta. Trewlove?

Fancy assentiu.

— Sim.

— Ele é muito simpático, mas... baba tanto. Não me contentaria com ele se fosse você.

— Não sei se combinaríamos. Ele não lê.

— Ele está em boa forma, no entanto. É muito bom no polo.

Fancy teve uma vaga consciência da música parando novamente e, em seguida, viu lorde Beresford caminhando em sua direção.

— Foi um prazer, senhoritas.

— Diga olá para Dickens por mim — pediu lady Penelope.

— Direi.

Lorde Beresford chegou, oferecendo-lhe o braço com um floreio.

— Senhoritas. Srta. Trewlove, acredito que essa é a minha dança.

— De fato, senhor.

Enquanto eles circulavam a pista, ela se viu pensando que ninguém dançava tão maravilhosamente bem quanto Matthew.

Já era tarde quando finalmente chegaram ao hotel de Mick e ela estava em segurança dentro da livraria. Depois de abaixar a chama na arandela a gás, ela se dirigiu para a escada, onde um brilho pálido vinha do andar de cima. No meio do caminho, em um pequeno patamar, onde os degraus faziam uma curva abrupta à direita, a luz ficou um pouco mais clara. O sr. Tittlefitz devia ter deixado para que ela não tropeçasse no escuro.

No topo da escada, no entanto, viu que a luz não vinha do corredor, mas da sala de leitura. O secretário devia ter simplesmente esquecido de apagá-la.

Ao entrar na sala, ela parou ao ver Matthew sentado em uma poltrona perto da lareira, tão perdido em um livro que ele não a ouvira chegar. Fancy ficou surpresa com a alegria que a atingiu, como se tivesse viajado pelo mundo, sozinha e esquecida, para chegar de repente ao lugar a que pertencia. Imaginou o prazer de estar lendo e levantar os olhos para vê-lo tão perto. Ele ainda usava paletó, lenço e colete. Ela sentiu vontade de despi-lo das roupas pesadas e, no entanto, ele estava relaxado, como se estivesse acostumado a usá-las até tarde da noite.

— Estou surpreso em encontrá-lo aqui — comentou ela baixinho.

Lentamente, sem se assustar com a aparição dela, ele ergueu o olhar enquanto fechava o livro e o deixava de lado. Ele se levantou e, como sempre, ela ficou surpresa com a elegância de seus movimentos graciosos, como se estivesse acostumado a ser observado e soubesse como projetar uma aparência confiante.

— Decidi usar sua biblioteca enquanto esperava por você. Como foi sua noite?

Ela foi até o sofá perto da poltrona e se sentou, feliz quando ele também se sentou novamente, estudando-a com aqueles olhos incrivelmente verdes. Removendo o carnê de dança do pulso, ela o estendeu na direção dele e observou enquanto ele o examinava.

Dickens pulou no sofá e se enrolou do outro lado. Depois de tirar as luvas, ela enterrou os dedos de uma mão no pelo espesso e esperou a resposta de Matthew.

Finalmente, ele olhou para cima e a encarou.

— Quase todas as danças foram reivindicadas.

Ela não conseguia parar de sorrir.

— E meus irmãos não fizeram nenhuma oferta para isso.

Ele se recostou e levantou um pé, apoiando-o no joelho. Uma pose tão relaxada e masculina, como se estivessem se preparando para a noite.

— Você ficou impressionada com alguém?

— O marquês de Wilbourne é bastante charmoso. Lorde Beresford, que me visitou na semana passada...

— Beresford a visitou?

— Sim, ele foi um dos dois cavalheiros que o fizeram. Você o conhece?

— Eu li algo sobre ele na parte de fofocas do jornal, acho.

A declaração foi uma surpresa.

— Você não me parece alguém que lê a seção de fofocas.

— Eu leio qualquer coisa. Provavelmente o jornal estava largado na casa da minha irmã e li.

— Bem, não dou muita credibilidade às fofocas, e ele parece bem simpático. Três das jovens debutantes me acolheram. Elas também me visitaram. Mas as matriarcas estão mantendo distância.

— As matriarcas são sempre críticas e difíceis de conquistar.

— Minha mãe não é. Ela era rigorosa quando eu era criança, mas sempre conseguia me fazer sentir que poderia conquistar o que eu quisesse. Às vezes, acho que pode ser mais fácil simplesmente convidar todos aqui para que possam ver quem eu realmente sou. Se eu realizasse um evento, você viria?

Ele se mexeu no assento como se estivesse desconfortável de repente.

— Não sei.

Ela não o culpou por sua hesitação. Uma pessoa despreparada para lidar com a aristocracia poderia se sentir desconfortável ao ser julgado por cada palavra, ação e expressão. Olhando para Dickens, porque era mais fácil olhar para ele do que Matthew, ela confessou:

— Você esteve em meus pensamentos o tempo todo esta noite, principalmente quando eu valsei.

Fancy ouviu o pé dele bater no chão, o arranhar da poltrona. De repente, Matthew estava ajoelhado diante dela, pegando sua mão livre. Por que ela não conseguia fazer com que alguém a olhasse como ele o fazia? Como se a lua e as estrelas estivessem girando ao redor dela? Como se bastasse existir para ele considerá-la perfeita?

— Pensei em você. Quase enlouqueci imaginando com quem você estava dançando.

— Duques, marqueses, condes e viscondes. Nós conversamos. Fiz perguntas, tentei conhecê-los melhor, me esforcei para determinar se me fariam rir. Minha mãe me aconselhou a encontrar alguém que me faça rir.

— Ela é uma mulher sábia, sua mãe.

— Não sei dizer se algum desses homens se encantou por mim. Ah, eles dizem as coisas certas, fazem as coisas certas, mas não consigo parar de pensar na sua fábula de Esopo favorita, e me pego com receio dos elogios deles.

— Você não deveria temer. — Ele inclinou a cabeça levemente e roçou os lábios nos dela. — Eles, sem dúvida, a adoram tanto quanto eu.

— Você me adora?

— Eu gostaria muito de beijá-la, srta. Trewlove — sussurrou Matthew, a respiração quente batendo contra sua bochecha.

— Eu gostaria muito que você o fizesse, mas talvez eu deva trancar Dickens no meu quarto.

— Não há necessidade. Ele não vai interferir. Essa bolinha de pelo e eu somos amigos agora. Eu dei a ele uma lata de sardinhas.

A risada dela foi cortada quando a boca dele reivindicou a sua, e nada mais naquela noite pareceu tão certo, tão perfeito. Ela não hesitou em abrir os lábios para lhe dar acesso total à sua boca. Era aquilo que queria pelo resto da vida: a paixão, o fogo, o desejo.

Mas encontrar tudo aquilo nele seria um duro golpe para a família dela, e ele certamente não dera nenhuma indicação de que queria algo permanente com ela. No entanto, onde estava o mal em desfrutar do prazer, dentro de limites? Ele já havia provado que não aceitaria mais do que ela estava disposta a dar. E a boca dele movendo-se com tanta determinação sobre a dela fazia muito para acalmar as dúvidas que a atormentavam, apesar da noite de sucesso. Fancy suspirou com encanto, com alegria por ele fazê-la se sentir tão estimada.

O braço dele serpenteou em volta de sua cintura, e ele gentilmente a puxou do sofá para seu colo. Dando apoio às suas costas, ele a inclinou um pouco, mudando o ângulo do beijo, aprofundando-o. Por vontade própria, as mãos dela foram para a cabeça dele, os dedos se enredando nos fios grossos do cabelo. Ela queria desesperadamente que ele estivesse tão agradecido por tê-la em seus braços quanto ela estava por estar nos dele.

Mas a experiência que Matthew tinha era muito superior à dela. Ele passou a mão pelas costas dela e segurou sua bunda com gosto, sem hesitação, com uma garantia que anunciava com mais clareza do que qualquer palavra que ele era familiarizado com a anatomia feminina, que sabia tocar, apertar, acariciar de maneiras que poderiam enlouquecer uma mulher — da melhor maneira possível.

Ao passo que ela era iniciante e ainda estava aprendendo o caminho do corpo de um homem. Mas que espécime maravilhoso ele era... Musculoso, firme sob o toque dela enquanto as mãos pequenas viajavam sobre os ombros largos, as costas. Embora o prazer ameaçasse distraí-la, ela estava decidida a conhecê-lo um pouco mais, a dar a ele tanto quanto ele estava lhe dando.

Quando ela arrastou os dedos de uma mão ao longo do queixo áspero, ele gemeu baixo e levou a boca em uma jornada até a orelha dela, onde mordiscou seu lóbulo antes de passar a língua sobre a concha sensível. Como alguém aprendia todas as diferentes áreas em que um toque íntimo poderia enfraquecer os joelhos de alguém? Ela sentiu como se todo o seu corpo estivesse correndo o risco de derreter.

De repente, ela percebeu que ele não estava mais a segurando, mas que estava deitada no grosso tapete Aubusson, e ele estava aninhado nela, apoiado sobre um cotovelo. Recuando um pouco, ele a encarou enquanto passava o dedo pelo decote, onde a pele encontrava seda. Para a frente e para trás, para a frente e para trás. Então ele parou, os dedos demorando-se sobre o seio que lhe fora negado após o primeiro baile.

— Sim? — A voz dele saiu rouca, como a de um homem preso que procurava ser libertado.

— Sim.

Com um rosnado baixo, ele se dedicou à tarefa de revelar o que queria reivindicar. Quando seda, renda e mais foram empurradas para baixo e o seio dela estava livre de todas as restrições, ele abaixou a cabeça e levou-o à boca. Não apenas o mamilo, mas o máximo que conseguiu, a língua deslizando por toda parte. Então, ele a sugou como se ela fosse uma bala a ser derretida com paciência e determinação, apreciada e saboreada.

Ela enfiou os dedos no cabelo dele, mantendo-o no lugar, enquanto seus quadris iam para a frente, seu núcleo feminino pressionando contra ele enquanto seu corpo procurava um tipo de libertação. Se Dickens interferisse naquele momento, ela o mataria.

Ela percebeu Matthew pegando suas saias e anáguas com a mão grande, empurrando-as até que fossem apenas um amontoado em sua cintura. Segurando-a intimamente, ele soltou o seio, salpicando beijos ao redor e por cima dele antes de capturar seu olhar, ardor refletindo nos orbes verdes. Lenta e deliberadamente, ele inseriu um dedo na parte de baixo de suas roupas íntimas e o deslizou ao longo de seu centro de feminilidade. Ela ofegou com a sensação maravilhosa, podia sentir-se pulsando por ele.

— Sim? — perguntou ele.

Ela deu um aceno brusco.

— Sim.

Ele a acariciou uma, duas, três vezes, deu uma risada intensa e maliciosa quando ela soltou um gritinho. O tempo todo, ele não tirou os olhos dos dela, sabia que a estava levando à loucura, adorava fazê-lo. Fancy se perguntou se no dia seguinte as pessoas a olhariam e seriam capazes de determinar que ela havia sido tocada tão intimamente. Pareciam sensações tão profundas, tão intoxicantes, que deveriam deixar uma marca para todo o mundo ver.

Suave e rapidamente, ele escorregou pelo corpo dela até que sua cabeça estivesse entre as coxas de Fancy. Com as mãos, ele repartiu a abertura das roupas dela, ampliando a fenda até que ela pudesse sentir a brisa da respiração dele. Cheios de promessas, os olhos verdes a encararam por um batimento cardíaco antes de desaparecer por trás do amontoado de saias.

Então, a língua dele acariciou o que seus dedos tinham feito apenas momentos antes, e Fancy gritou de puro êxtase.

— Meu Deus!

Ela queria que ele parasse, temia que morresse se ele o fizesse. Ele sugou e acalmou, atormentou-a com leves carícias, depois com algumas mais fortes. Ela nunca soubera ser possível sentir tantas coisas diferentes ao mesmo tempo. Ela estava voando, presa no chão, a ponto de rir, quase chorando. Estava se esforçando para chegar ao topo de uma montanha...

E então estava voando pelos céus, entre as estrelas, mas, como sua pipa, ainda amarrada — amarrada a Matthew. Ela estava vagamente consciente dele recuando enquanto endireitava suas saias, numa tentativa de recuperar um pouco de modéstia.

Ele exibia um sorriso satisfeito que ela suspeitava ser o reflexo do dela.

— Você soprou fogo lá embaixo.

Rindo baixo, ele passou os dedos pelo cabelo ainda preso dela.

— Esperei por você com a melhor das intenções, mas agora posso ver que sou facilmente desviado quando você está por perto. Embora esteja relutante em partir, sei que, se eu ficar, de manhã você não será mais virgem.

Como Fancy queria que ele ficasse, como queria conhecê-lo por completo. Mas ela conhecia os desafios que aguardavam as mulheres arruinadas. Todos os irmãos foram levados para a mãe dela por erros de julgamento.

Ela passou as pontas dos dedos pela bochecha dele.

— Estou tentada. Mas é um preço alto a se pagar por um prazer momentâneo. — Para ela, o pagamento seria o fim de todos os sonhos... dela e de sua família. — Não posso aceitar o que você está oferecendo — completou.

— E nem deveria. Os cavalheiros de Londres são tolos se estão lhe dando algum motivo para duvidar da sinceridade de seus elogios.

— Talvez eu seja tola por tentar me casar com um.

— Você é provavelmente a mulher menos tola que eu já conheci.

Depois de beijar seu seio mais uma vez, ele o colocou de volta sob o pano. Rolando para o lado, ele se levantou, estendeu a mão e a levantou.

— Eu deveria ir agora.

Colocando o dedo sob o queixo dela, ele inclinou seu rosto e roçou os lábios nos dela. Algo que deveria ter sido inocente, e ainda assim ela sentiu o toque descer até os dedos dos pés. Era como se todo o corpo estivesse em sintonia com o dele, como se, com o que acabara de ocorrer, ele criara uma conexão mais forte entre eles.

Estendendo a mão, Matthew deu um tapinha na cabeça de Dickens.

— Bom gatinho.

— Eu o recompensarei com outra lata de sardinhas.

Matthew não se opôs quando ela colocou a mão na dele para descerem as escadas.

— Vou sair pela porta dos fundos. Menos chance de ser visto.

Àquela hora da noite, poucas pessoas ainda estavam acordadas, mas Fancy percebeu que ele estava tomando cuidado para não arruinar a vida dela. Quando chegaram ao depósito, ele destrancou a porta, abriu-a e saiu. A névoa espessa e pesada envolveu-o quase por completo. Ele olhou para trás.

— Durma bem.

Fancy duvidava que fosse conseguir dormir, quase pediu para ele ficar, mas Matthew rapidamente desapareceu na bruma.

Fechando a porta, ela pressionou a orelha contra a madeira, esforçando-se para ouvir os passos dele, mas estavam abafados, distantes. Em pouco tempo, não ouviu mais nenhum som. Para sempre mudada, ela sempre guardaria a lembrança dele fazendo coisas deliciosamente devassas com ela. Por que Matthew fizera aquilo? Por que Fancy havia deixado?

No entanto, sempre parecia haver alguma atração entre eles, algo profundo dentro de cada um que puxava o outro. Ela sentira a mesma coisa quando ele entrara em sua loja.

Então, Fancy ouviu um arranhão, um barulho. Um passo abafado, seguido por outro. Seu corpo inteiro pareceu estar sorrindo. Ele voltara! Abrindo a porta, ela congelou ao ver o homem parado ali.

Não era Matthew Sommersby.

Lábios grossos e rachados se abriram para revelar dentes enegrecidos.

— Olá, filha.

Capítulo 19

FANCY OLHOU PARA O HOMEM MALTRAPILHO de cartola amassada, o cabelo seboso com fios emaranhados na altura dos ombros, a barba desgrenhada possivelmente servindo de lar para piolhos ou pulgas. Suas luvas eram apenas restos desgastados, deixando seus dedos — encardidos e nojentos — expostos. As roupas esfarrapadas e gastas pendiam de seu corpo esquelético.

Rapidamente, ela se moveu para bater a porta, mas ele enfiou o pé sobre o limiar, impedindo-a de alcançar seu objetivo. Ele deu um forte empurrão na porta que a fez soltar o aperto e recuar. Endireitando os ombros, ela arrumou a postura e olhou para ele.

— Você não é meu pai. Meu pai está morto.

— Foi isso que sua mãe te disse, garota? Deus abençoe. Ela nunca pareceu gostar muito de mim.

Então como, em nome de Deus, ele poderia ser o pai de Fancy? Pensar naquele homem tocando sua mãe fez sua pele arrepiar. Sua mãe não teria suportado. Ela não teria permitido que ele chegasse perto dela.

— Você está mentindo. Minha mãe nunca deixaria você tocá-la.

— *Cê* pode ficar surpresa com o que uma mulher faz pra manter um teto em cima da cabeça dela e dos rebentos.

Fancy ia ficar enjoada, devolver o jantar em cima das botas velhas do homem.

— Eu agradeceria se você fosse embora.

— Calminha, garota, não tão rápido. Ainda não consegui o que quero. Achei que ia ter que arrombar a porta, achei mesmo, mas *cê* abriu a porta tão gentilmente *pra eu*. Acho que *cê* pensou que eu era aquele camarada que saiu agorinha. O que sua mãe vai achar de *cê* recebendo um homem a essa hora da noite?

Ela ficaria envergonhada e arrasada. Decepcionada. Toda a sua família ficaria decepcionada.

— Senhor...

— Dibble é o meu nome. Ela devia ter te contado isso pelo menos.

O nome do pai dela era Sutherland. David Sutherland. Ele tinha sido um soldado. Um herói. Não aquela criatura vil e suja diante dela.

— Você precisa ir embora.

— Sua mãe *tá* falando *pra* todo mundo do bairro da sua loja aqui. Que você foi apresentada *pros* riquinhos. — Ele sorriu quando seu olhar zombeteiro a percorreu por inteiro, o pouco que havia dela. Ah, como ela queria tirar aquela expressão odiosa no rosto dele com um tapa. — Dizendo que a garotinha dela vai casar com um lorde. Ouvi o que ela *tava* dizendo. E comecei a pensar que *cê* é minha garotinha também. Já que *cê* tem uma vida tão elegante, acho que pode dar uma grana *pro* pai. Cinquenta libras hoje *tá* bom. *Cê* não quer que eu apareça nos bailes chiques, né? Já pensou *mim* apresentar...

Pelo menos ele parecia reconhecer que não era alguém com quem uma pessoa se orgulharia de estar associada. Mas certamente era tudo um blefe. Como ele saberia onde ela estaria? E nenhum servo em sã consciência permitiria que alguém tão imundo entrasse na casa de um aristocrata.

— Você está louco se acha que vou lhe dar dinheiro.

— Ah, garota, não seja assim.

Ele moveu a mão rapidamente, antes que ela pudesse reagir, e apertou o queixou dela, levantando sua cabeça, ameaçando sua capacidade de respirar porque o fedor estava deixando-a enojada a ponto de vomitar.

— Não me force a te ensinar maneiras como fiz com tua mãe. Não é uma aula agradável...

— Tire suas mãos malditas dela!

As palavras rosnadas saíram selvagens, assustadoras, até para Fancy. Dibble reagiu instantaneamente, virando a cabeça para trás em surpresa, os olhos se arregalando, seu aperto afrouxando quando ele se virou.

Matthew bateu com o punho fechado no rosto do homem, forte o suficiente para fazer o sangue jorrar de seu nariz enquanto Dibble cambaleava para trás e caía no chão com força. Tão rápido que pareceu um borrão, ele pulou no sujeito, agarrou um punhado da camisa, levantou-o um pouco e o socou novamente. Dibble grunhiu. Outro golpe e ele ficou mole.

Respirando com dificuldade e endireitando-se, Matthew foi na direção dela e a encarou, preocupação refletida nos olhos verdes. Com uma expressão séria, ele gentilmente tocou o queixo dela. O local estava sensível, e Fancy suspeitava que já estivesse mostrando sinais de hematomas.

— Ele a machucou em outro lugar?

— Não. — Uma mentira. Como ela explicaria a dor que ele causara em seu coração? — Ele afirma ser meu pai.

— Eu pensei que seu pai havia morrido na guerra.

Fancy assentiu, sacudindo a cabeça.

— Minha mãe me disse que amava meu pai, mas como ela poderia amar isso?

— Ele pode estar mentindo. Você tem alguma corda para que eu possa amarrá-lo antes de ir buscar um policial?

— Não, mas tenho a linha da pipa.

— Vai ter que servir. Pode buscá-la para mim?

Ela correu para o quarto, pegou uma tesoura e cortou o rolo de linha da pipa, depois correu de volta para a escada, onde Matthew a esperava. Quando voltaram ao depósito, ele rolou o homem chamado Dibble de bruços e estendeu a mão para receber a linha.

— Eu posso amarrá-lo — disse Fancy.

— Prenda com força.

Ele juntou os pulsos de Dibble, e ela ajoelhou-se e começou a enrolar a linha da pipa em volta dos pulsos do homem.

— Ele disse que seu nome é Dibble.

— Você nunca o viu antes?

— Não.

— Fancy, ele provavelmente está mentindo. Parte de um jogo que ele usa para enganar alguém e receber o que deseja.

Ela queria desesperadamente que aquilo fosse verdade, mas o homem estava tão confiante…

— O que você acha que vai acontecer com ele?

— Os policiais o trancarão em uma cela. Em alguns dias, ele será julgado por tentativa de assalto e por tê-la abordado.

Ela sentiu um pouco de conforto pelas palavras dele, pois queria que Dibble fosse preso por ser o lixo desagradável que era, se nada mais.

— Pronto, está bom. Corte a linha, dê um nó nas pontas.

Enquanto tentava posicionar a tesoura, percebeu que as mãos tremiam muito. Matthew fechou a mão sobre a dela.

— Está tudo bem. — Pegando a tesoura dela, ele terminou a tarefa. Então, passou para os pés de Dibble. — Não quero que ele se levante e corra enquanto eu estiver fora.

— Eu tenho uma frigideira. Posso acertá-lo na cabeça se ele acordar.

— Essa é minha garota.

Quando Dibble estava firmemente amarrado, Matthew embalou sua bochecha com a mão.

— Não vou demorar. Feche a porta, tranque-a no caso de ele ter amigos. Não abra até eu chamá-la.

— Tenha cuidado.

Ele deu um sorriso arrogante.

— Eu voltarei, prometo. — Alcançando o bolso, Matthew puxou um lenço e o enfiou na boca de Dibble. — No caso de ele acordar. Assim você não precisa ouvir suas palavras horríveis.

Então ele se foi, e Fancy ficou sozinha com a criatura vil. Depois de trancar a porta, ela se aproximou do homem, agachou-se e estudou o rosto dele, procurando por características familiares, procurando por si mesma.

Era impossível saber como era o nariz dele porque parecia ter sido quebrado ou esmagado várias vezes. Ela se perguntou se Matthew era um boxeador profissional. Se fosse, deveria ser um muito bem-sucedido. Ela lembrou que os olhos dele eram escuros, mas Fancy tinha certeza de que tinha puxado os olhos da mãe. O cabelo dele era preto, mas o da mãe também era.

As maçãs do rosto eram arredondadas. As dela, altas e afiadas. Ele tinha uma pinta na mandíbula, perto da orelha. Ela não tinha pintas.

Os olhos dele se abriram e ela caiu com a bunda no chão, surpresa. Ele começou a lutar com as amarras e gemer.

— Você não vai se libertar. É melhor economizar sua energia.

Para sua surpresa, ele ficou quieto e olhou para ela. Ele disse algo, mas ela não conseguiu entender as palavras por conta do lenço. Fancy se afastou até sentir a parede em suas costas.

— Não tenho interesse em ouvir suas mentiras.

Então, esperou o que pareceu uma eternidade pelo retorno de Matthew. Quando o ouviu chamando seu nome do outro lado da porta, nunca se sentiu tão feliz em toda a sua vida. Nem nunca o vira tão autoritário como enquanto ele ordenava aos policiais. Eles eram respeitosos com ele, parecendo querer garantir que trabalhassem para sua satisfação. Na primeira noite, jantando no pub, ela tivera a impressão de que ele estava acostumado a estar no comando. Mas, ali, havia uma evidência mais clara de que Matthew era um homem não apenas disposto a assumir o comando, mas confortável em fazê-lo.

Dibble protestou o tempo todo enquanto os policiais substituíam suas amarras improvisadas por algemas e correntes de ferro ao redor dos pulsos e tornozelos. Não muito gentilmente, eles o arrastaram para fora. Quando eles se foram, Matthew olhou para ela.

— Você está tremendo.

— Estou com frio.

Ele fechou a porta, trancou-a, caminhou até ela e passou os braços ao seu redor.

— Está tudo bem, querida. Está tudo bem. Você está bem. Vamos levá-lo para seu quarto.

— Eu tenho o queixo dele.

Matthew ficou parado por um instante antes de enfiar o dedo por baixo do queixo delicado e inclinar o rosto dela para trás, para poder olhar nos olhos dela.

— Seu queixo é muito mais bonito, muito mais charmoso que o dele.

— Por que ele veio aqui e disse aquilo? Por que afirma ser meu pai se não o é?

— Talvez ele seja um vigarista. O que ele queria?

— Dinheiro. Dinheiro para não aparecer em um baile e dizer às pessoas que ele me gerou.

— Sua família está ficando famosa pelo sucesso dos seus irmãos e seus casamentos com pessoas da nobreza. De tempos em tempos, eles aparecem em colunas de fofocas. Alguns anos atrás, li um artigo no *Times* sobre o hotel de seu irmão. Uma família de bastardos. O homem estava apostando que você talvez não soubesse quem era seu pai.

— Eu acho que ele pode estar dizendo a verdade.

— Você vai contar a sua mãe sobre ele? Vai perguntar a ela?

Ela assentiu.

— Eu planejava vê-la de manhã, para contar sobre o baile. A carruagem de Mick estará à minha disposição.

— Devo ir com você?

A bondade dele foi sua ruína, e as lágrimas ameaçaram cair.

— Não, será melhor que eu a veja sozinha, mas agradeço a oferta.

Com um aceno de cabeça, ele se abaixou e a levantou nos braços.

— O que você está fazendo?

— Eu vou carregá-la até lá em cima.

— Eu posso andar.

— Eu sei, mas, se eu estiver segurando você, posso começar a aquecê-la.

Ela colocou a cabeça na curva do ombro dele quando Matthew começou a caminhar em direção à escada.

— Você é mais forte do que eu pensava.

— Não é preciso muita força quando estou carregando uma nuvem.

— Eu sou mais pesada que isso.

— Não muito.

Quando chegaram ao andar mais alto, ele seguiu para o quarto dela — o que foi fácil de determinar, pois era o único outro cômodo além da sala de estar — e a colocou gentilmente na cama. Com ternura, ele removeu os sapatos dela.

— Você confiará em mim para afrouxar os laços das suas roupas?

Ela assentiu. Ele deu a volta por trás dela, e, de repente, Fancy estava muito consciente dos dedos dele trabalhando ao longo de suas costas. Ele não parou no vestido, e também tirou seu espartilho. Quando terminou, pediu que ela se deitasse e colocou um cobertor sobre ela. Ele se esticou ao seu lado, passou os braços ao seu redor, pressionando o rosto dela contra o peitoral, e começou a acariciar as costas dela por cima dos tecidos e do cobertor.

— Você ficará aquecida em um instante.

Os dentes dela estavam rangendo com um frio profundo em seu interior, que ameaçava transformar seu sangue em gelo.

— Parece que não consigo parar de tremer.

As amáveis carícias cessaram brevemente quando ele desabotoou o colete e a camisa.

— Coloque suas mãos aqui.

— Não posso fazer isso com você. Meus dedos parecem gelo.

— Eu posso suportar o desconforto momentâneo. O que não posso suportar é o seu sofrimento.

Tomando uma das mãos dela, ele a guiou entre a fresta da peça de roupa, colocando os dedos contra a pele macia e quente dele. Ela o ouviu inspirar, sentiu-o endurecer.

— Eu sinto muito.

Quando ela tentou retirar a mão, ele a manteve no lugar.

— Está tudo bem. Agora a outra.

Fazendo o que ele mandou, Fancy pensou que o fogo mais quente não a teria descongelado tão completamente, nem seria tão acolhedor.

— Melhor? — perguntou ele baixinho, e ela fez pouco mais que assentir. — Ótimo.

Ele voltou a acariciar as costas dela, e o corpo dela ficou quente, letárgico. Fancy afundou contra ele, mas sua mente estava acelerada, como se fosse uma égua fugitiva desesperada para escapar dos horrores que haviam acontecido.

— Se ele me gerou… — Imagens horríveis bombardearam a mente dela. — Não consigo imaginar que minha mãe o amava, que o teria recebido em sua cama. Ele era tão vil, tão desagradável.

— Talvez ele fosse um sujeito muito diferente quando era mais novo.

— Alguém pode mudar tão drasticamente em vinte anos? Ele disse que ela precisava manter um teto sobre a cabeça. Por que ela foi atrás dele por ajuda? O que ele exigiu dela?

— Querida, não se atormente com perguntas. Tudo o que ele disse pode ser mentira.

— No entanto, continha uma centelha de verdade. — Os dedos dela não estavam mais congelantes, então ela deslizou as mãos para as costas dele, segurando-o perto. — Não posso suportar pensar no que ela pode ter sofrido nas mãos dele.

— Não é possível apresentar queixas contra ele pelo que ele fez tanto tempo atrás, mas cuidarei para que o magistrado saiba disso e que suas ações passadas sejam levadas em consideração quando ele for sentenciado.

— Creio que terei de testemunhar…

— Eu vou fazer isso. Não há razão para você sequer ir ao julgamento. Minha palavra será suficiente.

— Mas sou eu quem ele atacou.

— Vi tudo acontecer e posso servir como testemunha. Você lamenta como a lei trata as mulheres de maneira injusta. Os tribunais fazem o mesmo. Não gosto da realidade, mas o testemunho de um homem terá mais influência do que o de uma mulher. Confie em mim, querida: o maldito nunca mais vai incomodá-la. Vou garantir isso, de um jeito ou de outro.

Ele parecia tão confiante, tão no comando, tão certo de que poderia conseguir o resultado que Fancy desejava. Ela não se importaria de não ver Dibble novamente, e ainda assim tinha a responsabilidade de garantir que ele nunca mais a incomodasse. Mas Fancy não estava com disposição para discutir sobre aquilo no momento. Ela faria o que precisava ser feito quando chegasse a hora.

— Por que você voltou?

— Como você sabe, costumo olhar para a sua janela antes de me deitar. Notei a porta dos fundos entreaberta, a luz pálida se espalhando pelos estábulos. Eu sabia que você a havia fechado depois que eu saí, então quis me assegurar de que nada estava errado.

— Fiquei surpresa com a rapidez e eficiência com que você o apagou.

— Eu pratiquei um pouco de boxe por esporte, entre amigos. Alguns são mais competitivos que outros.

Ela gostaria de vê-lo em uma luta, mas, até aí, Fancy gostava de vê-lo respirar.

— Estou mais quente agora, se você quiser partir.

— Prefiro ficar.

O alívio a dominou, e ela se aconchegou mais para perto dele. Ela sempre soube que havia perigos no mundo, mas, até aquela noite, nenhum nunca lhe havia tocado.

Capítulo 20

PARA SURPRESA DE FANCY, ela adormeceu nos braços de Matthew. Ele ficou até o amanhecer e depois saiu pela porta dos fundos. Parecia que ninguém estava por perto, então a reputação dela estava segura.

Mas enquanto ela viajava na carruagem, sua mente ficou abarrotada de pensamentos sobre o homem horrível que fora até sua porta. Os dentes pretos, os olhos ainda mais escuros. Embora soubesse que poderia ter ido até Mick em busca de segurança, por algum motivo insondável ela quisera Matthew. Não apenas porque ele não precisava de explicação sobre o que havia acontecido, mas porque o conforto que ele proporcionara parecia muito mais íntimo do que o que seu irmão teria dado. Ah, certamente Mick a teria abraçado e murmurado palavras de segurança, teria falado e feito coisas sinceras, mas ela não sabia se ele poderia ter começado a juntar os pedaços do coração dela.

Ela deveria ter sido mais forte, não deveria ter permitido que seu coração se quebrasse tão fácil pelo que poderiam ser palavras falsas. Mas o que era quebrado, quando reparado, ficava mais forte.

Pelo menos aquele era o mantra que passava por sua mente ao sair da carruagem, com a ajuda do criado. Quando Fancy entrou na pequena residência, sua mãe cantarolou da cozinha:

— Acabei de colocar a chaleira no fogo.

A mulher que ela tanto amava entrou na sala e parou de supetão.

— Ah, minha querida garota, o que aconteceu?

Fancy sentiu as lágrimas se formarem e foi incapaz de segurá-las quando a mãe a abraçou com firmeza.

— Mãe, por favor, me diga que não é verdade. Por favor.

A mulher ficou muito, muito imóvel, tanto que Fancy pensou que talvez não estivesse mais respirando. Ou talvez ela simplesmente não estivesse conseguindo respirar porque a filha a estava segurando com muita força.

— Do que você está falando, querida?

O leve tremor na voz da mãe, a hesitação, como se ela já soubesse a resposta e não quisesse ouvi-la, fez com que o peito de Fancy se apertasse tanto que ela pensou que poderia morrer.

— Um homem foi me ver ontem à noite. O nome dele é Dibble.

O corpo da mãe estremeceu como se tivesse levado um soco de um gigante. Recostando-se, a mulher estudou a filha.

— O que ele fez com você?

— Nada.

Não querendo que a mãe se preocupasse, ela não podia confessar como, por alguns momentos, ele a aterrorizara e como sentira medo de que ele fosse machucá-la... até Matthew chegar.

— Ele queria dinheiro, alegou ser meu pai.

Com base na reação da mãe, ela temia já ter a resposta que procurava, mas ainda assim fez a pergunta:

— Ele não estava mentindo, estava?

Com os próprios olhos úmidos, a mãe embalou o rosto dela com uma mão.

— Sinto muito, filhinha.

— Você o amava?

Fancy sabia que nem sempre era possível controlar o coração e evitar o caminho que ele queria seguir.

— Ah, não, filha. Como você pode achar que eu amaria um ser humano tão horrendo? Mas, desde o momento em que percebi que estava grávida, eu quis você.

Fancy balançou a cabeça.

— Mas não entendo por que você o deixou tocá-la.

A mãe deu um passo para trás. Os olhos marejaram ainda mais antes de ela finalmente se arrastar até uma cadeira e cair no assento como se uma pedra de repente tivesse caído sobre ela.

— Sente-se, querida.

Fancy não queria. Seu corpo parecia sentir que a qualquer momento ela iria querer fugir e precisava estar a postos o mais rápido possível. Ainda assim, não podia negar o simples pedido de sua mãe, então se sentou na beira da cadeira diante dela, mas não conseguiu relaxar. Todos os seus músculos permaneciam tensos, aguardando um golpe.

— Ele era o proprietário do imóvel que eu morava, entende? Embora eu recebesse algumas moedas para ficar com os bebês bastardos, não era o suficiente para durar anos. Incapaz de deixar meus cinco pequeninos sozinhos, minhas opções de trabalho eram limitadas. Não leio bem, e isso me colocou em desvantagem. Essa é uma das razões pelas quais tenho tanto orgulho de você por suas aulas.

Fancy sabia que a mãe tinha problemas de leitura, não tinha lembrança de vê-la ler.

— Então eu fazia caixas de fósforos e costurava. Seus irmãos, à medida que envelheceram, começaram a trabalhar. Mas as moedas ainda eram escassas e, quando eu não tinha dinheiro para o aluguel, eu precisava pagar de outras maneiras...

Com o estômago revirando, Fancy fechou os olhos com força.

— Ele machucou você.

— Ele nunca levantou a mão para mim. Como eu não o amava, não era agradável tê-lo me tocando, mas eu não podia acabar com meus filhos na rua, não é? Não chore, amor.

Os filhos *dela*. Filhos que eram de outras pessoas, pessoas que os levaram para ela cuidar. E ela os criara como seus. Abrindo os olhos, Fancy esfregou as lágrimas nas bochechas.

— Foi horrível o que ele fez. Ele precisa ser punido.

— Seus irmãos cuidaram disso. Você crescendo dentro de mim não podia ser um segredo por muito tempo, então eu contei a verdade para eles. Eles tinham 14 anos, eram rapazes grandes. Deram uma lição no homem com seus punhos. Ele nunca me incomodou depois disso. Nem sequer pediu dinheiro para o aluguel. Claro, Mick acabou comprando as propriedades por aqui.

— Gillie sabe sobre o meu... sobre Dibble também?

Ela não conseguia atribuir a palavra "pai" a ele.

A mãe dela assentiu.

— Por que você não me contou a verdade?

— Porque eu nunca quis que você tivesse vergonha de sua origem. Eu nunca quis que você duvidasse que era uma adição bem-vinda à minha vida. Eu te amei desde o momento em que percebi que você existia.

Enterrando o rosto nas mãos, Fancy soluçou por tudo que a mãe havia suportado, por ter sido forçada a deixar que aquele homem nojento a tocasse. E ela chorou por si mesma, porque parte daquele homem estava dentro dela. Seu pai não era um herói de guerra nem um grande amor.

Os braços da mãe a envolveram.

— Eu sinto muito mesmo, amor. Depois que os rapazes cuidaram dele, pensei que ele ficaria longe para sempre. Não havia razão para você conhecer minha vergonha.

Fancy levantou a cabeça.

— Sua vergonha?

— Por me deitar com um homem que não era meu marido.

— Ah, mãe, a vergonha é dele, não sua.

No entanto, mesmo ao dizer aquelas palavras, ela percebeu que também sentia vergonha. Não fora fácil crescer como uma bastarda, mas pelo menos ela acreditava que era fruto de algo bonito. Saber que a feiura fora responsável por criá-la a fez querer chorar de novo.

— Podemos discutir isso mais tarde. Quando seus irmãos descobrirem a visita dele...

— Não quero contar a eles.

Fancy ainda estava lutando com o fato de que todos os irmãos sabiam um segredo tão horrível sobre ela e tinham mantido segredo. Para protegê-la, mas a que ponto a proteção era excessiva?

— Ele tirou dinheiro de você.

— Não, ele não tirou. Um cavalheiro que vive na área passou na hora e resolveu tudo, mandou prendê-lo.

— Agradeço ao Senhor por isso, mas eles ainda precisam saber.

— Não estou pronto para eles saberem que sei a verdade sobre o meu... pai.

— Seus irmãos nunca se referiram aos homens responsáveis por sua existência como pai, mas sempre como apenas o genitor.

Ela estava começando a entender por que eles haviam escolhido um termo mais impessoal. Fancy não queria reconhecer nenhum tipo de relacionamento íntimo com Dibble — e, no entanto, tal vínculo existia da mesma forma.

A mãe se ajoelhou no chão, as mãos cruzadas sobre os joelhos de Fancy.

— Sinto muito, querida.

— Você não precisa se desculpar, mãe. Você fez o que fez para manter os outros seguros. Eu entendo.

Estendendo a mão, ela tocou a bochecha de Fancy.

— Você ainda é minha menina preciosa.

Mas agora ela se sentia manchada pela verdade.

Desde o momento em que Matthew deixara Fancy, desejou voltar para ela, mas suspeitava que ela precisasse de algum tempo a sós com seus pensamentos e preocupações. Então, ele esperou até o fim da manhã.

Quando entrou na livraria, Marianne o cumprimentou, mas seu sorriso era um pouco menos brilhante.

— Olá, sr. Sommersby.

— Olá, Marianne. A srta. Trewlove está?

— Ela está arrumando o salão de leitura.

— Vou subir, então. Eu preciso ter uma palavra com ela.

— Claro, senhor.

Ele subiu a escada e entrou no salão de leitura. Fancy estava sentada no chão, perto da lareira, com vários livros empilhados ao lado dela enquanto ela passava um pano sobre a prateleira agora vazia. Ele caminhou em sua direção e se agachou.

— Fancy...

— Algo que não é levado em consideração ao se pensar em ter uma livraria é a quantidade de prateleiras e de livros que precisam ser limpos constantemente. Depois de limpar todas elas, já é hora de começar de novo.

Ela pegou um livro, limpou delicadamente a capa e o devolveu à prateleira.

O coração dele doeu por ela.

— Você falou com sua mãe. Vou presumir que ela confirmou a verdade das palavras do homem.

Sem olhar para ele, Fancy assentiu e passou o pano sobre outro livro.

— Ele era o senhorio, e ela não tinha as moedas para o aluguel.

Matthew fechou os olhos com força.

— Cristo!

Abrindo os olhos, ele colocou a mão no ombro dela. Ela afastou a mão para longe.

— Tomei banho quando cheguei em casa e ainda me sinto tão suja.

— Talvez seja apenas a poeira dos livros.

Então ela olhou para Matthew, e a tristeza em seus olhos o teria deixado de joelhos se ele ainda estivesse de pé.

— Ah, Matthew, a sujeira que falo está muito mais profunda que isso.

— Você não é aquele homem. Ele não faz parte de você.

— Você já olhou para seus pais e pensou: "Eles não fazem parte de mim"?

No mundo dele, a linhagem era algo de extrema importância. Claro que ele nunca pensara aquilo. Crescera ciente de que o fato de que eles *faziam* parte dele era o que o tornava especial, o tornava *o que* ele era, se não *quem* ele era.

— Eu entendo o seu ponto.

— Normalmente, eu adoraria estar correta.

— Mas, Fancy, as pessoas responsáveis por sua existência não determinam necessariamente o tipo de pessoa que você se torna. Meu pai era um homem duro. Nenhuma vez eu o ouvi rir. As pessoas que se reportavam a ele tinham pavor dele. Elas sabiam que ele poderia destruir suas vidas com uma só palavra. Ele me deu meus olhos, me deu meu cabelo. Mas ele não me deu minha alma. Trabalho com muitas das mesmas pessoas com que ele trabalhou, mas ouço as ideias dela e discuto maneiras de melhorar as coisas. Ele era ditatorial, pensava que ninguém sabia mais que ele. Para o meu pai, tudo o que importava era a própria opinião. Reconheço que não sei tudo, que vale a pena ouvir as sugestões dos outros. Em outras palavras, sou muito mais razoável que ele. — Ele tocou os dedos no peito. — Esse sou eu. Eu sou diferente dele. Você é diferente do seu pai. Você é Fancy Trewlove, e existem aspectos seus que não têm nada a ver com ele.

— Duvido que alguém da aristocracia concordaria. Eles se importam tanto com linhagem, com sangue, com herança. Eu tinha a desvantagem de ter nascido fora de um casamento, mas ainda tinha orgulho da minha mãe e do homem que supostamente era meu pai. Eu me sentia digna por causa do que eu acreditava que eles tinham compartilhado. Eu sempre pensei que meu pai era o herói, mas, no fim, ele é o vilão.

Matthew odiava o fato de ela estar cheia de dúvidas.

— Mas você é a heroína, a pessoa que faz bem aos outros.

— Eu aprecio o seu sentimento, mas, sabendo a verdade de quem me gerou, como eu poderia de alguma forma ser uma esposa apropriada para um lorde?

— Se eles acharem as circunstâncias do seu nascimento censuráveis, algo sobre o qual você não tem controle, eles podem ir para o diabo.

As palavras dele a fizeram sorrir um pouco, mas o pequeno sorriso foi o suficiente para animá-lo. Ele queria lhe dizer que era um conde e que a origem dela fazia com que ele a admirasse ainda mais. Mas aquela não era hora de ela descobrir que Matthew também não fora completamente honesto com ela. Não lhe dizer que ele era o Rosemont da maldita carta não parecera algo ruim quando a conhecera. Mas agora era difícil encontrar o momento certo para dar a notícia. Ela o veria de maneira diferente, assim como ele passara a vê-la com olhos diferentes e percebia o quão incrivelmente notável ela era, por não ser nada parecida com o verme que a gerara.

— Com toda a honestidade, Fancy, você não precisa contar a ninguém.

— Mas isso não seria honestidade, não é? É como se eu estivesse enganando alguém. E se ele não for condenado...

— Ele será. Falei hoje de manhã com o advogado que processará o caso. Com o meu testemunho — *juntamente ao peso e influência da minha posição* —, ele tem poucas dúvidas de que Dibble será considerado culpado.

Ela o estudou por um minuto inteiro.

— Embora isso seja um alívio, ainda acho que também devo ser uma testemunha. Não quero que Dibble pense que tenho medo dele. Quero enfrentá-lo, ter satisfação em provocar sua punição.

— Por mais que eu a admire por isso, por que se esforçar quando não há motivo?

— Eu odeio o que ele fez com minha mãe. Ele se aproveitou dela, e sua posição lhe deu o poder de fazê-lo. Eu gostaria de vê-lo castrado.

Embora Matthew não tivesse esperado que ela fosse tão vingativa, não a culpou pelo sentimento.

— Duvido que eles cheguem tão longe, mas ele será punido. A vida na prisão não é fácil.

— Eu sei. Meu irmão, Finn, passou algum tempo na prisão. Ele nunca falou sobre isso, mas a experiência o mudou, o deixou mais sombrio. — Ela pegou um livro, espanou-o e o colocou na prateleira. — Você me vê de maneira diferente agora que sabe a verdade de como eu vim a ser?

— Sim.

Quando ela desviou o olhar para encontrar o dele, ele embalou sua bochecha, agradecido porque desta vez ela não se afastou de seu toque.

— Agora eu sei que você é mais forte do que qualquer outra mulher que eu conheci. Ontem à noite você foi assediada, física e emocionalmente, e não se encolheu diante da verdade. Você é verdadeiramente notável, e qualquer lorde teria sorte em tê-la como esposa.

Qualquer lorde, incluindo ele.

Capítulo 21

Mais tarde naquele dia, depois que Marianne já tinha ido para casa, Fancy estava de pé, encostada no balcão, verificando as cartas que foram entregues pelo correio quando um envelope creme chamou sua atenção. O nome dela estava escrito em uma caligrafia elegante no pergaminho. Seus dedos tremiam um pouco quando ela virou a carta, quebrou o selo e abriu o envelope. As palavras voaram ao seu redor como pássaros em revoada, uma confusão que quase não fazia sentido.

Baile.

Fairhaven Hall.

Prazer de sua companhia.

Ela olhou para a data. No fim do mês. À noite. Claro. Às oito. O marquês e a marquesa de Fairhaven solicitavam sua presença.

Fancy mal conseguia entender. Ela não era parente deles, mas eles queriam o "prazer de sua companhia".

Lembrou-se de uma época em que ficaria muito feliz com o convite. Mas agora tudo o que conseguia pensar era que não pertencia àquele mundo, não merecia um convite elaborado. Ela empurrou o envelope de volta à pilha, levou-a para dentro do escritório e enfiou tudo em uma gaveta, como se aquilo fosse extinguir sua existência.

Voltando ao balcão, assistiu ao relógio bater os minutos até o momento de trancar as portas, determinada a manter a loja aberta até a hora certa, apesar da dificuldade da tarefa. Ela odiava Dibble por ter lhe tirado a alegria de trabalhar, mas sentiu-se agradecida por ele não ter ido além da despensa, pois assim ela não teria lembranças dele invadindo outras partes da livraria.

Apesar da visita de Matthew mais cedo naquele dia e de suas palavras amáveis, Fancy fora incapaz de se livrar da escuridão que se apossara de sua mente enquanto lutava para lidar com quão vulnerável se sentia de repente. Vulnerável e inadequada. Ela não era como sempre acreditara ser: o produto de um grande amor. Havia devorado histórias românticas porque elas representavam o mundo que se unira para criá-la. Embora soubesse que sua mãe a amava, Fancy não podia deixar de lado o fato de que fora gerada por algo feio, e aquilo a fazia se sentir feia. Na superfície, no fundo, por toda parte.

Seu peito doía, sua alma estava machucada. Ela não merecia todos os sonhos que sua família sonhara para ela. Sentia-se uma impostora. Seu passado era uma mentira e, embora entendesse por que sua família tentara poupá-la da verdade, até os amava por aquilo, sentia-se mal.

Assim que o relógio bateu seis horas, ela se dirigiu para a porta. Estava quase tocando a maçaneta quando a porta abriu de repente e Matthew atravessou carregando duas cestas de vime, uma com tampa, a outra transbordando com uma cornucópia de flores.

— Fechando a livraria? — perguntou ele.

— A menos que você precise de um livro.

— Não esta noite. Pensei que você gostaria de se juntar a mim para jantar.

— Eu realmente não estou com disposição para ir ao pub.

— Imaginei que você poderia não estar. — Ele levantou a cesta com tampa. — Então, eu trouxe o pub até você.

O coração dela se apertou um pouco com a gentileza dele.

— Ah, Matthew, acho que não serei uma boa companhia.

— Não estou esperando que você seja, mas também suspeito que você não tenha comido hoje, e precisa comer.

Só então Fancy percebeu que ele estava certo. Ela não sentia fome, mas não queria desmaiar por falta de alimento.

— Tem o suficiente na cesta para nós dois?

— Sim.

— Você gostaria de subir, então?

— Eu pensei que você nunca perguntaria.

— Comporte-se.

O sorriso dele tinha um ar diabólico.

— Só se você quiser.

Fancy não conseguiu segurar o riso. Era tão bom... especialmente porque pensava que nunca mais encontraria motivos para rir de novo. Contornando-o, ela trancou a porta e depois fechou a mão ao redor da alça da cesta de flores.

— Eu levo esta.

— Pois bem. São suas.

— Eu nunca vi tantas em um só lugar. Ou uma variedade tão grande. — Uma infinidade de cores a cumprimentou quando ela olhou para a cesta. — Você deve ter agradado muitas floristas hoje.

Na verdade, Matthew mandara seu jardineiro cortá-las do jardim de sua residência em Londres. Ele pedira pelo menos uma de cada variedade e cor. Quando a deixara mais cedo, tivera a sensação de que ela ainda estava lutando com a verdade sobre sua origem, e não estava disposto a deixá-la definhando em dúvida.

Ele a seguiu até os aposentos no andar superior. Tendo prestado pouca atenção na noite anterior depois de localizar o quarto dela, então ficou surpreso ao descobrir como a sala de estar era simples. Embora não fosse precisamente uma sala de estar. Era uma sala relativamente grande que incluía uma pequena cozinha, onde ela colocou a cesta em cima de uma mesa quadrada. Unindo--se a Fancy perto da mesa, Matthew colocou a cesta de comida ao lado da de flores. Na verdade, ele não levara o pub até ela, mas pedira à cozinheira em sua residência que preparasse alguma coisa. A querida mulher que servia a casa havia anos ficou emocionada com a oportunidade de fazer pratos que seriam comidos por outras pessoas além dos criados. Ele esperava que Fancy não percebesse que a comida era um pouco mais sofisticada do que a geralmente servida do outro lado da rua.

— Não tenho um vaso — disse ela. — Você ficará ofendido se eu usar um jarro?

— Seria preciso muito mais que isso para me ofender.

Ela pegou uma peça amarela pálida e começou a arrumar as flores nela.

— Sinta-se livre para explorar o local, fique à vontade. Não vou demorar mais que um minuto aqui.

Afastando-se dela, ele notou que o restante da área era dedicado ao conforto. Um sofá azul-escuro e uma mesa retangular baixa repousavam diante da lareira. Em ambos os lados e mais perto da lareira, havia duas cadeiras felpudas azuis com fios amarelos, criando uma variedade de redemoinhos. Ela gostava de amarelo, ao que tudo indicava.

A lareira continha um retrato emoldurado de quatro homens altos e uma mulher alta — todos jovens, com menos de 20 anos, Matthew teria apostado — do lado de fora de uma taverna. A Sereia e o Unicórnio, de acordo com a placa pendurada acima do limiar. Uma mulher mais velha, de pequena estatura, estava entre eles. Pressionada contra ela e quase enterrada em sua saia estava uma pequena criatura que não podia ter muito mais que 6 ou 7 anos.

— Minha família — disse Fancy calmamente, parando ao lado dele. — No dia em que Gillie abriu sua taverna.

— Foi o que pensei.

Outra fotografia próxima, também emoldurada, estava a alguns centímetros da primeira. Com base no vestido que lady Aslyn usava e na igreja atrás do grupo reunido, ele presumiu que a foto havia sido tirada no dia em que a mulher surpreendera a sociedade londrina casando-se com um homem sem linhagem. Fancy estava prestes a se tornar uma mulher adulta, emanando graça e charme.

— Vamos comer antes que esfrie? — perguntou ela.

Matthew havia levado a comida ao pub e pedira a Hannah para aquecer tudo, então tecnicamente não estava mentindo quando dissera que a comida vinha do pub. À mesa, ele abriu a garrafa de vinho branco que havia trazido, serviu um copo para cada um e sentou-se à esquerda dela. Ele gostava de tê-la ao seu lado. E não ficou surpreso ao descobrir que a porcelana também era estampada em amarelo e azul.

— Você gosta de amarelo e azul.

O sorriso dela foi forçado e não parecia pertencer completamente ao seu rosto.

— A combinação lembra o sol e o céu nos dias mais bonitos.

De fato, ele acreditava que Fancy era muito parecida com a luz do sol, pois iluminava até os humores mais sombrios — até a noite anterior. Agora, era ela quem precisava ser iluminada.

O frango de sua cozinheira, ensopado com um molho de laranja, era uma das especialidades dela e um de seus pratos favoritos, mas Fancy comia com o entusiasmo de alguém que havia recebido um sapato velho para roer. Até o vinho, uma excelente safra de sua adega, não a atraía.

— Herdei minas de carvão em Yorkshire.

Era uma coisa sem-graça de se admitir, mas ele não estava acostumado com o silêncio entre eles e queria fazê-la sorrir. As palavras pareceram despertar um pouco o interesse dela, pelo menos o suficiente para que ela bebesse o vinho.

— Onde você cresceu.

Ele assentiu.

— Você não deveria estar gerenciando-as?

— Eu tenho um excelente capataz que cuida das coisas. Ele me envia relatórios. Eu às vezes as visito.

Mais frequentemente quando ele fosse para o interior, após o término da temporada.

— Você já trabalhou nas minas?

— Algumas vezes. É um trabalho árduo, mas me fez apreciar os homens que trabalham nelas.

— Você usa crianças nas minas?

— Apesar das inúmeras falhas de meu pai, uma de suas qualidades redentoras era que ele não apoiava o trabalho infantil. Exceto quando se tratava de mim. Ele se ressentiu por eu ter uma infância. Pensava que eu deveria assumir responsabilidades o mais cedo possível.

— Minha família teria me mantido uma criança para sempre, se pudessem.

— Eles só queriam protegê-la.

— Porque todos sabiam a verdade sobre o meu pai. Não consigo parar de pensar nele.

Ela tomou um longo gole de vinho, quase esvaziando a taça. Ele prontamente a encheu.

Ela passou o dedo para cima e para baixo na haste, e Matthew pensou que gostaria de receber o mesmo carinho em sua mandíbula. Só que não estava ali por suas necessidades. Ele estava ali por ela.

— Ele não vale seus pensamentos.

— Eu sei. Mesmo assim, não sei mais quem sou.

Ele odiava que o maldito a fizesse duvidar de si mesma.

— Você é Fancy Trewlove, dona do Empório de Livros Fancy. Fancy Trewlove, que está conquistando a sociedade londrina.

Ela deu uma pequena risada.

— Só se for a passos de formiga.

— Na totalidade de uma temporada, dois bailes dificilmente significam algo. Ao final, você terá conquistado todos eles.

Ela olhou para ele, desviou o olhar, tomou um gole de vinho.

— Hoje recebi um convite para o baile dos Fairhaven.

Então Sylvie, Deus a abençoasse, apesar de seus protestos, fizera o convite a seu pedido. Ele teria que enviar um presente à irmã. Embora Fancy não parecesse tão satisfeita quanto Matthew esperava que ficasse.

— Eu conheci o marquês e a marquesa no baile de Gillie — continuou ela. — Nenhuma das minhas relações está ligada a eles. É o primeiro sinal de que estou sendo aceita.

— E isso é bom, não é?

— Normalmente, sim. Mas tenho refletido sobre o baile de Collinsworth, o próximo para o qual tenho um convite. Estou pensando em não ir, em terminar minha temporada.

Ele não gostava de pensar nela flertando com outros homens, mas gostava menos ainda que ela desistisse de algo que trabalhara tanto para alcançar.

— Você pretende deixá-lo vencer?

— Não, eu apenas... daqui um ou dois anos voltarei. Talvez. Tenho pensado sobre o que você me disse antes. Eu poderia manter esse segredo, mas temo que ele se espalhe e que eu viva com medo de que seja revelado. Não seria melhor admitir a verdade das coisas? Especialmente se eu tiver alguma esperança de ter o tipo de casamento que desejo.

Cansado de tentar comer quando todo o seu foco estava nela, ele empurrou o prato para o lado e se inclinou para ela.

— Que tipo de casamento você deseja?

— Um de amor, respeito, admiração. Honestidade. Sem segredos.

— As pessoas raramente compartilham tudo.

— Mas isso não é algo trivial, Matthew. É a verdade nua e crua de como eu fui gerada. — Ela esfregou os braços, rapidamente, para cima e para baixo nos braços. — Eu disse antes como me sinto suja, contaminada. Tomei mais um banho esta tarde e falhei mais uma vez em me livrar da sujeira. É como se ela habitasse dentro de mim. — Lágrimas se juntaram ao longo de seus cílios, e foi como se uma tempestade batesse contra ele. — Estou envergonhada. Envergonhada por ele ser parte de mim. Envergonhada por não ter forças para rejeitá-lo. Por ele continuar a me assombrar. Como posso sobrecarregar um marido, uma família, com tudo isso?

Matthew pensou que a conhecia, que a entendia, mas percebeu que a devoção dela com quem se importava era muito maior que qualquer outra que ele já conhecera. Ela não conseguia se livrar do que havia aprendido sobre o pai por causa de sua percepção do preço que a mãe pagara e de sua preocupação por aqueles que ainda não haviam se tornado parte de sua vida. Ela o sensibilizou com seu altruísmo, com sua capacidade de sempre colocar os outros em primeiro lugar.

Fancy estava lutando para se adaptar ao que agora sabia de si mesma e se achava diferente porque não era o resultado de um conto de fadas, mas de um pesadelo. No entanto, ela não conseguia ver que o coração e a alma dela continuavam iguais. Porque o verme não apenas tocara seu corpo, mas seu mundo, e, ao fazê-lo, ele a revestira com sua imundície. Era algo tão profundo que ela não conseguiu sentir-se limpa. Mas Matthew sabia como fazê-lo.

Empurrando a cadeira para trás, ele se levantou.

— Onde fica sua banheira?

Claramente surpresa, ela piscou para ele.

— Eu tenho um banheiro. Por quê?

— Eu vou dar um banho em você e, quando terminar, você estará tão limpa que sua pele estará fervendo.

Fancy não sabia se deveria ficar horrorizada, cautelosa ou intrigada quando Matthew colocou o paletó nas costas da cadeira, tirou o lenço do pescoço, desabotoou três botões, arregaçou as mangas, fez-se confortável em sua pequena cozinha e começou a aquecer a água. Ela decidiu ficar intrigada com uma pitada de cautela.

— Você não pode estar falando sério.

Apoiando-se no balcão, ele cruzou os braços sobre o peito, e ela lutou para não se concentrar em como a ação fazia seus antebraços parecerem esculpidos em pedra.

— Quando saí das minas, estava coberto de sujeira, em toda fenda e dobra. Era a única coisa de trabalhar lá que eu detestava. Tornei-me muito hábil em tomar um banho minucioso, e quando terminava a água estava escura.

— Mas não estou literalmente coberta de sujeira.

— Não, mas você sente como se estivesse. Você confidenciou que seus próprios esforços falharam em produzir resultados. Então, onde está o mal em me deixar tentar?

— Através das minhas roupas?

Descruzando os braços adoráveis, ele se aproximou dela lentamente, como se Fancy fosse uma égua nervosa que pudesse disparar a qualquer movimento ou som inesperado. Ele parou bem próximo, roçando o peito contra seus seios, e os mamilos dela imediatamente se eriçaram. Ele a encarou com pura honestidade.

— Minha boca já conheceu muito de você intimamente. Você deve saber que não aceitarei o que você não está disposta a dar.

Mas, sem roupas, Fancy poderia se abster de dar tudo a ele? Ela confiava nele mais que em si mesma. O perigo pairava, mas se ele pudesse livrá-la da terrível sensação de estar encharcada de lama, ela achava que tinha uma chance de voltar a ser ela mesma. Desde a chegada de Dibble, sentia-se perdida, trôpega. Queria mais que tudo estar novamente no caminho certo.

Ela assentiu. Com um sorriso de compreensão e gentileza, ele se inclinou e deu um beijo carinhoso nos lábios dela.

— Depois de saber sobre o meu passado, como você consegue me tocar? — sussurrou ela.

— Porque eu não o vejo. Vejo apenas você. E, quando eu terminar, você verá apenas a si também.

Ele se afastou dela, e Fancy precisou se controlar para não o agarrar, puxá-lo de volta e afundar-se em seus braços. Não até que ela se sentisse limpa, embora já se sentisse menos suja. Só por causa da maneira como ele a olhava, como se ela fosse o que sempre acreditara ser: digna de amor.

— Vou começar a encher a banheira.

Ela não esperou que ele respondesse, mas foi para o quarto e seguiu para o banheiro. Abriu a torneira e viu a água começar a fluir. Era uma melhoria de como eles tomavam banho na casa da mãe, arrastando a banheira do galpão e enchendo-a com baldes da pia da cozinha. Mick estava pesquisando como obter encanamento aquecido em seus edifícios, mas ainda não conseguia disponibilizá-lo. Ela tinha certeza de que chegaria um momento em que tudo seria mais conveniente.

Ouvindo o som de passos pesados, ela recuou contra a parede e viu Matthew entrar segurando a panela enorme e derramar a água fumegante na banheira. Ele fez várias outras viagens enquanto ela andava ansiosa pelo quarto.

Finalmente, ele anunciou:

— Está pronto.

Ela entrelaçou os dedos.

— Eu acho que você esquentou mais a água do que costumo fazer. Eu poderia me banhar sozinha.

— Você já fez isso duas vezes hoje. Não ajudou. — Ele levantou uma mão e flexionou os dedos. — Meus dedos são mágicos.

— Daqui a pouco você se apresentará na rua, competindo com o Rei do Fogo.

Ele riu, uma risada profunda e rica, depois ficou sério.

— Não compartilho minha mágica com ninguém. Apenas com a mais especial das damas.

O coração dela esquentou. Ele a fazia se sentir como se Fancy fosse a pessoa mais importante para ele.

Matthew deixou de lado a bacia que estava segurando.

— Vou desfazer os laços da sua roupa.

De pé, ao lado da cama, ela se virou e segurou o poste do dossel intrincadamente esculpido, virando-se de costas para ele. As mãos dele eram lentas e firmes enquanto ele afrouxava os laços, enquanto as dela começaram a ficar úmidas e tremer de leve em antecipação ao toque dele roçando mais que o tecido.

— Você provavelmente deve remover seu colete e camisa para não ficarem molhados.

Ela não gostou muito de soar ofegante, mas, quando ele pressionou a boca na base de seu pescoço, Fancy definitivamente perdeu a capacidade de respirar.

— Que mulher sábia você é. Consegue lidar com o restante de suas roupas ou devo cuidar disso?

— Eu dou conta disso.

Ela lamentou quando ele se afastou.

— Vou lhe dar alguns minutos e depois me juntar a você na banheira.

Assentindo, ela ouviu os passos dele anunciando sua partida. Então correu para a sala de azulejos, rapidamente tirou a roupa, empilhou-a em um canto e afundou na água incrivelmente quente, mais quente do que ela já tivera paciência para fazer. Carregar água aquecida nunca tinha sido sua tarefa favorita, e ela fazia o suficiente para deixar a água apenas em uma temperatura confortável. Teria que repensar o valor do esforço, porque a sensação era adorável.

Ouvindo um leve arranhão, um barulho, ela ficou imóvel e esperou. Pensou que deveria estar nervosa, mas nunca se sentira nada além de confortável perto de Matthew. E ele fizera coisas deliciosamente perversas nos lugares mais íntimos de seu corpo. Fancy não era hipócrita o suficiente para lhe dizer que não poderia tocá-la agora, especialmente quando ela detestava sua própria pele. Ela quase se esfregara a ponto de machucar naquela tarde.

Matthew era tão silencioso que ela mal o ouviu quando ele entrou. O colete se fora, mas a camisa continuava. Ele colocou uma pilha de livros contra a parede e colocou uma lamparina em cima deles.

— Você não soltou o cabelo.

— Não é necessário. Leva uma eternidade para secar.

— Hmm. Veremos.

Ele desapareceu e a luz acima se apagou, deixando-a em uma sala mal iluminada com sombras bruxuleando ao redor. Quando ele voltou, a camisa havia sido descartada e ela se viu encarando um peito liso e finamente cinzelado enquanto ele se agachava diante dela e lhe oferecia uma taça de vinho. Fancy queria que ele tivesse deixado a luz acesa. Alguns dos traços dele eram engolidos pela sombra, e ela não podia vê-lo tão claramente quanto gostaria. Debaixo da água, seus dedos flexionaram com o desejo de tocá-lo. Ela teve que acalmá-los antes de levantar uma mão da água, concentrando-se em envolvê--los na taça, em vez do peitoral sobre o qual desejavam traçar.

— Eu nunca bebi vinho na banheira.

— Isso ajudará você a relaxar. Eu sempre gosto de tomar um pouco de uísque no banho.

— Parece bastante decadente.

— Exatamente.

Ela se aqueceu com a palavra rouca que parecia cheia de promessas. Tomando um gole de vinho, posicionou o braço sobre o peito, dando-lhes um pouco de cobertura dos olhos verdes. Ela não achava que nada mergulhado na banheira pudesse ser visto com muita clareza, embora fosse bobo ser modesta naquele momento, quando ele vira tudo tão de perto na noite anterior.

Fazia apenas uma noite desde que o mundo desabara ao seu redor? Talvez estivesse sendo injusta em acreditar que poderia se recuperar tão rapidamente.

Ela assistiu, hipnotizada, quando ele mergulhou um de seus panos macios de linho na água na extremidade da banheira. Seus músculos flexionaram quando ele espremeu o excesso de água.

— Vamos começar com o seu rosto.

Gentilmente, ele tocou o linho na testa dela.

— E onde você vai terminar?

Ele sorriu maliciosamente.

— Nos dedos dos pés.

Com ternura, Matthew deslizou o pano em volta do rosto, ao longo do nariz, sobre a boca, sobre o queixo. Então a estudou como se fosse fazer uma prova no dia seguinte e tivesse que desenhá-la.

— Não vejo nenhuma evidência dele.

Ela mordeu o lábio inferior antes de tomar outro gole de vinho.

— Você não tem o queixo dele — disse ele calmamente. — Você se parece exatamente com a mulher na fotografia atrás de cuja saia você estava escondendo.

O sorriso dela era pequeno, hesitante.

— Minha mãe.

Ele assentiu.

— Você não é tão velha, é claro, mas todas as linhas são as mesmas.

— Já me disseram em várias ocasiões que eu sou a cara dela.

— Acredite.

— Mas ele deve ter me dado alguma coisa. — Ela fechou os olhos com força. — Talvez seja algo profundo dentro de mim, algo que não possa ser visto.

— Seu baço, talvez.

Com uma risada sufocada, ela olhou para ele, para o brilho nos olhos verdes, e sentiu a menor centelha de alegria.

— Definitivamente não é seu coração, querida.

Embora estivesse começando a parecer que seu coração não era mais dela, mas dele, de Matthew. Ele pegou o sabão, colocou-o na palma da mão grande e mergulhou-o na água, evitando o joelho dela, evitando tocar em qualquer parte de seu corpo. Então, ele esfregou-o sobre o tecido, enchendo o ar com a fragrância cítrica.

Ele pareceu ao mesmo tempo intrigado e impressionado.

— Então é por isso que você sempre cheira a laranja.

— Isso, e eu como uma todo dia no café da manhã. Quando eu era pequena, enfiava o dedo na polpa e passava no pescoço, como se fosse perfume.

— Imitando sua mãe colocando perfume?

— Não, ela nunca gastaria moedas em algo tão frívolo. Ela colocava um pouco de baunilha atrás das orelhas. Mick trouxe para ela um frasco de perfume caro uma vez. Ele fica na cômoda dela, nunca usou. Acho que ela acredita que seja precioso demais porque é presente de um dos filhos.

— Sua mãe parece ser uma mulher excepcional.

Com o pano cobrindo a palma da mão, ele deslizou-o sobre o pescoço e os ombros dela, massageando sua pele no processo, e Fancy teve medo de nunca mais conseguir tomar outro banho sem reviver aquelas sensações.

Ele levou o pano até onde a água batia em seus seios, mas não mergulhou o pano, mesmo que ela não tivesse contestado se o fizesse. Em vez disso, ele fechou a mão em volta do seu braço e o tirou da água. Ela observou quando ele apertou a boca e fechou os olhos momentaneamente.

— Você se machucou.

— Eu esfreguei com muita força — sussurrou ela —, mas não fez diferença.

— Não é a dureza que funcionará. É a ternura.

Ele lavou o braço dela com tanto cuidado que Fancy quase chorou.

Notavelmente, quando ele terminou, ela sentiu como se a pele estivesse pura. Onde quer que Matthew tocasse, ela se sentia renovada, imaculada. Pegando a taça de vinho agora vazia, ele passou ao outro braço.

— Você é muito bom nisso.

— Passei muito tempo pensando em fazê-lo.

Um choque de surpresa a atingiu.

— Você pensou em me dar banho?

Dobrando os dedos dela sobre a mão dele, ele os levou aos lábios e deu um beijo quente ali, o tempo todo segurando o olhar dela, desafiando-a.

— Eu pensei em fazer muitas coisas com você.

Ele deixou o outro braço apoiado na borda da banheira. Erguendo o dedo, ela roçou a ponta da unha da clavícula até o centro do peito e sentiu um gosto de vitória quando os olhos verdes se fecharam.

Matthew odiava que aquela mulher forte estivesse duvidando de si mesma, odiava ainda mais que ele estava tendo que se esforçar tanto para não tirar proveito da situação. Seu verdadeiro motivo tinha sido fazê-la se sentir limpa novamente, mas, quando ela o tocou com pouco mais que a ponta de uma unha, precisou se controlar para não se juntar a ela na banheira. Ele até continuara de calça. Só queria abraçá-la e segurá-la em seus braços.

Em vez disso, colocou a mão adorável de volta na beira da banheira e foi para trás dela.

— Sente-se. Vou limpar suas costas.

— Você está determinado a lavar todo meu corpo.

Cada maldito centímetro e, para alguns pontos, ele queria usar a língua, e não o tecido. A água espirrou em ondas diminutas quando ela levou os joelhos ao peito, inclinando-se para a frente, abraçou-os e apoiou a bochecha contra eles, revelando a extensão delicada das costas.

— Eu suspeito que você não conseguiu alcançar esta parte antes.

— Não, nem tudo.

Deixando o tecido de lado, ele esfregou o sabão entre as mãos até que a peça quase escorregou. Então, ele abriu as mãos e as colocou no centro das costas dela. Lentamente, ele deslizou-as para cima, pelos ombros dela, e para baixo, sobre a cintura. O gemido baixo dela o fez sorrir.

— Gosta disso?

— Muitíssimo. Sinto que esta parte está muito, muito suja e você vai precisar lavá-la várias vezes.

Foi a coisa mais leve que Fancy dissera desde as primeiras horas da manhã, e o peito dele se expandiu com prazer e triunfo. Inclinando-se para a frente, ele descansou os lábios contra a orelha dela, gostando da sensação da mecha de cabelo úmida que escapara de seu coque em seu rosto.

— Sentindo-se mais limpa?

— Notavelmente sim. Você me toca como se ele não importasse.

— Ele não importa. Você é sua própria mulher, Fancy. Eu soube disso quando entrei na sua loja e vi você.

Com as pontas dos dedos, ele massageou os ombros e as costas, a pele lisa e sedosa sob seu toque.

Ela gemeu.

— Eu nunca experimentei algo assim antes.

— As outras maneiras que eu a toquei... você já as experimentara antes?

Virando a cabeça levemente, ela olhou para trás com um sorriso malicioso no rosto que lhe trouxe mais alegria do que qualquer outra coisa em sua vida.

— Eu o acusaria de tomar liberdades, mas temo que isso faça você parar.

— Não vou parar até que você me diga.

— Então ficaremos aqui até o amanhecer.

— A água esfriará. Já está esfriando.

— Mas você vai me aquecer, não vai?

De uma maneira que ele não deveria.

— Eu sempre vou aquecê-la.

— Você está sujo, Matthew?

A respiração dele parou, seus pulmões congelaram. O perigo espreitava no horizonte, e ele o ignorou.

— Eu certamente posso estar.

Ela riu um pouco, virou-se e estendeu a mão para ele.

— Quero que seu corpo inteiro lave o meu.

— Fancy, minha resistência a você está enfraquecendo a cada minuto. Quero que saiba que para mim você não é diferente hoje do que era ontem. Mas se eu tirar minha calça e entrar nessa banheira...

Ela pressionou os dedos nos lábios dele.

— Eu sei. Mas quero me sentir limpa por dentro e por fora. Quero me sentir limpa por completo.

Ela nunca fora tão descarada, tão ousada. Mas, então, nunca quisera tanto algo quanto o queria. Não apenas as mãos, mas cada centímetro dele. Matthew fazia o passado não importar, apenas o presente, apenas o futuro. Embora soubesse que lordes queriam que as esposas fossem intocadas, Fancy não tinha mais certeza de que seguiria esse caminho.

Não por causa do homem que a havia gerado. Matthew estava certo. Dibble era irrelevante, não era nada para ela. Ele plantara sua semente e seguira em frente. Ele não tinha direito a Fancy. E, mesmo que ela discordasse da avaliação de seu queixo por Matthew, sabia que não importava. O amor que a cercara enquanto crescia atenuava tudo relacionado ao homem que fora à sua porta, trazendo feiura consigo. Fancy permitira que a maldade penetrasse nela, mas Matthew contra-atacava com ternura e cuidado.

E ele era a razão pela qual ela estava questionando seu futuro, era o motivo por aquele momento parecer tão perfeito e certo. Ela sabia que não importava o que o amanhã traria, não se arrependeria do que sentia ali com ele.

Ela viu quando ele desabotoou a calça. Quando a empurrou para baixo e se desvencilhou dela. Fancy viu os pés dele e percebeu por que ele fora tão silencioso mais cedo; havia tirado as botas. Erguendo o olhar, ela parou no meio do caminho, pois viu algo mais.

— Você é magnífico — disse ela, a voz baixa e rouca.

— Você está se referindo a mim ou ao meu pau?

Com coxas firmes, barriga tonificada, músculos definidos, ele a lembrava das estátuas de mármore dos deuses gregos.

— Eu tenho que escolher?

A risada dele ecoou pelo cômodo quando Matthew entrou na banheira, a água fazendo ondas quando ele se abaixou e a pegou nos braços, de modo que todo o corpo dela estivesse pressionado contra ele.

— Quando sairmos dessa banheira, seu cabelo será solto.

Ela mal teve tempo de sorrir e acenar com a cabeça antes que a boca dele capturasse a dela e desintegrasse o último pedaço de sujeira que se agarrava. Nada importava, exceto ele, exceto eles.

A mão dele viajou ao longo de suas costas, sobre sua bunda, sobre sua coxa, enganchou sob um joelho e o colocou do outro lado do quadril dele, para que ele pudesse se acomodar mais intimamente contra ela. E Fancy abraçou a sensação. A água havia começado a esfriar, mas ela se sentia muito mais quente, aquecida até o âmago.

Ele arrastou a boca pelo pescoço dela e o calor viajou pelo corpo até os dedos dos pés.

— Sentindo-se mais limpa?

— Por dentro e por fora.

Erguendo a cabeça, Matthew capturou e segurou o olhar dela.

— Continue assim. Nunca mais deixe que ele afete você.

— Não deixarei. Você me faz sentir invencível e preciosa.

— Porque você é. Você tem muito a dar, muito a oferecer.

— E quero dar a você hoje à noite.

Gemendo baixo, ele enterrou o rosto na curva do pescoço dela.

— Você me deixa de joelhos com tanta facilidade.

— É por causa de sua posição na banheira.

Quando ele levantou a cabeça, ele estava sorrindo e embalou o rosto dela com uma mão grande e molhada.

— Você está nervosa.

— Um pouco. Você sabe o pior de mim e ainda assim está aqui.

— Porque eu também sei o melhor sobre você, e ele supera em muito o pior.

Dessa vez, quando ele tomou a boca dela, também tomou posse de seu coração.

Ele a aceitava como ela era. O passado não importava. Com ele, Fancy não precisava fingir ou se esforçar para atender às expectativas. Era o que sempre quisera, honestidade com um cavalheiro. E, com Matthew, ela tinha.

Quando as mãos dele deslizaram sobre seu corpo, ela pensou: *sua*, *sua*, *sua*.

Quando ela deslizou as mãos sobre o peito largo e os ombros largos, ela pensou: *meu*, *meu*, *meu*.

Então, Fancy estremeceu. Embora ele estivesse quente, a água ficara mais fria. Imediatamente, ele percebeu e recuou.

— Vamos tirar você daqui.

Ele saiu primeiro, sem se preocupar em esconder sua perfeição enquanto pegava uma toalha. Quando ela se pôs de pé e a água escorreu sobre seu corpo, os olhos dele escureceram, aqueceram, e Fancy se sentiu como uma ninfa que capturara a atenção de um deus. Quando saiu da banheira, ele enrolou o tecido macio em volta dela e começou a dar tapinhas gentis, secando todas as gotas. Ficando de joelhos, ele secou as pernas e os pés dela, e ela passou os dedos pelo cabelo dele, sensibilizada pela ação, por ele atender às necessidades dela antes das próprias.

— Você deve estar com frio — disse ela.

— Estou bem.

Quando ele terminou, pegou outra toalha e a envolveu, depois esfregou rapidamente a primeira sobre a própria pele, sem se preocupar em tomar o mesmo cuidado que havia tomado com a dela. O tempo todo, o olhar dele permaneceu fixo no dela. As ações de Matthew desaceleraram, pararam, a toalha foi apertada por uma mão e parou onde as costelas davam lugar à barriga, o tecido cobrindo as áreas mais vulneráveis, proporcionando a ele um pouco de modéstia.

— Fancy, minha intenção realmente era apenas dar banho em você, para mostrar que o que faz você ser Fancy Trewlove não mudou. Não vou culpá-la se preferir que eu me vista e saia daqui agora.

Com um sorriso, ela soltou a própria toalha, consciente de sua jornada ao longo do corpo até formar um monte no chão, observando como ele apertou com mais força a toalha que segurava, os nós dos dedos ficando brancos. Estendendo a mão, ela entrelaçou os dedos na mão desocupada dele e começou a conduzi-lo em direção à cama.

Embora Matthew tivesse oferecido, com todas as boas intenções, ir embora se Fancy quisesse, ele não sabia como teria feito aquilo quando seu corpo estava pulsando com a necessidade de estar com ela, de se enterrar nela, de ouvi-la gemer quando a paixão a dominasse. Quando ela o puxou do banheiro, ele soltou a toalha de seu aperto fatal e a seguiu.

Nunca em sua vida parecera tão importante fazer tudo certo, garantir que tudo fosse perfeito — por ela.

Quando se aproximaram da cama, ela soltou a mão dele e começou a tirar os grampos do cabelo. Ele sentiu seu estômago apertar quando as ondas de seda preta caíram em cascata ao redor dos ombros delicados, ao longo de suas costas, parando pouco antes da covinha acima de sua bunda. Passando a mão pelas madeixas acetinadas, ele a impediu de subir na cama, virou-a, inclinou sua cabeça para trás e colocou a boca sobre a dela como se fosse ali que pertencesse. E maldito era por sentir como se pertencia.

Mas, até aí, ele se sentia assim desde a primeira vez que se beijaram. Tudo com ela sempre parecia certo, parecia novo e, ainda assim, familiar.

Apoiando-se nele, ela passou um braço em volta de seu pescoço e levou o outro em uma jornada pelas costas largas, como se quisesse que ele estivesse tão perto dela quanto ele desejava. Ela era macia e quente da cabeça aos pés. Embora a pele dela não tivesse fervido quando ele deslizou as mãos por ela, Fancy parecia intocada, pura, pristina, uma deusa dando atenção a um mero mortal. Ele nunca se sentira mais sensibilizado, mais indigno de algo tão maravilhoso. Mas ele não era tolo o suficiente para desistir e não se esforçar para merecê-la. Especialmente quando ela não era nada tímida e estava levando a língua em um passeio que mapeava cada canto e fenda da boca dele enquanto retornava ocasionalmente para uma valsa sedutora e lenta com a língua dele.

Ela não tinha timidez em relação a nenhum aspecto de sua vida. Suas paixões a guiavam e a levavam para os braços dele. Matthew não poderia estar mais agradecido.

Levantando-a em seus braços, ele a deitou na cama e fez o mesmo em seguida.

Era perversamente maravilhoso estar sob o corpo de um homem enquanto ele a acariciava e provocava áreas sensíveis que ansiavam pelo toque, de uma maneira que Fancy nunca suspeitara. A parte de baixo dos seios, a extensão das costas, a parte interna das coxas e a parte de trás dos joelhos. Ele era alto, com braços longos que podiam alcançá-la sem a necessidade de se esticar. Embora, sem dúvida, tivesse ajudado que, quando ele seguiu para sua panturrilha, ela dobrou a perna para que parte dela descansasse no quadril dele, dando-lhe mais fácil acesso. Eles se moviam em conjunto, cada um parecendo saber instintivamente o que o outro exigia. Ela nunca sentira tal realização, este intenso sentimento de pertencer a outro.

Ah, Fancy sentia que pertencia à família, nunca duvidara disso, mas aquele era um nível totalmente diferente de aceitação, de descobrir onde ela se encaixava — e ela se encaixava perfeitamente contra ele. Percebeu que todos os encontros dos dois, desde o momento em que ele entrara na livraria, a estavam levando àquilo. Ao desejo. À necessidade. À satisfação.

Todos os outros homens que ela conheceu falharam em fazê-la pensar em compartilhar uma cama, mas, com Matthew, o desejo sempre havia pairado no ar, provocando-os. Ali, finalmente, estava se concretizando.

Mais uma vez, a mão dele desceu pela coxa dela, por baixo do joelho, fez o caminho de volta. Só que dessa vez foi mais alto, desviou-se, e os dedos hábeis a abriram, acariciando a carne macia. Fancy relaxou e se entregou à paixão. Ela sabia como a missão terminaria e não tinha reservas quanto ao lugar que ele a levaria.

— Você está tão molhada — murmurou ele. — Tão pronta para mim. — Ele deslizou o dedo dentro dela, e sensações encantadoras a inundaram. — E tão apertada.

— Tudo isso é bom?

Ela sentiu o sorriso dele contra a curva de seu pescoço.

— Tudo isso é maravilhoso.

Movendo-se até estar aninhado entre as coxas dela, Matthew beijou a parte inferior do queixo dela, do colo, a cavidade entre os seios. Então, tomou a boca dela enquanto a penetrava, avançando devagar, gentilmente, dando-lhe tempo para se ajustar enquanto o corpo dela se esticava para acomodá-lo. Ela fincou as unhas nas costas dele, arranhou ao longo das costas largas. Quando ele estava completamente acomodado dentro dela, ela envolveu as pernas ao redor dele, o abraçou.

Ele começou a se mover, apenas movimentos curtos no início, e então se alongaram, chegando mais rápido, com mais propósito, mais intensidade.

Fancy sentiu o prazer começar a inflar, de onde estavam unidos até as pontas dos dedos das mãos, dos dedos dos pés, até as pontas dos cabelos. Os gemidos se misturavam aos grunhidos dele, e ela pensou que nenhuma sinfonia nunca soaria tão doce.

Freneticamente, suas mãos se moveram sobre ele, sobre ombros, braços, costas, pescoço. Fancy não conseguia se cansar dele, precisava de mais, enquanto ele a penetrava e ela o encontrava estocada por estocada. Sem nunca quebrar o beijo, Matthew aprofundou o encontro das bocas, tão profundo quanto a junção dos corpos.

Cada terminação nervosa, cada músculo se contraiu. Uma explosão de sensações a percorreu. Gritando o nome dele, Fancy se agarrou a ele, ciente do corpo dele enrijecendo, as costas se curvando. Matthew se libertou do beijo, seu rosnado selvagem ecoando ao redor dela até ele ficar imóvel, cair em cima dela e enterrar o rosto no vão entre o pescoço e o ombro.

Capítulo 22

FANCY NÃO SABIA POR QUE estava naquele maldito baile, tentando provar que Dibble não tinha influência sobre suas decisões, quando ironicamente estava presente apenas por sua necessidade equivocada de demonstrar o que não exigia demonstração. No dia anterior, seu pai dominara seus pensamentos, mas, depois, ela pensara apenas em Matthew e como se sentira em seus braços.

Ela não o via desde que ele saíra de sua residência, perto da meia-noite, e sentia muita falta dele. Como nenhuma aula seria realizada naquela noite, não o tinha visto antes de partir para o baile e sentira um vazio inesperado em seu peito. Ela queria perguntar como fora o dia dele, queria sentar-se em uma cadeira e ler com ele em sua frente, queria compartilhar uma refeição, queria a boca dele na sua, as mãos dele em sua pele.

Ela estava sempre se esforçando para provar o seu valor para as pessoas reunidas naquele grande salão. Com Matthew, nunca tivera nada a provar. Ele a aceitava como ela era.

E Fancy o aceitava também. Sua bondade para com Dickens. As moedas que entregava para crianças descalças na rua. Sua disposição para ajudar no objetivo dela de ensinar a leitura para aqueles que nunca a conheceram. Sua determinação em ver o pai dela preso. Seu conforto durante as horas mais sombrias. Sua capacidade de alcançar a alma e o coração dela para reparar as fendas que ameaçavam fazer tudo ruir.

Ao chegar ao baile naquela noite, Fancy sabia que deveria ter ficado impressionada com tudo o que a cercava: a elegância, os vestidos deslumbrantes e as joias. Sabia que deveria ter ficado muito feliz quando cavalheiros bonitos a tiraram para dançar. Vinte minutos depois de sua chegada, seu carnê de dança estava cheio de nomes dos lordes interessados.

Enquanto dançava com o sr. Whitley, ela percebeu que queria mais que o interesse de um cavalheiro. Queria o amor dele. Não importava se o amor viesse rápida ou lentamente, e sim que a centelha estivesse lá, para que pudesse florescer em algo extraordinariamente gratificante.

Quando ela dançou com lorde Wilbourne, percebeu que estava simplesmente seguindo os movimentos ensaiados, colocando os pés onde ele a guiava. Não havia conexão nem alegria. Certamente era divertido, mas faltava algo. Ela preferia valsar pela livraria na escuridão.

Fancy sonhara com uma noite como aquela, com a atenção recebida, os flertes, o rubor com os elogios recebidos. Preparava-se para aquilo desde pequena. No entanto, de alguma forma, tudo perdera a graça, o que a fez se sentir culpada quando lorde Wilbourne a acompanhou para fora da pista de dança, pois o cavalheiro havia perdido seu tempo com ela. Não era aquilo que ela queria. Aqueles homens não eram o que ela queria. O que ela queria era muito mais simples, muito mais gratificante: Matthew.

Ela mal havia tido tempo para respirar quando lorde Beresford surgiu ao seu lado para reivindicar sua dança.

— Milorde.

— Você está muito concorrida esta noite.

Ela sorriu. Uma dama sempre sorria, não importava que seus pés doessem, não importava que ela quisesse estar em outro lugar e estivesse prestes a contar os minutos até que pudesse partir.

— Parece que sim.

— Eu sei que você gosta de livros, srta. Trewlove. Por acaso já viu a biblioteca de Collinsworth?

— Não, não tive esse prazer.

— Me daria a honra de compartilhar a visita, em vez de reivindicar minha dança? Ele tem uma variedade rara de tomos que acho que a senhorita achará intrigante.

O sorriso dela foi genuíno desta vez.

— Seria bom dar uma pausa na dança, palavras que nunca pensei em pronunciar. E você definitivamente descobriu minha fraqueza. Eu nunca posso dizer não a livros, antigos ou novos. Mas é permitido entrarmos na biblioteca dele?

— As pessoas passeiam por ela a noite toda. Eu ficaria honrado em apresentá-la ao local.

— Então vamos. Ficarei encantada.

Ele ofereceu o braço, e ela colocou a mão enluvada na dobra do cotovelo. Ela se perguntou brevemente se Aslyn deveria acompanhá-la, mas, se havia outras pessoas na biblioteca, lorde Beresford não causaria nenhum dano.

Quando ele a levou pela escada e entrou no corredor, ela viu casais circulando, indo e vindo. Alguns a reconheceram com um aceno de cabeça ou um sorriso, e ela percebeu que estava sendo mais aceita. Homens agora dançavam com ela; mulheres agora conversavam com ela. Parecia que Fancy estava a caminho de conquistá-los, e ainda assim a noção lhe trouxe pouca alegria, pois seus pensamentos estavam ocupados com um cavalheiro de cabelo preto e olhos verdes.

Beresford a acompanhou ao longo do corredor. As pessoas olhavam para as pinturas ou conversavam baixinho. Ele virou outro corredor. Ninguém estava por perto, mas isso não significava que ninguém apareceria.

Ele abriu uma porta e ela entrou no cômodo de prateleiras, livros e uma fragrância de mofo. Eles estavam sozinhos, mas ela não se preocupou, rapidamente encantada com todos os tomos de couro. Fancy não achava que a biblioteca fosse tão grande quanto a de Thorne, mas certamente abrigava uma boa quantidade de material de leitura.

— Por aqui — disse Beresford, levando-a a um grande livro aberto que descansava em um pedestal.

Ela se aproximou com cautela e reverência.

— Minha nossa!

— A Bíblia de Gutenberg. — A voz dele era baixa, perto do ouvido dela.

— É linda.

— Há poucas restantes. É rara, srta. Trewlove. Como você.

Respirando fundo, ela olhou por cima do ombro.

— É muita gentileza sua dizer isso, mas eu não sou tão rara.

Levemente, ele tocou os dedos na bochecha dela.

— É sim. E eu gostaria muito de beijá-la.

O olhar dela caiu nos lábios dele. Não eram carnudos o suficiente, não tinham o formato correto. Não era os lábios que Fancy desejava pressionados contra os dela.

— Isso seria inapropriado, milorde.

— Vamos, srta. Trewlove. Nós estamos sozinhos. Ninguém saberá. Aposto que está curiosa para saber como as coisas se dariam entre nós.

Três dias antes, talvez, mas, naquele momento, ela sabia o que queria. E não era um conde, um marquês ou um duque. Era Matthew.

— Por favor, não se ofenda, milorde, mas, na verdade, não estou nem um pouco curiosa.

Ele franziu a testa.

— Isso não é um bom presságio para o nosso casamento.

Assustada, Fancy balançou a cabeça.

— Não lembro de você ter pedido a minha mão.

Passando os dedos pela bochecha dela, a outra mão pousando solidamente na cintura fina, ele abaixou o rosto até que ela sentiu a respiração dele tocando o cabelo dela.

— Mas eu irei, minha querida. Você me conquistou, srta. Trewlove. Onde está o mal em um suave encontro de nossos lábios?

Atordoada pela declaração, Fancy não se moveu rápido o suficiente quando a boca dele roçou a dela.

O clique de uma porta a fez recuar. Ela não tinha certeza do que via nas profundezas castanhas dos olhos dele: arrependimento, satisfação, vergonha. Uma série inteira de emoções parecia estar passando pelos orbes, como se ele não conseguisse decidir o que deveria estar sentindo.

— Fancy?

Ela reconheceu a voz. Mick. E ele não parecia nada satisfeito. Colocando as mãos no peito de Beresford, ela empurrou um pouco e virou-se para encarar não apenas o irmão, mas também o cunhado e o anfitrião. Ela tinha a sensação de que Beresford talvez não tivesse sido muito honesto sobre a quantidade de pessoas entrando e saindo da biblioteca. Ela suspeitava que o grupo havia buscado refúgio ali para se afastar da multidão, a fim de desfrutar de um pouco de uísque e conversar em particular.

— Lorde Beresford estava apenas me mostrando sua maravilhosa e rara Bíblia de Gutenberg — disse ela, desejando que seu tom não soasse como se tivesse sido pega com a mão na lata de biscoitos.

— Isso não é tudo o que ele estava mostrando a você — rosnou Mick. — Beresford, amanhã à tarde, meu escritório, às duas. Nós vamos resolver isso.

Beresford fez uma reverência aguda.

— Claro.

— Podemos resolver agora — anunciou Fancy. — Nada de ruim aconteceu. O toque dos lábios dele mal se caracterizavam como um beijo.

— Diga isso a *eles*. — Mick indicou com a cabeça para a frente.

Ela se virou. Ai, Deus! Pelo menos meia dúzia de pessoas estava no terraço olhando para eles pela janela. Ela tinha certeza de que elas não estavam lá quando entraram na biblioteca, mas estivera tão focada no livro raro que notara muito pouco do ambiente.

Com base no modo como Beresford se posicionara para que ela ficasse fora de vista, eles sem dúvida acharam que ele se aproveitara e ela havia deixado. Já era ruim o suficiente ser pega sozinha com ele, mas a proximidade dele e a cabeça baixa...

Não seria preciso muita imaginação para pensar o pior, e imaginação não faltava na aristocracia.

Sua reputação estava arruinada. Sua posição, o pouco que conseguira obter, estava desmoronando. Ela teve uma terrível sensação de que Beresford a colocara intencionalmente naquela posição constrangedora. Ele tinha que saber que a família dela teria ouvido falar daquilo, tinha que saber aonde tudo levaria.

Fancy estava vagamente ciente de que ele pegava sua mão e pressionava um beijo nos nós dos dedos.

— Até amanhã, srta. Trewlove.

— Lorde Beresford.

Enquanto o observava sair da sala, percebeu com um pouco de pavor que acabara de se despedir de seu futuro marido.

— Suponho que ele usou a Bíblia como isca para ficar sozinho com você — disse Mick, a voz baixa e cheia de compreensão, mas talvez com um leve tom de decepção.

Como ele não estaria decepcionado quando ela havia estragado tudo? Mortificada e humilhada, Fancy estava agradecida pelos limites sombrios da carruagem.

— Ele disse que outras pessoas estariam na biblioteca. Que era comum passear por lá. Eu sei que deveria ter saído quando não vi mais ninguém, mas era uma Gutenberg. Eu pensei que não haveria mal em dar uma rápida olhada. E então, de repente, ele estava perto demais, falando de casamento... Eu sinto muito. Sei que fui tola e imprudente e arruinei tudo pelo qual você e os outros trabalharam tanto.

A menos que ela se casasse com Beresford. Os irmãos garantiriam que ele fizesse o pedido. Fancy se tornaria parte da aristocracia, mas não pelo motivo que queria: por causa de um grande amor.

— Nosso objetivo é vê-la feliz e bem tratada. Não tenho dúvida de que ele poderá lhe proporcionar o tipo de vida que mamãe desejou para você, mas ele fará você feliz?

Talvez se ela não o comparasse constantemente a Matthew, se pudesse relegar Matthew a pouco mais que uma paixão juvenil. Seus caminhos nunca se cruzariam. Ela não teria lembretes constantes de como ele a fizera rir, de como a confortara, de como a ajudara a acreditar em si mesma novamente. Ela teria que esquecê-lo, esquecer tudo o que haviam compartilhado.

— Cada um de nós é responsável por nossa própria felicidade, não é, Mick?

Ficaria feliz em agradar à sua família, garantir que todas as vantagens que eles lhe tinham dado não tivessem sido por nada. Se Fancy não se casasse com Beresford, sua temporada seria encerrada, assim com os sonhos que eles tinham por ela. Ela sabia que a fofoca já estaria voando e que sua adequação como esposa estava sendo questionada. Imaginou que muitas das matronas a viam como não sendo melhor que Lottie. Certamente não permitiriam que um de seus filhos se casasse com Fancy se ela rejeitasse Beresford.

— Pelo menos ele a conhece bem o suficiente para ter percebido que você não oferece qualquer resistência quando se trata de livros.

Ela quase sorriu com a verdade — e ironia — das palavras de seu irmão. Era o seu amor pelos livros que agora garantiria que ela não se casaria por amor. Embora talvez, com o tempo, o carinho pudesse se desenvolver entre ela e Beresford.

— Você pareceu se dar bem o suficiente com ele, quando ele a visitou — disse Aslyn suavemente, como encorajamento.

— Ele lê, então é um ponto a seu favor. Gostei de nossas conversas.

Ainda assim, lorde Beresford parecia ter um jeito traiçoeiro. Teria ele planejado que fossem pegos? Estaria precisando do dote dela? Ou ficara tão surpreso quanto ela quando Mick entrou na sala, tão horrorizado quanto ela quando percebeu que tinham plateia?

— O que mais você sabe dele?

— Ele vem de uma boa família. Nunca se associou a escândalos até hoje à noite. Sempre o achei agradável, uma boa companhia, educado.

— Eu poderia dizer o mesmo de Dickens.

Exceto pela parte sobre ser educado, ela supôs. Ele atacara Matthew quando a situação ficara um pouco quente demais. No entanto, Fancy ansiara pela atenção de Matthew, queria tudo o que ele estivesse oferecendo e muito mais. Não podia dizer o mesmo de Beresford.

Como ela conseguira conquistar o conde com apenas três valsas e uma visita? Em que ele baseava seus sentimentos?

O restante da jornada foi passado em silêncio, o que lhe deu bastante tempo para refletir sobre seu futuro e o que aquilo implicaria. E o que não implicaria.

Não incluiria Matthew, não incluiria um cavalheiro que fazia sua pele formigar com um simples olhar, que podia incendiá-la com um toque. Um homem que ocupava seus pensamentos quase a cada minuto de cada hora. Um homem que não se afastara dela quando soubera a verdade de sua paternidade. Um homem que procurara confortá-la e tranquilizá-la, para que ela não sentisse culpa por questões sobre as quais ela não tinha controle.

Beresford estaria disposto a tomá-la como esposa, a beijá-la, se soubesse a verdade sobre o pai de Fancy? Obviamente, ele não tinha nenhum problema com a ilegitimidade dela, o que era um ponto a seu favor. Talvez ele desconsiderasse a criatura vil que a gerara. Ou seria melhor esconder a verdade dele? Que tipo de casamento ela teria se não tivesse honestidade absoluta? Quando a carruagem parou, ela estava mais que pronta para escapar de seus limites sufocantes. Mick a acompanhou até a porta da livraria e colocou gentilmente a mão em seu ombro.

— Você deve estar lá quando eu tiver uma conversa com Beresford. Ele vai tratá-la com respeito, ou vai lidar comigo.

Ela sabia exatamente o que significavam aquelas palavras: uma exigência para ele se casar com ela.

— Farei o que deve ser feito, Mick. Não vou trazer vergonha para a família.

— Isso nunca passou pela minha cabeça, querida.

Erguendo-se na ponta dos pés, ela beijou a bochecha do irmão.

— Até amanhã.

— Venha ao meu escritório alguns minutos mais cedo, para que todos fiquemos acomodados antes que ele chegue.

Com apenas um aceno de resposta, ela entrou, encostou-se à porta e lutou para absorver o silêncio da livraria, mas sua mente estava em disparada. Pela primeira vez desde que destrancara a porta e passara pelo limiar no prédio dentro do qual ela criara um paraíso para os amantes de livros, o lugar parecia solitário. Matthew não estava ali esperando por ela. Fancy sabia daquilo da mesma forma que sabia que, apesar de seu mundo ter desmoronado naquela noite, o sol nasceria de manhã e as pessoas seguiriam suas vidas, sem se dar conta de que a dela tinha virado de cabeça para baixo.

Sabendo que nenhuma aula havia sido realizada naquela noite, que o sr. Tittlefitz não deixaria Matthew com a chave e a responsabilidade de trancar a livraria, ela sentiu uma profunda decepção. Depois de tudo o que acontecera entre eles, considerando o quanto ele significava para ela, Fancy deveria ter lhe dado uma chave para que ele pudesse ir e vir como quisesse, para que pudesse usar o salão de leitura à vontade, para que pudesse esperá-la sempre que quisesse.

Embora ela duvidasse que o veria muito depois do dia seguinte. Fancy estaria comprometida e, apesar de o fato não ter acontecido como esperava — com cortejo e amor —, certamente não desrespeitaria Beresford. Assim como compreendia suas responsabilidades para com sua família, reconhecia seus deveres para com seu futuro marido. Ela não faria nada para que ele ou a sociedade questionassem sua devoção ao marido. Afastando-se da porta, sentindo como se não tivesse forças, subiu a escada para seus aposentos, foi até o quarto e olhou pela janela. Seu peito se apertou a ponto de Fancy temer que pudesse esmagar seu coração. Ele estava lá. Imóvel, os braços esticados enquanto apoiava as mãos nos dois lados do vidro.

Quantas noites ela se sentara ali lendo e olhando-o fazer o mesmo? Quantas vezes ela espiara através das cortinas e o vira observar o céu? Depois daquela noite, ela teria que manter as cortinas fechadas para evitar o tormento de ver o que não podia possuir. Depois do dia seguinte, ele nunca mais poderia beijá-la ou tocá-la. Nunca poderia segurá-la, acariciá-la, sussurrar em seu ouvido.

Ela nunca mais poderia recebê-lo em sua cama.

Matthew se tornaria pouco mais que um cliente que ocasionalmente vinha à sua livraria para fazer uma compra. Quanto tempo tinham até ele ler cada conto de terror e não ter mais motivos para passear pelos corredores da loja? Quanto tempo até ela se casar e não poder compartilhar mais seus conhecimentos de livros com seus clientes, com ele?

Porque não importava que nada tivesse acontecido entre ela e Beresford. No mundo aristocrático, importava apenas o que as pessoas pensavam. Percepção era tudo.

Matthew nunca poderia ser o futuro dela, mas ele merecia um adeus adequado. Mais uma noite de lembranças que a sustentassem até a velhice, que ele, com sorte, recordaria com afeto.

Onde estava o mal em satisfazer seus anseios, seus desejos, por apenas algumas horas? Por um breve período, Fancy fingiria que o horror na biblioteca não acontecera, que sua reputação não estava arruinada, que na manhã seguinte sua vida não seria ditada pelas regras da sociedade, e sim por seu próprio coração.

Para evitar trazer humilhação e vergonha à sua família, ela teria que desistir do que desejava. Mas não ainda por algumas horas, não até a cotovia anunciar o início de um novo dia. Não enquanto o rouxinol cantasse. Sua decisão tomada, ela girou nos calcanhares e se afastou da janela, os passos batendo um ritmo forte, ficando mais forte à medida que a certeza de suas ações reverberava por seu corpo. Assim como não teria escolha na manhã seguinte, também não tinha escolha naquele momento. Ela precisava de Matthew com a mesma urgência que necessitava de ar para viver. Não pensaria no gosto agridoce de tê-lo mais uma vez, apenas para perdê-lo. Todo o seu foco estaria no presente. No agora.

Ela desceu a rua. Passou os estábulos. Virou a esquina...

Diretamente nos braços dele. Nunca sentira pertencer mais a um lugar quanto naquele momento, em seu abraço, com o rosto pressionado no tecido macio da camisa dele, o coração dele batendo forte sob a bochecha dela.

— Eu tive que calçar minhas botas, ou teria a alcançado mais cedo. O que houve, Fancy? Qual é o problema?

— Nenhum, no momento.

Não pelas próximas horas, e, quando o momento chegasse, ela lidaria com ele. Inclinando-se um pouco para trás, ela passou a mão pelo cabelo dele, embalando o rosto forte entre as palmas das mãos.

— Beije-me, Matthew. Beije-me como se fosse a primeira vez. Beije-me como se fosse a última vez.

— Fancy...

— Por favor. Eu preciso de paixão e fogo. Eu preciso de você. *Só você.*

A boca dele desceu sobre a dela, dura, ávida, exigente. Sim! Aquilo. Era aquilo que ela queria, precisava, exigia. O primeiro encontro dos lábios de

Matthew contra os dela acendeu faíscas. Quando ele tomou sua boca por completo, o fogo se espalhou por todo o seu corpo, até a ponta dos dedos de cada mão e cada pé. O calor a consumia, glorioso, abrangente, enquanto as línguas se acariciavam e digladiavam. Como se fosse um ramo de hera, ela entrelaçou os braços em volta dos ombros largos, do pescoço forte, e ele a apertou como se precisasse da proximidade mais que Fancy.

Com um rosnado baixo, Matthew tirou a boca da dela, levantou-a nos braços e começou a caminhar em direção à residência dele.

— Precisamos de privacidade para o que está por vir.

— Você está me levando para uma aventura, sr. Sommersby? — perguntou ela sem fôlego, deslizando os dedos sobre cada centímetro dele que conseguia alcançar.

A risada dele foi baixa e profunda.

— Essa é a minha intenção, srta. Trewlove.

— Eu amo tanto suas intenções perversas — sussurrou Fancy antes de passar a língua sobre a concha da orelha dele, beliscando seu lóbulo.

Gemendo baixo, ele acelerou o passo, carregando-a para dentro e chutando a porta atrás deles. Mal notando que a sala da frente não tinha móveis, ela lutou para não imaginar como poderia ter mobiliado tudo para ele, como teria transformado o espaço frio em um lar quente e acolhedor, onde o cumprimentaria toda vez que ele passasse pela porta. Em algum momento, Matthew se casaria com outra que penduraria pinturas nas paredes e se aconchegaria ao seu lado no sofá. Ela não queria pensar naquilo, pensar que outra compartilharia tal intimidade com ele.

Ele subiu a escada e a levou para o quarto que ela só tinha visto parcialmente. Era mobiliado com simplicidade, mas arrumado e limpo, a cama feita — sem dúvida pela sra. Bennett. No dia seguinte, a mulher conseguiria notar que o senhorio não estivera sozinho na noite anterior? Que alguém havia compartilhado sua residência, sua cama, seu corpo? Quando tudo estivesse terminado, outro copo se juntaria ao que atualmente estava ao lado da lamparina acesa na mesa de cabeceira? O cheiro de Fancy encheria a sala e se misturaria ao dele?

Colocando-a de pé no chão, Matthew mais uma vez tomou sua boca como se pertencesse a ele, e apenas a ele. Seus lábios estavam úmidos e cheios, e ela adorava a maneira como eles se moviam sobre os dela, com urgência e ternura. Então, ele fez um caminho ao longo de sua bochecha, e a boca dele parou perto de sua orelha.

— Fiquei louco pensando em você naquele baile, desfrutando da companhia de outros homens.

Ela fechou os olhos com força, sem querer estragar a última noite deles juntos, sem querer que ele soubesse que seria a última.

— Eu nem sei por que fui. Você me assombra, e tudo que eu conseguia pensar era que mal podia esperar para estar com você mais uma vez. Você sabe tudo sobre mim, as coisas boas e ruins, e ainda procura a minha companhia. Nunca tenho que fingir com você.

Fancy deixou tudo o que sentia por ele inundar seus olhos, sua expressão, seu rosto.

— Deus, Fancy, eu odeio toda vez que você vai a um baile. Sento aqui, me torturando, pensando que você encontrará alguém com quem prefere passar seu tempo. Ele a levará a piqueniques e passeios de barco...

Ela tocou os dedos nos lábios dele.

— Ninguém nunca substituirá você no meu coração.

Ao pronunciar as palavras, Fancy reconheceu a verdade absoluta delas. Um homem como Matthew sempre fora seu sonho. Um homem que poderia reivindicar seu coração, sua alma, seu corpo enquanto ainda deixava a posse deles sob os cuidados dela.

Com um rosnado baixo, ele mais uma vez tomou sua boca, aprofundando o beijo até ser quase impossível dizer onde ele terminava e ela começava. O calor percorreu o corpo dela, através da pele, músculos e ossos. As sensações subiram à superfície e dançaram ao longo de suas terminações nervosas, fazendo com que pequenas faíscas explodissem como o menor dos fogos de artifício.

Fancy não conseguiu evitar o pequeno grito de angústia quando ele se separou dela.

— Paciência, amor — insistiu ele, a voz baixa enviando calafrios de desejo através dela.

Lentamente, ele arrastou um dedo ao longo da linha onde a seda encontrava a pele, sobre as ondas de seus seios. Seus mamilos, enrijecendo com força, se esticaram contra o pano.

— Eu quero você como estava ontem à noite. Nua, diante de mim.

Aqueles dedos hábeis que tocavam piano-forte foram rápidos em remover as roupas dela e as dele, mas ele não estava vestindo muito. Camisa, calça, botas. As peças foram retiradas com agilidade e logo se tornaram uma pilha de roupas no chão.

— Você é tão linda — murmurou ele.

Estendendo a mão, puxou os pentes de pérolas do cabelo dela. Como se apreciasse o valor deles, ele cuidadosamente os colocou sobre a mesa ao lado da cama. Então, começou a arrancar os grampos do cabelo dela. O que levara quase uma hora para ficar pronto Matthew desmontou em menos de um minuto, e as madeixas longas e pesadas caíram em torno de seus ombros pelas suas costas.

— Você é tão adorável quanto o primeiro raio de sol sobre os pântanos.

— Poesia?

— Apenas a verdade.

Levantando-a em seus braços, ele a carregou para a cama e a colocou sobre o colchão como se ela fosse de porcelana e precisasse ser manuseada com muito cuidado ou quebraria. Tomando a mão dele, Fancy o puxou para cima dela.

— Faça-me voar.

Mais alto que uma pipa, um balão, um pássaro.

Capítulo 23

MATTHEW SENTIU UMA PONTADA de culpa por ainda não ter contado a ela sua verdadeira identidade, mas, mesmo assim, não podia negar o prazer absoluto que sentira ao saber que ela o queria por ser simplesmente Matthew Sommersby. Um homem. Não um conde, não um Rosemont.

Na noite anterior, ela precisara ouvir palavras de conforto. Naquela noite, ela estava ali porque precisava *dele*.

Ele pensou em contar a verdade naquele momento, mas não queria estragar tudo, não queria ter que se aprofundar em uma explicação que poderia esfriar a paixão que estava queimando tão fervorosamente entre eles. Depois. Ele diria a ela depois, quando seu sangue não corresse com tanta força que conseguia ouvi-lo, quando conseguisse pensar com mais clareza, quando não estivesse distraído com aqueles seios adoráveis que precisavam de sua atenção. Ela o queria agora, sem o título. Certamente, ela iria querê-lo com ele.

Limpando a mente de todos os pensamentos, exceto a missão de satisfazê--la, ele abaixou a cabeça e começou a salpicar beijos sobre um seio. Apertou, lambeu, sugou.

As mãos dela passando pelos músculos tensos dos ombros e costas dele serviram para incentivá-lo. O nome dele em um suspiro fez seu estômago apertar, seu membro endurecer quando parecera impossível endurecer ainda mais. Aquela mulher tinha um poder sobre ele que nenhuma outra pessoa possuía. Ela poderia facilmente deixá-lo de joelhos, e Matthew não se oporia. Ficaria de bom grado.

Voltando a atenção para o outro seio, fechou a boca em torno do mamilo enrijecido e levantou o olhar para encontrá-la estudando-o, os olhos castanhos quentes e ardentes de desejo. Bom Deus, ele quase derramou sua semente naquele momento. Nenhuma outra mulher jamais olhara para ele como se estivesse pensando em devorá-lo.

Ele arrastou a boca pela barriga dela, surpreso quando Fancy se mexeu, levantando-se um pouco, apoiando-se nos cotovelos. Ele levantou a cabeça e ergueu uma sobrancelha para ela.

— Existe algo em particular que você gostaria que eu fizesse?

— Eu gosto de observar você. — Ela passou o pé pela perna dele. — Você está indo para onde eu acho que está?

— É para onde você quer que eu vá?

— Sim. Quero que você passe a língua por cada centímetro.

— Você diz as coisas mais pervertidas.

— Só com você.

Fancy se inclinou para a frente até conseguir capturar a boca dele com a dela. Ele deu tudo o que era, tudo o que sentia no beijo. Ela o desestruturava, todas as facetas dele. Onde estava seu plano de nunca mais deixar seu coração se envolver com uma mulher? Ela havia o conquistado, dominado. Seu coração era dela, completa e absolutamente.

Fancy quase disse que o amava. Porque o amava. Havia começado a suspeitar que tinha tais sentimentos assustadores e maravilhosos em relação a ele, mas agora sabia com absoluta certeza. Porém, não seria justo lhe contar quando ela não tinha a liberdade de se ligar a ele por mais tempo do que uma noite.

Mas então ela soube, com uma clareza surpreendente, que nunca tivera essa liberdade. Não na periferia, com um rapaz que corria descalço pelos becos. Não na área mais elegante que seu irmão construíra, com um plebeu que gostava de contos de terror, que a acompanhava em aventuras, que agora arrancava a boca da dela, pressionava um beijo em cada seio e seguia caminho até sua respiração bater entre as coxas dela.

Fancy colocara seu próprio sonho de lado em favor do de sua família. E, no entanto, lá estava ela, onde não deveria estar, aproveitando a noite e ele uma última vez. Não podia deixá-lo com a lembrança de apenas uma noite juntos, uma noite em que ele lhe dera tudo. Não queria que Matthew duvidasse que ele tinha sido especial. Queria retribuir a alegria que ele lhe causara.

A língua dele acariciou-a intimamente. Ainda apoiada nos cotovelos, Fancy jogou a cabeça para trás, inspirou fundo e gemeu baixo. Outra lambida, uma rotação, e ela voltou sua atenção para observá-lo apenas para descobrir que ele estava olhando para ela. Atentamente. Como se cada um dos suspiros dela fosse um catalisador para seu próprio prazer.

— Toque seus seios — disse ele contra a pele sensível.

E ela o fez, deslizando os polegares sobre os mamilos endurecidos, sentindo prazer quando as pupilas dos orbes verdes dilataram ainda mais. Ele estava preso entre as coxas dela, e Fancy teve certeza de que o sentiu tensionar com suas ações. Colocando as mãos grandes embaixo dela, ele a levantou levemente e começou a deleitar-se com gosto.

Enrolando as pernas ao redor dele, ela o encarou, segurou-o no lugar enquanto o prazer aumentava. Ah, as sensações maravilhosas que ele causava rodopiavam por ela. Instintivamente, soube que nenhum outro a faria se sentir como ele: poderosa, bonita, magnífica. Com ele, ela era tudo o que esperava ser, experimentava tudo o que sempre quisera saber. Não era apenas o físico, embora — Deus a ajudasse —, ela teria se contentado com apenas aquilo. Era a maneira com a qual ele a fazia se sentir apreciada, estimada, capaz. Confortável dentro de sua própria pele.

Ele a aceitava totalmente como ela era. Com ele, Fancy não precisava ter um título ou ser uma dama. Bastava que cuidasse da livraria e ensinasse os outros a ler. Com ele, ela não tinha que fingir ou selecionar o utensílio adequado para qualquer comida que tivesse sido colocada em seu prato. Para ele, ela poderia abrir as coxas e deixá-lo fazer o que quisesse.

E como era maravilhoso. Observar todo o corpo glorioso e masculino, as costas, a bunda e as pernas nuas, apenas aumentava seu próprio prazer. Removendo uma mão de seu seio, ela passou os dedos pelo cabelo dele, agarrando algumas mechas. Ela teve vontade de fechar os olhos, de não fazer nada além de sentir, mas não queria perder um único momento do encontro de olhares, queria lembranças de todos os aspectos da relação amorosa. Ela se lembraria daqueles momentos agridoces até dar o último suspiro.

Então o prazer aumentou, tornou-se um turbilhão de sensações dentro dela, apertando cada músculo, desmoronando até ela sentir pouco mais que a boca dele fazendo magia, como se o seu pequeno botão fosse um caramelo que ele estava saboreando com lambidas e chupadas. A outra mão dela repentinamente também estava no cabelo dele, mantendo-o no lugar enquanto suas pernas tensionavam, enquanto suas coxas tremiam.

— Meu Deus, ah, meu Deus!

O clímax a atravessou como um trovão, separando-a do mundo ao seu redor até que ela estivesse voando, caindo nas profundezas do olhar dele até se perder — e depois se encontrar.

Lenta e provocantemente, sem tirar os olhos dos dela, ele fez o caminho de volta pelo corpo dela e tomou-lhe a boca. Ela provou seu próprio gosto na língua dele, inalou seu aroma forte ao longo da mandíbula com a barba por fazer.

Com ele colado a ela, Fancy conseguia sentir seu membro e se enlaçou com mais força em torno dele. Quando Matthew a penetrou, ela suspirou com a satisfação de tê-lo dentro de si mais uma vez, completa e absolutamente. Ele não desviou o olhar. Ela não era capaz de fazê-lo. Queria memorizar cada expressão que cruzasse as feições dele. Matthew a tomou com vigor e propósito.

Ela o encontrou movimento a movimento, amando a maneira como os corpos dançavam juntos, em reverência à profunda intimidade. Naquele momento, ele era dela, e ela era dele. Nada jamais romperia aquele vínculo, nada jamais o diminuiria. Estava gravando aquele momento na memória para que nada e ninguém pudesse tirá-lo dela.

Ela nunca mais experimentaria aquele nível de proximidade. Nunca mais se deleitaria com tanta familiaridade. Seu coração estava inflando a tal ponto que ela pensou que poderia explodir em seu peito. Amava aquele homem com todo o seu ser.

Lágrimas brotaram em seus olhos.

— Estou machucando você? — perguntou ele, os dentes cerrados, a respiração ofegante.

— Não. Nunca.

Eu te amo. Eu te amo. Eu te amo. Sempre vou te amar.

Dentro dela, as sensações mais uma vez começaram a crescer... E então ela estava subindo ao céu.

Com um grunhido, ele deu mais duas estocadas antes de cair em cima dela, os braços se fechando ao seu redor enquanto pressionava um beijo na curva do pescoço delicado.

Fancy nunca se sentira tão feliz... ou tão triste por saber que nunca mais o teria.

Ele deveria ter se retirado, deveria ter derramado sua semente em outro lugar. Se ele a tivesse engravidado, não se arrependeria, porque naquela noite ela se tornara dele total e completamente, e ele se tornara dela. Ela o deixara de joelhos. Mesmo que ele não estivesse de pé, ela conseguira mesmo assim.

Com Fancy aninhada ao seu lado, Matthew usou a ponta dos dedos para desenhar círculos ao longo de sua espinha. Precisava dizer quem ele era, mas não agora. Não enquanto ela estava saciada nos braços dele. Ele queria encontrar uma maneira romântica de dar a notícia. Talvez a levasse para passear em um balão de ar quente. Nos céus, com o mundo a seus pés, Matthew revelaria a verdade e lhe prometeria que, mesmo quando ela estivesse em terreno sólido, ele colocaria o mundo a pés dela. Qualquer coisa que Fancy quisesse seria dela.

Ele a amava. O pensamento de estar apaixonado mais uma vez deveria tê-lo aterrorizado, deveria tê-lo feito repensar. Em vez disso, sabia que nada em sua vida parecia tão certo. Apesar de sua resistência, do endurecimento de seu coração, o amor havia encontrado uma maneira de nascer. Aquela mulher notável havia rompido suas barreiras, destruído suas defesas e o conquistado.

Cada palavra que ela expressava vinha das profundezas de sua alma. Ele nunca conhecera alguém tão aberto e honesto.

Não apenas com suas palavras, mas também com seu corpo. Ele nunca conhecera todos os aspectos de uma mulher tão bem quanto conhecia todas as facetas dela. A mulher em seus braços não segurava nada, não escondia nada. Ele só podia esperar que ela entendesse por que ele mantivera parte de si em segredo.

No começo, era porque Matthew queria fugir da sociedade. Depois que a conhecera, a hora certa nunca havia chegado. Mas no dia seguinte chegaria.

Arrastando a mão pelas costas dela, ele apertou sua bunda.

— Eu já desejo você de novo.

Sua outra mão se juntou à primeira. Agarrando a cintura fina, ele a puxou para cima, para que estivesse montando nele. Então, ele embalou o rosto dela.

— Eu acho que sempre vou desejá-la.

Ela passou os dedos sobre o queixo, os lábios, o nariz e a testa dele com tanta deliberação que parecia que ela estava se esforçando para memorizar cada linha, cada inclinação, cada curva e cada cavidade.

— E eu sempre vou desejar você.

Abaixando a boca para a dele, Fancy tomou o que ele não tinha certeza de que ela sabia agora possuir. Ele entendeu que nunca encontraria a mesma satisfação com qualquer outra mulher. Não que aquilo importasse. Ele nunca mais pretendia ter outra. A partir daquela noite, ela era a única pessoa que agraciaria sua cama, a única com quem ele teria prazer.

Quando Fancy se afastou do beijo, ele ficou surpreso ao ver que ela estava com uma expressão tímida.

— O que há de errado?

Ela lambeu os lábios.

— Eu quero ser libertina.

— Você não acha que estar aqui é ser libertina?

— Mais libertina. Lembra-se do que falamos quando fomos passear de barco?

Ele fechou os olhos com força.

— Cristo.

— Eu quero beijar cada centímetro seu.

Ele abriu os olhos e os braços.

— Quem sou eu para negar a você um pedido tão simples?

O riso dela flutuou ao redor deles, e ele quis ter o poder de guardar o som e colocá-lo em uma caixa de música para poder ouvi-lo sempre que quisesse.

Ela apertou os lábios na testa dele, e foi a vez dele de rir.

— Você não precisa ser literal com *cada* centímetro.

Encarando-o, ela deu um olhar severo.

— Shh. Estou contando quantos beijos você mede. Então, todo centímetro conta.

E todo centímetro foi contemplado. O rosto, o pescoço, os braços, o peito. A adorável mulher foi até os dedos dos pés. Nas panturrilhas, nos joelhos e nas coxas. Ele nunca soubera que o interior de suas coxas era tão sensível, que uma lambida aqui e um beliscão ali deixariam sua respiração ofegante.

Então, ela parou e estudou seu pênis ereto. Ela tinha que saber o quanto ele a queria. O membro estava praticamente implorando pelo toque dela. Ele esticou a mão para ela.

— Monte em mim.

Escapando do alcance dele, ela balançou a cabeça.

— Ainda não terminei.

Apoiando-se nos cotovelos, ele esperou com os nervos tensos, os músculos tremendo de necessidade. Ela inclinou-se para a frente e soprou ao longo de todo o comprimento de seu membro. Ele gemeu baixo em antecipação. Então, ela deu o sorriso mais perverso, atrevido e sensual que Matthew já vira, os olhos escuros e ardentes.

Quando os lábios dela tocaram a cabeça de seu pênis, ele quase explodiu.

— Deus!

A língua dela circulou devagar a pele incrivelmente sensível. Quando ela fechou a boca ao redor dele, Matthew caiu no travesseiro, perdido nas sensações. Ela não tinha pressa, e o estava atormentando como se tivesse nascido para fazê-lo. Ele passou os dedos pelo cabelo dela porque precisava tocá-la, precisava de uma conexão mais profunda do que simplesmente senti-la entre as pernas dele.

Ela estava cumprindo todas as promessas perversas com as quais o provocara. Ele não deveria ter ficado surpreso. Mais uma vez, com ela, havia aquela honestidade ampla. Ela nunca falava algo em vão. Com ela, ele sempre sabia exatamente onde estava.

A boca era tão quente, tão molhada, tão habilidosa. Ele sabia que ela era virgem quando a tomara na noite anterior, sentira seu corpo ceder a ele, mas ela o agradava agora como a cortesã mais cara. Não, melhor que isso, porque não estava fazendo aquilo por dinheiro. Estava fazendo porque queria. Estava ali, agora, porque ele significava algo para ela. Fancy não pronunciou as palavras, não disse que o amava, mas como poderia dar tanto a ele se não o fizesse?

Voltando a apoiar-se nos cotovelos, ele viu como a boca dela deslizou ao longo do comprimento de seu pênis.

— Estou quase explodindo, Fancy. Monte em mim agora. Eu quero estar dentro de você novamente.

Oferecendo apoio, ele a puxou para cima e a ajudou a deslizar em seu membro, envolvendo-o completamente. Então, deu-lhe um beijo e sentiu seu próprio gosto na língua dela. Sentando-se, com um braço embaixo das nádegas dela, o outro apertado contra as costas, ele a guiou enquanto ela o cavalgava com força e rapidez, as mãos pequenas acariciando seus ombros, suas costas, como se ela não pudesse se cansar dele.

Os suspiros e gemidos que ela soltava aumentaram o prazer dele.

— Isso, querida. Goze para mim de novo.

— Isso é tão bom...

Ela enterrou o rosto na curva do pescoço dele e o abraçou com mais força. Tensionou, tremeu, gritou, e os músculos de seu núcleo apertaram...

Ele se agarrou a ela quando o clímax o abalou até o âmago. Caindo de volta na cama, ele a levou junto. Letárgico, enfraquecido, Matthew ainda encontrou forças para segurá-la perto. Ele pertencia a ela agora, coração, corpo e alma. Seria para sempre dela.

Assim que o sol começou a raiar, Fancy acordou, dolorida e sensível, mas sentindo-se maravilhosa da mesma forma. Ela o recebera duas vezes mais antes de finalmente adormecerem.

Matthew dormia de lado, de frente para ela, a mão em sua cintura. Ele era tão bonito, ainda perdido em sonhos enquanto a noite começava a desaparecer, revelando-o apenas para os olhos dela.

Uma tristeza tomou conta de seu ser, porque ela nunca mais acordaria nos braços dele, na cama dele, com o cheiro dele pairando ao seu redor. Nunca mais veria os cílios cheios descansando em suas maçãs do rosto altas. Nunca mais veria o cabelo dele espetado para todos os lados ou notaria o início de barba que cobria sua mandíbula.

Ela ficou tentada a acordá-lo, pedir-lhe que se barbeasse, para que ela tivesse a lembrança de sua rotina matinal. Vê-lo se limpar e se vestir. Embora ela pensasse que sua lembrança favorita seria sempre a dele despindo as próprias roupas. E as dela.

Fancy não se arrependia de terem se reunido, nem na noite passada, nem na noite anterior. Os homens faziam aquilo o tempo todo: arranjavam amantes e as deixavam de lado. Por que uma mulher não podia fazer o mesmo?

Mas não era o mesmo. Ela já sentia uma dor em seu coração pelo vazio que iria consumi-la quando o deixasse. O pensamento de ir embora doía muito, encurtava sua respiração, fazia sua garganta apertar e as lágrimas ameaçarem cair. O amor deveria ser fortalecedor, e ainda assim ela se sentia tão fraca. Não queria deixá-lo — nunca. Queria ficar ali até o cabelo dos dois ficar prateado. Queria beijar cada centímetro dele novamente... e de novo e de novo. Queria que ele beijasse cada centímetro dela. Queria senti-lo se movendo dentro dela com propósito e força. Queria o que não podia ter.

Tudo por causa do desejo bobo de ver um livro raro e precioso. Porque, por um breve momento, outro homem tocara a boca na dela em um ato sem significado. Mas, ainda assim, aquilo mudaria o curso de sua vida. Aquilo a tiraria de Matthew.

Desistir dele seria a coisa mais difícil que ela já havia feito.

Só ele era capaz de fazer seu coração e corpo cantarem. Ele era um achado raro. Como os livros que ela mais amava, ele oferecia uma visão única de algo que não deveria ser subestimado. Era mais que amor. Era uma conexão profunda de almas que fazia tudo parecer certo e bom.

Ouvindo o rangido das rodas de uma carroça, Fancy fechou os olhos com força. O mundo real estava começando a se mover e logo estaria invadindo aquela fantasia, fazendo com que desaparecesse até não haver nada mais que a realidade. Ela não podia se agarrar àquele momento para sempre.

Precisava ir.

Com cuidado, começou a sair da cama.

A mão dele apertou a cintura dela.

— Hmm — murmurou ele, abrindo ligeiramente os olhos e olhando para ela. — Onde você vai?

— Eu tenho que sair antes que haja muitas pessoas na rua.

Inclinando-se, ela beijou sua testa.

— Não posso ser pega saindo da residência de um homem solteiro ao amanhecer.

— Fique mais um pouco. — Ele deu um sorriso perverso. — Vou fazer valer a pena.

Ele faria, ela sabia que ele faria, mas tornaria tudo mais difícil.

— Não posso.

Com muita relutância, Matthew a soltou, rolou de costas, levantou-se um pouco e colocou as mãos atrás da cabeça, observando enquanto ela começava a juntar as peças de roupas. Ele queria vê-la fazendo aquilo todas as manhãs pelo resto de sua vida. Ele a amava, com toda a sua alma.

— Não abra a loja hoje. Vamos fazer algo juntos. Vamos pegar o trem para Brighton. Não, vamos passear em um balão de ar quente.

Eu quero dizer quem eu sou. Quero pedir para você se casar comigo. Você pode ter o seu sonho de se casar por amor. Sua família realizará o dela de vê-la se tornar parte da aristocracia.

Endireitando-se, ela passou a mão em torno do pilar da cama e ficou lá nua, em toda a sua glória. Ele queria os seios dela de volta na boca dele, as pernas dela em volta da cintura dele.

— Não posso.

— Então comprarei todos os livros da sua loja e você não terá nada para vender e nenhuma razão para abrir sua porta aos clientes.

Ela deu uma risada, seu sorriso não tão brilhante quanto ele esperava que as palavras dele o fizessem.

— Você não pode se dar ao luxo de fazer isso.

— Eu posso. — Ela olhou para ele, seus olhos piscando lentamente. Ele saiu da cama, deu dois passos para alcançá-la e embalou o rosto dela entre as mãos. — Passe o dia comigo, Fancy.

Lágrimas brotaram nos olhos castanhos quando ela colocou as mãos sobre as dele, enroscou os dedos e os levou aos lábios, pressionando um beijo.

— Eu gostaria muito. — Enquanto o hálito quente dela pairava sobre a pele dele, o carinho que ele mantinha por ela se intensificou. Eles teriam aquele dia e todos os dias que se seguiriam. — Mas não seria justo.

Ela ergueu o olhar, e ele percebeu que as lágrimas não foram provocadas pelo desejo ardente de estar com ele, mas por outra coisa, algo que causava tristeza, que a esmagava. O medo se apossou de Matthew.

— Fiz algo bastante tolo ontem à noite.

— Você se arrepende de ter vindo aqui?

Rapidamente, ela negou com a cabeça, mas afrouxou o aperto firme em seus dedos, que estava chegando a doer, e segurou o queixo dele com a mão.

— Nunca. Os momentos passados com você foram os mais lindos e maravilhosos da minha vida. Eu nunca vou esquecê-los. Nunca esquecerei você.

As palavras dela não faziam sentido algum. Era quase como se ela estivesse se esforçando para dizer adeus, para terminar as coisas entre eles quando estavam apenas começando.

— O que você quer dizer, Fancy?

— Ai, Deus, Matthew, isso é tão difícil...

Lágrimas rolavam pelas bochechas dela agora, e levou tudo dentro dele para não as limpar com os polegares. Mas algo estava errado, terrivelmente errado.

— Apenas diga. Sempre fomos honestos um com o outro.

Com um aceno de cabeça, ela lambeu os lábios.

— No baile da noite passada, fui pega em uma situação comprometedora com o lorde Beresford.

De repente, foi como se o oceano tivesse inundado a cabeça dele, o rugido das ondas batendo contra seu crânio, abafando todo pensamento.

— Beresford?

— Eu lhe falei sobre a visita dele. Ele é um conde...

— Eu sei quem diabo ele é.

Soltando-a, ele recuou, a raiva emanando através dele, a traição cortando-o. Matthew a achara diferente, mas ela era como Elise, como Sylvie, como sua mãe. Ela queria um título e estava disposta a fazer qualquer coisa para obtê-lo. E ele quase oferecera o seu para a ludibriadora.

— Mick vai se encontrar com Beresford esta tarde. — Ela estendeu a mão implorando. — Não tenho escolha a não ser me casar com ele.

Para ganhar o maldito título. Ele amaldiçoou em voz baixa e se afastou dela. Ela teria seu lorde. Se ela tivesse esperado...

Que idiota ele fora ao pensar que ela o valorizaria mais do que a um título. Era tudo o que ela queria de um homem. Pelo amor de Deus, ela atraíra Beresford para uma armadilha e depois fora para a sua cama.

— Saia.

— Matthew, não era minha intenção machucá-lo. Eu só queria mais uma noite com você. Você é muito especial para mim.

Ele se virou.

— Tão especial a ponto de você se colocar em uma situação comprometedora para capturar seu maldito lorde?

Ela parecia ter levado um tapa.

— Você acha que eu queria ter sido encontrada em uma situação comprometedora?

— É o que as mulheres fazem. Eles atraem um homem e depois o pegam em sua armadilha. Minha mãe, minha irmã, minha esposa. Todas elas conquistaram seus maridos assim. Por que você deveria ser diferente, especialmente quando você foi preparada a vida inteira para isso?

— Não era isso que eu queria. Como você pode pensar...

— Porque eu sei que até a mais inocente das mulheres pode ser traiçoeira para ganhar o que quer. Mas você me fez acreditar que era diferente. Você me conquistou, coração e alma. Estou completamente apaixonado. Não queria que você abrisse sua loja, porque eu iria levá-la a algum lugar e pedi-la em casamento.

Com um suspiro, ela caiu de joelhos.

— Não.

— Essa teria sido sua resposta? Por que você queria um título mais do que a mim?

Mais lágrimas escorreram pelo rosto de Fancy enquanto ela tremia. Matthew queria abraçá-la e confortá-la. Como ele era tolo.

— Matthew, eu te amo, mas você deve entender que não posso me casar com você. Meu casamento com Beresford seria a realização de um sonho para minha família. Você realmente quer se casar com uma mulher polêmica, uma mulher que foi pega sozinha com outro homem? Mesmo que você e eu não estivéssemos casados na época, essa história ainda vai me perseguir, perseguir você. O que seus parceiros de negócios, sejam eles quem forem, fariam se soubessem disso? Como isso refletiria em sua vida?

As palavras dela foram como flechas perfurando o peito dele. Matthew nunca quisera tanto algo quanto queria o coração dela. Sabia que nunca amaria alguém como a amava. Mas, mais uma vez, julgara mal a honra de uma mulher. Ele passou por ela sem a tocar.

— Vá embora.

Ele não esperou que ela saísse, apenas desceu a escada para começar a se preparar para ir embora. Estava mais que pronto para voltar à residência em Mayfair e deixar para trás a srta. Fancy Trewlove e o próprio coração.

Capítulo 24

Com suas roupas de baixo nos braços, os laços do vestido desfeitos e lágrimas escorrendo pelo rosto, Fancy correu para a livraria sem se importar se estava sendo vista. Seu coração estava partido. Ela encontrara o amor com o qual sempre sonhara, apenas para perdê-lo por um erro de julgamento. E Matthew a culpara, acreditando que ela havia enganado Beresford.

Como ele poderia pensar aquilo dela? Depois de tudo que eles compartilharam, de tudo que confidenciaram, como Matthew podia acreditar que Fancy planejara algo tão terrível?

Quando ele saiu da sala, seu maldito orgulho a impediu de ir atrás dele. Fancy não deveria ter que se explicar. Ele deveria saber que ela fora a vítima.

Não que a opinião dele importasse, pois não mudaria a verdade das coisas. Mesmo que ele ainda a quisesse, Fancy não poderia rejeitar Beresford e envergonhar sua família. Sua reputação estava à beira da ruína e apenas o casamento com o conde a faria ser aceita na sociedade.

Quando chegou aos seus aposentos, desabou no sofá. Dickens levantou-se e sentou-se no colo dela. Passando os dedos na pelagem macia, ela olhou para as fotografias de sua família acima da lareira. E se ela não quisesse a sociedade? E se quisesse Matthew?

Ela nunca tinha brigado com ninguém antes, mas as pessoas brigavam o tempo todo e depois superavam. Se ela explicasse o que acontecera no baile, ele acreditaria? Seu coração poderia suportar a dor se ele não a perdoasse?

Ele queria se casar com ela.

Diante de sua raiva pelo que ele obviamente via como uma traição, Fancy mal conseguira absorver o que ele havia dito. Não era bem a proposta com que ela sempre sonhara, mas a declaração dele ecoava em sua mente. Matthew a amava. Ah, ele não tinha usado aquelas palavras, exatamente, mas admitira que ela o conquistara. E queria que Fancy se tornasse sua esposa.

Dickens sibilou, e ela percebeu que o estava abraçando com força, como se ele fosse Matthew. Ela o soltou e ele saiu em disparada, deixando seus braços vazios, tão vazios quanto sua vida seria sem Matthew. Como poderia conciliar o que queria com o que era melhor para todos os outros? Em que momento ela colocaria as próprias necessidades e desejos em primeiro lugar?

Olhando para o relógio da lareira, ela viu que faltava uma hora para abrir a livraria. Seu mundo estava ruindo, mas ela não podia deixar sua amada loja ir para o inferno também.

Ela preparou o banho e, quando afundou na água morna, tudo em que conseguia pensar era no toque gentil de Matthew enquanto ele lavava sua sujeira imaginária. Quando as lágrimas começaram a jorrar novamente, Fancy enterrou o rosto nas mãos. Em tudo o que fazia, em todos os lugares que olhava, via lembranças dele. Ele a fazia rir, sentir-se especial, ansiar por paixão. Ele a defendera contra Dibble e se certificaria de que o homem fosse preso. Ele compartilhara momentos felizes e tristes com ela. Ele fora seu porto seguro.

Com as mãos molhadas, Fancy enxugou as lágrimas. Como era possível seu peito doer tanto? Como se seu coração estivesse sendo literalmente arrancado dela?

Ela encontraria algum consolo com Beresford? Ele a faria rir? Ela o amaria com o tempo?

Matthew certamente não parecia gostar do conde. Ela balançou a cabeça. Aquilo não fazia sentido. Ele quis dizer que sabia sobre o conde, não que o conhecia pessoalmente. Ela mencionara a visita de Beresford e, pelo visto, ele não gostara nada. Matthew estava com ciúme. Mas então, se ele tivesse sido pego em uma situação comprometedora com outra mulher, ela também teria ficado com ciúme. Embora ela com certeza não presumiria de imediato que fora ele o culpado da situação. Fancy estava profundamente machucada por ele ter uma opinião tão baixa sobre ela. Então, lembrou que a esposa dele fora uma trapaceira. Sua irmã e mãe também, ao que parecia. Não era de admirar que ele tivesse desgostado de Fancy no início, quando se conheceram, mas ela não tinha se provado uma boa pessoa? Ou ele ficara tão magoado com a ideia de perdê-la que não conseguiu pensar com clareza?

A mente de Fancy era uma névoa de confusão, dúvidas, raiva e mágoa. Ela precisava de tempo para resolver tudo, mas os minutos estavam passando.

Pouco antes das duas horas, com a cabeça erguida, ela entrou no escritório de Mick. Ele estava diante da mesa, braços cruzados, Aslyn ao lado dele. De um lado da mesa estavam Aiden, Selena, Finn e Lavínia. Do outro, Thornley e Gillie. Fera estava encostado numa estante de livros. Ele amava livros quase tanto quanto ela.

Obviamente, Mick havia informado a todos sobre o infeliz incidente, e eles se reuniram para apoiá-la.

Mick pigarreou e soltou um suspiro profundo.

— Ontem à noite, não pensei em perguntar exatamente o que aconteceu. Você gostaria de nos contar?

Fancy deu de ombros.

— Ele me disse que Collinsworth tinha alguns livros raros e se ofereceu para mostrá-los para mim. Ele disse que outras pessoas estariam na biblioteca, mas não havia mais ninguém. Sei que deveria ter saído naquele momento. — Ela encontrou cada olhar que recebia. — Estou arrependida de não o ter feito.

— Quando entrei, parecia que você estava presa em um abraço...

— Ele me segurou, sim. Queria me beijar, mas eu não aceitei. No entanto, sei que, com base na posição dele, inclinado em minha direção, parecia que estávamos nos beijando para os que estavam no jardim. E é nisso que as pessoas vão acreditar, no que ele permitirá que elas acreditem. Mas, independentemente do que não aconteceu, isso não muda o fato de eu ter ficado sozinha com ele. E por isso, se eu não o tomar como marido, ficarei arruinada.

— Você quer se casar com ele?

Ai, Deus, aquilo era tão difícil.

— Vocês todos trabalharam muito para me trazer a este ponto. Farei o que devo.

No silêncio da sala, Mick a estudou por um minuto inteiro.

— Não foi o que eu perguntei, querida. Eu perguntei se você *quer* se casar com ele.

— Não pensei em mais nada a manhã toda. Tive muita dificuldade. Segurei Dickens com tanta força que quase o estrangulei. — Ela pensou que um pouco de leviandade poderia ajudar, mas não. Era um assunto sério, e Fancy tinha que levá-lo a sério. Era o futuro dela, a vida dela. — Não quero decepcionar a todos ou a mamãe, mas vou. Não posso me casar com ele. Serei miserável se o fizer.

Descruzando os braços, Mick se afastou da mesa, caminhou em sua direção, abraçou-a e colocou o queixo no topo da cabeça dela.

— Você não vai nos decepcionar. Só queríamos saber se precisávamos usar nossos punhos, caso você quisesse se casar com ele e ele fugisse do compromisso.

Lágrimas não derramadas entupiram sua garganta quando ela retornou o abraço, apertando-o.

— Não acho que punhos serão necessários. Eu dou conta disso.

Ele enfiou o dedo sob o queixo delicado, inclinou a cabeça dela e deu um sorriso caloroso.

— Nós sabemos que você consegue.

Mais lágrimas ameaçaram cair. Ela cairia em prantos antes de Beresford aparecer.

— Eu serei uma mulher envolvida em um escândalo. A sociedade não vai me aceitar.

— Isso apenas faz de você uma de nós, não é? — perguntou Aiden.

Ela olhou além de Mick, para o outro irmão sorridente.

— Eu sempre fui uma de vocês.

Ele piscou para ela.

— Isso é verdade.

Uma batida na porta fez seu coração disparar, seu estômago apertar. Mick deu um beijo rápido em sua testa.

— Dê a Beresford a resposta que quiser, Fancy. Nós a apoiamos.

Sim, eles sempre o fizeram.

Mick voltou para a mesa, encostou-se nela e mais uma vez cruzou os braços.

— Sim?

O sr. Tittlefitz enfiou a cabeça pela porta.

— Lorde Beresford está aqui e requer uma audiência.

— Mande-o entrar — ordenou Mick.

Respirando fundo e estremecendo, Fancy se virou e encarou Beresford quando ele entrou. Ela se perguntou por que nunca havia notado o quão arrogante e pomposo ele parecia. O sr. Tittlefitz fechou a porta. Ela teve certeza de que Beresford deu um pulo ao ouvir o som da porta batendo. Ele lhes lançou um olhar nervoso, e ela suspeitou que ele não esperava enfrentar a família Trewlove inteira. Ele fez uma reverência superficial.

— Srta. Trewlove.

— Lorde Beresford.

Ele olhou além dela, deu um passo para contorná-la. E Fancy soube com absoluta certeza de que sua decisão era a correta. Ela se moveu para a frente dele.

— Sua reunião é comigo, milorde.

Ele piscou, olhou para a janela, o teto, o chão e finalmente de volta para ela.

— Não é assim que se faz, srta. Trewlove.

— Você descobrirá, milorde, que somos uma família que raramente faz as coisas da maneira que se costuma fazer. Eu estou, no entanto, curiosa. Foi por coincidência que uma plateia estava presente para nos ver sozinhos na biblioteca?

O conde pigarreou.

— Eu posso ter mencionado ao sr. Whitley que eu ia lhe mostrar a Bíblia rara.

— Você sabe o que meu dote implica?

— Sim. Considero-o bastante satisfatório.

— Eu aposto que sim — rosnou Aiden.

Fancy lançou um olhar afiado ao irmão, e ele murmurou:

— Desculpe.

Ela voltou a atenção para Beresford.

— Em uma situação como a nossa, milorde, os sinos do casamento logo tocam.

— De fato, srta. Trewlove. Presumirei que tenho a bênção de sua família e...

Ele começou a se ajoelhar. Ela não poderia constrangê-lo, recusando-o quando seu joelho tocasse ao chão.

— Não.

Ele parou, meio curvado, e olhou para ela.

— O que disse?

— Por favor, endireite-se, lorde Beresford.

Ele fez o que ela pediu, sem quebrar o contato visual. Respirando fundo, Fancy expirou lentamente.

— Sinto muito, lorde Beresford, mas não posso me casar com você.

Lorde Beresford ficou boquiaberto, realmente boquiaberto.

— Se você não aceitar minha oferta, não será bem-vinda entre a aristocracia. Você estará arruinada, querida garota.

— Estou bem ciente deste fato.

— Eu estava disposto a ignorar seu nascimento ilegal, mas agora você está me pedindo para ignorar o escândalo que sua recusa criará. Você será motivo de fofocas.

— Melhor ser motivo para fofocas do que uma esposa com arrependimentos.

— Se você me recusar agora, não virei mais visitá-la. Nenhum cavalheiro o fará.

— Então, lorde Beresford, devo dizer que estou mais do que feliz com minha decisão.

— Você tem que se casar comigo.

— Ela lhe deu uma resposta — alertou Fera. — Você já pode ir embora.

Com um bufo, um olhar sombrio e um bico nos lábios, lorde Beresford saiu da sala, batendo a porta em seu rastro.

— Eu talvez a tivesse deserdado se você aceitasse se casar com ele — brincou Finn. — Que paspalho.

Com um sorriso suave e uma grande sensação de alívio, Fancy encarou a família.

— Obrigada por... bem, tudo. Por seu amor, seu apoio, sua compreensão. Eu amo muito todos vocês.

— E agora, Fancy? — questionou Gillie.

— Durante todos esses anos, enquanto vocês me guiavam, nunca me perguntaram qual era o meu sonho.

— Qual é o seu sonho, querida? — perguntou Mick.

Ela deu um sorriso que lhe causou uma dor no maxilar.

— Meu sonho é me casar com um homem que amo, um homem que me ama. E vou tornar esse sonho realidade.

Atravessando a rua, Fancy sentiu-se livre, libertada, empolgada com o futuro. Mal podia esperar para se reconciliar com Matthew, para assegurar-lhe que o amava, que queria ser sua esposa. Ela estava farta da aristocracia.

Mais tarde, quando fosse contar à mãe sobre a decisão que havia tomado, pediria a Matthew que a acompanhasse. Ela queria que eles se conhecessem. Estava relativamente certa de que, uma vez que a mãe visse como ele acalentava o coração de Fancy, não apenas entenderia a decisão da filha, mas a aplaudiria. Sua mãe já estivera com um homem que amava e um que não amava. Ela entendia as recompensas e os horrores.

Fancy passou por sua loja, aumentou o comprimento e a velocidade de seus passos até chegar à residência de Matthew. Com um sorriso largo no rosto, inalou profundamente e levantou a aldrava, satisfeita com o estrondo quando a peça voltou a se encaixar. A sra. Bennett deveria ter terminado todas as suas tarefas àquela altura e não estaria ali para ver Fancy se atirar nos braços de Matthew quando ele abrisse a porta.

Exceto que ele não o fez.

Ela bateu a aldrava mais três vezes. Esperou. Fechou o punho e bateu na porta. Nada. Andando até a janela, levantou a mão para proteger os olhos e espiou pelo vidro. Ela sabia que não havia móveis na sala da frente. Podia ver parte da passagem para a sala ao lado, mas não conseguia ver móvel nenhum. Mas era apenas o ângulo, certamente.

Ela bateu mais uma vez e depois tentou abrir a porta. Trancada. Um tremor de inquietação a atravessou. Matthew fizera as malas e se mudara? Fancy sacudiu o pensamento absurdo. Ele estava apenas numa reunião com seu negociante, sem dúvida. Cuidar de sua renda exigia atenção. Ele voltaria em breve. Ela voltaria depois, para ver se ele poderia se juntar a ela em um jantar no hotel.

Seus passos eram muito mais lentos quando ela voltou para a loja.

Marianne a cumprimentou com um sorriso brilhante.

— Sua reunião com seu irmão correu bem?

Fancy não tinha contado detalhes à funcionária. Rumores já circulavam entre o escalão superior. Não havia razão para eles se espalharem por outros lugares.

— Foi perfeita. Como foram os negócios enquanto eu estava fora?

— Tivemos alguns clientes que compraram cinco livros.

— Não suponho que algum deles tenha sido o sr. Sommersby.

— Não, senhorita. Você estava esperando ele?

Ela negou com a cabeça.

— Não. Estarei no escritório cuidando de alguns negócios.

Quando se sentou na cadeira atrás da mesa, começou a remontar o livro que Timmy Tubbins havia trazido. Aquilo a distraiu para que não ficasse se perguntando quando Matthew retornaria, embora não fosse o suficiente para impedi-la de imaginar várias conversas. Por onde começaria? O que explicaria? O que omitiria? Qual seria a melhor maneira de retornar o relacionamento deles ao normal?

Meia hora depois das cinco da tarde, o sininho da porta tocou. Após o silêncio da tarde, sentiu em seu coração uma pontada de nervosismo misturada a uma pontinha de alegria. Poderia ser Matthew? Teria ele passado o dia todo repensando o encontro naquela manhã, analisando cada palavra dita, tentando determinar como tudo dera errado e o que agora era necessário para que tudo voltasse ao normal? Fancy não tinha certeza de que sabia exatamente o que dizer, como cumprimentá-lo, mas estava confiante de que, quando olhasse para ele, tudo se encaixaria. O amor tinha esse tipo de poder.

Mas, quando ela entrou na parte principal da loja, viu o sr. Tittlefitz encostado no balcão conversando com Marianne.

— Olá, sr. Tittlefitz.

Ambos deram um pulo, assustados, como se tivessem sido pegos fazendo algo que não deveriam. Ela certamente sabia como era.

— Srta. Trewlove, eu estava apenas perguntando a Marianne se ela gostaria de ir comigo a uma apresentação de música esta noite.

Fancy sentiu o peito inflar. Ela sabia que aqueles dois eram feitos um para o outro. Com uma sobrancelha arqueada, olhou para a funcionária, que estava corando profusamente.

Marianne levantou um ombro timidamente.

— Eu disse que ficaria encantada.

— Então você deve sair para se arrumar.

— Não quero me esquivar dos meus deveres.

— Não há deveres para se esquivar. Não há clientes no momento. Pode ir... Aliás, não, espere um momento.

Ela subiu a escada correndo para o quarto, foi à sua penteadeira, abriu uma gaveta e puxou um par de luvas de seda que ainda não usara. Quando voltou ao andar de baixo, ofereceu-as à funcionária.

— Ah, srta. Trewlove, não posso aceitar. Eles são adoráveis demais.

— Eu tenho outro par. — Vários, na verdade. — Elas vão fazer você se sentir elegante em seu passeio.

— Se você tem certeza...

— Eu tenho.

A funcionário pegou as luvas e as acariciou.

— Nunca tive nada tão bom. Vou levar e trazer de volta...

— É um presente. Quem sabe? Você pode ter outras ocasiões para usá-las.

— Obrigada, srta. Trewlove. Você é sempre tão generosa.

— Absurdo. Espero que vocês dois aproveitem a noite.

— Vou levá-la para casa — disse o sr. Tittlefitz a Marianne.

— Vou pegar minha bolsa.

Ela desapareceu no escritório e Fancy voltou-se para o secretário do irmão.

— Estou tão feliz que as coisas estejam indo bem entre você e Marianne.

— Ela é uma moça adorável. Sinto muito que o sr. Sommersby não vai mais ajudar com as aulas. Eu estava começando a gostar dele.

O estômago de Fancy afundou até os dedos dos pés quando uma onda de tontura e um pingo de medo a atingiram.

— Por que ele não vai mais ajudar?

O sr. Tittlefitz pareceu surpreso com a pergunta dela.

— Supus que ele tivesse falado com você sobre seus planos. Ele se mudou.

Tentando entender as palavras do homem, ela o encarou.

— Como assim, ele se mudou?

— Ele me trouxe a chave da casa antes do meio-dia. Disse-me que não ficaria pelo resto do contrato, que já havia arrumado tudo e se mudado. Coisa estranha. Ele pagou dois meses de antecedência. Disse que eu deveria usar o saldo remanescente para ajudar qualquer pessoa que estivesse com problemas para pagar o aluguel.

— O que foi? — perguntou Marianne, segurando sua pequena bolsa.

— Eu estava apenas explicando à srta. Trewlove que o sr. Sommersby não ajudará mais nas aulas.

— Ele não precisa morar aqui para nos ajudar — disse Marianne.

O sr. Tittlefitz olhou para ela com tristeza.

— Ele me disse que não voltaria para a região.

Fancy mal conseguia pensar com o som do sangue correndo em seus ouvidos. Ela o deixara acreditando que ia se casar com Beresford, porque naquele momento pensava que era sua única alternativa. Ela não lhe dera nenhuma esperança, nenhuma razão para acreditar que eles tinham alguma chance de ficar juntos. Mas certamente não esperava que ele fizesse as malas tão rapidamente, que desaparecesse em algumas horas. Seu peito estava perigando desmoronar.

— Ele disse para onde estava indo?

— Não, senhorita.

Talvez ele tivesse ido morar com a irmã. Fancy nem sabia o nome da mulher. Como poderia encontrá-lo para lhe contar que não se casaria com Beresford? Ela sabia muito sobre ele, mas tão pouco sobre detalhes pessoais.

— Vocês dois deveriam ir. Aproveitem ao máximo a noite.

Depois que eles saíram, ela vagou pela loja e, em todos os lugares que olhava, tinha lembranças de Matthew. Valsando por entre as prateleiras, ele colocando o cabelo dela atrás da orelha, ele levantando-a no balcão e beijando-a até que os joelhos dela enfraquecessem.

Naquela noite, Fancy se sentou no canto da janela e olhou para a antiga residência dele, agora escura. Para onde ele havia ido? Como ela poderia encontrá-lo? Ele precisava saber que ela o amava com cada fibra de seu ser, que ela queria se casar com ele, queria ter uma vida com ele.

Esperando em vão que uma luz aparecesse da janela, que ele voltasse para ela, Fancy nunca se sentiu tão sozinha em toda a sua vida.

Capítulo 25

USANDO UM PANO DE LINHO, Fancy secou o prato que a mãe lhe entregou. Era o último dos pratos que precisavam ser limpos após o almoço que compartilharam. Era domingo, mas não o primeiro do mês, então o resto da família não havia se reunido, pelo que ela estava grata, já que tinha algo a contar à mãe e preferia dizê-lo em particular. Além disso, estava melancólica e não seria boa companhia para ninguém. Ela provavelmente não deveria ter incomodado a mãe, mas precisava de um pouco de distração.

Fancy mal conseguia se lembrar do sábado. Tivera clientes, mas parecia ter esquecido onde guardava os livros, fora inútil em ajudar alguém a encontrar uma história que pudesse gostar de ler. Ela ia até seu escritório com a intenção de continuar trabalhando na restauração de *A pequena Dorrit*, mas, em vez disso, ficava olhando para o nada, tentando determinar como poderia encontrar Matthew. Ela perguntara aos vizinhos se alguém o vira saindo, mas tudo o que conseguiu foi um relato sobre três carroças e uma carruagem, e criados de libré transportando móveis. Nenhuma marca nas carruagens, mas ainda assim... criados com libré. Teria julgado mal a fortuna de Matthew? Certamente, ele não estava falando sério quando dissera que podia comprar todos os livros da loja.

— Tudo feito — disse a mãe. — Vamos nos servir um pouco de conhaque e então você pode me dizer o que está incomodando você.

— Por que você acha que estou incomodada?

— Porque, bobinha, você mal falou uma palavra e parece que acabou de saber que todos os livros da Inglaterra foram jogados no mar. Então vamos nos acomodar para ter uma boa conversa.

Quando estavam sentadas nas cadeiras ao lado da lareira vazia, Fancy tomou um grande gole do conhaque e deixou o calor se espalhar por seu corpo. Depois, passou os dedos lentamente pela borda do copo.

— No último baile, fui pega sozinha com um conde. E isso não se faz. Para acertar as coisas, ele pediu para se casar comigo. Eu disse que não.

— Você o beijou?

Fancy franziu a testa.

— O conde? Não. Por que eu o faria?

— É como aquela história, *A princesa e o sapo*. Lembro-me de Gillie lendo para você. Se você não beija um homem, como saberá se ele é o príncipe ou apenas um sapo?

Ela riu levemente. A mãe devia estar bebendo conhaque quando Fancy não estava olhando.

— Isso é apenas um conto de fadas.

— Você não beijou o homem que está ajudando com suas aulas?

Fancy sentiu suas bochechas esquentarem.

— Bem, sim, beijei.

— Ele é o motivo pelo qual você não beijou o outro homem? — A mulher se inclinou para a frente. — Talvez a razão pela qual você não quis se casar com o outro.

Sentindo as lágrimas se formando, Fancy piscou para espantá-las.

— Eu o amo, mamãe. O nome dele é Matthew Sommersby. Ele é gentil e generoso. Ele me faz rir, assim como você me disse que deveria. Eu gosto de estar com ele. — Ela mordeu o lábio inferior, sem conseguir acreditar que realmente confessaria aquilo à mãe. — E eu realmente gosto quando ele me beija.

Sorrindo com satisfação, a mãe recostou-se na cadeira.

— Parece que ele é um príncipe, então. Há muitos sapos neste mundo, Fancy. Quando você encontra um príncipe, precisa agarrá-lo.

— Ah, este é o problema, mamãe. Eu o perdi.

— E como isso aconteceu, querida?

Ela tomou um gole do conhaque, saboreando o calor que afugentava o frio que começara a se espalhar por ela.

— Ele disse que me amava, que queria se casar comigo. Mas eu disse a ele que ia me casar com o conde.

— Por que você disse isso?

— Porque eu pensei que iria. Pensei que não tinha escolha. Preocupei-me em desapontar você se não o fizesse. Seu sonho para mim nunca se tornará realidade. Agora sou uma mulher envolvida em um escândalo, então não serei mais convidada para bailes. Não terei a oportunidade de conhecer um lorde com quem gostaria de me casar.

Não que ela teria conhecido, nem se participasse de mil bailes. Seu coração estava tomado, pertenceria para sempre a Matthew.

— Espere, querida. Estou ouvindo muitas palavras e tentando entendê-las. Você quer se casar com um lorde?

— Quero me casar com um homem que me ama.

— E é o que deveria. Você sabe que nenhum de nós jamais quis que você se casasse com um homem que não o fizesse.

Ela terminou seu conhaque, deu um grande suspiro.

— Mamãe, e se eu só quisesse administrar minha livraria? E se eu nunca me casar?

— Filhinha, quero que você faça o que a deixa feliz.

— Mas você sempre quis que eu tivesse um marido refinado e morasse em uma casa refinada e tivesse uma vida refinada.

— Sim. Um homem que a ama, que a vê como sua lua e estrelas. Uma casa onde você entra pela porta e sente que voltou ao lar. Uma vida em que você é feliz e tem tudo o que sempre sonhou. Ou, se não tudo, uma boa parte. Você define o que é refinado para você, e é isso que quero que você tenha.

O aperto em seu peito afrouxou com a percepção de que ela não decepcionaria a mãe.

— Estou feliz por não ter me casado com o conde, então.

— Mas e o seu sr. Sommersby?

A tristeza mais uma vez a envolveu.

— Antes que eu pudesse dizer a ele que não iria me casar com o conde, ele se mudou. Não sei onde ou como encontrá-lo.

— Você precisa conversar com o Fera, então. Aquele rapaz tem um talento especial para encontrar qualquer coisa.

Segunda de manhã, Fancy acordou com um raio de esperança. Depois de voltar da casa da mãe no dia anterior, ela escreveu uma carta para Fera pedindo sua ajuda, com a intenção de entregá-la a Lottie naquela noite. De todos os seus irmãos, Fera era o mais misterioso. Ela nem sabia onde ele morava. Embora estivesse relativamente certa de que a mãe sabia como entrar em contato com ele, Fancy decidiu lidar com o assunto à sua maneira.

Olhando para o relógio da lareira, viu que eram quase nove horas. Em todos os dias em que ela administrara a livraria, nunca deixara de abrir a porta às nove horas da manhã. Apesar de sua falta de foco no sábado, ela jogou as cobertas para o lado, saiu da cama e se preparou para o dia. Às nove em ponto, destrancou a porta, foi ao balcão, levantou a xícara de chá, olhou para o calendário e congelou.

Era o dia em que seu pai iria a julgamento. Às dez. Matthew estaria lá, dando seu testemunho.

Ele não quebraria aquela promessa, certamente. Ela podia vê-lo, encontrar uma oportunidade de falar com ele e, pelo menos, deixá-lo saber que ela não se casaria com Beresford. Talvez eles pudessem começar de novo. Ou, pelo menos, começar de onde haviam parado antes de brigar.

Ainda faltavam algumas horas para Marianne chegar. Por mais que se arrependesse de fechar a livraria, Fancy não viu outra saída. Depois de pegar sua bolsa, trancou a loja e correu pelas ruas até chegar à pensão onde Marianne morava. Com a permissão da proprietária, ela subiu a escada correndo para o quarto, bateu rapidamente e, quando uma Marianne de olhos sonolentos abriu a porta, pediu desculpas.

— Eu tenho um compromisso. Aqui está a chave para que você possa entrar na loja.

— Devo entrar mais cedo?

— Se você quiser, mas não se sinta na obrigação. Sinto muito por isso ter surgido tão inesperadamente. Não sei quanto tempo vou demorar e só quero garantir que a loja seja aberta em algum momento.

— Vou me trocar e ir para lá.

— Obrigada, Marianne. — Ela virou-se para a escada, parou e voltou-se. — Peço desculpas. Fiquei tão distraída no sábado que não perguntei como foi o seu encontro com o sr. Tittlefitz.

A funcionária apertou a mão nos lábios.

— Ele me beijou, srta. Trewlove, e foi tão adorável.

Estendendo a mão, ela apertou a de Marianne.

— Sempre pensei muito bem do sr. Tittlefitz. Fico feliz que ele esteja fazendo você feliz.

— Ah, ele está. Agora pode ir. Não se preocupe com a loja. Vou cuidar de tudo.

Sentindo as lágrimas brotarem, ela mandou um beijo para Marianne e desceu correndo a escada.

Não teve dificuldades para encontrar um coche, mas o tráfego estava horrível, e vários minutos haviam se passado desde às dez quando ela finalmente entrou no tribunal onde Dibble estava sendo julgado. A sala estava lotada, nenhum assento estava disponível. Ela não sabia por que as pessoas se importavam tanto em ver o processo de alguém que não conheciam. Ou talvez eles o conhecessem. Talvez ele tivesse muitos amigos.

Embora, com base no escárnio dele no banco dos réus, Fancy não comprasse muito a ideia. Mas então percebeu que ele estava olhando furioso para Matthew, que caminhava em direção ao banco de testemunhas. Vê-lo novamente tirou seu fôlego. Ele exibia uma confiança extrema, uma influência quase da realeza. Fancy percebeu que ele já havia conseguido ganhar o respeito de quase todos os presentes. Quando ele se aproximou para reivindicar seu lugar, olhou ao redor do tribunal, e ela soube quando ele a viu de pé no fundo da sala porque ele ficou tão paralisado quanto a morte.

Ele não parecia ter dormido bem, e ela se perguntou se ele estava preocupado com seu testemunho ou se talvez estivesse arrependido de como as coisas haviam acontecido entre os dois quando se viram pela última vez. Ela lhe ofereceu um sorriso hesitante e desejou ter alguma maneira de lhe comunicar que tinha total fé na capacidade dele de fazer com que o pai dela fosse preso. E que ela sentia muita falta dele e precisava conversar.

— Pode dizer seu nome ao tribunal?

Ele desviou o olhar para o homem de peruca e manto de pé diante dele, que fez a pergunta.

— Matthew Sommersby.

O homem disse algo à meia-voz. Matthew não pareceu satisfeito. Ele olhou para Fancy e limpou a voz.

— Matthew Sommersby, conde de Rosemont.

As pequenas rachaduras que haviam aparecido quando descobriu que ele havia se mudado se aprofundaram até seu coração se partir.

Matthew viu Fancy sair da sala e precisou usar todas as forças para permanecer no banco das testemunhas e continuar no julgamento. Ela não deveria estar ali. Ele nunca deveria ter dito a ela quando o julgamento ocorreria. Fizera-o para lhe trazer paz de espírito, para tranquilizá-la de que o fato aconteceria e que a justiça seria feita.

Assim que terminou, ele saiu do tribunal e entrou no corredor, procurando. Mas ela não estava em lugar algum.

Era melhor assim. O que havia para dizer?

Ela fizera sua escolha. Escolhera Beresford. E Matthew fizera a dele. Ele não tinha dito a ela quem ele era.

Como fazia todas as noites desde que retornara à sua residência, Matthew estava em sua biblioteca tomando um gole de uísque. E, como fazia todas as noites desde seu retorno, ele pensava em Fancy.

Mas, naquela noite, ele pensou em sua expressão de surpresa quando ele foi obrigado a dizer não apenas seu nome, mas seu título. Ele sabia que o tribunal insistiria em uma identificação completa porque sua posição na aristocracia daria credibilidade a suas palavras, ajudaria a garantir que Dibble fosse punido adequadamente pelo dano que causara, não apenas recentemente, mas anos antes. Mesmo que os crimes antigos não tivessem sido trazidos à luz no tribunal, ele sabia deles e insistira para que o homem não fosse libertado levianamente. O dia do infeliz no tribunal tinha sido apenas uma formalidade.

Matthew não queria que Fancy descobrisse a verdade em um ambiente tão público e sem aviso prévio. Ele pensou em escrever uma carta para ela, porque sabia que, depois que ela se casasse com Beresford, os caminhos deles sem dúvida se cruzariam. Ele pretendia ser educado mas distante, para não deixar que ela visse quão profundamente suas artimanhas o haviam ferido, não apenas porque ele a julgara mal, mas porque significava que ele não poderia tê-la pelo resto da vida.

Ele se apaixonara por ela, maldição! Sem nem perceber. Queria-a como sua esposa.

Mas Fancy fora impaciente, queria seu lorde.

Vê-la naquela manhã tinha sido ao mesmo tempo um momento de alegria e tristeza. A visão dela ainda fazia seu coração inflar; a verdade sobre ela o fez perceber que, quando se tratava de mulheres, ele era um péssimo juiz de caráter. Matthew nunca esperaria que Fancy Trewlove usasse meios traiçoeiros para conseguir o que queria, e havia começado a acreditar que ela gostava dele, que, se pedisse sua mão, ela o escolheria, sem saber que ele tinha um título.

Mas agora ela sabia, e ele ainda a queria. Com todas as suas forças. Se ela soubesse quem ele era, se tivesse planejado para que fossem encontrados em uma posição comprometedora para que tivesse que se casar com ela, ele não se importaria, porque a teria em sua vida.

Com as pernas esticadas, Fancy sentou-se no assento da janela com a bochecha apoiada nos joelhos e olhou para as janelas escuras da casa do lado oposto. Desde a partida de Matthew, ela terminava todas as noites da mesma maneira. Não, não era Matthew. Era Rosemont.

Seria seu destino descobrir que todas pessoas que amava guardavam algum segredo dela?

Durante todo o dia, Fancy ponderou o porquê de ele não ter lhe contado, e então, no meio da noite, lembrou-se da reação dele quando o recorte da carta publicada do jornal caíra do bolso dela, lembrou-se de como a esposa o enganara. Lembrou-se do baile de Gillie, onde lady Penelope e as amigas se arriscaram a conversar com ela porque queriam saber se ele havia sido convidado. A descoberta sobre como tantas damas o haviam visitado. Ele se mudara para a região para escapar de quem era.

Ela apostaria todos os livros em sua loja que estava certa.

Entendeu um pouco melhor a reação dele quando ela lhe contou sobre ser pega em uma posição comprometedora com Beresford, mas o entendimento não a fez sentir menos dor. Ele a acusara de traição, nem se dera ao trabalho de lhe dar o benefício da dúvida. Ela não tinha corrigido a suposição errada, mas havia ficado chocada, para ser sincera.

Mas agora, percebendo que ele escondera parte de si dela, Fancy se perguntava se realmente conhecia Matthew Sommersby.

— Bom dia, James.

— Srta. Trewlove.

— Não é necessário me acompanhar até a sala do café da manhã.

— Muito bem, senhorita.

Depois de uma noite de sono inquieta, era bom voltar à uma rotina familiar, e ela estava ansiosa para tomar café da manhã com Mick e Aslyn. Como sempre, quando entrou na sala, seu irmão deixou o jornal de lado e se levantou.

— Como você está hoje? — perguntou ele.

Ela forçou seu sorriso mais brilhante.

— Ansiosa por um novo dia.

Depois de selecionar várias comidas tentadoras, ela se juntou ao irmão e Aslyn à mesa.

— Como você está, Aslyn?

A cunhada estendeu a mão e apertou a dela.

— Estou bem. Você sabe que eu a admiro muito pela maneira como lidou com Beresford.

— Duvido que mais alguém o faça... Pelo menos alguém fora da família. Mas isso dificilmente importa. Estou mais que contente com a minha decisão. — Ela olhou para o irmão. — Tem algo no jornal sobre o julgamento de Dibble?

Ela deveria ter ficado para ouvir o testemunho, o veredicto e a sentença — se houvesse uma —, mas, após a revelação de Matthew, ela só queria ir embora. Na ocasião, nada parecia mais importante para sua sanidade.

Mick ficou tão imóvel que poderia ter sido confundido com uma estátua.

— Dibble, você diz?

Ela lhe deu um sorriso compreensivo.

— Eu sei que ele é meu pai, Mick. Eu conversei com mamãe. Ela explicou tudo.

— Quando foi isso?

— Depois que ele invadiu a livraria.

Fancy sabia que muitas pessoas tinham pavor de seus irmãos, temiam enfrentar a ira deles. Com base na fúria que visivelmente inundou as feições de Mick, ela entendeu claramente o porquê.

— Ele o *quê*?

Ela contou tudo sobre aquela noite. Bem, exceto a maneira como Matthew cuidara dela. Mesmo que ele tivesse feito pouco mais que abraçá-la, ela duvidava que Mick gostaria de ouvir aquilo, o que sem dúvida era parte do motivo pelo qual não havia contado sobre Dibble ao irmão antes.

— Lorde Rosemont veio em seu socorro? — questionou Aslyn, claramente pasma com a informação, repetindo o que Fancy havia compartilhado.

— Ele estava alugando uma das residências de Mick, mas eu não sabia até ontem quem ele era, até ele testemunhar no julgamento. Não fiquei até o fim. Não pergunte o motivo. — Acenando para o *Times* amassado na mão de Mick, ela ficou surpresa que ele não tivesse transformado o jornal em uma grande bola de papel. — Tem alguma coisa?

Ele trocou um olhar com a esposa antes de dar a Fancy um olhar duro.

— Acho que há algo que você não está nos contando.

— Com todo o respeito, Mick, não é da sua conta.

— Tem alguma coisa a ver com o motivo pelo qual você recusou a oferta de Beresford?

Erguendo a xícara, surpresa por seus dedos não estarem tremendo, ela tomou um gole de chá e colocou a xícara de volta no pires.

— Você não deve confrontá-lo.

Ela supôs que aquilo era resposta suficiente, porque ele xingou severamente antes de mexer no jornal e começar a vasculhar as páginas.

— Culpado — ele finalmente rosnou, depois olhou para ela. — Dez anos em Pentonville.

Um suspiro de alívio correu.

— Graças a Deus.

— Por que você não veio até mim, Fancy, e me contou o que estava acontecendo?

Ele parecia verdadeiramente magoado, e por isso ela sentiu-se arrependida.

— Você cuida de mim há tanto tempo, Mick. Está na hora de eu cuidar de mim mesma. E Matthew... — ela apertou os lábios, fechou os olhos por um momento e os abriu — Rosemont cuidou dos assuntos que eu não podia.

— Rosemont — resmungou ele, estreitando os olhos. — Talvez eu deva ter uma palavra com ele.

— Não. E não tente contornar isso, pedindo a um dos outros que o visite. Nenhum de vocês deve interferir.

— Logo, há algo entre vocês para interferir.

Ela revirou os olhos.

— Pare.

Baixinho, ele resmungou algo sobre "irmãs irritantes serem independentes demais". Fancy tomou aquilo como um elogio.

— Mas vou conversar com Dibble — alertou ele severamente, com um tom que não aceitava discussão. — Se ele sobreviver a esses dez anos, quando sair, estarei esperando por ele.

— Não tenho nenhum problema com isso. — Ela balançou a cabeça. — Eu nem sei o primeiro nome dele.

— Não tenho certeza de que ele tenha um. Nunca duvide, Fancy, de que, apesar das circunstâncias, você foi desejada.

— Eu sei. Ainda assim, eu gostaria que as circunstâncias tivessem sido diferentes para mamãe. Que tivesse sido como ela me disse. Por ela.

— Ela amava muito o marido.

— Mas era só um pouco mais velha que eu quando o perdeu. Tantos anos sozinha…

Será que Fancy enfrentaria o mesmo futuro?

Mick voltou ao jornal, Aslyn ao mingau. Fancy tomou outro gole de chá e embalou sua xícara como se fosse um pequeno pássaro a ser protegido.

— Posso pegar sua carruagem emprestada hoje à noite?

Mick voltou a atenção para ela.

— Para qual propósito?

— Não é suficiente saber que eu preciso dela?

Ele olhou para o teto como se as respostas residissem lá.

— Quando você ficou tão teimosa?

— Você vai ao baile de Fairhaven — disse Aslyn em voz baixa, a aprovação evidente.

Forçando o estômago a não dar um nó só com o pensamento, ela assentiu.

— Preciso enfrentá-los uma última vez, deixar a sociedade nos meus termos, não nos deles.

— Recebemos um convite? — perguntou Mick, embora Fancy duvidasse que ele precisasse da formalidade de um convite se estivesse determinado a ir.

— Sim — respondeu Aslyn. — É por isso que sei sobre ele.

Com um aceno de cabeça, ele se recostou.

— Então vamos acompanhá-la.

— Eu preciso fazer isso sozinha, Mick. Nenhum de vocês deve ir.

Porque ela sabia que, se recebesse um corte direto — o que sem dúvida receberia —, seus irmãos fariam o culpado pagar.

E ela precisava ir sozinha para fazer sua declaração: Fancy Trewlove era uma mulher a ser reconhecida.

Capítulo 26

TENDO CEDIDO AO PEDIDO DE SUA IRMÃ, Matthew se viu no maldito baile desejando estar em sua própria residência, bebendo uísque, em vez de dançando com lady Penelope. Com 17 anos, a menina era muito avoada e falava constantemente sobre assuntos nos quais ele não tinha interesse: flores, clima, seus passeios de compras. Mas, até aí, ele achara a mesma coisa das cinco damas com quem dançara antes.

Matthew não tivera a chance de conversar com nenhum dos cavalheiros para saber as últimas notícias do mundo, porque, quando entrou no salão de baile, as mulheres o cercaram como abelhas em busca de néctar.

Acima do barulho da música e da conversa, outra chegada foi anunciada, e ele ficou agradecido por ser um jovem casal que não tinha uma filha. Mantendo sua promessa com todas as damas que o tinham visitado antes de ele ter se afastado da sociedade, assinara seu nome em uma enorme quantidade de cartões de dança e fizera o possível para fingir interesse, elogiar e flertar, apesar de estar entediado ao extremo.

No entanto, sentia-se assim desde que voltara para Mayfair. Ele não fora a lugar nenhum — nem mesmo ao seu clube favorito — e não fizera nada de importante, exceto garantir que Dibble fosse mandado para a prisão. Vagava por sua residência vazia sem propósito, uma pipa sem linha perigando cair e ser destruída a qualquer momento. Todas as manhãs, abria o jornal e procurava o anúncio do noivado de Fancy, sabendo que aquilo acabaria com seu coração, uma confirmação de que ela nunca lhe pertenceria.

Ele não conseguia dormir, pensando nela com Beresford, contemplando como poderia ter lidado com as coisas de maneira diferente desde o início, como poderia ter assegurado que ela seria dele. Ele mal comia, nada tinha um gosto tão bom quando não estava compartilhando a refeição com Fancy. Não sentia prazer nem na leitura, porque a ação o lembrava de olhares através dos estábulos para vê-la sentada na janela com um livro na mão. Cada maldita coisa o lembrava dela. Matthew não conseguia respirar sem pensar nela.

Enquanto ele circulava o chão com a jovem nos braços, ele ouvia trechos de conversa aqui e ali.

Beresford.

Srta. Trewlove.

Escandaloso.

Nunca imaginei.

Parecia que o casal estava na língua de todo mundo, exceto as mulheres com quem ele dançava, mas elas estavam mais interessadas em impressioná-lo, compartilhando tudo em que se destacavam, em vez de fofocar sobre o mais recente escândalo, que logo seria esquecido.

— Estou tão feliz com sua decisão de voltar para a sociedade.

Ele não tinha voltado, não de verdade, mas estava tão ansioso para ver Fancy que se colocara na posição precária de ter que cruzar o caminho com ela e Beresford sem denunciar que seu coração se recusava a esquecer o que sentia por ela. Fancy e Beresford deveriam chegar juntos a qualquer momento, porque o conde não era tolo o suficiente para não a acompanhar e aproveitaria a oportunidade para demonstrar sua devoção e respeito pela mulher com quem se casaria. Era o primeiro baile a ser realizado desde o de Collinsworth. Era imperativo que Beresford visse sua dama aceita, e por onde melhor começar do que com o baile dos Fairhaven?

— Estou entediando você, milorde?

As palavras calmas de sua parceira de dança o tiraram de seus devaneios.

— Me desculpe. Parece que estou sem prática quando se trata de entreter uma parceira de dança.

Especialmente quando sua cabeça estava repleta de pensamentos sobre Fancy. Ele não sabia o que teria dito se tivesse a encontrado do lado de fora do tribunal. Mas precisava ouvir a voz dela, olhar nos orbes castanhos e ter certeza de que ela estava feliz com a decisão de ter aceitado Beresford em vez dele. Embora Matthew ainda tivesse dificuldade em entender por que ela tinha se rebaixado a usar uma artimanha para conquistar seu lugar na sociedade.

— Não sei dizer se você está antecipando a chegada de outra debutante ou planejando sua fuga.

Ele arqueou uma sobrancelha para ela.

— O que disse?

— Percebo que seu olhar continua vagando até a porta no topo da escada.

— O anúncio de chegadas chama minha atenção, e meu olhar naturalmente pula...

— É mais que isso. — Talvez a menina não fosse tão avoada quanto ele pensara. — Acho que o senhor está procurando alguém em particular.

— Você entendeu errado.

— O senhor é um péssimo mentiroso.

Ele deu a ela um olhar aguçado.

— Não serve bem a uma dama que está à procura de um marido chamar um pretendente de mentiroso.

— O senhor talvez tivesse um bom ponto se estivesse em busca de uma esposa, o que o senhor não está, e eu quisesse um marido, o que não quero.

— Toda mulher solteira aqui quer um marido.

— Não eu. Quero ser tão independente quanto a srta. Trewlove.

Mesmo quando seu coração se apertou ao som do nome dela, ele zombou:

— Trewlove. Tão independente que precisa enganar um lorde para se casar.

As sobrancelhas delicadas franziram quando ela piscou repetidamente para ele.

— Você está se referindo ao fiasco de Beresford?

— Fiasco? Ela conseguiu o que queria. Vai se casar com um lorde.

— Quem lhe disse isso?

Fancy! Mas, por alguma razão, sua boca não formou as palavras. Ele estava tentando lembrar exatamente o que ela havia lhe dito.

— Eu sei que ela foi pega em uma posição comprometedora. Sei que ela o enganou...

— Está completamente errado, milorde. Ela é uma dama de integridade. Nunca faria uma coisa dessas. Lorde Beresford organizou todo o artifício, o desprezível. Disse ao meu irmão, como eles são melhores amigos, e a alguns de seus amigos que reunissem algumas damas na varanda perto da janela que dava para a biblioteca. Então, colocou a srta. Trewlove no cômodo e prontamente a beijou. Conhecendo a dama como eu, desconfio que ela queria apenas ver a Bíblia rara sob o teto de Collinsworth, não ser abordada por Beresford.

Matthew quase tropeçou nos próprios pés e nos dela. Ele não podia continuar dançando como se tudo estivesse certo com o mundo. Com a mão nas costas dela, ele a guiou além do círculo de giz até a parede.

— Você tem certeza disso?

Matthew fechou os olhos com força. Como ele poderia ter duvidado quando Fancy era a mulher mais aberta e honesta que já conhecera?

— Absolutamente. Meu irmão me disse que Beresford queria o dote dela. É bastante substancial. Eu lhe dei um bom sermão, por ter concordado com o plano asqueroso de Beresford. Uma dama deve ter uma escolha.

Ele abriu os olhos.

— Sei que, no dia seguinte, Beresford se encontrou com o irmão dela para discutir o casamento.

— Era isso que ele esperava conseguir, mas a srta. Trewlove o recusou. Sem hesitar. Bom para ela, eu digo.

Tudo dentro dele parou.

— E você sabe disso como?

Lady Penelope suspirou.

— Várias horas após a reunião, Beresford chegou à nossa residência, trançando as pernas, lamentando seu infortúnio, e meu irmão o consolou. Eu estava ouvindo na porta, como costumo fazer. É por isso que lorde Beresford não comparecerá esta noite. Ele está humilhado pela recusa. Estou surpreso que o senhor não tenha ouvido sobre isso. Foi o assunto favorito de todos por dias.

Matthew mal podia culpar Beresford por afogar as mágoas na bebida. Fancy era um diamante de primeira linha e, apesar de todas as suas maquinações, Beresford não conseguira conquistar sua mão. Mas ela havia dito a Matthew que se casaria com o conde. Em algum momento entre a sua residência e a reunião com seu irmão, mudara de ideia. Por que Matthew confessara querer se casar com ela? Ou ela simplesmente decidira colocar seus próprios sonhos à frente dos de sua família?

— Não ando muito na sociedade.

Ele estava escondido em Mayfair cuidando de seus ferimentos, certamente autoinfligidos.

Lady Penelope inclinou a cabeça, pensativa.

— Fico com a impressão, milorde, de que também conhece a srta. Trewlove, mesmo que não tenha participado de nenhum baile.

Ele não ouviu acusações em seu tom, nenhuma busca de fofocas, apenas interesse.

— Eu visitei a livraria dela.

— Não é a mais bonita de todas? O senhor conheceu Dickens?

— Sim.

— Ele é tão fofo…

— Srta. Fancy Trewlove!

A voz estrondosa do mordomo ecoou pelo salão, bombardeou a alma de Matthew. Ele se virou para ver Fancy em um requintado vestido dourado no topo da escada. Sozinha. Nem um irmão ou irmã à vista.

Estava tão bonita, e com uma postura tão confiante, que ele quase caiu de joelhos.

— Poderia me dar licença, lady Penelope?

Ele mal ouviu o seu "É claro" porque não esperou pela resposta dela. Já estava andando freneticamente em direção a Fancy, determinado a garantir que ela não encarasse mais a multidão de fofoqueiros sozinha.

Fancy nunca estivera tão nervosa em sua vida, nem mais segura de si mesma e de seu lugar no mundo. Pretendia provar que aquelas pessoas não tinham poder sobre ela, não determinavam seu destino. Ela, sozinha, era dona de seu próprio destino.

Levara um tempo para perceber aquilo. Fancy fizera o que sua família lhe pedia havia tanto tempo, ocasionalmente deixando de lado alguns de seus próprios desejos — sua livraria, suas aventuras, suas paixões —, que perdera de vista o fato de que *ela* era responsável pela própria felicidade, que *ela* escolhia seu próprio caminho. Às vezes, concordava com os sonhos que sua família tinha para ela e, às vezes, tinha que seguir seu próprio rumo. Sua família lhe dera forças para que Fancy fosse independente e, naquela noite, as colocaria em uso.

O anúncio de seu nome ainda estava ecoando quando ela respirou fundo e começou a descer a escadaria. Estava ciente de que os casais estavam parando no meio da pista de dança para encará-la, mas lutou para não os encarar de volta, concentrando sua atenção no marquês e na marquesa de Fairhaven, que esperavam no pé da escada. Então, um movimento ao lado chamou sua atenção, e ela viu um homem de cabelo escuro abrindo caminho através da multidão, como se sua vida dependesse de alcançar seu destino, de alcançá-la.

Parando de supetão, ela colocou os dedos em volta do corrimão com tanta força que receou deixar marcas na madeira. Ele passou pela multidão e começou a subir a escada. Vestido com trajes formais, nunca parecera tão devastadoramente bonito, mas Fancy endureceu o coração, recusando-se a cumprimentá-lo com sequer um pitada de alegria.

Ele parou dois degraus abaixo, o que dava a ela a vantagem de altura, tornando muito mais fácil encará-lo.

— Fancy...

— Não esperava vê-lo aqui.

Ele não fora em nenhuma outra festa. Por que estaria naquela?

Os lábios dele, que haviam feito coisas tão perversas com ela, formaram um sorriso irônico, mas leve.

— Lady Fairhaven é minha irmã.

Fancy lembrou-se dos olhos verdes e do cabelo preto da dama. Como ela não vira a semelhança? Mas, então, ela não estivera procurando por ele entre a aristocracia. Ainda assim, olhou em volta, imaginando-o visitando a irmã, desfrutando de um jantar.

— Sua sobrinha está aqui, então.

— No berçário, no andar de cima. Eu li uma das fábulas de Esopo para ela antes que dormisse. Pensei em você.

Houve um tempo em que ela teria gostado de conhecer sua sobrinha, de vê-lo ler para a criança. Um tempo em que saber que estivera na mente dele lhe traria alegria.

— Eu nunca penso em você.

Ela tentou passar por ele, mas ele a deteve com uma mão enluvada em seu braço, e ela ficou agradecida por não sentir o contato de pele contra pele. Não sabia se teria forças para resistir ao toque macio dele.

— Você não é uma mentirosa habilidosa.

Ele estava certo. Fancy pensara nele quase todos os minutos de todos os dias.

— Me solte.

— Você não está com sua bolsa cheia de livros.

— Eu sou muito boa em empurrar.

Lentamente, ele abriu os dedos.

— Vamos para outra sala para que possamos conversar.

— Não.

Ela não pretendia fazer mais que andar pela multidão, encarar todos e seguir seu caminho. Começou a descer e Matthew se moveu na frente dela, impedindo que continuasse.

— Você rejeitou Beresford. Está arruinada. Eles vão virar as costas para você. Você receberá cortes...

— Estou bem ciente do que serei forçada a suportar, mas deixarei a sociedade nos meus termos, não nos deles. Fui convidada para este baile e por isso vim.

— Deixe-me acompanhá-la, pelo menos.

Ele ofereceu o braço, e Fancy apenas negou com a cabeça. Ela tinha um limite de força quando se tratava de recusá-lo e, se o tocasse, era provável que essa resistência desmoronasse aos seus pés. Desprezava a maneira como seu coração batia forte e seu corpo se esforçava para estar mais perto dele, como se ele fosse sua Estrela do Norte.

— Prefiro que não, Matthew. — Momentaneamente, ela fechou os olhos com força. — Perdoe meu deslize. Quero dizer, lorde Rosemont.

Ela voltou a descer os degraus, ciente de que ele não a seguia, notando ainda que a música não tocava mais, que todos os olhos estavam voltados para o drama na escadaria. Ela queria encará-los, mas não esperava fazê-lo com todos de uma vez.

— Eu amo você, srta. Trewlove.

Apesar dos suspiros e risadinhas, a voz dele ecoou ao redor dela, as palavras atingindo seu âmago. Mas, dessa vez, elas pareciam mais intensas, maiores e mais profundas. Parando, quase cambaleando, cada músculo tenso, ela lentamente se virou para encará-lo.

— Não faça isso, Matthew. Não aqui. — Tão publicamente. Ela odiava ter uma plateia, mas, no mundo aristocrático, tudo sempre parecia estar em exibição. — Não vai terminar bem.

— Porque eu a machuquei. Porque nos machucamos. — Ele desceu um degrau, depois outro. — Se não for aqui, se não for agora, então onde e quando?

— Nunca. Você não me disse quem é.

Ela abaixou a voz, mas as palavras ainda pareciam ecoar pela escadaria.

— Você sabe *quem* eu sou, Fancy. Você simplesmente não sabia o *que* eu sou. — Ele abriu bem os braços. — Agora você sabe. Como sou diferente?

Como ela explicaria que ele agora era demais? Ou, pelo menos, que ele deveria ser. Mas tudo o que via diante de si era o homem. O homem que havia comido uma torta de carne com ela nos degraus do lado de fora de um teatro marginal, que a acompanhara em uma tenda para olhar uma fotografia obscena, que correra em seu auxílio, que a beijara até perder os sentidos. Que a apresentara à paixão e lhe mostrara como voar.

— Por que você está fazendo isso?

— Porque, desde o momento em que a conheci, você capturou meu coração com sua bondade, generosidade, abertura e aceitação. Você é a mulher mais graciosa e despretensiosa que já conheci. Para mim, você nunca foi um fascínio passageiro. Não acredito que o mesmo possa ser dito de todos os senhores aqui.

Ela sabia que ele estava se referindo especificamente a Beresford. Ele estava presente? Fancy esperava que sim. Queria enfrentá-lo também. Matthew estava dizendo todas as palavras certas, mas, uma vez, ele dissera as erradas.

— Você acreditou que eu era capaz de traição.

Os olhos dele se fecharam, a mandíbula se cerrou. Vários batimentos cardíacos passaram antes de ele finalmente abrir os orbes verdes de novo.

— Eu estava cego pelo meu passado. Não absolvo minhas acusações ou ações, e agora sei que Beresford procurou comprometê-la. Mas ele não contava que você tinha força de vontade para rejeitar uma vida ou um cavalheiro que não lhe agradasse. — Outro passo para baixo. — Isso exigiu coragem, srta. Trewlove. Bem como uma compreensão do seu próprio valor. Muitas damas poderiam aprender muito com você.

Outro passo mais perto. Mais um e ele estaria no mesmo degrau que ela. Mais um e Fancy não teria escolha a não ser abraçá-lo para evitar cair para trás. *Dê esse passo*, um canto do coração dela implorou. *Me dê uma desculpa para tocá-lo mais uma vez.*

— Diga-me que você não me ama.

Ela não esperava o comando. Não podia mentir para ele quando não podia mentir nem para si mesma. Matthew dissera na frente de todos que a amava. Como ela poderia fazer menos?

— Antes de lorde Beresford me oferecer para mostrar a biblioteca, eu havia decidido que não iria mais participar de bailes, que não queria fazer parte da aristocracia porque você não fazia parte dela. E depois, quando percebi que teria que me casar com ele para poupar a minha família da vergonha, soube que nunca mais teria um momento de alegria, porque você não estaria mais em minha vida. — As lágrimas queimaram seus olhos, e ela piscou para afastá-las. — Eu te amo tanto que mal consigo lembrar de uma época em que não o fiz.

A profundidade da emoção refletida nos olhos verdes enfraqueceu seus joelhos. Com uma mão, ele embalou sua bochecha.

— Quero desesperadamente beijá-la, Fancy.

— Quero desesperadamente que você o faça.

— Você vai me dar permissão para cortejá-la?

Ela negou com a cabeça.

— Não, mas eu vou deixar você se casar comigo.

O sorriso dele era diabólico e cheio de promessas.

— Por você, Fancy, as coisas precisam ser feitas da maneira correta.

Passando um pouco por ela, ele desceu um degrau, apoiou um joelho no chão e pegou a mão dela.

— Srta. Trewlove, você me fará a grande honra de se tornar minha esposa?

— Eu tenho uma reputação escandalosa, milorde.

Ele deu um beijo na mão enluvada dela.

— Então você é perfeita.

Ela riu quando a alegria encheu seu coração, sua alma.

— Eu te amo, Matthew. Sim, sim, quero ser sua esposa.

Levantando-se, ele segurou o rosto dela entre as mãos.

— Agora eles não podem se opor.

E ele reivindicou sua boca, seu coração, sua alma, ali na escada, enquanto a elite de Londres observava. Escandaloso, um beijo como aquele, tão profundo, tão intenso. Com os braços entrelaçados ao redor do pescoço dele e os dele nas costas dela, os dois estavam tão colados que nem a luz podia abrir caminho entre eles. Matthew continuava com o mesmo gosto que ela se lembrava, rico e intenso, devasso.

Quando ele se afastou, apoiou a testa na dela.

— Acho que isso pede uma valsa.

Segurando a mão dela, ele a acompanhou escada abaixo, onde o marquês e a marquesa esperavam. Quando Fancy foi fazer uma reverência, ele a impediu com a palma da mão gentilmente colocada nas costas dela.

— Fairhaven, Sylvie, acredito que vocês conhecem a srta. Trewlove.

— De fato, conhecemos. — Colocando as mãos nos ombros de Fancy, ela se inclinou e deu um beijo rápido nas bochechas. — Parece que os parabéns estão em ordem. Não posso dizer o quanto estou emocionada por ver Matthew tão feliz. E ainda mais emocionada que esse pedido público tenha sido feito no meu baile. Minha festa será o assunto do momento.

Matthew disse algo baixo a Fairhaven e, com um aceno de cabeça, o marquês se afastou. Então, ele se inclinou para Fancy.

— Não há nada que minha irmã goste mais do que ser o centro das atenções.

— Ah, há coisas que eu gosto mais, mas elas costumam acontecer dentro de portas fechadas. — Ela bateu o leque no braço de Fancy. — Nos últimos tempos, Matthew mencionava você todas as vezes que ele visitava. Posso ver o porquê. Parece que você o conquistou por completo.

— Foi ele quem me conquistou.

Os acordes de uma música começaram.

— A "Fairy Wedding Waltz"!

— Se você nos der licença, Sylvie, minha noiva precisa de uma valsa.

Enquanto ele a escoltava para a pista de dança, três senhoritas de cabelo louro se colocaram na frente deles. Lady Penelope a abraçou.

— Estamos tão felizes por você, srta. Trewlove.

— O pedido foi tão romântico! — disse lady Victoria se abanando com o leque, como se o próprio pensamento a tivesse esquentado.

— Acho que pedidos em jardins ficaram para trás — afirmou lady Alexandria. — Não aceitarei nada menos que um pedido público em um salão de baile.

— Espero que todas recebam pedidos muito em breve, mas apenas de cavalheiros que amem.

As damas riram e acenaram quando Matthew ofereceu suas desculpas antes de levá-la para a pista de dança, pegando-a nos braços e rodando-a sobre o parquete polido.

— Não sei se vou me acostumar a ouvi-lo sendo chamado de Rosemont — confessou ela.

— Eu te amo, Fancy. Me chame como quiser.

— Sempre que ia a um baile, imaginava você lá, dançando comigo. Você é tudo que eu sempre sonhei em querer.

— Não pare de sonhar, Fancy. Pois pretendo ajudá-la a realizar todos os seus sonhos.

Ela tinha uma lista inteira, embora suspeitasse que ele conhecia a maioria deles e adivinharia o resto. Eles sempre foram tão sintonizados um com o outro.

Ela desejou que sua mãe estivesse ali naquela noite, mas Fancy lhe contaria tudo na manhã seguinte. Por ora, ela se permitiu se perder na música, na dança, nos olhos do homem que amava.

Beresford estudou suas cartas, lutando para não choramingar e alertar a todos que sua sorte continuava horrível. Ele ainda estava lutando com o fato de que Fancy Trewlove preferia um escândalo ao casamento.

No momento em que ouvira falar do incrível dote dela, ele pretendera tomá-la como esposa. Não se importava com a falta de pedigree dela. Beresford se importava apenas com as moedas que ela colocaria em seus cofres. Ano após ano. Que ela era interessante, graciosa e bonita tinha sido uma bônus. Mais ainda era o fato de ele gostar da companhia dela. Ele não sabia se algum dia a amaria — sua amante tinha posse de seu coração havia anos —, mas já havia desenvolvido um pouco de carinho pela srta. Trewlove. Ele certamente teria se esforçado para garantir que ela nunca se arrependesse de se casar com ele.

Beresford não deveria ter orquestrado para que fossem pegos em uma situação comprometedora, mas entrou em pânico quando viu quanta atenção ela estava recebendo de outros senhores. E então, quando Rosemont — um homem que no momento não participava de eventos sociais — implicou que a conhecia, Beresford decidiu que era necessário agir. Porque se ou quando Rosemont retornasse à sociedade, ele não poderia competir com o homem, não quando metade das damas de Londres continuava falando sobre a maldita carta que sua esposa havia escrito. Já era bastante ruim ouvir suas irmãs falarem sobre aquilo, ouvi-las suspirando pelo conde.

Então, ele cometera um erro de julgamento e tentara forçar a srta. Trewlove a aceitá-lo. O problema era que a rejeição dela servira apenas para fazê-lo respeitá-la e desejá-la ainda mais. Ele se perguntou se teria alguma chance com ela se a cortejasse corretamente. Claro, agora ela não era apenas contaminada por seu nascimento, mas também pelo escândalo. Mesmo se ele fosse o motivo por trás do escândalo...

— Levante-se, Beresford.

As palavras sussurradas carregavam veneno suficiente para paralisá-lo. Ele levou vários batimentos cardíacos para se recuperar. Quando finalmente conseguiu, olhou para cima e encontrou Rosemont o encarando com uma intensidade que causou um arrepio frio de medo por sua espinha.

— Por quê?

— Porque eu nunca bato em um homem quando ele está sentado.

— E por que você quer fazer isso, camarada?

Embora ele tivesse o pensamento perturbador de que, no fundo, sabia o motivo.

— Para defender a honra da srta. Trewlove. Eu sei que você procurou tirar vantagem dela e exijo satisfação por minha noiva.

— Você vai se casar com ela?

— Vou.

Beresford olhou em volta. Nenhum sorriso o cumprimentou. Apenas rostos sombrios e olhares duros. Ele não fora suficientemente discreto com seus planos. Não havia jeito. Ele teria que sofrer seu castigo como um homem ou perder o respeito de seus colegas. Empurrando a cadeira para trás, ele se levantou e arrumou o colete.

— Eu apreciaria se você evitasse o nariz. Ele é bem bonit...

O golpe atingiu seu nariz diretamente, fazendo o sangue jorrar e os olhos lacrimejarem, e o mandou cambaleando para o chão. Apalpando o paletó por um lenço, ele finalmente o tirou do bolso, apertou-o no nariz e olhou para Rosemont.

— Eu espero que você esteja satisfeito.

— Estou. Vou lhe enviar um convite para o casamento.

O canalha provavelmente o faria.

Capítulo 27

NA TARDE SEGUINTE, Fancy estava sentada na sala de Aslyn, observando a anfitriã preparar mais uma xícara de chá para ela — a terceira desde que chegara. Matthew estivera impaciente para receber a bênção dos irmãos dela. Antes, eles haviam compartilhado uma refeição do meio-dia com a mãe e ganhado a dela. Mas ele entendia a importância de adquirir a bênção de todos. Quando chegaram ao escritório de Mick, enviaram recados aos outros. Matthew e Mick estavam juntos em seu escritório agora, embora certamente todos já devessem ter chegado.

— Não fique tão nervosa — disse Aslyn enquanto passava o pires e a xícara de chá. — Tenho certeza de que lorde Rosemont receberá a bênção de cada um de seus irmãos para se casar com você.

— Não importa se ele receberá ou não. Vou me casar com ele de qualquer forma.

Aslyn sorriu.

— Bom para você.

— Eu simplesmente não sei o que está demorando tanto.

— Tenho certeza de que eles estão apenas o testando.

— A única coisa importante é que ele me ama.

— E você a ele.

Ela sorriu.

— Sim, Aslyn. Muito.

— Suponho que lorde Beresford não foi o primeiro cavalheiro com quem você passou um tempo sem um acompanhante.

Ela estudou a elaborada decoração de rosas na delicada xícara de porcelana.

— Não.

— Mick me beijou antes de nos casarmos.

Ela levantou a cabeça.

— Ah, eu sabia disso. — Ela arqueou uma sobrancelha. — Possivelmente mais do que um beijo?

— Uma dama nunca conta.

Ela supunha que sim, embora certamente fosse tentador compartilhar tudo com Aslyn, deixá-la saber o quão maravilhoso Matthew era. Ela olhou para o relógio na lareira.

— O que pode estar demorando tanto? Já se passaram duas horas. Todos deveriam estar aqui agora. Matthew deveria ter pedido a bênção, eles deveriam ter dito que sim e alguém deveria vir me buscar.

— Leva tempo.

— Não tanto tempo. Não tenho dúvida de que eles estão dificultando a situação para ele. — Ela pulou da cadeira. — Bem, não vou aceitar isso.

Girando nos calcanhares, ela foi em direção à porta.

— Fancy!

— Não vou demorar.

Uma vez no corredor, ela foi até o escritório de Mick. O sr. Tittlefitz imediatamente se levantou.

— Srta. Trewlove.

— Sr. Tittlefitz. Suponho que ainda estejam todos lá?

— Sim, senhorita.

— Como é o meu futuro que eles estão discutindo, acho que não se importarão com a minha entrada.

Ela alcançou a porta, mas tomou um susto quando ela se abriu. Fancy olhou para o homem que parecia estar se despedindo.

— Sr. Lassiter.

— Srta. Trewlove.

— O que o senhor está fazendo aqui?

Matthew apareceu na porta, passou por Lassiter e passou a mão na cintura dela.

— Ele é meu advogado. Eu queria que o acordo fosse aprovado, pois pretendo obter uma licença especial e me casar com você o mais rápido possível.

— Seu advogado…

Virando-se para Matthew, ela passou os braços em volta do pescoço dele.

— Você não tem "anônimo" no seu nome, tem?

— Tenho muitos clientes, srta. Trewlove — afirmou Lassiter.

— Tenho certeza que sim.

— Está tudo bem, Lassiter. Um homem não deve guardar segredos de sua noiva.

— Você recebeu a benção deles?

— Sim. De cada um.

Ela lhe deu um sorriso atrevido.

— Matthew Sommersby, você tem outros nomes que devo conhecer?

— O de "homem que vai amá-la para sempre".

Erguendo-se na ponta dos pés, ela capturou a boca dele, sem se importar com o fato de terem plateia.

Três semanas depois, Fancy estava no vestíbulo ao lado de Fera, esperando com impaciência enquanto seus irmãos e cunhado escoltavam suas esposas para seus lugares no primeiro banco, onde a mãe já estava sentada. Fancy estava empolgada, emocionada, antecipando o dia, antecipando a vida. A igreja estava lotada.

— Você não precisa fazer isso, você sabe — disse Fera calmamente, em um leve tom de provocação.

Com uma pequena risada, ela olhou para ele.

— Ah, sim, eu preciso. Eu o amo muito, Fera. Eu nunca fui tão feliz.

— Isso é óbvio, querida.

Seus irmãos caminharam de volta pelo corredor, todos tão bonitos e confiantes, nem um pouco intimidados por aqueles que enchiam os bancos: os condes, os marqueses, os duques, as condessas, as marquesas e as duquesas. Mas, então, por que deveriam estar quando sua família estava lentamente se expandindo para incluir tantos deles? Quando eles a alcançaram, cada um lhe deu um abraço e um beijo na bochecha.

— Pronta? — perguntou Mick.

Ela abriu um sorriso brilhante.

— Absolutamente.

— Não há dúvidas? — questionou Aiden.

— Nenhuma.

— Você não o conhece há muito tempo. — Finn, que conhecera seu amor quando mal era homem, deu voz a suas preocupações.

— Eu o conheço há tempo suficiente.

Fera, já tendo dito sua parte, apenas deu um aceno com a cabeça e um sorriso caloroso.

— Podemos ir? — perguntou ela. — Estou ansiosa para começar o resto da minha vida.

Mick ofereceu o braço dele, e ela o aceitou. Então, ele deu um sinal e o organista começou a tocar sua valsa favorita. Não era o tradicional, mas era especial para ela e Matthew.

Mick começou a conduzi-la pelo corredor, seguindo os outros irmãos. Pelo canto dos olhos, ela percebeu as pessoas em pé, mas todo o seu foco estava no homem no altar esperando por ela. Ver tanto amor refletido nos olhos verdes levou lágrimas aos seus. Ele estava tão incrivelmente bonito de calça cinza, colete branco e paletó azul-marinho. Quando eles estavam perto o suficiente, ele piscou para ela.

— Quem entrega essa mulher? — a voz do padre ecoou pela igreja.

— Seus irmãos — respondeu Mick, e então colocou a mão dela na de Matthew, e Fancy pensou que nunca houvera um lugar ao qual ela pertencesse mais.

Matthew parecia incapaz de se lembrar de sequer um momento de seu primeiro casamento, mas sabia que nunca esqueceria um único segundo daquele. O outro tinha sido uma tarefa árdua, um teste de sua vontade de suportar uma obrigação desagradável. Mas ali, no altar, nenhum de seus pensamentos estava centrado em si. Eles estavam todos focados em Fancy e em garantir que ele lhe daria um dia de boas lembranças — não necessariamente para vê-la até a velhice, porque ele planejava dar-lhe muitos outros dias como aquele antes disso. No entanto, ele queria que o compromisso público entre eles ocupasse um lugar especial em seu coração. Não sabia se sua voz já soara mais clara, mais certa, mais forte como agora, enquanto ele recitava seus votos. Ela era tudo o que importava. E ele quase a perdera.

Nunca mais duvidaria, nunca mais hesitaria. No que fosse relacionado a ela, Matthew sempre confiaria em seus instintos.

Fancy estava adorável em seu vestido branco de renda e tule, que o lembrava um pouco um bolo macio e decorado, mas por baixo de tudo havia uma mulher de aço e determinação. Quando ele colocou o anel no dedo dela, ele nunca teve tanta certeza de nada. Ela era dele, e ele era dela.

Então, ele a conduziu pela igreja para começarem a vida juntos como marido e mulher, conde e condessa, senhor e senhora.

Depois de assinar o registro na sacristia, Fancy e Matthew praticamente correram para a carruagem branca aberta com os quatro cavalos brancos esperando por eles. Uma vez sentados, começaram a acenar para a multidão que saía da igreja. O motorista colocou o veículo em movimento em um ritmo bastante lento. Quando a igreja não estava mais visível, Matthew passou o braço em volta dos ombros dela.

— Olá, lady Rosemont.

Então, ele tomou a boca dela como se fosse seu dono. Fancy não queria parar de beijá-lo nunca. Passou os dedos pelo cabelo dele, arrancando a cartola preta. Ele não parecia se importar com o fato de que o chapéu poderia ter caído na rua, pois gemeu baixo e aprofundou o beijo. Era tão maravilhoso finalmente tê-lo em seus braços de novo. Eles haviam mantido distância para criar a expectativa da noite de núpcias. Ele não estaria tirando a virgindade dela, mas ela ainda queria que a noite fosse memorável, então eles se abstiveram.

Agora ele era dela. Completamente. Absolutamente. Inquestionavelmente.

Eles estavam indo para a residência em Mayfair, a Casa Rosemont. Matthew oferecera levá-la até lá antes, mostrar-lhe a casa, mas Fancy preferira esperar, para que tudo no dia do casamento fosse uma novidade. Além disso, sabia que muitas noivas não viam sua futura casa até depois do casamento.

A carruagem passou por portões abertos de ferro forjado e caminhou por uma longa estrada arborizada que circulava em frente a uma enorme mansão.

— Bem-vinda à sua casa, lady Rosemont.

Com um sorriso, ela olhou para o marido.

— É linda.

— Você pode mudar o que quiser dentro ou nos jardins. Provavelmente seu irmão pode mudar a fachada se você não gostar.

— Eu amei.

Amou a rica história dela. Ele tinha um passado ali que englobava aqueles que vieram antes dele. Os filhos deles conheceriam esse passado.

O cocheiro parou a carruagem. Matthew estendeu a mão para o chão e pegou sua cartola antes de desembarcar. Ajudando-a a descer, ele lhe deu um beijo rápido nos lábios antes de colocar a mão dela na dobra de seu braço e se virar em direção aos degraus largos. Enquanto ele a conduzia na direção da escadaria, a larga porta de madeira se abriu e o mordomo saiu. Com base nas roupas dele, Fancy presumiu que ele era o mordomo. E ela o reconhecia.

Ainda assim, esperou até que chegassem ao topo da escada para vê-lo com mais clareza e confirmar suas suspeitas.

— Meu senhor, minha senhora — disse ele com a voz que uma vez ressoou por sua loja.

— Jenkins — disse Matthew. — Fancy, nosso mordomo.

— Senhor Jenkins.

— Apenas Jenkins, se lhe agrada, minha senhora. Os funcionários estão em fila para conhecê-la.

Antes disso, ela tinha algo mais a dizer.

— Você fez uma visita à minha loja.

Ele lançou um olhar para Matthew antes de mais uma vez encontrar o olhar dele.

— Sim, minha senhora.

Ela apertou o braço de Matthew enquanto estudava o rosto do amado.

— O livro das peças de Shakespeare era seu — afirmou ela suavemente, admirada, encantada ao ver o marido corar. — Onde você o encontrou?

— Na nossa biblioteca.

Nossa. Tudo com ele se tornara *nosso*. Embora não tivesse sido *nosso* na época.

— Por que você o deu para mim?

— Eu pensei que encontraria um lugar no seu coração. — Ela se lembrou de dizer a ele que não se preocupava com as pessoas devolvendo livros por esse motivo. — E parecia que deveria pertencer a você. Você vai adorar a nossa biblioteca.

Ela com certeza adorou. Ele a acompanhou até a grande sala logo depois que Fancy foi apresentada a todos os criados que estavam alinhados no vestíbulo esperando para conhecer a nova condessa de Rosemont. Livros, livros, livros. Em todo lugar que ela olhava. Paredes de livros. Andares de livros.

— Você tem alguma ideia de quantos livros tem aqui? — perguntou ela.

— Não. Provavelmente deveríamos catalogá-los.

— De fato. Vou solicitar aos criados que comecem imediatamente.

Passando o braço em volta da cintura dela, ele a puxou para perto.

— Não até depois de voltarmos da nossa viagem de casamento.

Eles passariam a noite na residência, mas seguiriam para Calais no dia seguinte.

Ele uniu os lábios aos dela, e Fancy ficou feliz por ele ter deixado o chapéu e as luvas com Jenkins, para que os dedos dela tivessem a liberdade de bagunçar o cabelo dele sem encontrar obstáculos. Enquanto ela os imaginava se acomodando confortavelmente em um dos vários recantos da sala e lendo à noite, também começou a considerar o quão adorável seria fazer amor entre os livros. Sobre a mesa, nos vários sofás, de pé contra uma prateleira, os dedos dela encostando em tomos de couro enquanto ele causava sensações selvagens em seu corpo.

Arrastando a boca ao longo do pescoço dela, ele rosnou baixo.

— Mal posso esperar para ter você só para mim. Vou arrancar suas roupas, camada por camada...

— Ah, sim.

As palavras dela saíram em um gemido e pareceram incitá-lo ainda mais.

— Vou lamber cada centímetro da sua pele.

— E eu a sua.

— Cada centímetro?

— Cada centímetro.

Com um gemido que soou como uma tortura, ele pressionou a testa na dela.

— Gostaria de saber se temos tempo para subir antes do café da manhã.

Em breve, familiares e amigos chegariam para o café da manhã do casamento. A lista era pequena. Eles não podiam impedir que ninguém participasse da cerimônia da igreja, mas Fancy queria que o que se seguisse fosse mais íntimo, para que sua mãe se sentisse à vontade.

— Você conseguirá me recompor, para que não eu pareça ter sido arrebatada?

— Absolutamente não. Além disso, onde está o mal de ser arrebatada no dia do seu casamento?

— Nós poderíamos fazer isso aqui. Economizaria algum tempo.

— Eu espero que vocês não estejam pensando o que acho que estão pensando — uma voz aguda afirmou sucintamente da porta.

Com um grunhido, mas sem soltar a esposa, Matthew se virou para encarar a irmã.

— Sylvie.

— Seus convidados estão chegando. Vocês deveriam estar no hall de entrada para cumprimentá-los.

Rapidamente, ela se aproximou e deu um beijo na bochecha de Fancy.

— Você está adorável, querida. Era óbvio para todos naquela igreja que você faz Matthew extremamente feliz. Com a minha ajuda, em breve você será abraçada e amada por todos.

— Estou feliz o suficiente por você ter me aceitado. Quanto aos outros...

— Besteira. Você deve ter tudo. Agora, se me der licença, preciso sair correndo e garantir que tudo esteja pronto para o café da manhã.

Ela se encarregara de arranjá-lo.

Depois que Sylvie desapareceu no corredor, Fancy disse:

— Eu gosto da sua irmã.

— Ela gosta de você. — Ele colocou a mão dela na dobra de seu cotovelo. — Suponho que seja melhor irmos cumprimentar a todos.

Erguendo-se na ponta dos pés, ela beijou a parte inferior da mandíbula dele.

— Sim. Mas, depois, você será todo meu.

O café da manhã durou o que pareceram horas. Todos oferecendo suas felicitações, desfrutando de uma deliciosa variedade de comida, conversando, rindo. Matthew levou Fancy e a mãe para passear pela casa. No meio do caminho, a mãe começou a chorar.

— Eu sempre sonhei com você morando em uma casa refinada, mas nossa, não tão refinada. É mais do que eu jamais poderia ter sonhado.

Como Fancy poderia explicar à mãe que a casa significava pouco para ela? Era o homem que fazia seu coração cantar, o homem que era importante. Ter Matthew era tudo o que realmente importava.

— Você pode vir morar conosco — disse Fancy.

— Ah, não, querida. Este lugar não é para mim.

— Mas você virá visitar.

— Sim, amor.

Ela solicitou a mesma promessa de cada um de seus irmãos quando eles se despediram com suas famílias e amigos. Até que, enfim, só ela e Matthew permaneceram na Casa Rosemont.

Finalmente no quarto, ela pensou que não deveria estar tão nervosa. Afinal, fora Matthew quem a levara até ali e fechara a porta. Era simplesmente o pensamento de tantos sonhos realizados. Não só dela. Mas da família dela também.

— É costumeiro que o marido dê joias à esposa no dia do casamento — disse ele, caminhando até a penteadeira, pegando uma caixa comprida e fina de veludo preto e estendendo-a em sua direção.

Dentro tinha que haver um colar, mas um tamanho tão grande que a faria parecer menor. Ainda assim, Fancy o usaria todos os dias pelo resto de sua vida.

— Não quero que façamos coisas porque é habitual. Quero que façamos as coisas porque queremos fazê-las.

— Eu *quero* dar isso a você.

Ela abriu a tampa articulada e olhou para o pergaminho enrolado. Quando ela o segurou, ele pegou a caixa dela. Ela desenrolou seu presente e leu o documento, surpresa, satisfeita... radiante. Aquilo significava o que ela achava que significava?

— É uma escritura de uma propriedade. O endereço é... — Ela olhou para ele, com a testa franzida. — É a livraria.

— Seu irmão é um negociador difícil.

— Você a comprou?

— Sim. Em seu nome. — Ele balançou a cabeça. — A lei dirá que é minha, mas é sua. Pedi para Lassiter encontrar uma maneira de burlar a lei, então, não importa o que aconteça, a propriedade será vista como pertencendo a você. Faça o que quiser com ela.

Lágrimas queimaram seus olhos.

— Você me conhece tão bem. Não há presente que eu teria valorizado mais. Não vou passar todo o meu tempo lá.

— Espero que não. Você precisará organizar jantares e coisas do tipo para convencer as pessoas a doarem para suas aulas de leitura.

Sorrindo brilhantemente, ela pressionou o pergaminho no peito.

— Eu possuo minha própria livraria. Nem meu irmão mais velho me daria isso.

Ela passou os braços em volta do pescoço dele.

— Ah, Matthew, obrigada. — Ela beijou a parte de baixo da mandíbula dele. — Obrigada. — Ela beijou o queixo dele. — Obrigada.

Então as bocas se encontraram, e o pergaminho flutuou para o chão enquanto a paixão esquentava, ousada e selvagem.

— Matthew?

— Sim, meu amor?

— Não quero esperar para ter filhos.

Endireitando-se, ele segurou o rosto dela entre as mãos e sorriu calorosamente.

— Eu me esforçarei para acomodar seus desejos.

Ele beijou um lado da boca dela e depois o outro antes de pousar os lábios nos dela. Quando ela os abriu para ele, ele lentamente, com ternura, acasalou suas línguas, um antigo ritual de dança e luta. Sem pressa. Com calma. Como se tivessem a noite toda. Como se tivessem o resto de suas vidas.

Embora detestasse admitir, Fancy sentira uma centelha de culpa quando se deitaram antes, preocupou-se em ser uma mulher desonrada. Mas agora ela não experimentava nada além de pura e extrema alegria. Eles estavam de acordo com a lei. Qualquer filho que ela desse à luz seria legal. Eles não seriam menosprezados por causa das circunstâncias de seu nascimento. Conheceriam o pai como o homem bom que ele era. Seriam cercados por tias, tios e primos que os amavam.

Sem se afastar do beijo, ela começou a afrouxar os botões dele.

— Ansiosa, hein? — ele brincou contra os lábios dela.

— Muito. Precisamos colocar seus dedos hábeis para trabalhar.

Rindo baixo, ele fez exatamente aquilo e, em pouco tempo, suas roupas estavam espalhadas pelo chão e eles espalhadas pela cama, um emaranhado de membros, corpos deslizando e grudando enquanto as bocas se beijavam, mordiam e chupavam. Parecia impossível que sua pele fosse mais sensível ao toque dele, e ainda assim era, como se tivesse aprendido que os movimentos dos dedos sinalizavam que o prazer estava por perto e chegaria a qualquer momento.

— Não consigo dormir quando você não está na minha cama, nos meus braços — murmurou ele enquanto lambia um seio.

— Então você deve dormir bem esta noite.

Ela mordiscou a curva onde o pescoço encontrava o ombro, depois chupou apaixonadamente, sabendo que deixaria uma marca, mas querendo alguma evidência de que ela estivera lá, e estaria novamente. Noite após noite. Dia após dia.

— Meus pais dormiram em quartos separados. Não quero isso para nós.

— Nem eu. — Jogando para trás as grossas ondas de seu cabelo, ela montou nele. — Eu esperei por você minha vida inteira. Por que eu não desejaria dormir com você?

Espalhando os dedos em ambos os lados do rosto dela, ele a puxou para um beijo, mergulhando sua língua com firmeza e profundidade, circulando e acariciando. Deslizando as mãos pelas costas dela, ele a pressionou contra ele e rolou até que ela estivesse por baixo, ele por cima. Matthew a olhou com tanto amor refletido nas profundezas verdes de seus olhos que ela quase chorou. Um canto da boca dele se levantou.

— Fancy Sommersby.

— Hoje você me deu seu nome. Eu lhe dei meu coração.

— Eu acho que você me deu seu coração antes.

Ela assentiu.

— E você me deu minha loja.

— Isso é apenas o começo de tudo que vou lhe dar.

— Casei-me com um homem de recursos.

— Recursos consideráveis.

Ela mordeu o lábio.

— Você realmente poderia ter comprado todos os livros da minha loja?

O sorriso dele era de confiança e, no entanto, havia um tom juvenil, quase que de embaraço.

— Cada um. — Abaixando-se, ele beijou a ponta do nariz dela. — Então eu sei que você não se casou comigo pela minha fortuna. E você não se apaixonou por mim por causa do meu título.

— Se eu listar todas as razões pelas quais me apaixonei por você, Matthew Sommersby — ela mexeu os quadris —, talvez nunca cheguemos à parte divertida.

— Eu te amo.

Ela nunca se cansaria de ouvir aquelas três palavras, nem de retorná-las.

— Eu te amo.

Quando ele reivindicou sua boca, a provocação desapareceu, substituída por uma urgência quando as sensações começaram a dominá-la. Quando ele a penetrou, a preencheu, ela colocou as pernas ao redor dos quadris dele e o segurou enquanto ele a possuía com uma ferocidade que correspondia aos seus próprios desejos. O mundo desapareceu até que eram apenas eles, os dois, presos em um abraço apaixonado, lançando-se na direção da tempestade que irromperia em êxtase.

E quando o êxtase chegou, eles foram lançados juntos através da tempestade, ambos clamando com a força de sua libertação.

Quando ela voltou a si mesma, saciada e repleta, ela sussurrou:

— Eu te amo.

As palavras voltaram para ela em uma voz profunda e letárgica.

Sorrindo, ela deixou o sono levá-la.

Na manhã seguinte, quando a carruagem os levou para longe da residência, Fancy se aninhou em Matthew. Era o seu lugar favorito para estar. Seus baús foram levados às docas mais cedo para serem carregados no navio, e logo estariam em Calais para a viagem de casamento.

— Feliz, Fancy?

— Muito. Eu acho que você pode ter me engravidado.

Ele riu.

— Às vezes pode demorar um pouco.

— Quero dar um herdeiro a você.

— Eu ficaria feliz com uma garota, especialmente se ela favorecesse a mãe na aparência e no temperamento.

— Suponho que poderíamos ter um de cada.

— Eventualmente, eu suspeito que teremos vários de cada.

Colocando o dedo sob o queixo dela, ele inclinou o rosto dela e deu-lhe um beijo nos lábios.

— Não consigo resistir a você.

— Espero que isso valha até ficarmos velhos.

— Não vejo por que não iria.

Endireitando-se, ela olhou pela janela a paisagem desconhecida, a ausência de edifícios.

— Matthew, pensei que estávamos indo para as docas.

— Não, nossa embarcação está esperando por nós em outro lugar.

— Onde?

— Na fronteira da Inglaterra, perto de Dover.

— Não esperava isso.

— É o melhor lugar para partirmos.

— Aceito sua palavra, pois não sou viajada.

Inclinando-se, ele mordiscou sua orelha.

— Confie em mim, você vai adorar.

Ela não tinha dúvida daquilo, porque ele estaria com ela.

Depois de toda a empolgação do dia anterior, ela devia estar mais cansada do que imaginara, nem estava ciente de ter cochilado, mas de repente Matthew estava cutucando seu ombro.

— Chegamos, querida.

Cobrindo a boca e bocejando, ela se afastou dele.

— Desculpe.

— Você não tem nada pelo que se desculpar.

A carruagem parou. Ele abriu a porta, saltou e a ajudou a descer. E foi aí que ela viu pela primeira vez onde eles estavam. Ela podia ver verde e falésias e nada mais, exceto...

— Isso não é para nós, certamente.

— É para você — disse ele, sua voz emanando empolgação. — É o nosso navio.

Maravilhada, ela olhou para o balão de ar quente.

Tantas vezes, antes que ela soubesse de seu título, Matthew pensara em levá-la em um passeio de balão, mas tinha se perguntado como explicaria um homem comum tendo acesso a uma criação tão incrível.

— Vamos de balão para Calais? — perguntou Fancy, hesitante.

— Vamos.

— Do outro lado do mar?

— É lá que encontraremos Calais.

Ela se virou para ele.

— E os nossos baús?

Confie em uma mulher para se preocupar com suas roupas, não que ele planejasse que ela usasse muitas quando se instalassem na cabana que ele alugara.

— Eles estão no navio, e Jenkins os verá entregues a nós em Calais.

— Você me faz as mais maravilhosas surpresas.

Ele podia dizer o mesmo dela, já que ela saltou em cima dele, abraçou-o e o beijou com gosto. Fazê-la feliz se tornara seu passatempo favorito, e era tão fácil.

Recuando, ela sorriu brilhantemente.

— Ah, que grande aventura será essa. Vamos?

Ele a apresentou ao sr. Green, o balonista e piloto, com quem voara antes e confiava para levá-los ao seu destino. Então, Matthew levantou Fancy, colocou-a na gôndola e se juntou a ela.

— Ah, isso é maravilhoso! — exclamou ela alguns minutos depois. — Muito melhor que empinar pipa.

Ele não podia discordar da avaliação, não quando os braços dela estavam bem apertados em volta da cintura dele enquanto ela espiava por cima da borda da gôndola o terreno que se afastava rapidamente. Logo eles estavam flutuando sobre o mar, deixando a Inglaterra para trás.

Fancy o encarou.

— Você me mima.

— Quando possível.

Se ele fosse hábil em trabalhar as mecânicas que mantinham o gás enchendo o balão de seda para que ficasse no ar, poderia ter dispensado a presença do balonista na gôndola. Mas era mais importante que eles tivessem uma jornada segura, mesmo que com companhia.

Gentilmente, Matthew virou Fancy e a olhou.

— Sempre que estou com você, Fancy, é assim que me sinto. Como se estivesse flutuando no ar.

Ele abaixou a boca na dela, beijando-a ternamente, mas com intensidade, enquanto as nuvens próximas observavam.

Epílogo

Um ano depois

FANCY CAMINHOU COM CUIDADO por entre os detritos espalhados pelo chão. Levantar prédios era um negócio terrivelmente confuso, embora ela apreciasse a paisagem, especialmente quando esta era o marido andando e gritando ordens, supervisionando a construção. Ele tinha um interesse pessoal em garantir que tudo fosse feito com as especificações dela. O edifício era um presente para ela, seria um presente para muitos outros. Quando terminado, seria uma escola onde seriam realizadas aulas para adultos durante o dia e a noite. Não apenas para ensinar leitura e escrita, mas também outras habilidades — habilidades que poderiam criar oportunidades para empregos com melhores condições de trabalho.

Ela achou incrível quando pensou em tudo o que havia acontecido nos últimos meses. Ela e Matthew passavam a maior parte do tempo em Londres, visitando ocasionalmente sua propriedade rural quando ele precisava cuidar de alguns assuntos. Fancy adorava o tempo passado na propriedade, mas estava sempre ansiosa para voltar à cidade e garantir que Marianne — agora sra. Tittlefitz — não estivesse tendo problemas com a livraria ou os clientes. A jovem estava fazendo um trabalho esplêndido em administrar as coisas. Os negócios estavam crescendo, e eles haviam contratado mais dois funcionários para ajudá-la.

Fancy realizou seu primeiro baile e tudo correu bem. Ela foi aceita pela maior parte da aristocracia, em parte devido ao seu casamento com um conde tão bom e respeitado. Lorde Beresford havia deixado claro que ele estava errado sobre o que havia acontecido na biblioteca. A amizade de lady Penelope também fora um grande caminho para sua aceitação. A jovem, que ela inicialmente julgara como superficial, tinha se revelado muito mais astuta do que qualquer um poderia dizer.

Especialmente quando se tratava de arrecadar fundos para empreendimentos de caridade. Ela e Fancy começaram a apresentar leituras — algumas feitas pelos próprios autores, outras por atores. A taxa coletada das pessoas que frequentavam as leituras era usada para a biblioteca ou para as aulas.

Matthew a viu, fez uma careta e começou a caminhar em sua direção. Ela adorava ver como ele se movia.

— Você não deveria estar aqui. Não no seu estado.

Com um sorriso, ela passou o dedo pela mandíbula com restolho de barba.

— Eu ainda tenho dois meses antes deste pequenino chegar, e eu estava andando com cuidado.

Ele suspirou.

— Você é muito teimosa.

— E você me ama por isso.

— Eu te amo por mil razões.

Ele demonstrava seu amor todos os dias, todas as noites. Ela olhou para o prédio.

— Está indo muito bem.

— Eles devem terminar até o final do mês. Talvez seja melhor começar as entrevistas com professores e funcionários.

— Decidi contratar alguém para cuidar de crianças enquanto as mães têm aulas. Suspeito que há muitas mulheres que não poderia vir porque têm filhos pequenos para cuidar.

— Podemos fazer algo com o quintal, para que as crianças tenham um lugar para brincar, correr por aí.

— Eu sabia que você abraçaria a ideia, que pensaria em algo para melhorá-la. Agora só preciso pensar no nome...

— Tive uma ideia esta manhã. O que você acha de Centro Fancy de Educação para Adultos?

— Isso soa como se fosse todo meu, quando na verdade é nosso. O que você acha de Centro Rosemont de Educação para Adultos?

— Eu digo que gostaria muito de te beijar, lady Rosemont.

— Espero que siga seu desejo, lorde Rosemont.

E ele fez.

Notas da autora

A CARTILHA NESTA ÉPOCA continha o conto de fadas da Cinderela, mas com a grafia "Cinderilla". Foi só depois que a grafia se tornou Cinderela.

Além disso, o *Mr. William Shakespeares Comedies, Histories, & Tragedies* [*As histórias, comédias e tragédias Sr. William Shakespeare*] não contém um apóstrofo como originalmente impresso.

As mulheres casadas foram autorizadas a ter e controlar imóveis próprios somente após a Lei de Propriedade das Mulheres de 1882 (Women's Property Act).

Passeios de barco eram um passatempo extremamente popular durante a era vitoriana. Uma empresa, em particular, montou estações ao longo do Tâmisa, onde as pessoas podiam alugar barcos a remo e ponteiras. Elas podiam viajar rio acima, desembarcar em outra estação e retornar ao seu ponto de partida original.

O primeiro balão a voar da Inglaterra para a França foi em 1785. Ele pousou em Calais.

Quanto ao Rei do Fogo, ele foi baseado em um verdadeiro artista de rua vitoriano que revelou como conseguiu engolir fogo, e, quando li seu relato pessoal, ele encheu minha imaginação de possibilidades. Tenho a sensação de que esta não será a última vez que o veremos.

Agradecimentos

NÃO SEI POR QUE tive tanta dificuldade ao escrever esta história, mas no começo não conseguia fazê-la funcionar. Eventualmente, tornou-se um projeto--Frankenstein, com cenas coladas enquanto eu tentava entender melhor os personagens. Como escritora, sempre me surpreendo com como uma palavra, um pensamento ou uma experiência pode abrir um mundo de possibilidades dentro da minha imaginação.

Devo muito às três pessoas que contribuíram para dar vida à história. Minha editora, May Chen, cujas ideias me ajudaram a entender onde errei; Addison Fox, que me ajudou a ver minha heroína mais claramente; e meu filho, Alex, que leu o rascunho e ofereceu sugestões para melhorar a profundidade da história e também disse: "Não acredito que você não o fez dizer a ela: 'Você nunca foi um fascínio passageiro'". Assim, um herói diferente surgiu.

Este livro foi impresso pela Exklusiva, em 2021,
para a Harlequin. A fonte do miolo é ITC Berkeley
Oldstyle Std. O papel do miolo é pólen soft $80g/m^2$,
e o da capa é cartão $250g/m^2$.